일굼의 문학

한원균(韓元均)

1964년 서울 출생
경희대학교 국어국문학과 졸업
동대학원 석사 졸업
동대학원 박사과정 수료
1994년 〈서울신문〉 신춘문예에
「성적 기표에 대한 메타비평적 접근법의 한 예」로 당선
주요 논문으로「고은 초기시 개작 유형에 관한 고찰」
「한국문학의 현대성 비판-포스트모더니즘과 소설의 일탈적 경향에 대하여」등
현재 (국립)청주과학대학 문예창작과 교수

청동거울 문화점검 ②

일굼의 문학
한원균 문학평론집

발행일/1998년 9월   7일 1판 1쇄 발행
2000년 3월 10일 1판 2쇄 발행

지은이/한원균
펴낸이/임은주
펴낸곳/도서출판 청동거울
출판등록/1998년 5월 14일 제13-532호
주소/(135-080)서울 강남구 역삼동 832-52 상봉빌딩 301호
전화/02)564-1091~2   팩스/02)569-9889
전자우편/cheong21@netsgo.com
하이텔I.D./청동

값 11,000원

ISBN 89-88286-02-2

청동거울 문화점검 ②

일굼의 문학

한원균
문학평론집

청동거울

다시 문학으로 가는 길

90년대 들어 '문화'의 다양성에 대한 논의가 문학을 통해서 제기되고 실제로 문화의 지층을 그리는 데 많은 작품이 동원되고 있다. 정치적으로 물화된 무의식, 풍요로움을 상실한 앙상한 문화 현실에 대한 근본적인 반성과 비판이 문학의 육체를 통해 구체화되는 현상은 바람직한 일면을 갖고 있다. 문학이 동시대의 문화적 지형도를 그리는 데 유효한 수단이 되었던 경험을 문학사에서 확인하는 일 역시 어렵지 않다. 담론의 얽힘과 짜임을 통해 삶의 특수한 층위를 드러내면서 동시에 생의 일반적인 의미를 추출하기 위한 노력은 계속될 것이다. 개별 작품을 온전히 '이해'한 후, 작품을 탄생시킨 사회·문화적 구조를 '설명'하고 동시에 그 둘의 구조적 상동성에 주목해야 한다는 골드만의 방법론이 여전히 고려할 만한 가치를 지니는 것도 사실이다.

그러나 삶의 방만함을 추수하고, 반윤리적 담론의 비판적 의미를 사상한 채 가볍고 경쾌한 재즈 음악과 같은 리듬에 기대고 있는 문화론자들의 신비로운 글쓰기를 동경하는 문학 현실에 주목하자. 문화적 댄디를 양산하면서 거짓으로 고민하며, 철학의 빈곤함을 포오즈론으로 위무하려는 작품을 두고 포스트모던하다고 흥분하는 일은 이제 그만두어야 한다. '문화'라는 이름을 달고 이루어지는 문학 논의가 과연 한국 문화의 어떤 점을 깊이 이해하게 하고 살찌웠는가. 80년대 문학론이 현실주의 이론, 정치적 담론의 원리주의에 사로잡혀서 생산성을 잃었다면, 90년대의 그것은 문화주의의 환상 앞에서 값싼 권력 욕망만을 확대 재생산하고 있다. 이제 유행의 물결에 휩쓸려 자기 동일성을 잃어버린 방만한 문화론의 외피를 문학은 과감히 벗어던져야 할 것이다. 자본주의의 일상성에 노출된 허위 의식, 혹은 주제 의식의 빈곤을 신비주의로 위장한 텅빈 시들 역시 자기 비판에 용감함을 보여야 한다. 한국 문학은 인간 존재 조건의 문제를 깊이 천착하는 모습을 회복해야 할 시점에 서 있다. 인간의 개별적 운명과 인류사의 운명을 함께 바라보는 문학의 눈이 절실히 요구되는 시대가 펼쳐질 것이기 때문이다. 더욱이 민족 모순의 해결에 더 많은 시간을 할애해야 할 우리들로서는 이같은 문제에 좀더 자각적일 필요가 있지 않을까.

'문학적 진정성'이라는 진부한 말을 떠올리며 한국 문학의 향방에 대하여 물어야 한다. 한송이의 꽃으로 찬란히 개화하는가, 아니면 여러 송이가 모여 한 아름의 꽃다발로 묶여야 하는가 하는 문제를 제기한 인문주의자가 있다. 인류사의 방향성을 이론적으로 모색한 글에서 그의 주된 관심사는 통합의 방향성이었다. 개별자로서 자기 운명에 대한 깊은 고뇌를 통해 생의 보편성에 이르는 통합적인 길에 대해서 그는 말하고자 했던 것은 아닐까. 문학의 주인공들이 좀더 치열하게 절망할수록 이같은 길은 희미하게나마 그 윤곽을 드러내지 않을까. 여전히 그런 무모한 투쟁은 계속될 가치를 지니는 것은 아닐는지 생각해 본다. 그럴 때 문학적 진정성이라는 수식이 필요한 것인지 모르겠다.

등단 4년 만에 처음으로 평론집을 묶는다. 어떤 식으로든 지금까지의 작업을 정리해야겠다는 생각에 실수를 저지르는 것이 아닌지 몹시 안타까운 심정이다. 부끄럽기만 하다. 하지만 문학을 공부하는 과정에서 최근의 심경이 잘 나타났다고 보이는 글을 모아서 나름대로의 '입장'을 밝히는 것도 좋겠다는 판단이 선 것도 사실이다. 지나치게 폐쇄적인 이론 비평을 구체적인 작품에 대한 '관심'으로 지양하는 것이 오늘날 한국 비평의 임무라는 생각을 이번 평론집에 담고 싶었다. 가능하면 작품론 위주의 글을 모은 것도 이같은 생각의 일단에서 비롯되었다.

　제자의 걸음걸이를 지켜 보면서 산 넘는 길을 가르쳐 주신 김재홍 선생님과 오랜 시간 함께 고민했던 〈현대문학연구회〉의 동학들에게 감사한다. 그들의 도움이 없었다면 나의 글쓰기가 지속되기는 어려웠을 것이다. 곁에서 이야기를 들어 주고 때로는 깊은 문학적 자극을 주었던 벗들, 마음으로 응원해 준 가족에게 고마움을 표한다. 어려운 현실 속에서도 출판을 맡아 준 〈청동거울〉 식구들에게도 감사한다.
　좋은 글 쓰는 것으로 보답하고 싶다.

1998년 8월
청주에서
한원균

차 · 례

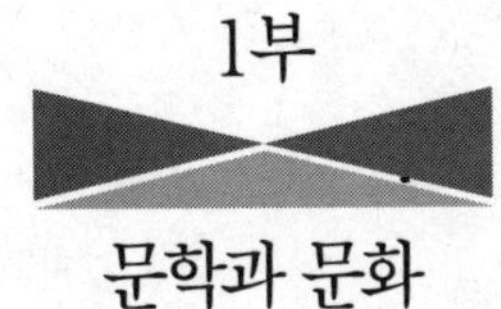

1부

문학과 문화

시인은 모두 해탈하려는가 ?

90년대 시의 표정 읽기

최근 한국시의 새로운 국면으로 자주 거론되는 문제 가운데 하나는 일종의 정신성을 강조한 문학적 신비주의의 경향이다. 이는 90년대의 문학적 변화, 특히 '삶의 비의성(秘義性) 상실'이라는 문제와 관련지어 설명이 가능하다. 가슴 속에 무언가 비밀을 간직할 수 있었던 시대는 아름다웠다. 상실 체험과 이로부터 파생되는 회복에 대한 갈망, 억압적인 권력의 은폐 욕망과 세계를 드러내려는 개진의 욕망이 부딪치는 자리에서 시의 자기 인식이 이루어졌던 시간을 잊기란 어렵다. 사라져버린 '님'을 향한 '침묵'의 언어가 저 80년대를 수놓던 아름다움이 아니었던가.

이제 시의 울창한 나무가 만들어내던 깊은 그늘은 사라지고 작열하

---

* 본문에 인용된 시들의 출전은 다음과 같다.
  김윤배, 『따뜻한 말 속에 욕망이 숨어있다』, 문학과지성사, 1997
  백무산, 『인간의 시간』, 창작과비평사, 1996
  성미정, 『대머리와의 사랑』, 세계사, 1997
  이대흠, 『눈물 속에는 고래가 산다』, 창작과비평사, 1997
  정호승, 『사랑하다가 죽어버려라』, 창작과비평사, 1997

는 태양 아래 맨살이 드러난 나목(裸木)만이 위태롭게 우리 주변에 서 있다. 더 이상 감출 수 있는 진실—비록 그것이 낭만적 과잉을 포함한 것일지라도—은 사라지고 욕망의 헛바퀴 굴리기만 계속되는 시간 앞에 한국시는 속수 무책으로 투기된 것이다. 이런 상황에서 시적 구성의 과정, 다시 말해 문학적 인식의 방법과 대상이 현저한 주관화와 주체로 집약되는 시 쓰기가 출현한다. '마음'의 흔적을 따라서 길을 가거나 초월적인 위치에서 삶을 이해하려는 태도는, 그러므로 문학사적인 현상이다. 하지만 이러한 방법의 효력이 검증되려면 비판적인 생산성이 시에 담겨야 한다. 90년대를 환란과 세기말적인 증후가 드러난 시대로 규정하려는 모든 시적 담론은 기존의 관념에 대한 전복적인 상상력에 기초해야 한다. 문학적 신비주의가 새로운 시적인 방향성을 가지려면 주어진 삶에 대한 비판적인 읽기에 소홀해서는 안 될 것이다.

그러나 요즘 사정은 그렇지 못하다. 자신의 삶을 되돌아보는 행위는 언제나 구체성을 상실한 채, '마음'이라는 관념적인 영역 속에서만 이루어지며, 사물들과 쉽게 화해하고자 한다. 그들을 조종하는 중심에 시인이거나 화자가 놓이는 것은 당연하다. 정도의 차이는 있을지라도 그들은 불가(佛家)와 인연이 있다. 아니면 산사(山寺)에라도 한번쯤은 다녀와야 한다. 마음이라는 본체를 찾기 위해 그들은 술을 마시고, 때로는 명정적인 세계로 잠입하고자 한다. 혹은 고립된 삶의 단층으로부터 벗어나기 위해 타인과 만나는 길을 찾아 나선다. 그 과정에서 일탈의 욕망이 만들어내는 저 휘황한 수식의 울타리가 발생한다. 너무나 쉽게 설명되는 욕망이 욕망이론이라는 애매한 수사의 그물로 뒤덮이며, 어느덧 그런 그물코 하나쯤 갖지(만들어내지) 못한 시인은 도태된 듯이 절망한다. 포스트모던 출판의 영향인지, 시의 내용보다는 표지화의 디자인이 더 중시되고 시가 갖는 본질적인 울림은 사상된 채 시인의 사적인 경력이나 연애 경험이 더 중시되는 '사이'의 시학, 빈 공간의 시학이 유행한다. 작품의 의미보다는 시인의 사진에 매혹당하는 포스트모던한 독자들. 어떤 이는 여행을 하면서 시를 기가 막히게 만든다. 시인이므로, 적어도 글을 쓰는 일이 본업이므로, 적어도 자신은 쓰면서 존재한다는 식으로 포장할 줄도 아는 사람이므로, 쓸 수 있는 시인이란 참으로 행복한 사람이 아닐 수 없다. 그래서 환란으로부터 이 세상을 구원해 줄 것 같은 근엄한 표정으로 그 '마음'을 논한다. 이 얼마나 아름다운 여유인가. 선택해서 방황하고 가려서 아파할 수 있다니.

지난날 천형의 육체적 형벌로부터 자유롭지 못했던 시인 한하운의 삶을 두고 '시인은 본질적으로 천상을 날다 지상에 유배된 존재였던 전설 속의 알바트로스와 같다. 모든 시인은 본래 불구이다. 따라서 한하운은 불구가 아니다' 라고 말했던 한 평론가(김윤식)의 말은 여전히 유효성이 있다. 시인은 해탈을 지향하지 않는다. 지옥 문 앞에 기다리다가 윤회의 나락으로 떨어지는 중생을 제도하는 보살이라도 되어야 하는 것이 이 땅 위의 시인의 운명이 아닌가. 세기말이라고 부르짖는 일이 왜 그렇게 중요한가. 혹시 환상적인 문화의 다원성 앞에서 환호 성지르기 미안해 짐짓 심각한 척 표정지어 보이는 것은 아닌지.

중요한 것은 문학적 감동을 찾아 나서는 일이다. 너무도 흔해서 오히려 그 의미를 잃기 쉬운 감동이라는 단어에 주목하자. 문학적 진정성이란 작가·시인들의 삶의 윤리적인 수준과 쉽게 비례하지 않는다. 오히려 그들 사이의 간극, 불일치를 통해 문학의 존재 방식을 설명할 필요가 있다. 아름다운 작품은 삶의 심연과 닿아 있다. 맨살의 상처를 보여주고 있는 몇 편의 시와 만날 수 있다는 사실이 여전히 시를 읽어야 하는 이유를 설명하는 것이 아닐까. 가령,

　　새벽 종소리가 들리는 寺下村에 첫눈이 내린다

山竹 잎새에 하얗게 내려앉은 함박눈이 벼랑 아래로 떨어진다

어머니를 찾아가는 눈길에 붉은 피가 번진다

사람들이 손에 쥔 칼을 버리고 길을 떠난다

나는 마른 강가의 갈대숲에 나가

너를 기다리다가 다시 서서 죽는다

무심히 눈송이가 쌓인다

갈대는 새벽에 울지 않는다

— 정호승 「갈대는 새벽에 울지 않는다」 전문

와 같은 작품에서 선명한 대조를 이루는 '붉은 피'와 '흰 눈'의 이미지를 보라. 피와 눈이 갖는 상투화된 의미는 이 작품에서 거부된다. 화자는 지금 어딘가 길 위에 있다. 그 길은 절을 찾아가는 길만은 아니다. 그는 지금 '어머니를 찾아' 길을 나섰기 때문이다. 그에게 어머니란 무엇인가. 모든 투쟁과 대립을 넘어선 곳에 존재하는 근원이 아닐까. '손에 쥔 칼을 버리고' 떠나는 사람들을 보라. 그렇다면 눈 위에 선명하게 번지는 '붉은 피'는 무엇인가. 이는 뿌리 내리기의 고통에 다름 아니다. '너를 기다리다 다시 서서 죽는' 화자의 그 오래된 자세는 쉽게 절망으로 이어지지 않는다. 오히려 그는 뿌리 갖기의 고통을 삶의 의미로 삼는다. 눈 위에 번지는 피의 자욱은 여전히 그가 삶에 대해 눈뜨고 있다는 증좌일 것이다. 그래서 그는 "상처는 스승이다/절벽 위에 뿌리를 내려라/뿌리 있는 쪽으로 나무는 잎을 떨군다/잎은 썩어 뿌리의 끝에 닿는다/나의 뿌리는 나의 절벽이어니/……/오늘도 상처에서 흐른 피가/뿌리를 적신다"(「상처는 스승이다」)라고 노래할 수 있다. 서양의 한 철학자는 말한다. '상처가 깊을수록 주체는 더욱 주체가 된다. 왜냐하면 주체란 내면성 그 자체이기에. 상처란 무시무시한 내면성이다'라고(R. 바르트). 정호승에게 사랑이란 이런 상처를 '드러내는/다스리는'

기표이다.

　하지만 상처를 치유하는 방법이 언제나 자신의 내면 속에만 있는 것은 아니다. 한 젊은 시인은 이렇게 노래했다.

　　어떤 사람이 떠나고 그 사람이 그립다면
　　그 사람이 멀리 있다고 생각마라
　　그리운 것은 내 안으로 떠나는 것이다

　　다만 나는
　　내 속을 보지 못한다

— 이대흠 「鵲枕」 전문

　이 그리움이란 언제나 타인으로 향하는 나의 욕망을 들여다보는 것이 아닌가. 내 욕망의 살아 있음, 욕망의 현존을 확인하기 위해 욕망하는 자신을 한없이 소중하게 여기는 자의식이 곧 욕망이 아닌가. 그러나 타인으로 향하는 한없는 욕망의 늪으로부터 자신을 구원하는 길을 이 젊은 시인은 발견하고 있다. 아니 그것은 이미 그에게 선험적으로 주어졌던 것이다. 공사판에서 다져진 시각, 세상의 불안한 실존에 대하여 정직하게 말할 줄 아는 자세, 혹은 노동 속에서 순치된 기다림이 그의 시이다. 그래서 '어떤 슬픔으로/이 상처를 기울까'(「꽃, 꽃, 꽃, 꽃들」)라고 말하다가도 "열망뿐인 내 젊음은 언제 저리 깊어질 수 있을런지/아픔의 날들도 오래되면 똥처럼 부드러워지리"(「이동식 화장실에서 1」)라고 아름답게 말할 수 있었다. 젊은 날 힘겨운 노동 속에서 삶의 비의를 알아 버린 시인의 속 깊은 시선이 따뜻하다.

　일하는 자들의 아름다움은 여전히 존재한다. 혹은 일하는 자들을 바라보는 시인의 시선 속에서 아직 지울 수 없는 삶의 상처들을 발견할 수도 있다. 중산층 보수주의의 논리가 심화 확대되는 현상은 권력의 지배 욕망과 은밀하게 부합되는 면이 있지만, 한편으로 변화를 거부하면서 계층적 이해 타산(利害打算)에 몰입하여 문화적인 거품을 대량 생산하는 결과를 가져오고 있는 것도 사실이다. 80년대 노동 현장의 목소리를 진솔한 언어로 보여주었던 백무산의 시들은 일깨움의 시학이라고 명명될 수 있다. 상처에 대한 기억, 혹은 과거의 상처를 끊임없이 현재화하는 시작(詩作)은 주목된다. 두 사람이 있다. 공장 프레스에 발가락 다섯과 손가락 여섯이 잘리고 소작농이 되었지만 아파트가 들어서면서 길이 나 움막 농사도 못 하고 날품팔이가 되어 사는 사람. 하지만 남에게 신세는 못 지고 사는 사람. 또 한 사람은 머슴살이, 공장살이, 징역살이, 해고, 복직, 산재 사고, 병원살이 등을 거치고 마흔 중반에 겨우 작은 집 한 채 마련해 놓고 자기만 잘산다고 미안해 하던 사람. 그 두 사람을 보면서 시인은 이렇게 말한다.

> 마흔이 넘도록 스승 하나 선배 하나 못 둔 나는
> 답답하면 그들에게 물으러 간다
> 그들이 모르면 그것이 해답이다
> 내가 세상을 재는 눈금이다
>
> — 백무산 「두 사람」에서

　물론 그의 이런 시각이 곧바로 대립과 투쟁 의식으로 발전되는 것은 아니다. 이 상처를 감싸고 보듬어 삶을 이해하는 더욱 깊은 시선으로 심화하려는 노력이 엿보이기 때문이다. 즉, "대지의 시간은 인간의 시간을 거역한다"(「인간의 시간」)는 진술. '인간 중심주의'의 폐해에 대한 시인의 깨달음이 이 표현 속에 집약되고 있다. 이러한 진술이 인식론적인 기반을 이루고 있다면,

피워올리는 거다
무너지고 끊기고 곤두박질쳐도
잊지 마라 목숨에 하나의 진리가 있다면
피워올리는 거다

—「모두가 불꽃이다」에서

라는 표현은 그 인식을 확산시키는 시적 울림으로 볼 수 있다.

　시인은 상처를 바라볼 줄 알아야 한다. 상처란 삶의 흔적이면서 동시에 지표이다. 상처를 보면서 길을 걸었고, 상처를 만들면서 길을 간다. 상처란 때로 삶을 의미 있게 만드는 힘이 된다. 변화를 인정하지 못하는 관념주의와 변화를 빌미로 모든 일탈을 정당화하려는 경박한 문화주의가 비판되어야 할 이유는 여기 있다. 여전히 삶은 아름답다는 추상화된 논의 역시 설득력이 없다. 모든 불온한 것들에 대해 말해야 한다. 잠들려는 의식을 일깨워 삶의 주름 속을 펴 보이는 일, 그 속에 갇힌 말(言)을 해방시키는 일, 상처를 지우기보다는 드러내 보이는 것, 이름을 상실한 시대의 삶의 아픔을 내보이는 일(성미정「흘러간다」) 등이 무엇보다도 요구되는 시점에 한국시가 놓여 있다. 이제 다시 상처가 시의 화두가 되어야 한다. 가령,

누구나 아팠던 곳은 아름다운 상처로 남아
영혼 떨게 하므로 네가 지우며 온 것은
나의 이름들이 아니라
너의 아픈 이름들이었을까
아름다운 상처 속에서 꽃이 피고
이우는 것이 보인다

— 김윤배「봄날은 가고」에서

는 시를 앞에 놓고 생각에 잠겨 본다는 것, 그리고 이렇게 묻는다는 것, 시인들은 이제 모두 해탈하려는 것일까? 라고.

기억 없는 글쓰기의 운명

신인 작가들의 장편 쓰기에 대하여

작년에 한 문예지 신인상을 수상한 조경란의 『식빵 굽는 시간』에 대한 심사평 가운데 재미있는 대목이 있다. 그녀 작품의 특이점 가운데 주목되는 점은 주인공 강여진이 자신의 출생 비밀을 알고서도 그 비밀에 매달리기는커녕 오히려 그 의미를 인정하지 않는다는 사건 전개라는 것이다. 이것이 이 소설의 비범함이라고 한 심사위원은 말한다. 흔히 통속 소설에서 출생의 비밀이란 운명을 바꾸는 중대 사안으로 다루어졌다. 삶은 한순간에 달라지고 현재란 과거의 '나'를 찾기 위한 고단한 여정으로 그려진다. 아울러 사람들 사이의 관계는 선명하게 나누어지고, 과거에 대한 은폐와 개진의 욕망 사이의 갈등이 때로는 눈물을 자아내게도 한다. 과거란 무엇일까. 자기 정체성의 밑뿌리를 형성했던 시간에 대한 기억은 인간의 본능에 속하는 문제일 것이다. 기억이 없는 삶이란 견디기 힘든 것일 수 있다.

최근, 등단한 지 오래되지 않은 작가들의 장편 몇 권을 읽으면서 입가에 맴도는 말은 '기억 없는 글쓰기'였다. 다가올 날에 대한 두려운

기다림이라든가 지난날의 고통스러웠던 시간이나 숙명적 인연으로부
터도 완전하게 단절된 현재, 특히 타인들의 삶과 자신을 전혀 매개되
지 않은 존재로 인식하려는 관점, 또한 지배적인 합의 공동체에 대한
생리적인 거부감 등이 작품 속에 선명히 드러나고 있다. 최인훈의 장
편 『화두』에 이런 말이 나온다. "사람은 기억 때문에 슬프다. 세상은
흘러가도 기억은 남는다. 사람말고는 이 세상 모든 물질이 시간이 흐
르면 자기도 변화한다. 지난해 봄을 기억하는 나무는 없을 것이다.
(……)나와 나의 기억이 별개의 것이 아니다. 내가 기억이다"(309~
311쪽) 그야말로 기억의 존재론이다. 자신이 어느 시점에서 과거를 기
억하고 있다는 사실의 드러냄이 곧 작가이고 소설의 육체성을 이룬다.
여기서 중요한 것은 그의 과거사란 보편 체험에 가깝다는 사실일 것이
다. 보편 체험에 대한 남다른 관심, 혹은 자기 영혼의 문제를 대비시키
는 글쓰기가 가져다 주는 울림이란 문학사적인 맥락에서 다루어 볼 만
한 일이다. 그런데 이제 나에게 과거란 없다는 의식, 나는 단지 현재를
살아가고 있다는 것, 더 나아가서는 나의 현재란 쓰면서 형성되는 시
간이라는 것, 나의 존재가 먼저 있는 것이 아니라 내가 쓰는 것이 곧
나의 현재가 된다는 사유 방식이 이들 작가의 일련의 경향이라는 느낌
을 지울 수 없다. 따라서 잠깐 언급했던 한 심사위원의 견해, 다시 말
해 '전사 내동댕이치기'라는 모티프는 더 이상 비범하지 않게 된 것이
다.

환상이나 환생을 소재로 한 문화적 기호들은 여전히 유행하는가. 김
진의 『하늘로 가는 강』은 관심을 끌 만한 재미는 있지만 그 소재의 익
숙함 때문인지 식상한 느낌을 주었으며, 강규의 두 번째 장편 『베두윈
찻집』이 보여준 환상적인 그림 역시 이질적 배경으로 감싸여진 사랑
이야기라는 점에서 새롭지 못했다. 각각 인도와 이집트라는 낯선 공간
이, 여행에서 오는 기대감, 그 한없는 익명의 욕망을 불러일으키는 데

놀라지 않을 수 없었다.

　작가는 조금 우둔할 필요가 있는가. 항상 생각해 오던 문제였다. 우둔함이란 몸의 논리를 쫓는다는 이야기와 가까이에 있다. 작가적인 명민함은 이론적으로 정리된 세계관 자체에 있지 않고, 무표정한 듯한 얼굴로 일상의 구체적인 사물로 그 세계관을 전이시키는 데 있을 것이다. 일정한 기간의 이론 수업으로 작가가 될 수 있다면 얼마나 행복할까를 꿈꾸는 사람이 있다면 그는 절대로 작가가 될 수 없듯이, 계획된 이론적 장치가, 풍부한 육체적인 조형 과정 없이 앙상한 뼈대를 드러내는 소설 역시 절대로 오래 남는 작품이 될 수 없을 것이다. 박청호의 『푸르고 흰 사각형의 둥근』이라는 실험적 기법의 소설에서 일관되게 드러나는 주제 의식은 '모든 지배적인 담론은 없다'는 논리이다. '나'와 타자들의 얽힘을 중층적인 서술 방법을 통해 교묘히 배열하고 있는 이 작품의 정서적 울림이 크지 못하다는 느낌은 이 때문일 것이다. 방황하는 음악가들의 내면을 그리고 있는 김이태의 『전함 큐브릭』 역시 가벼움에 대한 균형 감각의 부재로 인해 깊은 공감을 주지 못하고 있다. 구성에서 조금 미흡한 느낌이 있지만 비교적 새로운 소재를 통해 시선을 확대하고자 한 박상연의 『D.M.Z.』이 오히려 주목된다.

　시내 서점에 나가서 신간을 구경하는 일이 요즘에는 별로 즐겁지 못하다. 소설 읽기가 지나치게 삶을 쇄말화로 이끈다는 사실을 확인할 때면 문학을 한다는 사실이 부끄럽기까지 한 것이 사실이다. 소설이 그래도 시 읽기보다는 형편이 낫지 않은가라는 반문도 별 위로가 될 수 없다. 한때 신경숙의 과거 이야기 읽기에 지쳐 가면서도 그녀를 쉽게 떠날 수 없다는 말을 사석에서 한 적이 있다. 김형경의 『세월』이 주는 흡인력, 그리고 비교적 젊은 세대인 차현숙의 『블루 버터플라이』에서 상처를 치유하는 사람들에서 느껴지는 안타까움 정도가 그래도 여전히 소설을 읽어야 하는 이유를 설명해 주는 정도가 아닐까.

소설만큼 자본의 위력을 탁월하게 보여주는 문화 장치도 없다. 영상 문화가 극도로 발달해 있는 시점에서도 여전히 문자 매체에 의존하려는 사람들이 많다는 것은 무엇을 의미할까. 긍정적인 면이 상당히 많음에도 불구하고, 그들의 무의식 속에는 영상 매체에 탐닉하는 자신들을 혹 문화의 상대적 빈곤층으로 인식하고 있는 것은 아닌지, 유희에 대한 보상 심리가 작용하고 있는 것일까, 그래서 소설 읽기는 어쩌면 그 결핍감을 충족하려는 의도와 한짝을 이루는 것은 아닌가 하는 의심이 들곤 한다.

한편으로 등단만 하면 곧 장편으로 뛰어드는 신인들의 패기가 작가의 생명력을 오히려 단축시킬 수도 있다는 사실에 대하여 작가들은 얼마나 생각하고 있는지, 그 자기 소멸적 충동이 자본의 교묘한 책략임을 그들은 진정 깊이 있게 느끼고 있는지, 소비재로서의 역할을 끝낸 작품이 처해지는 운명 또한 어떠한지 물어야 할 시점은 아닌가.

과거란 없다는 도저한 선언은 곧 불안한 실존에 대한 자기 확인과 같다. 존재하는 것에 대한 기계적인 반영이 소설의 깊이를 더하지 않을 것이라는 판단은 타당하지만 그 다음 단계의 소설적 성취, 즉 보이지 않지만 인식할 수 있는 욕망의 가능태에 대한 성찰이 부재하고 있다는 점에 대해서는, 인정도 부인도 할 수 없는 상황에 오늘의 작가들은 직면한 듯하다. 그 딜레마를 정직하게 드러내는 것도 중요하지만 이후의 소설적 모색이 더 시급한 것은 아닐까. 역량 있는 신인들에게 기대를 걸 수밖에 없을 듯하다.

환상과 환멸 사이

전생과 환상 체험의 문화 기호에 대한 단상

돈 많은 애인을 둔 대학생, 휴학 중인 그의 친구 이석. 어느 날 선배의 소개로 작은 카페의 바텐더로 취직한 이석. 어느 날 밤 영업을 마치고 문을 닫으려던 시각에 카페로 한 여인이 찾아온다. 술을 함께 마시고 그는 여자의 방으로 안내된다. 이석에겐 처음이지만 완벽한 정사. 그녀는 이석에게 베란다에 포인세티아 화분이 나와 있는 날은 와도 좋다고 말한다. 다음날부터 이석의 일과는 그 화분이 나오기를 기다리며 길 건너 창문만 올려다보는 일. 하지만 화분을 기다리는 사람이 자기 혼자만이 아니라는 사실을 깨닫고 좌절하는 이석. 화분은 골목길에 떨어져 깨지고 여자는 이사 간다. 애인과 헤어진 친구, 이제 친구의 오피스텔에 혼자 남겨진 이석……

최근에 발표된 박상우의 단편 「1942년 여름 포인세티아」라는 소설이다. 이 작품에서 눈여겨 볼 대목은 주인공 이석이 카페에 출근하면으레 길 건너편 여자의 이층집 베란다를 바라보는 일에 있다. '포인세티아 화분'이 만들어내는 무한한 기다림, 환상 만들기가 그것이다. 종

교에 깊이 빠진 어머니, 일자리를 구하기 위해 친구가 부재하는 오피
스텔에서 한낮을 보내야만 하는 일상, 새 애인을 찾아 방황하는 카페
의 젊은 사장 등은 모두 이 환멸스러운 시대에 대응하는 좌절의 기표
이다. 환멸스러운 삶 속에서 환상 만들기! 이 작품의 핵심은 여기에 있
다. 작가의 명민함이 돋보이는 대목. 우리 문화의 표정을 잘 짚고 있기
때문이다.

　　전생의 기억을 되살리고 천년을 넘어서도 사랑이 이루어진다는 내
용을 가진 책들이 많이 팔린다고 한다. 시내의 한 대형 서점에는 이같
은 소재를 다룬 책을 모아 별도의 코너를 만들어 놓고 있다. 신경 정신
과 의사 김영우가 쓴『김영우와 함께 하는 전생여행』이나 양귀자의 장
편 소설『천년의 사랑』이 베스트셀러 목록에 오르고, 강제규 감독의 영
화『은행나무 침대』는 많은 관중을 동원했다. 그리고 화제를 모았던
SBS의 드라마『8월의 신부』도 전생에서 사랑의 결실을 맺지 못한 남
녀가 정신과 의사의 도움으로 이승에서 옛 사랑의 기억을 되살린다는
내용을 담고 있다. 또한 신승훈의 노래「나보다 조금 더 높은 곳에 네
가 있을 뿐」이나, 룰라의「천상유애」, 서지원의「내 눈물 모아」, 장혜진
의「완전한 사랑」, 최근 몇 주 동안 인기 순위 수위를 지키고 있는 김민
종의「귀천도애」, 뿐만 아니라 윤종신의「환생」이나 여성 화장품의 CF
처럼 이같은 소재가 자주 등장하는 경우도 있다. 전생 퇴행 기법을 통
해 환자를 치료하는 외국의 이야기가 우리나라에 소개되기도 했다. 가
령, 미국의 브라이언 와이스의『나는 환생을 믿지 않는다』나『전생요
법』, 그리고 티베트의 고승 파드마 삼바바의『티베트 사자의 서』, 대니
언 브리클링의『죽음 저편에서 나는 보았다』와 같은 저서는 죽음을 경
험했다는 사람들의 임사 체험에 관한 이야기를 담고 있어 흥미를 불러
일으키고 있다. 이와 같은 현상은, 불안 심리가 증폭되고 있는 삶의 반

영이며, 도피적인 의식이 사회 문제화할 가능성을 지니고 있다는 반론과, 문학의 경우 '환상성'이 90년대 한국 문학의 새로운 화두로 문학적 자장을 형성할 수 있다는 판단에 이르기까지 다양한 형태의 찬반론을 낳고 있다.

그렇다면 이 문제를 어떤 관점에서 이해하고 수용할 것인가. 우리 문화의 성격과 문학 출판의 상관성을 중심으로 다음 몇 가지 시각을 제시해 보자

첫째, 구심적인 문화의 무게에서 벗어난 방향 모색이라는 관점이다. 부도덕한 정권이나, 권력의 억압적 성격이 예술적 상상력의 근간을 이루었던 시대로부터, 문화의 패러다임을 찾아가는 과정에서 나타난 문제점 중의 하나가 소재적인 빈곤함을 극복하는 일이었다. 영화, 대중 가요, 광고, 문학 등 상업적인 성공을 비중 있게 고려하지 않을 수 없는 부문에서 '새로움'에 대한 갈망이 대중들의 기호 변화에 민감하게 적응하면서 외형적 성공을 이루었다고 평가할 수 있다. 하지만 이는, 제반 문화의 부문별 특성을 고려하지 않았다는 점, 다시 말해 소비 계층의 차별성과 문화의 효용성에 대한 검토가 부재하고 있다는 비판을 면하기는 어려울 것이다.

둘째, 당연하게도 상업주의의 전략 아래 이같은 '소비재'는 확대 재생산된다. 자본주의 사회에서 상업주의 '자체'를 비판하는 것은 순진하거나 순수한 생각에 불과하다. 경쟁 사회에서 살아남기 위해 벌이는 '목숨을 건 투쟁'을 윤리적인 차원에서 재단할 수는 없다. 문제는 문화적 지표 혹은 방향성에 대해 되돌아보는 겸허함의 결핍에 있지 않을까. '모든 길은 롯데 월드로 통한다'고 말한 어느 문화 비평가의 말은, 너무 적실해서 오히려 우울하기까지 하다. '권위적인 해석 공동체'가 사라진 자리에 이를 대신할 '의사 소통적 합의 메카니즘'이 등장하지 못했다는 사실 또한 비애스럽기는 마찬가지이다.

셋째, 최근 문화의 흐름을 설명하고 판단하는 기준으로 '다양성'을 들고 있지만, 이는 엄밀히 말해 판단의 유보 혹은 함몰 상태를 지칭하고 있다는 점이다. 문화의 생산·유통·소비의 과정을 일관되게 지배하고 있는 일회적 소비 욕망이 자기 행위에 대한 반성을 근본적으로 방해하고 있다. 새로운 기능이 추가된 세탁기를 만들어서 '팔아야' 하는 것과 문학 행위는 조금 달라야 하지 않을까. 하지만 이런 고전적인 생각이 자주 희화화되고 있음 역시 주지의 사실이다. 그러나 현실 문맥에서 이는 사실로 나타나고 있다. 소설을 중심으로 나타난 출판 상업주의가 그것이다. 다시 말해 개방화·국제화 시대를 맞이하면서 문학도 새로운 진로를 모색해야 하는데, 일단 많은 수의 독자를 확보하는 일은 무엇보다도 중요하다고 그들은 생각한다. 이는 한국 문학의 출구 모색과 긴밀히 연결된다. 현실과 정치에 대한 강박 관념으로부터 자유로운 문학을 통해, 외국 작가들에게 빼앗긴 독자들의 시선을 모을 수 있어야 한다는 생각은 일견 타당해 보이지만, 상업 출판을 정당화하고자 하는 논리 뒤에 숨은 출세 욕구가 문학 내적인 소통 관계 위에 군림하고 있다는 의혹에 주목해야 한다. 상업적 출세주의를 은폐하고 있는 '세계주의' 논리는 철저하게 비판될 필요가 있다.

문화 상품이란 유통과 소비를 전제로 한다. 어떤 상품도 현실 경제 체제 밖에서 존재할 수 없다. 그러나 문화가 주변과 공동체의 삶을 이해하는 가장 예민한 촉수로 작용하고 있다는 점을 감안할 때, 삶의 수준을 드러내는 지표이자 구성원들의 입지를 말해 주는 척도로서 작용한다는 사실 또한 기억해야 하겠다. 합리적인 세계 이해와 일탈 욕망 사이를 오가는 자기 모순과 괴리감을 관심있게 지켜 보면서 토론을 유도하는 문화, 경직된 선입견을 거부하면서도 이질적인 담론에 대해 열린 문화 환경이 절실히 요구된다. 아름다운 미래에 대한 기대감, 따뜻한 사랑으로 충만된 삶을 희구하는 태도는 소중하다. 환상이 제거된

사회는 건강하지 못하기 때문이다. 그러나 그 환상을 유지하고 생의
발랄함으로 전화시키려는 진지한 노력이 전제되지 못한다면, 환상은
곧 환멸로 뒤바뀌고 말 것이다.

왜 여성의 글쓰기인가

프랑스의 작가 마그리트 뒤라스는 글쓰기를 고독한 자신을 응시하는 행위라고 말한다. 그녀의 글쓰기란 오두막집에 앉아서 검푸른 파리 한 마리가 날개를 파닥이면서 죽어가는 과정을 세심하게 관찰하는 일과 같다. 그리고 그녀는 그런 죽음이야말로 문학으로 전이된다고 말한다. 이런 비유가 설득력을 갖기에는 상당한 보충 설명이 필요하겠지만 그녀가 정작 말하고 싶은 것은 "우리 주위에 있는 모든 것들을 쓴다. 그것은 결국 인지될 수밖에 없는 것이다" 혹은 "쓴다는 것, 나는 불가능하다. 아무도 할 수 없다. 아무도 할 수 없다는 것을 이야기해야만 한다. 그래도 우리는 쓴다"(『고독한 글쓰기』, 49~62쪽)라고 했을 때, 결국 그런 글쓰기가 지향하는 지점, 즉 자기 내면을 보상하는 글쓰기의 '고독한 아름다움'에 관한 것이었다. 글쓰기를 문화적인 의사 소통의 한 방법으로 이해하는 일도 이제는 촌스러워 보이기까지 한다. 글쓰기는 마치 무의식의 가장 밑바닥에 도사리고 있는 자기 검열의 미세한 떨림막을 시험이라도 해보고 싶다는 듯이 자신으로 향한다. 타인의 시선을 끊임없이 의식하면서 존재하는 일의 고단함으로부터 벗어나, 자신을 최종적인 검열관의 자리에 앉히는 행위가 곧 요즘의 글쓰기이다. 당분간 삶의 자기 정체성에 대한 물음은 지속적으로 제기될 것이다. 문학이란 기본적으로 자신의 존재 의미를 묻는 행위라 할지라도, 그 묻는 방식의 차이를 문제삼지 않을 수 없다.

90년대를 몇 해 남겨 두지 않은 시점에서 정체성에 대한 물음은 그 야말로 한국 문화의 후진성 혹은 문화적인 답보 상태를 반증하는 일로 인식될 가능성도 있다. 미국의 화성 탐사선 패스파인더 호에 대한 관심이 자국내의 모순이나 지역적 갈등을 덮어 버리려는 음험한 욕망을 부추기는 일도 경계해야 하지만, 그야말로 인식론의 혁명을 가져올 패러다임의 변화에 대한 기대 또한 저버릴 수 없는 문제로 떠오르기도 한다. 그러면서 여전히 우리들은 북한에 보내어지는 밀가루 포장지에 국적 표시 여부를 은근히 관찰하기도 하고, 정치권의 개혁 수위를 지켜 봐야 한다. 자동차가 일천만 대를 넘어섰다는 신문 기사를 보면서 내가 차를 사야 할지 말아야 할지 고민해야 되고, 대도시 교통 문제 해결을 위한 캠페인에 동참하기도 한다. 어린 여학생이 화장실에서 아이를 낳았다는 보도를 보면서도 청소년 교육 문제를 장기적인 안목과 철학적인 바탕 위에서 정립하려는 정책적인 시도는 부재하고 있다. 모든 고통의 진원지도 '나'라는 개인이고, 그 고통의 치유 역시 관념적인 자아 성찰을 통해 세계를 초월적인 위치에서 바라보기만 하면 될 것 같은 신비주의가 문학계에 유행처럼 번지는 것도 사실이다. 치열하게 고민하고 몸으로 부딪치면서 살아가려는 자세를 읽어내기란 거의 불가능하기까지 하다. 문학을 한다는 것을 연예계에 데뷔하는 일에 비유라도 하고 싶은 것인지, 모두들 유명해지고 싶은 욕망에 시달리면서, 글쓰기를 처절한 매문의 위치로 격하시키고 있다. '문화'라는 말을 달고 있지 않으면 마치 도태되기라도 하는 것처럼 아우성치는 저급한 문화주의자들의 글이 권력이라는 형태로 독자들 앞에 나타나는 일을 언제까지 바라만 보고 있어야 할지. 그런 무모한 폭력은 삶을 진지하게 바라보고 생각할 기회를 원천적으로 박탈하여 조급한 글쓰기나 문학적 한탕주의만 확산시키고 있다.

몇 편의 소설 읽기가 이런 부끄러움을 가려 줄 수 있을는지. 여성들의 내면, 혹은 여성으로 바라보는 삶의 문제를 다룬 작품들이 눈에 뜨인다.

전경린의 단편 「바닷가 마지막 집」은 아름답다. 그런데 그 아름다움이 한참을 망설이게 한다. 아름다움이란 이 작품이 그려내는 주인공의 가난한 시골집 풍경이 안개 속에 감싸인 듯한 그림으로 다가왔기 때문이고, 그럼에도 망설여진다고 한 것은 주인공의 삶의 방향성에 관한 문제, 즉, 서울에서 자신을 찾아온 애인과 그에 대한 자신의 생각이 차분하게 정리되지 못했다는 느낌 때문이다. 단순히 그 남자 친구를 사랑하는가라는 문제에 앞서 그를 떠나온 이유와 그를 만났음에도 함께 서울로 갈 수 없었던 이유는 현실적인 문제와 깊이 연관되어 있다는 점을 부각시켜야 하지 않았을까. '승혜뿐 아니라 남자 애들이 좀처럼 자라지 않는 시대'에 대한 주인공의 기억은 아쉽지만 잘 드러나지 않았다. 다만, 이 작품의 서술 형태가 '~ㄴ다'의 현재형으로 이루어지고 있다는 점에 주목할 필요가 있다.

풍경 속에 깊숙이 안개비가 스민다. 열린 창문가에 서서 오랫동안 바깥을 내다본다. 구부러진 개울의 끝에 걸린 작은 다리는 안개에 묻혀 보이지 않는다. 색이 칠해지지 않은 블록 축사와 연못의 미루나무들과 성냥갑처럼 작은 농막, 참나무와 아카시아, 소나무로 가득찬 축사 곁의 산과 어린 모가 촘촘하게 심긴 연푸른색 들판, 하천변의 자갈돌과 습지의 풀밭, 말뚝에 묶인 누런 소 두 마리와 검은 염소 다섯 마리, 이따금 에에에, 울어대는 새끼들, 반대편 밤나무 과수원이 있는 산기슭…… <u>안개비에 젖은 풍경은 버려진 화</u>

투짝같이 진부하다. 개조차 짖지 않는다. 완전한 정적…… 나는 아주 옛날 부터 창가에 서 있었던 것 같다. (이하 밑줄 강조는 인용자)

이 부분을 그려내기 위해 이 작품은 쓰여졌는지 모른다. '안개비에 젖은 풍경이 화투짝처럼 진부하다'고 했지만 실은 주인공이 보는 그 진부함조차 아름답게 그려지고 있는 것이 사실이다. 하지만 이 아름다움은 방향성을 상실한 채 허공으로 분해되고 만다. 승혜를 보내고 돌아오는 길에서 '나는 그대가 바닷가 마지막 집에서 살았으면 좋겠어요. (……)세상에서 멀리 떨어져 있는 그곳엔 모든 소리가 잦아들고요. 어스름만이 소곤소곤 한 시절을 노래할 뿐입니다……' 라는, '누군가 속삭이는 소리'는 주인공이 발딛고 있는 현재의 상황을 가장 적실하게 그려 주고 있다. 승혜를 따라 나설 수 없는 상황, 혹은 안개비의 풍경만을 바라보아야 하는 '나'의 삶은 저 상처받은 시절의 체험과 연루되어 있다. 농촌 사람들에게 축산을 장려하고 뒤로는 쇠고기를 수입해야만 했던 한국 경제의 구조적 모순에 대한 승혜의 비판적인 주장은, 현실성을 떠나서 큰 울림을 주지 못하고 있다. 승혜의 말, 혹은 승혜라는 인물은 흔적으로만 남는다. 그에게 마을을 벗어나는 길을 가르쳐 주는 주인공이 그가 간 길을 잠시 따르다 어느새 그의 모습이 보이지 않게 되는 지점에서 발길을 돌리는 장면은 '빛바랜 기억'과 '안개 속의 현재'를 맺었다가 풀어 주는 대목이기도 하다. 상처난 영혼에 대한 보편적인 체험의 강도가 한국인처럼 큰 경우도 드물 것이다. 여성으로부터 발화되는 성적 체험의 담론이란 상실감과 같은 맥락에서 이해된다. 자기 정체성의 모색은 커다란 상처와 결락을 전제로 한다는 것, 가장 정직하게 자신을 드러내는 것은 맨살의 기억을 보여주는 일과 같다는 점에 대한 고통스러운 인정이야말로 한국 문학이 떠안은 숙명이라고 할 수 있다. 그래서 성적 체험은 일종의 존재론을 이룬다. 소설 쓰기가 대개의 경우 실존의 조건을 다루는 것은 사실이지만, 여성의 글쓰기의 경우 가장 예민한 현실 문제에 자주 연결된다. 김이태의 「고양이와 빨간장갑」이 주목되는 까닭은 이 때문이다. 경화와 민숙은 대학 시절 친했던 친구이다. 그들은 '똑같이 방황하고 똑같이 사상에 매혹되어 숱한 시간을 집어먹었'던 사이이다. 하지만 경화는 의사를 만나 결혼하고, 민숙은 대학에서 '미학개론'을 강의하면서 홀로 살아간다. 그런데 민숙은 경화 남편과 우연한 만남 뒤 '세 번' 잠자리를 같이한다. 민숙은 임신을 하게 된다. 전혀 사랑이 개입하지 않은 관계였지만 민숙은 아이를 쉽게 유산시킬 수 없었다. 문제는 민숙이 아이를 유산하느냐 않느냐, 혹은 친구 남편과 불륜의 관계를 유지할 수 없다는 도덕적 갈등이 아니라, 민숙이 지녀왔던 관념과 현실 사이의 괴리, 이론이라는 회색 빛 세계와 총천연색 현실이 빚어내는 틈 속에서 제대로 서지 못하는 자신을 바라보는 데 있다.

나는…… 미학개론이라고 적힌 노트가 보였다. 아 저 세계, 마치 진리가 저만치 네모, 동그라미로 만져질 듯 추상의 벽돌을 쌓고 그것이 비누든 두부든 감격하기조차 하는 세계. 젊고 무지한 얼굴들. 그리고 섣부른 꿈을 꾸는 얼굴들. (……)<u>자신의 진회색 울스커트가 갑옷처럼 느껴졌다.</u> 벌써 배가 불러오는 것은 아닐 텐데. 그녀는 라디오를 틀려다 다시 그 아파트 안의 미니 콤포넌트를 기억하고는 테이프를 보이는 대로 마구 던져버렸다.

민숙이 고민하는 내용의 핵심은 그녀가 임신을 했다는 사실에 있지 않다. 90년대의 달라진 삶의 환경을 인식하는 데 걸리는 시간의 낙차를 그리고자 했던 것이다. 경화 역시 경제적으로 안정된 생활을 하면서도 지나가 버린 시간 앞에 속수 무책으로 던져진 자신에 대해서 고민한다. 이 작품의 아름다움은 임신 모티프를 가정 문제 내부로 귀속시키지 않고 여성의 정체성 탐색이라는 범위로 확대한 점에 있다. 그렇다면 민숙이 뜻하지 않은 임신을 하고 자신이 지금까지 가져왔던 이론이라는 관념의 늪을 다시 한 번 돌아보는 표정을 짓는다는 사실과 경화의 내적인 갈등은 같은 수준에서 인식될 필요가 있다. 경화는 작은 가게라도 하나 얻어서 일을 하고 싶어한다. 갑자기 일을 찾아 나선 자신에 대해서 당황해 하는 일이 단순히 새로운 일을 시작하는 데서 오는 불안감이 아니라는 점이 중요하다. 경화의 고민은 좀더 근본적인 곳에 있었던 것이다. 즉,

> 그녀는 자기에게 내재된 또 다른 가능성, 그리고 그것이 제시하는 어두운 미래를 일부러 무시하고 있었다. 기억. <u>그곳은 항상 쇠못으로 단단히 박힌 창고처럼 열어보아선 안 될 금지된 구역</u>이지만 언제 그 유전의 지뢰가 터질지 모른다는 불안감에 그 앞을 두리번거리게 했다.

다시 말해 지나가 버린 시절에 대한 회한과 지나치게 안온한 일상의 따뜻함이 빚어내는 괴리감으로부터 그녀는 자유롭지 못했던 것. 결국 이 작품은, 젊음의 한때를 보냈던 시간이 지나고 서른 살이 넘어서 가지게 된 편안한 일상에 대한 반성 혹은 그 일상의 견고한 질서에 틈입하는 균열을 통해 지금 이 시대의 삶을 돌아보게 한다.

변화를 시간의 거역 불가능한 물리적인 흐름으로만 이해하는 것이 아니라, 변화의 의미를 깨달으면서 변화된 내용을 이해하는 방법론을 갖는다는 사실이 중요하다. 그 방법론을 매우 투명한 색채로 채색한 작품이 이남희의 「플라스틱 섹스」이다. 이 작품은 20대 젊은 여성과 서른 살의 소설가 사이의 동성애를 통해 '사소한 일상성에서의 변화'를 포착하면서 이 시대의 문화적인 지형도를 그려 보고자 한 소설이다. 소설가 은명은 어느 날 한 대학 앞 카페에서 초록이라는 젊은 여성

을 만난다. 그들은 친해졌고 함께 은명의 집으로 가 잠을 자기도 한다. 초록이는 매우 자유로운 사고 방식을 지닌 여성이다. 초록이의 유혹이 낯설고 어색했지만 그녀와 동성애를 가진 뒤 은명은 남성과의 성 관계에서 가질 수 있는 '굴욕적인 느낌'을 지울 수 있어서 매우 색다른 경험이라고 생각한다. 어느 날 소설을 써야 하는 은명을 유혹하는 초록이를 거부하면서 은명과 초록은 사소한 다툼을 한다. 다음날 초록이는 은명의 노트북 컴퓨터를 들고 집을 나간다. 원고를 잃어버린 은명은 초록이를 찾아 나선다. 수소문 끝에 초록의 행방을 알고 있다고 짐작되는 한 여성을 만난다. 대학 앞 지하 카페에서 록 음악을 연주하는 김희완. 그녀와 만나 이야기하는 동안 은명은 성애를 표출하는 방식의 새로움, 혹은 새로운 문화적 환경에 대하여 생각하게 된다. 그것은 은명이 지녀왔던 허위 의식에 대한 성찰을 가능하게 하는 계기로 작용한다. 달라진 시대는 성적 표현의 방식과 그 욕망을 다스리는 방식에서부터 변화를 읽게 한다는 논리.

시대가 바뀌면 섹스도 외형적인 모양새보다는 그 내용이나 마음의 참됨이나, 거짓 진정성 같은 게 더 중요하게 되지 않을까요? 불과 얼마 지나지 않아 그렇게 될 거예요.

라는 김희완의 말을 듣고 은명은 '혀를 내두르며 침묵을 지키기로 한다'. 그러면서도 김희완과 함께 초록이가 있을지도 모르는 카페로 향하면서 '더욱 간절하게 그 아이가 보고 싶어졌다. (……)기대감으로 소름이 돋은 팔뚝을 자꾸 문지르며 자신이 찾는 것은 꼭 「어머니의 식민지」 초고만은 아닐지도 모른다고 중얼거려 보았다'라고 은명은 생각한다. 남성 중심적이면서 억압적인 생식의 부담으로부터 벗어나는 자리, 성적인 느낌을 같은 방향에서 공유할 수 있다는 점, 성기 중심적인 성으로부터 이탈할 수 있다는 논리 등이 여성 동성애의 문화적인 존재 이유를 설명하는 방법으로 다양하게 제기되어 온 것이 사실이다. 이 작품은 기존의 이같은 이론적인 논의에 구체적인 모습을 부여하는 형식으로 쓰였지만, 초록이의 여성 편력에 대한 설명이 지나치게 윤리적인 측면에서 이해될 가능성을 남긴다든지, 김희완의 생각에 주변 문화의 환경을 덧붙여 함께 그려 주지 못해서 무게감이 실리지 못한 점, 은명의 소설 쓰기가 지향하는 방향이나 소설가로서 정체성에 관한 질문이 심도있게 그려지지 못한 아쉬움을 남기는 것도 사실이다. 한 여성의 성장 과정을 그리면서 사랑했던 남자의 배반을 이기지 못해 자살하고 마는 이야기인 김연경의 「은유희」는 기존에 수없이 다루어졌던 소재를 새로운 방법으로 그리고자 했지만 소설 구성에 관한 묘미를 살리지 못했고, 지나치게 사유화된 감정 속에 사로잡혀 있어 사건을 대하는 주인공의 감정을 객관적으로 제시하지 못한 단점을 남긴다. 이청해의 「러브호텔」 역시 40대 주부의 일상에 갇힌 삶을 비교적 진솔하게 담아내고 있지만 그 진솔성이 지나치게 상투화된 결론과 맞닿아 있어 윤리적인 관습을 그대로 수용하고 마는 아쉬움을 남겼다. 기존의 윤리적인 척도에 대한 수용 자체가 소설을 실패로 이끄는 것은 물론 아니지만, 이미 독자에게 소설의 결말을 예상하게 했다는 점에서 이는 구성의 실패와 관계될 수 있기 때문이다. 다같이 중년 여성의 주인공을 등장시켜 일상의 아름다움에 접근해 가는 이야기를 그린 김미선의 「무극행」, 윤순례의 「봄볕」은 따뜻하게 읽히는 작품이었다.

격동의 시대를 겪은 한 주인공의 상실감을 절제된 형식으로 그려낸 김영현의 「내 마음의 망명정부」와 최근 가장 예민하게 다루어지고 있는 환경 문제를 좀더 실천적인 안목에서 형상화해낸 김남일의 「확실한 봄」은 현재 한국 소설이 처한 입장을 가장 정직하게 드러내고 있다는 생각이 든다. 김영현의 경우, 기르던 흰색 문조 한 마리의 죽음을 주인공의 현실적인 입지에 대응시키는 구성은 이 작품의 매력을 더해 주고 있다. 살아본 만큼 쓴다는 다소 무거운 명제에 부합하는 일이 현재로서는 가장 진솔한 글쓰기 행위라고 믿는 이 작품에서 한 가지 아쉬웠던 것은 더 이상 펼쳐 보일 삶의 심연은 없다는 가정, 혹은 초월적인 삶의 자세로서 먼 곳을 응시하는 작가의 시선에 뼈아프게 동감하면서도 만족할 수는 없었다는 사실이었다. 가령, 소설의 마지막을 장식하는,

> 내 마음 속에 망명정부가 있어
> 바람 부는 아침이나
> 비 내리는 저녁
> 나는 망명한다. 내 속으로……

라는 진술은 아름답지만 고통스럽기 때문이다. 이런 점에서 남편을 따라 고향에서 농사를 지으며 소박하게 환경 운동을 펼쳐 보이는 한 여성을 그려 보인 「확실한 봄」이 주목할 만한 방향을 제시한 것이라고 판단된다. 상처난 자리에 대한 응시보다는 상처를 달래는 방식에 대해서 우리 소설은 더욱 진지하게 모색하고 실험해야 할 것이다. 북한 동포들을 돕자는 구호 아래 벌어진 아사 체험 운동과 여성의 다이어트 문제를 병렬시킨 박덕규의 「단식」은 작가의 저널리즘적인 감각이 돋보이는 작품이었고, 이일경의 「취생몽사 1997」은 젊은 여성의 내면을 세밀하게 포착한 점이 주목되었다.

　장마비 소리가 창 밖을 가득 채우고 있다. 빗소리는 가끔 외로움을 더해 준다. 여성을 주인공으로 내세운 소설 쓰기가 삶에 대한 깊은 응시를 통해 문화의 그늘을 펼쳐 보일 수 있다면 그들의 고독은 때론 아름다울 것이다. 그런 고독은 빗방울과 잘 어울릴 듯하기 때문이다.

2부

진정성의 시학

'근원'을 묻는 두 가지 방법

고은 『백두산』, 김지하 『중심의 괴로움』

1. 반성이란 무엇인가 ?

오늘날은 반성의 시대인가? 이러한 질문은 90년대 문학을 논의하는 지점에서, 특히 지난 시대의 정치적 상황으로부터 파생된 삶의 문제를 논의하는 자리에서, 중요하게 제기될 필요가 있다. 윤리적인 가치 판단이 문학적 성과를 가늠하는 척도가 되어서 작가의 삶의 실천을 문학 해석상의 중요한 전거로 인식했던 80년대의 상황이 시대적 유효성을 갖고 있었던 것은 사실이다. 이제 정치적 상황이나 사회적인 분위기가 달라졌다고 하여 새로운 문학적 관점, 더 넓게는 달라진 환경에 적응하는 삶의 지표가 수립되어야 한다는 논의가 문학적 관심으로 부상하고 있다. 지난 80년대를 살아오면서 작가에게 주어진 정치적인 상황은 오히려 문학을 이해하는 매우 쉬운 방법이 되어 왔다. 현실적인 문제에 관심을 가지는 주체는 모순을 이해하는 의식의 공통 분모를 지녀서 삶의 다양성을 단일한 언어적 규범으로 환원시키는 능력을 가져야 한다는 관점이 작가들의 창작 과정에서 강하게 작용했으며, 이러한 관점이 객관적인 윤리적 규준으로 검증된 것으로 받아들여졌던 것이다. 이는 담론에 의한 지배라는 무반성적인 문학을 양산하는 결과를 낳았고 인간에 대한 폭넓은 이해의 계기를 차단하기에 이르렀다.

현실 정치에 목소리를 높이는 것이 시대 정신으로 이해되었던 과거를 불행했다고 쉽게 말하는 것 역시 문제가 없는 것은 아니다. 그만큼 억압적 실체는 가시적이었으며 위협적이었기 때문이다. 문제는, 과거를 돌아다보는 현재의 입지가 과거를 부정적으로 인식하는 계기를 만든다든지, 과거를 더 적극적으로 폐기하는 행위를 통해 문학적 입각점이 세워진다면, 그래서 새로운 시대 정신이 반성적 담론 구조의 창출에 있다고 여기는 자세를 지상의 과업으로 생각하거나, 그러한 반성조차 엄밀한 '입장'에서 제기하지 못하는 태도가 차라리 불행한 것은 아닐까.

"아무도 사랑해 본 적이 없다는 거/언제 다시 올지 모를 이 세상을 지나가면서/내 뼈아픈 후회는 바로 그거다/그 누구를 위해 그 누구를 사랑하지 않았다는 거//젊은 시절, 도덕적 경쟁심에서/내가 자청한 고난도 그 누구를 위한 헌신은 아녔다/나를 위한 헌신, 나를 위한 나의 희생, 나의 자기부정/그러므로 나는 아무도 사랑하지 않았다/그 누구도 걸어 들어온 적 없는 나의 폐허"(황지우 「뼈아픈 후회」)라는 진술이 전략적일 가능성은 없는가. 반성하는 행위 자체가 문학적 주제가 되고 반성적 담론이 지배적인 자리에서 조직되는 일이 이 시대의 문학적 과제라는 생각이 작가·시인들의 내면을 구축하는 현실은 또 하나의 무반성적 메카니즘을 만들어낼지 모른다. 어쩌면 작가들의 중심지향적 사고 방식, 자신을 시대의 중심에 위치시키지 않으면 잠시도 살아갈 수 없는 사람들의 조바심이 자신들을 끊임없이 반성하게 하는 것은 아닐까. 80년대가 투쟁을 통해 시대의 중심에 섰다면 이제는 반성을 통해 중심을 찾고자 하는 것. 여기에 오늘날 우리 문학이 부담스러워하는 문제의 일단이 자리잡고 있다. 현실을 비판적으로 바라볼 줄 모르는 자기 반성은 호사가적인 취미에 불과하다는 것. 소위 내면적 삶의 구경을 탐구하는 일이 정신의 성숙성을 드러낸다는 생각이 유행처럼 확산되고 있는 현실에서 문학이, 과거를 '폐기'하는 후회가 아니라 과거를 '지양'하는 반성이기 위한 노력이 요구되는 것이다. 따라서 반성의 역사적 의미는, 문학사적인 관점을 요구한다.

달라진 삶의 중심을 모색하는 것이 과거를 일회적으로 회상하는 일에서 멈추지 않는다면, 논의의 중심은 어디에 두어야 할 것인가. 이 문제를 생각하게 하는 중요한 단서가 고은의 『백두산』과 김지하의 『중심의 괴로움』이다. 자본주의가 발달한 국가에서 과연 서사시라는 형식이 가능한가라는 문제를 제기하면서 한국 사회의 문제를, 여전히 해결되지 못한 민족 모순에서 발원한다고 보는 관점과 속살의 상처를 드러내는 일의 고통스러움을 서정의 응축을 통해 표현하는 방법의 '낯설음'과 '낯익음'을 변별하면서 우리 문학이 지향해야 할 하나의 방향을 비판적 과제로 설정하려는 것이 이 글의 목적이다. 여기에는 삶의 현실적 고통, 즉 정치적인 감시 · 구금 · 고문 · 방황으로 점철된 두 시인의 삶이 변화된 세계와 어떻게 조율해 가고 있는지를 살펴보기 위한 논의의 출발이라는 의미도 포함된다고 할 수 있다.

2. 절망의 서사적 기원

환멸은 도처에 있고 절망은 끝이 없구나……

그것이야말로

새로운 힘을 낳는 희망의 어둠

—『백두산』 4권 102쪽(이하 4—102로 함)

『백두산』이 처음 간행된 것은 지난 1987년의 일이었다. 당시의 민주화 열기는 우리들의 삶 자체를 규정하는 것이었는데, 사회에 미만해 있는 정치적 열망과 관련하여 볼 때, 이 작품의 출현은 고무적인 현상이었다. 1부 1, 2권의 간행으로 한국 시문학사상 보기 드문 장편 서사시의 면모가 드러나기 시작한다. 그후 약 4년간의 공백기를 거쳐 1991년에 2부 3, 4권이, 이어서 1994년에 3부 5, 6, 7권이 간행됨으로써 기나긴 시적 여정을 맺음하고 있다. 여기서 주목되는 것은 2부가 간행되기까지의 4년이라는 시간적 간격과 그에 따른 시인의 고백이다. 그에 의하면 이 4년이라는 시간은 '시가 무엇일까'라는 근본적인 질문에 새롭게 마주했던 시간이었다. 이 물음은 시가 역사적으로 좀더 의미 있는 부분에 한걸음 다가서는 일이기도 하는 것이어서 분단 모순의 극복 의지에 천착하는 자세야말로 시인의 참된 모습임을 확인하는 시간이었다는 것이다.

그런데 시인의 이러한 고백은 다른 관점에서 고찰할 필요가 있다. 다시 말해 작품이 늦어지게 된 이유는 '조국에 대한 사랑'을 확인하는 시간의 필요성과 함께 사랑의 대상이 변화하고 있는 모습을 어떻게 볼 것인가 하는 고심이 작용했기 때문이다. 3부 5권의 머리말에서 시인은 이렇게 말하고 있다.

이 일을 끝마치는 데 어느덧 10년 세월을 밑돌기까지에 이르렀다. 까닭인즉 자주 다른 일에 해찰의 눈을 파느라고 그랬거니와 지난 10년의 시대 변천의 긴박성의 의미가 상대적으로 실종되는 듯한 상황에 이르기까지 이 일의 박음질에도 그 영향이 없지 않았다. (밑줄 강조는 인용자)

　지난 10년간의 사회적 상황의 변화가 시집이 늦게 간행된 원인 가운데 하나라는 언급이 중요하다. 그것은 여전히 민족의 내부 문제에 대한 고찰의 필요성은 남아 있는가라는 문제와 더불어 시인이 선택한 장편 서사시라는 장르의 역사적 의미에 대한 질문과 궤를 같이하기 때문이다.

　따라서 문제의 핵심은 왜 『백두산』인가라는 점이다. 여전히 민족의 정신적 근원에 대한 탐구가 유효한 작업이 될 수 있으며, 서사시의 역사적 대응력이 문학적 긴장을 유지할 수 있는가라는 다분히 회의적인 반응에 대한 응답의 필요성이 제기되는 것이다. 작품이 갖는 자체 의미에 대한 독해와 이 작품이 갖는 총체적 의미를 오늘날의 삶의 형식에 비추어 반성해 보는 과정을 통해서 문제에 육박하고자 한다.

　　여기가 어디라고
　　마천령 산자락 북녘 끄트머리
　　허항령 넘어
　　삼지연 물가에
　　물 건너
　　낙엽송 그림자 울타리 삼엄하구나
　　여기가 어디라고
　　여기가 어디라고
　　여기까지 와서
　　이제 돌아가지 못한다
　　돌아갈 데 없이
　　돌아갈 데 없이 돌아가지 못한다
　　거적에 말려 송장으로도 돌아가지 못한다(1-18)

　　1890년대의 조선 사회는 내부의 정치 · 사회적인 영역에서 전반적인 위기에 봉착했던 시기라고 볼 수 있다. 내부적으로는, 상업자본의 초기 형태의 축적 과정이, 기존의 사회 구성 질서가 재편되는 과정에서 제도적인 질서로 형성되지 못하였고, 외부적으로는 주변 열강들의 세력 확장에 맞서는 뚜렷한 정책 방향을 수립하지 못한 채, 조선은 크게 동요하고 있었다. 이런 상황에서 민족적 생존과 부패 관료의 척결을 주장하면서 나타나게 된 민중들의 봉기가 제국주의 반대 투쟁과 결부되면서 성장하게 된 것이 의병 투쟁이었다.『백두산』은 19세기 말 조선 사회의 이러한 모순에 기초하면서 민중들의 궁핍한 삶과 사랑에 얽힌 이야기가 어떻게 당대의 중심적인 문제와 만나게 되는지를 일제 강점기 항일 무장 투쟁을 중심으로 보여주고 있다. 우리 민족이 걸어야 했던 고단한 삶의 역정과 숙명이 역사와 만나는 필연성에 대한 고통스러운 확인 행위가 이 작품에서 그려지고 있다. 주인공에게 '길 가기'는 자신에게 주어진 삶의 질곡을 처절하게 인식하면서 자신이 놓인 세계 자체의 모순에 대해서 눈뜨는 과정이었다. 그러나 그 길은 '돌아가지 못하는' 길이면서, 끊임없이 역사 속으로 회귀하는 길이기도 하다.

　　양반 대가의 머슴이었던 만길이는 주인 아씨와 사랑하면서, 백두산 밑 삼지연까지 도망을 하게 되는데, 그들의 여정은 '쪽빛 물든 새 세상'(1—54)에 대한 그리움에서 비롯된 것이다. 그들의 사랑을 방해하는 것은 토착 봉건세력과 외세였다. 이러한 사실을 주인공 만길이가 깨닫는 과정은 끊임없이 다른 사람에게 자신이 주어진 세계의 실상에 대하여 듣는 것으로 묘사되고 있다. 삶의 층위가 다양화되고 자기 존재를 자연적 존재로부터 사회적인 관계의 그물 속에서 이해하게 될 필요성이 증대되면서 물리적인 세계의 좁음을 깨닫고 세계의 외연적 확장을 필요로 할 때 장르 선택에 본질적인 변화가 온다. 한 여인을 사랑하는

일이 자신의 삶을 근본적으로 변화시키는 동인이 되었음을 그가 깨닫
는 순간, 그는 돌아오지 못할 길 위에 서 있는 것이다. 이 경우 죽음은
역사적이다.

그들이 자리잡은 백두산 물가 삼지연은 그들에게는 억압과 구속이
없는 자유로운 공간이면서 지금까지 그들에게 주어졌던 봉건적 질서
를 근본적으로 회의하게 되는 지점이 된다. 그것은 백두산이라는 존재
의 웅장함을 체화하면서, 숙명적인 굴레를 벗어나는 힘을 지닐 수 있
다고 생각했기 때문이다. 눈 덮인 산길에 쓰러진 서필 노인을 구해 아
버지로 모시고 아들까지 얻은 만길이가 천지에 오르는 행위는 일종의
제의적인 엄숙함을 지닌다. 그것은 자신이 살아온 지금까지의 시간의
고통·모순·질곡이 역사의 공간에서 상쇄되는 순간이면서 새로운 세
계로 향하는 삶의 발원지에 대한 확인 행위이기 때문이다. 실존적 개
인에게 주어진 삶의 곤고함이 대지적인 신비와 풍요로움에 대비될 때,
주체는 도달하기 어려운 삶의 지평에 대한 끊임없는 그리움을 표출하
게 된다. 천지의 장관을 보고 '아름다운 슬픔'(1-133)이라고 느끼는 것
이란 바로 삶이 역사와 만나는 지점에서의 회한의 표출이면서 동시에
역사가 혁명적인 낭만주의로 이해되는 순간이기도 하다.

머슴 만길은 김투만이라는 이름으로 개명하면서 이후 자신에게 주
어진 자연적 환경을 역사적 모순의 발현으로 이해하게 된다. 여기서
주목해야 할 것은 문제적 주인공으로 성장해 가는 김투만에게 삶의 의
욕과 투쟁의 열망을 깊게 간직하도록 하는 원인으로 그의 아내 조화연
이 있다는 사실이다. 김투만에게 아내는 삶의 중심을 지탱하게 하는
존재이다. 자신의 삶을 반성하고 역사의 공간으로 뛰어들게 되는 시점
에서 고민하는 김투만의 내면에는 그의 아내에 대한 사랑과 외경이 존
재하고 있다. 주어진 삶을 쉽게 거부하지 못하고 사랑하는 가족과의
안온한 생활에 안주할지도 모르는 자신에 대하여 자책하는 그의 내면

에는 무엇보다도 아내에 대한 부끄러움이 강하게 자리잡고 있다.

> 부끄러움이여
> 아름다운 아내여
> 장차 아이 들 거룩한 여자여
> 말 한마디도
> 물에서 물 뜨듯이 삼가하는 사람이여
> 흐르는 물
> 호수에 이르러 고요함이여
> 무엇보다도 이 아내에게 낯 들 수 없는 부끄러움이여(1—183)

민족을 위한 투쟁의 역사의 이면에는 사랑하는 남편들을 사지(死地)로 나가게 할 수 있는 여인들의 의연함이 있다는 사실에 시인은 많은 부분 주목하고 있다. 투만이 둘째로 얻은 딸 옥단이 후에 여성 운동가로서 일제에 저항하다가 백두산 근처에 이르러 목숨을 거두는 장면이 『백두산』의 대미를 장식하고 있는 것 역시 중요한 의미를 갖는다고 할 수 있다. 옥단의 죽음은 종말이 아니라 새로운 기원이 되고 있다. 그녀의 죽음을,

> 새로 눈이 내린다
> 쓰러진 옥단을
> 그 눈이 덮어준다
> 따뜻한 것은 오직 그것뿐
> 그 눈에 덮여서
> 그것이 사람인지 무엇인지 모른다
> 〔…중략…〕

마침내 눈 쌓인 세상 하나

그칠 줄 모르고

눈 퍼붓는 세상 하나

높은 곳 낮은 곳

다 없어지는 세상 하나

아니 그것이야말로

한 나라가 아니라

온 세상 여러나라의 새로운 시작이므로 (7—271)

라고 묘사하는 마지막 대목에서 죽음이 '새로운 시작'으로 인식되는 것이다. 또한 만주 항일 무장 독립군이 점차로 세력을 잃게 되면서 국내로 진입하게 된 바우가 자신의 어머니의 고향 부여에 이르러 삶의 활력과 국내와 만주를 연결하는 항일 투쟁으로 새롭게 활동하게 되는 장면도 이와 같은 맥락에서 이해할 수 있다. 여성성의 대지적 풍요로움은 역사를 산출하는 굳건한 토양이 된다는 사실의 확인이다.

　작품의 전반부에서 잘 드러나고 있는 혁명적 낭만주의는 1920년대 항일 무장 투쟁을 다루는 후반에 이르면 상당히 약화되고 있다. 그것은 두 가지 방향으로 나타난다. 일본군의 끊임없는 증원과 우세한 화력, 이와 달리 빈약한 무장에서 비롯되는 독립군의 소멸과, 독립군 내부의 노선 갈등에서 빚어지는 세력 다툼을 묘사하는 장면이 그것이다. 특히 중요한 것은 두 번째 경우이다. 김투만은, 독립군 내부의 갈등이 무력 다툼으로 이어지는 와중에서 동포가 쏜 총탄에 맞아 죽음에 이르는 것으로 그려지는데, 그의 허망한 죽음을 통해 시인은 민족적인 슬픔의 일면에 천착하고 있다.

　『백두산』이 보여주고 있는 역사적 전망은 비애를 담고 있다. 이는 간도 지방 조선인의 처참한 생활과 독립군 내부의 노선 갈등이 빚은 결과였다. 김투만의 아들 바우가 손목이 잘리는 부상에도 불구하고 조국의 독립을 위해 영하 35도까지 내려가는 혹한의 시베리아를 떠돌면서 투쟁을 하다 상황의 악화로 국내로 잠입했을 당시 국내의 풍경을 보면서 느꼈던 심리적 당혹감에 대한 묘사는, 이 작품이 보여주는 감동의 한 자락을 이룬다.

> 그들은 원산항에서 놀랐다
> 〔…중략…〕
> 저자거리의 인력거가 바쁘고
> 교복을 입은 루씨고녀 여학생이
> 싱싱한 웃음소리 남기며 지나갔다
> 자동차도 지나갔다
> 〔…중략…〕
>
> 두번째로 놀란 것은 서울이었다
> 남대문 역전
> 그 사람 득실거리는 곳에서
> 어쩔 수 없이
> 북국의 전사는 한갓 시골 사나이였다(6—228, 229)

이러한 느낌은 전사들만이 갖는 괴로움의 일종이거나 혹은 전위에 선 사람만이 갖는 외로움으로 이해할 수 있다. 주어진 삶을 혁명을 통해 개선하고자 투쟁하는 이들의 내면에 자리잡은 외로움이란 고통을 견디는 힘이 될 수 있다. 역사에 대한 애정, 민족에 대한 사랑이 클수록 외로움의 깊이는 더하는 것이다. "외로움이라는 것/외로운 신세/나 혼자라는 것/그것은 외로움 자체가 아니었다/실로 모든 것을 갖춘 것/

이것도/저것도/다 갖춘 것/하나의 나라인 것/그것이야말로/저 솔개처럼 외로움 그것"(5-77)이라는 진술은 실존적인 '놓임'을 외연적인 관계 속에서 이해할 수 있었던 내면적 고투의 결과라고 할 수 있다. 흔히 고은에게 있어 현실의 모순에 대한 인식은 슬픔 혹은 외로움으로 인식되는 경우가 많은데, 이 경우 슬픔은 힘이 되는 것이다. 모순에 대하여 열려 있는 지성은 슬픔을 이해한다. 김투만 아내의 죽음에서 비롯되는 슬픔조차, 그리하여 "슬픔이란 함부로 달래지 마라/아무도 달랠 수 없는 그 슬픔"(6-136)의 존재마저 투쟁의 동력으로 삼을 수 있었던 것, 여기에 고은 시가 확보하고 있는 내면이 존재한다.

　『백두산』의 문학적 성과는 독립군의 활동을 묘사하는 데 있지 않다. 역사적으로 평가된 자료를 해설하는 것이 문학의 영역은 아니기 때문이다. 문제는 왜 이러한 장편 서사시가 고은에게 필요했는가 하는 점이다. 험열했던 80년대를 지나 90년대에 접어들면서 혁명적 낭만주의를 기저로 하는 민족주의 문학이 서사적 긴장력을 차츰 잃어 가고 있는 것은 사실이다.서사시가 민족 내부 모순의 극복과 해소를 위한 충격 장치로 작용한다는 생각이 일면 타당성도 지니지만, 정치적인 의미에서 뚜렷하게 맞설 대항 세력이 분명한 실체로 존재하지도, 사회 전반이 중요한 전환기적 특징을 드러내지도 않는 것처럼 보이는 오늘날, 여전히 장편 서사시가 씌어지고 있는 실정을, 한국적 상황의 특수한 일면이라는 말로 설명할 수 있는가. 결국, 『백두산』이 씌어지는 근본적인 동기는 어디에 있는 것일까 하는 문제로 귀결되는데, 이는 『백두산』을 어떻게 읽을 것인가 하는 문제와 동궤에 놓인다고 할 수 있다. 이를 위해 다음 두 가지 근본적인 문제에 대하여 생각해 보기로 하겠다.

　첫째, 서사시라는 장르의 문제를 그 출현 배경과 관련시켜 생각할 수 있다. 시인이 생각하는 현실이 전환기적인 상태에 처해 있어서 새로운 가치 기준에 대한 사회적 · 정치적 필요성은 증대되지만, 사회가 대안을 제시하지 못할 때, 역사 속의 특정한 시간을 빌려와 현실 모순의 해결을 위한 알레고리로 등장할 수 있다. 이 경우 객관적인 상황은 작품의 내적 형식에 종종 부합하는데, 전후에 등장했던 몇 편의 서사시, 『금강』『남한강』 그리고 담시라고 불리는 『오적』 등은 대개 그들이 대응하고자 했던 현실적 상황을 상정하고 있다는 공통점이 있다. 서구의 서사시가 보편적인 수준의 것이라면 한국의 서사시는 민족주의 이데올로기가 강하게 작용하는 특징을 보인다고 한 견해(김재홍)도 이와 같은 맥락에서 이해할 수 있다. 둘째, 특정한 주제가 서사시적 형식을 요구하는가, 아니면 작품을 산출하는 시인의 현실적 경험이 미적인 차원을 결정하는가 하는 점이다. 이 경우 작품의 주제는 시인에 의해 선택되는 것으로 경험적 진실성이 '서사적 진실성'(윤리적 역사 의식)을 성립시키는 결정인자로 작용하는 경우가 많다.

고은은 후자의 관점에 좀더 가까이 있다. 80년대의 상황이 『백두산』을 선택하게 했지만 그것을 완성시킨 힘은 열정을 다스리는 고은 특유의 방법에서 유래한다. 그것이 다름 아닌 분노의 시적 육체 갖기다. 이는 어떠한 이념적 논리적 해석보다도 우세한, 민족주의적 애정에서 비롯되고 있다. 가령 시베리아 항일 투쟁에서 바우 일행은 소련 볼셰비키 혁명군에 가담하게 되는데, 고은의 관심은 독립군의 일부가 마르크시즘과 어떻게 연관되는가에 있는 것이 아니고 독립군 사이의 세력 다툼의 과정으로 좌익 이념을 묘사하는 데 있다. 분파주의를 극복하는 가장 근본적인 대안은 민족주의를 강조하는 일이다. 결국, 민족 모순의 다양한 극복 방식의 모색보다는, 미분적 이념형으로서의 민족주의 자체를 강조하는 것, 여기에 고은 문학의 공과가 함께 하고 있다.

고은이 선택한 서사시 장르는 90년대적인 의미로서의 중심 모색이라고 할 수 있다. 현실 정치의 파행적 구조의 기원이 항일 무장 투쟁 시기로 소급되는 것의 역사적 의미는, 현실을 해체적인 전략으로 드러내는 일의 '보수주의적인 행태'를 비판하는 데 있기 때문이다.

3. 생명시학의 인식론적 근거

다양성은 개별성이다
—김지하 『생명』 231쪽

문학적인 의미에서 변화는, 변화된 세계에 대응하는 주체의 자기 이해를 필요로 한다. 세계의 폭력성에 길들여진 삶 속에서 도출된 선명한 이분법은 세상을 쉽게 살아가는 방법일 수 있었다. 내면적 고통이 개인적 특질을 깊이 헤아려 보는 데서 나오는 것이라면, 어느 한편에서 다른 한편의 잘못을 비판하는 일이란 얼마나 쉬운 일인가. 살아가는 방법이 정형화된 도덕적 규율에 의해서 지배된다면 그것이 가장 보편적인 가치를 지닌 것이라고 할지라도 현상에 반응하는 개인의 다양한 심리적 혹은 정서적 지류를 온전하게 드러내지는 못한다. 윤리적 판단의 주체는 당위적인 질서를 신성시하려는 경향을 지닌다. 따라서 또 다른 '관점'에서 삶을 이해하려는 태도 역시 물화된 논리와 이론의 원리주의에서 벗어나기가 어렵다. 따라서 이론적인 구성은 본질적으로 반성적 구조와 유사하다. 반성이란 주체가 대상을 대면하는 과정에서 자기를 응시하는 방식이면서 그에 따라 자기를 변화시키는 계기가 되기 때문이다. 이 '반성이야말로 억압 구조에 대한 객관적 설명을 넘어서 주체로 하여금 그 극복에 개입하게 하는 심층적 해석'(하버마스)인 것이다.

이론이 삶의 구체성, 혹은 다기한 형태의 돌발적인 현상들의 축적을 통해 새로운 지평을 구성할 때, 인식론적인 의미에서 패러다임의 변화라고 부른다. 김지하는 이러한 변화를 자각적으로 수행한 대표적인 시인이라고 할 수 있다. 현실의 변화를 한 발 앞서 예측할 수 있는 능력은 현실 문제에 깊이 천착했을 때 얻을 수 있다. 투옥과 감시 등의 정치적인 암흑기를 보내면서 김지하에게 주어진 것은 정치적인 저항을 위한 담론이 아니라 내면을 보상하는 글쓰기, 곧 시를 통한 자기 이해였다. "새라면 좋겠네/물이라면 혹시는 바람이라면/……/아아 죽어도 좋겠네/재 되어 흩날리는 운명이라도 나는 좋겠네"(「푸른 옷」)라고 했던 자기 소멸적인 태도가 저항의 완강한 세력에 대항하는 방법적 상상력이 되었을 때, 역시 세계의 모순을 이해하는 주체의 자기를 향한 회귀적 태도는 강하게 존재하고 있었다. 김지하의 초기시에서 '떨어져 내리는' 심상과 '날아오르는' 새의 이미지가 자주 발견되는 것은, 경험적인 것을 미학적인 차원에서 수용하는 그의 탁월한 시적 능력에서 비롯된다고 할 수 있다. 가령 비가 오는 모습을,

새가 내린다
작은 새
하이얀 아침 접시꽃 위에
접시 위에
이빠진 칼날 위에도 작은 새
—「비」(김지하 전집 『밤나라』, 1994)

라고 표현하는 것은, 치열한 현실 인식이 시화되는 예각적인 지점의 표출이라고 볼 수 있다. 그러면서도 삶을 인식하는 중심에는 언제나 비판하는 지성으로서 '나'가 존재한다는 것, 미학적 체험이 가능한 것은 이성적이면서 때로는 감성적인 풍요로움을 지닌 주체의 확립이 필요하다는 사실에 대한 확인, 이것이 정치적인 시대에 김지하의 시가

지녔던 방법적 원리이다.

　그러나『중심의 괴로움』에서 그의 '나'는 반성하는 주체, 혹은 주체 자체를 의심하는 '나'로서, 세계를 구성하는 단위로 존재하기보다는, 세계를 물화된 구조로 질식시켜 버리는 '원죄'의 근원을 이루는 존재로 등장한다. 구조의 경직성에 대항하는 존재는 언제나 폭력적인 성격을 지닐 수밖에 없었다는 인식이야말로 과거를 근본적으로 되돌아보는 일이 된다. 억압 구조의 보편화, 혹은 실정적(Positiv)인 지배에 대한 무감각화의 시대를 조망하는 일이 가장 정치적인 의미를 지니는 시점에 그의 시가 존재한다.

　눈 감고
　빗소리 듣네

　하늘에서 내려와
　땅을 돌아 다시 하늘로
　비 솟는 소리
　듣네

　〔…중략…〕

　귀 열리어
　모든 생명들
　신음소리 듣네

　신음소리들 모여
　하늘로 비 솟는 소리

굿치는 소리 영상 소리 듣네

사람아
사람아
외쳐 부르는 소리
듣네.

—「빗소리」에서

삶을 인식하는 패러다임의 변화란 인식 주체와 객체가 자리 바꾸는 현상과 동일하다. 모든 외부적인 사물에 대해 인간의 인식 능력만을 강조했던 시대에서 인간이 대상으로 인식되는 세계, 모든 주체가 객체화되고 객체에 인격적인 의미 부여가 이루어진 세계, 여기에 그 역시 속해 있다는 깨달음, 이것이 그가 말하고자 하는 존재론의 근원이다. 비는 늘 떨어지는 것이라는 일상적 관념에서 벗어나 '땅을 돌아 다시 하늘로' '솟는' 비를 볼 수 있다는 것은 전도된 세계에 대한 비판적인 의미를 담고 있다. 이것은 하늘에서부터 내려오는 소리가 아니라 땅 위에서 솟는 소리이다. 인간 주체가 대상을 향해 말하는 것이 아니라 지상의 모든 미시적인 존재가 인간을 향해 말하는 모습을 통해 그는 생명 현상의 한 본류에 다가간다. 그것은 다름 아닌 개체성의 원리이다. 모든 개체가 생명적 신성성을 부여받고 있다는 생각이 그것이다. 인식하는 단일한 인간 주체가 아니라 범생명적인 존재들의 중요성을 일깨우는 것이 이 작품의 핵심이자 김지하의 변화된 시세계가 보여주는 적극적인 의미이다.

이러한 개체성의 원리는 근본적으로 세계를 구성하는 단위로서의 인간 주체 · 생명 주체 사상에 닿아 있다. 동학 제2대 교주인 해월 최시형의 사상 가운데 '향벽 설위(向壁 設位)'를 소개하는 그의 다음과 같은 언급은 주목을 요한다.

동서고금의 인류문명사, 인류의 정신적인 역사는 한마디로 말해서 향벽 설위(向壁設位)의 역사였습니다. 벽 쪽으로 위패를 놓고, 메밥을 벽 쪽으로 놓고 상제가 그 앞에 엎드려 기도하고 비는 그러한 제사방식의 역사였습니다. (……)향벽 설위는 저 벽 쪽에, 내 시선의 저쪽, 시간적으로는 미래에, 내일에 신이 있고, 천국이 있고, 약속의 땅이 있고, 행복된 낙원이 있다는 제사 구조입니다. 신이 내 눈의 저 앞에 계시다는 생각은 그 신이 내일 약속의 땅을 나에게 주리라는 생각과 깊은 관계가 있습니다.
—김지하, 「개벽과 생명운동」, 『생명』, 솔, 1993, 28쪽

이로부터 '향아 설위(向我 設位)'의 사상이 등장한다는 것이다. 시간적으로 미래에 현실적인 전망을 둔다는 사실은 진화론적 사회 사상, 다시 말해 진보에 대한 믿음이라는 계몽주의적인 사상의 토대가 되어 왔다. 그러나 현실의 모든 희생과 좌절, 고통의 의미가 미래라는 시간 속으로 잠적해 들어가 가치 평가가 유보되거나 혹은 정당하게 자리매김되지 못했을 때, 개인적인 희생이 어떤 의미가 있는지 회의하는 일은 다분히 인식론적 혁명이라고 할 수 있다. 서구적인 의미에서의 후기 산업사회의 특징을 예로 들지 않더라도 발전과 진보라는 이념의 캐터필러 소리에 묻혀 들리지 않았던 무수한 외침소리에 대한 복원이야말로 그가 보여주는 비판적 전망이다. 그러므로 생명적 존재의 '현재성'을 강조하는 일이 중요하게 인식될 필요가 있다.

그날은
없다

있는 것
살아있는 것은
지금 여기

여기서 저기로
지금에서 옛날 훗날로
위아래로 사방팔방으로

살아
넘치는 지금 여기
끝없는 그날이 있다

그리움도
그러매
나를 향하라

내 속에
님
이토록 살아 계시어

나날이
이리 죽지 않고
삶.

—「그날」 전문

님은 더 이상 구원의 주체가 될 수 없다. 살아 있는 존재를 살아 있게 하는 것은 인간 현존의 불완성을 드러내는 일에 멈추는 것이 아니다. 현실 모순의 지양태로서 설정된 '그날'은 더 이상 가능하지 않다. 생명의 현재성이란, 시간적으로 미래를 상정해서 현실을 거부해야 할 것으로 생각하지 않는다. 그들은 끊임없이 자신을 주변으로 확장시킨다. 인식 행위와 경험적 실체가 동시에 현재를 중심으로 자신을 발현하는 것, 공간적으로는 수평적 확산과 시간적으로는 과거에서 미래로, 그리고 수직적인 단절을 극복하는 방향으로 움직이는 것이 생명 존재의 본질적인 현상이다. "봄에/가만 보니/꽃대가 흔들린다//흙밑으로부터/밀고 올라오던 치열한/중심의 힘/꽃피어/퍼지려/사방으로 흩어지려"(「중심의 괴로움」)하는 개체의 동일성 보전의 노력에서 빚어지는 '괴로움' 역시 생명 현상의 발현이라고 할 수 있다. 결국 중심은 현재에 있으며, 현재에 실존하는 개체 자체가 곧 역사요, 전망일 수 있는 것이다. 이는 역사적 전망을 위해 개체를 희생하는 것이 이성의 자기 실현이라고 보았던, 한때 불행했던 과거를 근본적으로 반성하는 철학적 바탕으로 작용하고 있다. 역사에 의해 읽혀지는 존재가 아니라 역사를 읽는 주체의 개체적인 원리는, 그러므로 세계를 단순하게 구성하는 부분이 아니다. 그것은 개체 자체로서의 보편이며 생명적 충일성을 담지한다는 점에서 우주적인 본질을 내포하고 있는 존재이다. 그러므로 개체가 곧 우주이며 생명적 충일성을 갖는다는 관점에 서면, 세계는 '충일한 것으로서' '아무것도 없음'이며 이는 곧 변화하는 과정에 놓이는 존재자의 운명을 예감하는 행위이기도 하다. '있다'는 것은 실상 점차로 소멸되는 '과정'만 있는 것이므로, 없는 것이며, 그렇기 때문에, 죽어 가는 것이다. 시인이 세상을 '모두 다 죽어가는 이 한낮'에 '웬 첫사랑 우주사랑'을 느끼면서 생명적 '새붉음'이 '공허하므로 움직인다'(「無」)라고 한 것은 이 때문이다.

　따라서 시인에게 삶은 양항적이다. 그것은 끊임없이 존재하는 것이며 동시에 사라지는 것이다. 생성과 소멸의 과정이 반복되는 현상은 '우연성이 필연성으로 전화'되는 과정과 같다. 주어진 존재가 주변과의 무수한 관계 속에서 자신을 인식하고 다른 대상과 교감하는 과정을 통해 그 사물은 단순히 '던져진' 상태를 극복하고 사회적으로 혹은 역사적으로 규정된 존재가 된다. 그러나 새로운 계기에 봉착해서 필연적인 것은 우연으로 전락한다. 그러나 이러한 전 과정이 언제나 시간적인 연쇄 혹은 계기적인 질서에 의해 일어나는 것은 아니다. 일상적인 차원에서 존재는 순간적으로 나타났다 사라지기도 하며 주체와 객체, 나와 남, 사물과 인간은 지속적으로 자리바꿈할 수 있다. 정치적인 담론이 일상의 언어를 만나는 지점에서 의사 소통의 가능성이 발생하며, 진리라고 믿는 많은 담론들의 경계를 인식하고 그 경계를 대립보다는 혼융으로 인식했을 때 생명적 진리는 드러나는 것이다.

　　아파트 사이사이
　　빈 틈으로
　　꽃 샘 분다

　　아파트 속마다
　　사람 몸 속에
　　꽃 눈 튼다

　　갇힌 삶에도
　　봄 오는 것은
　　빈 틈 때문

사람은
틈

새일은 늘
틈에서 벌어진다

—「틈」 전문

　김지하의 생명주의는 '틈'의 논리에 기반하고 있다. '틈'이란 비어 있는 것이며 대립의 중간지대이며 따라서 가치를 배제하는 공간이기도 하다. 그런데 이를 거꾸로 생각해 보면, 기존의 이분법적 세계관을 거부한다는 점에서 '틈'은 가치 정향적이다. 대립과 갈등에는 선명한 진영이 존재한다. 대립이 서로를 '죽임'에 이르게 하는 싸움을 낳을 때 어떠한 화해도 불가능하다. '나' 아니면 '너'를 선택해야 했던 시대, 선택하지 못하면 실존적인 죽음을 맞을 수밖에 없었던 시간이 삶을 얼마나 황폐하게 만들었던가. 이제 진리는 '틈'에 있다. 양달과 음달의 경계를 자세하게 관찰했을 때 실제로 햇볕의 경계를 그을 수 없는 것처럼, 진리에 대한 기존의 관념은 근본적으로 회의된다. '틈'은 그러므로 존재의 활동적인 전제 조건이 된다. '틈' 속에서 인간은 제도적인 억압과 집단적인 신념이 낳는 폭력적 의식으로부터 벗어날 수 있다. "생명은 본래 자유로운 것"(『생명』)이기 때문이다.

4. 비판의 시대적 과제

　고은과 김지하는 7, 80년대 한국 정치의 파행 구조가 낳은 시인이라고 할 수 있다. 90년대 들어서 변화된 세계를 바라보는 두 시인의 관점에는 얼마만큼의 차이와 동질성이 존재하는지 살펴보는 일은 매우 의미 있는 일이라 하겠다. 최근에 간행된 『백두산』과 『중심의 괴로움』은 그것이 담은 내용적인 변별점과 아울러 장르적인 차이로 인하여 평면적인 비교가 이루어지기가 어려운 것이 사실이다. 그러나 그들이 선택한 장르의 문제, 다루고 있는 내용의 상위에도 불구하고 그들이 함께 고민하고 있는 문제는 바로 이 시대의 중심의 모색에 관련되어 있다. 동구권과 소련의 붕괴로 인한 탈이념화, 탈정치화와 그에 따른 사회 전반의 보수주의화 경향에 대하여 의식 있는 비판이 제기되어야 하는 것은 당연한 일이다. 그러나 대안의 부재 혹은 비판 이후의 과제에 대하여 구체적인 방향을 제시하기란 쉬운 일이 아니다. 정치적인 담론으로부터 자유로운 것이 곧 시대적 과제일 수는 없다.

민족의 불행이 시작되는 일제 강점기를 전후로 하여 만주 등지를 배경으로 활동했던 독립군의 이야기가, 요즘 확산되는 중산층 보수주의라는 의식의 단단한 외피를 뚫고 그들에게 내면적인 공감을 얻기란 쉽지 않을 것이다. 『백두산』의 의미는 바로 이와 같은 반성이 언표화될 때부터 모색될 수 있다. 그것은 윤리적 공동체의 실현이라는 계몽적인 주제의 현실적 필요성에 대한 알레고리로 해석될 수 있기 때문이다. 탁월한 언어 절제를 통한 내밀한 서정적 반향을 이루고 있는 김지하 역시, 생명을 억압하는 '정치적' 적이 사라진 자리에 '보편적' 적을 구체적으로 제시함으로써 가장 비정치적인 수사로 가장 정치적인 담론의 그물을 짜고 있다. 시의 외형상의 차이에도 불구하고 시대적인 문제에 대한 진지한 성찰을 통해 그들이 도달한 세계는, 변화된 세계를 반성하는 힘의 역사적인 의미와 현실적으로 '여전히' 존재하는 무수한 모순에 대한 비판적 지평이었다.

반성은 자신을 언제나 중심에 놓는다. 이때 중심이란 현실 문제의 핵심에 육박하는 의식의 힘이면서, 동시에 상투화되고 지엽적이면서 문화적인 퇴행 현상을 정당화하려는 모든 사이비 문화주의에 대한 준엄한 비판력을 담지한다. 점차로 가시화되고 있는 가치의 불확실성, 정치와 제도, 문화의 상호 유기적 연관성의 탈각 등을 소위 전환시대의 논리, 혹은 포스트모더니즘으로 이해하여, 문학과 관련된 제도가 '잘 만들어진 상품'을 생산하는 데 전념하는 듯한 한국 문학계의 한 현상에 대하여, 그리하여 마치 지난 80년대가 항상 자신들의 시대였다고 착각하여 90년대는 과거를 무매개적으로 반성만 하면 곧 가치 있는 문학 행위를 한다고 생각하는 잘못된 초월주의 문학에 대하여 고은과 김지하는 '부정명제'로 자리하고 있다.

날아가는 화살이 되어, '박힌 아픔이 되어' '가서 돌아오지 말자'(「화살」)고 했던 고은의 70년대적인 언어는, 원심적인 방향을 가지면서 세계의 외연적 삶에 대한 인식의 열도를 오늘에까지 심화시키고 있으며, "화살은 왜 나에게 떠오나/화살은 왜 나를 향해서 오나/화살은 왜/화살은 왜 나에게 아프게 박히나"(「화살내」)라고 했던 김지하의 언어는 삶을 반성적으로 인식하는 내면적 심도를 보이면서 그 의미를 심화 확대하고 있다. 이제 우리는 하나의 결론에 도달하고자 한다. 문제는 비판이다. 그들이 선택한 장르는 한국 사회의 중심 모순에 대한 진지한 반성적 행위의 결과로 이해할 때 의미를 지닌다. 김지하가 절제된 언어 속에 감추고 있는 여백의 언설성, 드러내지 못하는 많은 언어에 고통스러워했다면, 고은은 표출되지 못한 언어를 역사 속에서 찾으려 했던 것은 아닐까, 그렇다면 결국 그들은 우리 사회의 모순이 지속되는 한, 정신적으로 등가를 이루고 있는 것은 아닐까. 이 물음의 문학사적 자장으로부터, 한국 현대시는 당분간 자유롭지 못할 것이다.

물푸레나무 숲을 향한 길

최하림론

> 캄캄한 시간 속
> 말들은 어디 있는가
> ―「베드로 4」에서

1

최하림은 겨울의 시인이다. 겨울은 그의 시를 탄생시키는 모태이다. 차갑고 절망적인 계절, 모든 희망은 유보되고 몸을 낮추어 봄을 기다려야만 하는 인고의 계절에 그의 언어는 빛을 발휘한다. 그에게 겨울은 거부할 수 없는 상처와 오욕을 가져오는 시간이다. 하지만 겨울에 이르러서야 그는 비로소 삶의 깊은 숨결을 바라볼 수 있다. 참담함과 기쁨 기다림과 유예된 사랑이 공존하는 겨울에 그의 언어가 한쪽 발을 딛고 선 이유는 무엇일까. 수렁과 같은 계절이 오히려 그를 희망으로 이끄는 이유는 또한 무엇일까. 시적 상상력의 근간을 이루는 선험적 불행 의식과 겨울은 동의어로 인식되고 있다. 가령,

태초가 온전한 허무였는데, 어찌하여 우리들은 이 끔찍한 불행으로 태어났느냐(1—92)[1]

라는 절망감과,

　　이윽고 눈과 함께 雪夜가 우리를 찾아오리라(1—65)

라는 이미지는 공존한다. '삶의 의미 없음'을 바라보는 시인의 태도는
존재의 함몰, 불안한 실존에 대한 자기 인식을 유발한다. 선험적 상실
감이 존재의 원인이며, 동시에 언어는 현실의 질곡에 상응하는 내적인
체계를 지닌다는 생각이 시를 낳게 한다. 적어도 '불행 의식'에 대한
언어적 자각 없이 시인의 운명을 감내하지는 못할 것이다. 그러므로
최하림에게 겨울로 향하는 구심적 이미저리는 자신의 실존적 '원죄'를
인식하는 인식론적 패러다임이다. 실존의 최저지대로 설정된 겨울은
그의 시를 지속적으로 산출하는 기제와 같다. 이러한 의미를 지탱하는
시 구성의 특질 가운데 하나가 서술어 '운다'의 변용태이며, 그 울음이
상처와 절망의 세계에 대한 저항의 표지라는 사실과, 물화된 삶에 대
항하는 존재의 동물적 욕망 형태인 이 울음으로부터 벗어나 시인으로
서 찾아야 할 진정한 '말'(言)의 세계를 찾아 나선 그가 도달한 귀착지
를 확인하는 일이 이 글의 의도가 될 것이다.

2

　1964년에 등단한 이후 30여 년의 기간 동안 그에게 중요한 것은 말
을 찾는 일이다. 말은 시인에게 도구적인 의미 이상의 것이다. 특히 삶

---

1) 본고에서 분석 대상이 되는 시집은 다음과 같다. 1. 『우리들을 위하여』(창작과비평사, 1976). 2. 『작은
마을에서』(문학과지성사, 1982). 3. 『겨울꽃』(풀빛, 1985). 4. 『속이 보이는 심연으로』(문학과지성사,
1991). 시 인용은 권수와 면수로만 표시함.

의 현실적이 조건이 황량하고 메마를 때, 언어에 대한 집착은 단순히 시의 형식을 모색하는 차원을 넘어서 실존에 대한 확인 행위로 볼 수 있다. 가령, 「貧弱한 올페의 회상」이라는 등단작에서 보이는 무수한 관념의 덩어리들이 시를 무겁게 만들고 있다는 비판이 가능할 수 있지만, "나는 내 正體의 知慧를 흔든다"(1—110)라는 회의와 자기 정체성에 대한 모색이 이 작품의 근간이며, 이와 같은 결론에 도달하기 위해 그가 건너야 했던 언어의 심연을 명징하게 드러냈다는 사실에 오히려 주목할 필요가 있다. 자신의 삶은 "아무런 이유도 놓여 있지 않은 空虛"(1—110) 속에 존재한다는 점이 최하림 시가 출발했던 시적 진원지였고, 이는 60년대의 시대적인 분위기와 무관하지 않을 듯하다. 문제는 이러한 허무 의식을 의식 일반이라는 추상화된 차원이 아니라 구체적인 삶의 조건과 결부시켜서 시화할 때 발생하는 방법적인 장치를 발견하는 데 있다. 그가 먼저 문제삼은 것은 말(言)이다.

> 6시면 어두워지는 도시를 버스를 타고 달린다.
> 피곤한 몸으로 달린다. 아직도 아침과 같이
> 일들은 저쪽에 싸여 있고 내일도 내일의 깨끗한
> 어둠도 어둠 속에 가득 싸여 있다.
> 〔…중략…〕
> 잠 속에선 무엇이 우리를 구원해 줄 것인가라고
> 물어 볼 수도 있으리라. 허나 누가 대답해
> 줄 것인가. 잠은 말을 가지지 못한 것을. 말은
> 달리는 버스 속에, 질문하는 자의 슬픈 질문 속에
> 불치의 환자처럼 누워 있는 것을. (1—67)

「독백」이라는 제목의 이 작품은 '억압적인 일상'과 '보상 욕망으로서의 잠' 그리고 '말을 찾는 시인의 고백'이 명시적으로 드러나고 있다. 삶 자체가 억압적이지 않았던 시대가 있었던가라는 질문은 큰 의미가 없다. 단지 억압적인 환경을 인식하고자 하는 언어적 노력, '담론 욕망'의 유무가 중요하다. 그가 말을 찾는 '과정'을 의도적으로 드러내는 행위는 '원죄적'인 불행을 갖고 있는 세계를 이해하고, 교감하는 통로를 모색하는 일과 같다. 이 통로는 물론 세계내에 존재한다. 다만 어떤 형태로 존재하는가. 즉, 시인은 어떤 태도로 그 '말'에 접근할 수 있는가라는 문제가 발생한다. 이런 질문을 던졌을 때 위의 작품은 그의 시가 전개해 갈 향방을 예측하게 한다. 말은 지금 버스를 타고 가는 시인과 함께 있으며, 더욱이 말은 어디 있는가라는 질문을 던지는 자의 '슬픈 질문 속에 불치의 환자처럼 누워' 있다. 그렇다면 처음부터 그는 말의 부재, 전망의 불투명성에 대하여 말하고 있는 것일까. 이에 대한 답은 잠시 유보하는 것이 좋을 듯하다. 왜냐하면 그가 봉착한 협로를 개척하는 방법에 대해서도 그는 자각적이기 때문이다. 그는 이를 '부정의 욕망'에서 찾고자 한다.

> 갈나무숲이 조용히 조용히 흔들리고
> 바람이 흔들리고
> 밤중에, 모든 시간이 정지하고 있을 때
> 그런 순간에도 나는 어떤 표현도 하지 않는다
> 어떤 말도 하지 않는다
> 어떤 사랑도 하지 않는다
>
> 그러나 나는 나의 사랑 나는 내 말
> 나는 나의 표현

　　이 부정의 욕망속에서 부정의 고통에서
　　나는 빛나고 뜨거운 숨결로 타고 있다
　　나의 희망 나의 사랑 나의 말이여(1—16, 17)

　　모든 사물의 움직임이 정지한 상태, 정확하게 말해서 사물을 인식하고자 하는 의지의 적극성을 방기한 상태로부터 시적 세계의 본질은 모습을 드러낸다. 조용한 밤에, 모든 사물이 정지한 듯한 시간에 그는 '어떤 표현도 하지 않는다' 라고 말한다. 그러나 문제는 갈나무 숲이 조용히 '흔들리고' 있다는 진술 속에 감추어진 생각, 그 '흔들림'과 '어떤 말도 하지 않는다'는 의지 작용 사이의 상관 관계이다. 시간은 정지되어 있다. 다만 흔들리는 숲과 바람이 시인과 공존하는 공간이 제시된다. 하지만 그 공존은 위험하다. 같은 공간에 존재하지만 흔들리는 숲과 바람은 시인의 의지 작용과는 반대 방향으로 향하기 때문이다. 어쩌면 흔들리는 숲을 바라보면서 시인은 어떤 표현도 하지 않겠다고 다짐하는 것일지도 모른다. 또는 이러한 다짐은 의지로써 가능하지 않을지도 모른다. 선택적인 상황이 아니기 때문이다. 어떤 절대적인 불안, 그로 하여금 '말을 하지 않겠다고' 말하게 한 상황, 억압적인 상황이 의지의 능동적인 외피를 쓰고 나타난 언술일 가능성은 없는가. 그래서 흔들리는 숲과 바람, 흔들리는 사물과 '나' 사이에 어떤 관계지움도 거부하고자 하는 욕망, 절대적인 고독 속에서만 자신의 실존을 드러낼 수밖에 없는 상황이 이 작품의 핵심이라고 할 수 있다. 그런데 시인은 다음 연의 시작을 '그러나'라는 접속어를 사용하고 있다. 하지만 주변과 '나'가 단절되고 그 단절이 오히려 시인에게 말을 찾아야 하는 과제를 부여했다면, 그래서 '나는 나의 표현'이라는 자기 텍스트화의 길을 선택해야 했다면, 이 접속어는 잘못 사용된 것이다. 세계와의 단절을 통해서 그의 시적 촉수는 내면을 더듬어 가는 길을 좀더 분명히 찾아낼 수 있었던 것이다. 이와 같이 자기 언어의 대타적인 존재 방법, 대상을 향한 듯하지만 실은 자신을 문제삼는 방법을 두고 그는 '부정의 욕망' '부정의 고통'이라고 불렀다. 그의 70년대 시들은 이 욕망·고통과 함께 놓인다.

3

60, 70년대 한국 현대시를 개관하는 자리에서 최하림은 다음과 같이 말한 적이 있다.

시가 가치 창조를 위한 인간의 이상주의적 산물이라면 인간성을 마멸시키려는 모든 제도적 모순에 대하여 싸우지 않으면 안 되며 사회 모순을 구조적으로 파악하여 극복하려는 자세를 취할 필요가 있다. 그러기 위해서는 목적 성취를 위한 성실한 노력을 경주해야 함은 말할 것도 없거니와 그것을 형상화하려는 민중 언어에 대한 시인의 자각성을 다져야 한다. 이때 자각성이란 기교적인 차원을 넘어선 민중 언어의 자기화를 말한다.
—(『시와 부정의 정신』, 316~317)

시가 당대적인 모순의 인식으로부터 출발하고, 그 모순을 극복하는 실천적인 행위라는 믿음은 시와 시인의 비분리성을 전제한다. 시의 미적인 성취를 평가하는 중요한 기준은 시 속에서 그려지는 세계에 대한 시인의 애정, 다시 말해 현실적인 모순에 대한 적극적인 관심이 얼마나 시인과 일치되고 있는가라는 점이다. 그러나 이러한 관점이 내포하고 있는 위험은 실제 작품을 분석하는 과정에서 시 속의 세계를 시인의 세계관으로 쉽게 등치시키려는 경향이다. 다시 말해 시인의 현실적인 삶의 과정과 시 작품 구성 과정 사이의 상관 관계에 대한 면밀한 고찰이 생략될 수 있다는 점이다. 또한 이러한 관점은 시인을 지사적인 행동주의자로 이해한 결과이다. 여기서 존재론적인 고민은 전혀 고려되지 못한다. 뿐만 아니라 일상의 수없이 겹쳐진 주름과 삶을 초극하려는 의식의 고투는 종종 생략되기까지 한다. 결국 최하림이 말하고자 했던 시쓰기, 곧 '부정의 욕망'은 단순히 현실에 대한 저항적 자세를 통한 대사회적 실천 행위에 국한된 의지는 아니며, '민중 언어에 대한 자기화'를 통한 계급적인 이해 관계를 시화하고자 하는 욕망은 더욱 아니다. 시가 구성되는 실제적인 과정과 논리의 세계 사이에 나타나는 필연적인 괴리가 목격되는 것은 오히려 자연스럽다. 가령 다음과 같은 작품을 보자.

> 한 방향으로 흐르는 작은 강을 따라
> 우리들은 입을 다물고 걸어간다
> 저녁 그림자처럼 걸어간다 마을도
> 나루터도 사라지고 과거도 현재도
> 보이지 않는다 날아가는 새들의
> 불길한 울음만 공중에 떠돌며
> 얼어붙은 겨울을 슬퍼하고
>
> 언덕도 상점도 폭설에 막히고
> 거리마다 바리케이드 쳐져
> 사람들이
> 어이어이어이어이 울부짖고

갈색옷을 입은 사내 몇, 들려지 않는 소리로

진정하라고 말하고 또 다른 소리로

진정하라고 말하고 그 소리들이 모여

겨울 나무를 넘어뜨린다

꽁꽁 언 새벽 여섯시, 地靈처럼 걷는

사람들 새로 우리들은 걸어간다

살얼음의 아픔이 여울마다 일어나고

흰 말의 무리가 하늘의 회오리 속으로

경천동지하며 뛰어올라 갈기를 날리고,

우리와는 다른 방향으로 일단의 사내들이

사냥개를 끌고 온다 개들이 짖는다

이제는 얼어붙은 우리들의 꿈이여

눈과 같은 결정체로 三韓의 삼림에 내리어오라

<u>기다리는 노변에서 상수리숲도 우·어이우·어이</u>

<u>울고 겨울새도 울고 우리도 울고 있다</u>

(2—26, 이하 밑줄 강조는 인용자)

이 작품에서 시적 화자의 시선이 머물고 있는 곳은 매우 낮거나 혹은 높다. 이 말은 불투명한 시선, 화자의 눈에 보이는 세계의 어두움이 지배적이라는 의미와 같다. 화자를 포함한 '우리들'은 강물 줄기를 따라 조용히 걸어간다. 그 침묵은 어디선가 오랜 시간을 걷거나 노동에 지친 삶들의 육체적인 피곤함에서 기인하는 것이 아니다. 유일하게 살아 있는 것은 새들의 불길한 울음이다. 왜 이러한 상황이 가능했을까. '언덕과 상점'이 '폭설에 막히고' 있기 때문이다. 이 단절은 세계와 연결하는 물리적인 통로의 폐쇄가 아니라, 시인으로서 세계와 연결하는 유일한 끈으로써 '말의 막힘'에 대한 유비이다. 이와 같은 언어의 부재, 침묵의 삶에 대해 실존의 가능성으로 선택된 방법이 '울음'이다. 지상에 존재하기 어려운 시인의 '언어'는 갈기를 날리며 하늘로 날아오르는 '말(馬)'이나 '말(言)'이 된다. 떠도는 말, 흩어진 말들! 그러므로 그의 다른 시에서도 '울음'의 이미지를 찾기란 어렵지 않다. 가령,

> 외치고 외쳐도 파도에 싸여 사라지는 울음을 울면서
> 우리는 바다로 간다(1—46)

> 누가 낮은 가슴으로 울 수 있으리오
> 死身인들 어느 가슴으로 울리오(2—11)

> 시를 쓰다가 잠시 담배를 피워물고 있는데 어떤 봄이
> 찾아와 꺼이꺼이 운다 왜 우느냐 해도 대답 없이 더욱
> 시끄럽게 운다(2—49)

라는 진술 속에서 '운다'는 대개 현실의 언어적 인식이 차단된 상태에 대한 비유로 제시된다. 따라서 그가 침묵에 대해서 말할 때 역시 말의 존재에 대한 그리움을 동반한다. 이 울음과 침묵에 대한 의식에는 시를 통해서 드러내야 할 세계, 시를 통해 스스로를 구원하지 않으면 안 될 실존에 대한 절박함이 담겨 있다. 그가 시를 쓰면서 '詩'라는 제목을 명시적으로 드러내고자 했던 이유 역시 여기서 기인하는 것이 아닐까(실제로 그의 작품 가운데는 詩라는 말이 사용된 경우가 상당히 많다).

언어의 빈곤함을 가중시키는 현실에서 시인의 '임무'를 다하는 길은 무엇일까. '운다'라는 서술어 속에 담긴 깊은 '담론에의 욕망'을 이겨내는 방법으로 그가 택한 시적인 방향성은 무엇일까. 이 물음이 제기

되는 순간 그가 「시와 부정의 정신」이라는 평문에서 제기했던 시와 시인의 비분리성은 변화를 초래한다. 시 속의 화자 혹은 시적 진술 주체의 세계 인식이 곧 시인의 실존적 삶의 방법이라는 생각이 그가 지녔던 시론이었다면, 작품을 생산하는 주체로서 시인의 현실적인 입지 조건이 변한 마당에 여전히 그가 시인으로서 존재해야 하고 또 할 수 있는 방법론의 모색은 시인으로서 매우 중요한 문제가 아닐 수 없다. 서술 대상과 화자의 시선을 나란히 제시하는 방법, 진술 주체의 삶에 대한 인식이 자주 사물들의 자리놓임과 관련되는 것, 시인은 세계의 뒤편으로 숨고 화자의 '노래'만 남게 하는 방법, 일종의 '풍경화 그리기'가 그것이다.

그날 우리는 빠른 걸음으로
허겁지겁 언덕을 올라갔다
소금기 섞인 바람이 오고 있는 서남쪽으로
섬들이 붙박혀 오돌오돌 떨고

그곳에서는 눈이 내리고 있었다

키 높은 나무 아래로 내리는 눈이
희고 길게, 영산강보다도 시베리아보다도
갑오년에 굶어 죽은 비렁뱅이 웃음 소리보다도 길게
내리고, 구름을 빠져나온 새처럼 검은 물체가 빠르게
그림자를 떨어뜨리면서 지나가고, 모든 배의 돛이
바다 쪽으로 펄럭이는 언덕에서 우리들은 보았다
눈에 묻힌 겨울이 드라클로아의 풍경처럼 엎어져 있었다(2—25)

이런 상황 제시에서 눈여겨 볼 것은 시의 진술 주체가 '우리'라는 복수형이라는 점이다. 초기시에서 열정적인 삶의 중심에는 '나'가 있었다. "나는 환각의 밧줄을 붙잡고 쾌락 속에 타는/외로움의 벌판을 기어올라간다"(1—104)와 같은 표현에서 '나'의 삶에 대한 관점은 너무나 분명하여 의심의 여지가 없어 보인다. 선험적인 불행 의식을 드러내는 것. 이는 아직 시인 자신의 존재를 사회적인 맥락에 위치시키기 이전의 상태를 말한다. 세계를 해석하고 이해하는 판단의 척도가 자신이 된다는 사실은 문학을 이해하는 기본적인 단계에서 보편적으로 확인되는 문제이다. 이로부터 그가 대사회적인 울림, 시를 결핍에 대한 집단 무의식의 반향으로 파악하는 시대로 오면 시의 진술 주체가 '우리'라는 집단 주체로 바뀌고 있음을 목격하게 된다. 이는 '동류 의식'으로 표현되는 '공동체의 꿈'을 의미하는 것(김치수)으로 이해되기도 하지만, 중요한 점은 '우리'라는 집단 주체 속에서는 시와 시인의 비분리성이 오히려 약화된다는 사실이다. 삶의 현실에 대한 윤리적이고 도덕적인 요구를 짊어져야 할 주체가 '확산'(보편 체험화)됨으로써 책임의 소재를 모호하게 할 가능성이 있다는 점이다. 이는 개별적인 시가 구현해내는 아름다움의 질을 현저히 약화시킬 우려마저 있다.

따라서 시인의 사회적인 의무, 모순에 대한 실천적인 인식이라는 그의 논리는 '시의 논리'로 전화되지 못한 듯하다. 생래적인 체험의 감각화와 삶에 대한 충동을 논리적인 영역에서 자기 동일성을 확보한다는 일은 어려운 일이다. 오히려 이러한 불일치를 확인하고 있는 최하림은 세계에 대해 정직한 태도를 드러낸 것으로 볼 수 있다. 시가 논리를 앞선 모습이라고 할까. 이 사실을 확인하는 일은 처음에 제기했던 문제, '말'을 찾아 떠나는 고독한 여행이 아직도 끝나지 않았음을 깨닫게 한다. 그래서 그는 일관되게 시인으로 존재하고 있는지도 모른다.

4

나는 말에게 버림받았다
버림받은 말 속으로 한 줄기 빛이
나무들을 비추고 이파리들을 비추었다
어떤 확신의 말도 나는 할 수 없다
파충류가 얼굴에 달라붙는다
절망의 부레 찢어지는 소리 들린다(4—19)

상처가 깊을수록 주체는 더욱 철저히 주체가 된다고 말한 철학자가
있다(롤랑 바르트). 상처에 대한 이해는 주체의 현존성에 대한 이해와
결합되어 있다. '세계내 존재'로서 주체가 상처받지 않은 자라면 이 세
계의 심연은 보이지 않을 것이다. 세계에 대한 부정적 인식은 주체의
삶이 타자화된 상태라는 점을 인정하게 한다. 최하림의 타자는 훼손된
역사이다. 그가 줄곧 말을 찾아 방황해 오고 말을 찾아 "며칠째 나는
길 위에 있음, 방향을 잡을 수 없음"(4—29)이라고 고백하거나, 혹은
"나는 가야 한다/(……)/나는 저물어가는 하늘을 봐야 한다"(4—68),
"나는 밤으로 간다 잘 있거라"(4—14)고 말하는 것 모두 부끄러움으로
점철된 삶의 현실 속에서 시적 방향 모색과 관련된다. '부정의 욕망',
이에 따르는 '부정이 고통'이 논리의 틈을 넘어서 육화되는 지점에 이
르렀을 때, 그는 비로소 성숙한 시인이 되어 있었던 것이다. "길이란
길들은 다들 걸음을 멈추고" 있지만 "나는 계속 걸어갔다"(4—50)는 사
실, 일상의 유혹적인 편안함에 순치되는 삶에 대해서 비판적 자세를
유지하는 일이야말로 외롭고 힘들지만 버릴 수 없는 과제이다. 말을
찾아 나선 자의 운명임을 인정하지 않을 수 없었던 것이다.

하지만 이는 분노를 다스리는 길목에 그가 다다랐음을 알려 주는 징

후이기도 하다. 여전히 그는 절망하고 있는 듯하다. 그의 절망을 위무하고 상처를 달래 주는 생의 변화는 감지되지 않고 있다. 지난날 지울 수 없는 아픔, 죽임이 너무나 보편적이어서 삶은 곧 "죽지 않으면 안되었던 이들의 꿈"(4—41)으로 인식될 수밖에 없었던 시간이 그 앞에 놓여 있기 때문이다. 망각은 곧 죽음이며, 이 세계의 환멸에 대해 무기력한 자신을 보는 일과 같다는 것, 이는 곧 언어 찾기를 포기하는 길이라는 점을 그는 분명하게 인식하고자 한다. 그러나 생의 아름다움에 대해 조금씩 긍정하고, 이 세계의 보편적인 상처를 어루만지려는 성숙한 언어에 대한 자기 이해에 도달하고자 하는 시인의 내면 속에서 조금씩 싹터 오는 화해의 욕망에 대하여 주목할 필요가 있다.

> 우리는 산다 우리의 개성인 모서리들이
> 조금씩 조금씩 부서지고 모서리들이
> 닳아지고 모서리들이 정다워지면서
> <u>죽음 가까이 죽음처럼 둥글게</u>
> 감정이 고인다 감정이 가을같다(4—25)

> 제 슬픔의 깊이를 제가 모르는 가을아 겨울아 봄아 나는
> <u>너희 속에 몸섞으며 안개 피웠나니</u>(4—61)

> 反美가 들끓던 시절에 그를 찾기란 누가 뭐래도 꺼림칙한 일이거든요.
> 그래, 이래저래 미루다 지난 여름 사과꽃이 한창 필 무렵 목장에 갔었지요. [⋯중략⋯] 목장을 나설 때 그 분은 긴 팔로 나를 껴안고 등을 두들겼습니다. [⋯중략⋯] <u>사람의 만남이란 기적은 아니지만 흐뭇한 일인 듯했습니다</u>(4—24)

나의 욕망이 좌절된 지점, 말을 찾고자 떠난 길 위에서 그는 어느덧 인간을 만나게 된다. 이때 인간은 자연화된 존재로 다가올 것이다. 대립과 투쟁의 혹독한 겨울, 차갑고 날 선 언어를 가슴에 독처럼 지니고 살아야 했던 인고의 시간을 지나서, 그는 주름진 삶의 결을 보게 된다. 이는 '문제적인' 현실에 대한 외면이 아니라 보다 성숙한 시각에서 삶을 이해하려는 태도로 이해된다. 타인에 대한 관심, 혹은 소외된 영역으로 밀려나 있던 자연에 대한 관심은 시인에게 성찰적인 자세를 요구한다. 이는 시인 자신으로부터 파생되는 문제이다. 즉, 말을 찾아 나선 도정이 곧 그의 시가 된다는 평범한 깨달음, 찾아야 할 '말'과 그가 존재하는 '현실' 사이의 괴리에 대한 자기 이해를 시화하는 지점에 선 것이다. 유화적(宥和的)인 세계관의 드러냄을 통해서 이같은 갈등은 소멸되리라고 그는 믿는다. 그 믿음을 가능하게 하는 대상이 어느덧 최하림에게는 나무, 풀꽃, 흙의 향기가 되어 있었다.

> 나는 산속에 있다
> 나는 보이지 않는다
> 나는 다른 것들을
> 생각한다 순간
> 나는 놀란다
> 나는 禪맛 느낀다(4—28)

가슴 깊이 각인된 상처를 기억하면서 잠들 수 없었던 그가 일상의 잔잔한 무늬를 확인하면서 시의 영역을 확대하고자 하는 것은 어쩌면 비극적 초월에 해당할지 모른다. 이는 그의 시적 진원에 대한 설명을 다른 차원에서 가능하게 한다. '광주'는 보편적 상처라는 말로 대체되어야 한다는 사실, 초기시의 관념적 좌절로부터 말을 찾아 나선 도정

위에서 만난 삶의 새로운 지평은 화해의 둥근 무덤을 연상하게 한다. 그런데 여기서 남는 문제는 이러한 그의 화해 욕망이 생의 가장 깊은 지점으로부터 반향된 울림이기 위해서 그의 앞으로의 시는 좀더 분명한 방향성을 지녀야 한다는 점이다. 말을 찾기 위해 떠난 여행이, 그 말의 숲에서 길을 잃는다면 어떻게 될까. 무성한 말의 원시림 사이에 그가 존재한다면? 그래서 "이제 나는 잃어버리게 될 시간들/을 생각하고 시간들을 그리워하며/시간 속으로 들어간다 물푸레나무가/우거져 있다 시간들이 우거져 있다"(4—16)라고 했을 때, 그가 잃어버린 시간은 무엇이며, 혹은 그 우거진 시간 속에서 생의 환멸을 본 것은 아닌가라고 묻지 않을 수 없다. 이 물음을 던지는 순간, 그가 산 속 조그만 암자를 찾아 길을 나서는 모습이 보였다.

대륜산 중머리에 진불암이라는 암자 한 채 가랑잎처럼

떠 있다 비오고 바람부는 날에도 나무아미타불을 읊조리며

물아래 그림자를 보고 있다

보살들이 산문으로 들어서는 오후가 되면

풍경소리 울고 바람도 없이 보리수 잎들이 떨어져 내려

뜰을 덮는다 바로 그런 순간에 혹은 그보다 훨씬 늦은 시

간에 밤은 거기 발을 내리고 뱀처럼 또아리를 튼다

검은 산문으로 목을 빼고 보면 마음 깊은 사람들이 오는지

잎새가 설렁이지만 모습을 보이는 이는 없다

산문에는 艸衣도 淸華도 없다.
—「眞佛庵」 전문(『문예중앙』, 96. 여름)

 이제 그는 어디로 가는 것일까. 다시 겨울 속으로? 아니면 생의 환한 가슴 속으로? 이 물음들이 자꾸만 그의 발밑에, 떨어져 뜰을 덮는 잎새들에, 채이는 듯하다.

느린 나귀의 꿈

이문재론

1. 상실의 기표 : 감수성의 차별화 문제

1980년대 초반 평론가 정다비는 '시운동' 동인을 비판적으로 개관
하면서 그들이 '청소년 세대의 방황에 정신적 진원을 두고 있는 것이
아닐까 하는 의문'을 갖는다고 말한 바 있다(「소집단 운동의 양상과 의
미」, 1982). 청소년기의 방황이란 때로는 무모하고 과격해, 일정한 논
리와 행위의 향방을 예측하기 힘들다는 관점에서 '시운동'의 성격을
이와 같이 요약한 것은 일면 타당성이 있다. '감옥은 부숴져야 한다'라
는 선언(하재봉, 「시의 해방」, 1982)이 포즈론의 제기로 이해되는 것도
문제이지만 그것이 얼마만큼의 구체성을 갖고 형상화되었는가 하는
점을 검증하는 일이 과제로 남는 것이 사실이기 때문이다. 하지만 정
다비의 지적은 시대적인 분위기(실천 지상주의)를 너무 억압적으로 수
용했다는 점에 문제가 있다. 문학이 '현실의 반성적 행위'와 '유토피아

적 전망의 표리'로 구성될 수 있는 것이라면, 문학 행위 속에서 시대, 혹은 세대간의 특수성이 밝혀지리라는 기대는 처음부터 갖기 힘들 것이며, 개념화하기 힘든 감수성의 자장을 연역적으로 평가하려는 태도의 비현실성이 언어의 폭력으로 등장하는 것을 막을 수 없다. 자기 시대의 문학이 '타자에 대한 이해'를 수반하면서 존재한다는 믿음이 현실 이해의 탄력성을 상실함으로써, '타자'의 영역을 지나치게 정치적 현실로 국한시켜 문학적 감수성의 심도를 단순성과 표피성에 머물게 한 것이 80년대를 안타깝게 했다. 시대의 불행은 존재한다. 하지만 그것이 나와 어떤 관계가 있으며 어떤 경로를 통해 나(시인)는 그것을 언어화할 수 있을 것인가. 많은 문인들이 이러한 고민의 과정에서, 경험의 생동성이 과학주의적인 근거 위에 성립해야 한다는 강박 관념을 지니는 경직성을 드러냈다는 점을 인정하지 않을 수 없다. 행위의 당위성을 내면화하는 방법의 다양함을 보여줄 수 있는 것이 문학이라는 매우 평범한 사실이 80년대는 '진실'로 받아들여질 수 없었다. 80년대의 공룡에게는, 문학을 하려는 사람들의 의식의 저변에 존재하는 '버림받은 자'로서의 자학과 고통, 혹은 '막연한 두려움'을 동반한 저항의식과 주변성으로 이탈해 가는 실존의 고독이 이해될 수 없었던 것이다. 주어진 삶을 '우울의 기표'로 변화시키면서 끊임없이 자신의 욕망의 근원을 탐구해 가려는 중요한 요소는 자신을 '자기로부터' 탈각시키려는 힘, 혹은 자기 소외의 미학이다. 자신이 경험하는 삶의 현실적 영역을 문학적 경험의 단위로 인식하여 그 공간의 확장과 축소를 자유롭게 되풀이하는 행위를 통해 억압받는 시대에 문학의 입지를 넓혀가는 것이 필요했던 시대가 80년대였다. 주체의 내면에 존재하는 삶의 외로움과 고독이 실존적인 의미를 규정하는 모습을 확인하는 일은, 문학을 실천적 원리주의의 틀 속에 가두려는 태도의 천박성을 반성하게 한다. 경험 가능한 영역의 넘나듦을 W. 벤야민은 '반영의 유희'라고 했는데, 이는 비애를 본질로 삼는 문학적 감수성을 적극적으로 옹호하는 발언이 아닐 수 없다.

이문재를 이해하기 위해서는 '비껴남'의 두 가지 의미에 주목해야 한다. 80년대라는 물화된 이념의 공간에서 그는 벗어나 있고, 현실에 주체를 정립한다는 실존적인 의미에서도 그는 자신으로부터 멀리 있다는 점이다. 첫번째의 경우가 시인의 의식적 차원에서 결정 가능한 것이라면 후자의 경우는 다분히 생래적인 현상이라고 할 수 있다. 견고한 현실의 외곽을 두드리는 실존의 부질없음, 그 고단함의 여정을 이해할 필요가 있다. 그래서 먼저 이렇게 묻기로 한다. 이문재에게 있어, 청춘의 푸른 때를 온몸에 걸치고 살았던 20대를 기억하는 일이란 무엇인가라고. 그것은 감성이 어떻게 시대 현실과 조우하는지를 묻는 일이다. 기억이란, 이런 의미에서 역사적일 수 있다. 하지만 그에 대한 기억 자체가 비껴나 있는 것도 사실이다. 지난 시절의 이분법적 관습에서 여전히 벗어나지 못한 까닭일까. 그러나 분명한 사실은, 그가 직조해 놓은 언어의 아름다움과 함께 검은색으로 물들인 군용 야전상의에 무릎이 나온 바지를 입고 느리게 걸었던 그의 모습이 한 시대의 감수성의 단면을 잘 드러내고 있다는 점이다. 화창한 봄날의 교정에서 벚꽃이나 진달래를 배경으로 사진을 찍는 사람들 곁으로 느리게 스쳐 지나거나, 혹은 돌과 최루탄이 난무하는 학교 앞 거리를 바라보며 다방의 어두운 자리에 앉아 '청자'를 피우는 그의 모습 속에서 80년대의 불행을 읽을 수 있었던 것도 사실이다. 하지만, 그 불행은 자신을 비껴난 존재로 이해하는 의식의 불구성이 낳은 욕망, 다시 말해 절망을 시적 진원지로 삼는 방법의 아름다움이었다. 스스로를 소외의 주변으로 몰고 가서 주체를 상실과 결핍의 늪으로 인도하려는 것, 이 과정에서 주체는 떠도는 부호가 된다. 그 부호의 움직임이 의미를 생산하는 단위가 되고, 의미는 끊임없이 주체를 중심으로부터 밀어낸다. 삶의 중심에 서기보다는 주변에 맴도는 의식의 편력을 젊은 날의 존재 원리로 삼았던 그를, 혹은 '시운동'의 초기시들을 두고 '청소년기의 방황'이라고 한 것은, 이 지점에 오게 되면 비판이 아니라 초기 '시운동'의 정신 세계를 가장 적절하게 요약한 것이 된다. 정치적 엄숙주의에 대응하는 원리를 세대론적 감수성에서 찾으려 했던 '시운동'이 왜 이론의 원리주의에 의해서 폄하될 수 없는지 분명해진 셈이다.

2. "나무들 사이 엎드려 나는 외로움을 배운다"
   : 가명짓기의 미학

이문재의 시가 보여주는 세계는 서늘한 아름다움이다. 그의 언어는 오랜 방황의 길에서 만난 시골 마을의 저녁 풍경으로부터 소외된 자가 부르는 노래이면서, 그 외로움과 고통을 차단하거나 유보시키는 힘 또한 간직하고 있다. 존재하기의 어려움이 언어의 그물 속에 걸러지거나 정화되면서 연금술적인 긴장력을 유지하는 그의 시는 잘 배치된 풍경화의 구도를 생각나게 한다. 가령, 「기념식수」에서 보이는 유비의 탁월함은 슬픔의 빛깔을 배색으로 하는 영상이다. 죽음에 대한 고통을 아이들의 천진함에 대조시킨다든지, 하관을 땅 속으로 묻히는 나무로 표현하는 방법은 슬픔의 무게를 아이러니의 원근법을 통해 가벼운 포착으로 제시하는 데서 오는 미학이다.

그의 초기시를 이루는 중요한 구성 원리 가운데 하나는, 삶의 곤궁함을 말의 자유로운 연상과 확정된 의미를 지연시키는 상상력의 가벼움으로 전환하는 데 있다. 이는 행간의 단절을 철저하게 거부하면서 사물을 적절하게 이미지화하여 한 편의 시를 감성의 울창한 숲으로 직조하는 원리이다. 이문재 시의 구성 원리에 대한 해명은 그의 작품을 주제론적으로 읽는 데서 오는 의미의 단순화를 지양할 수 있게 한다. 「유월의 여섯 시」라는 좀 긴 시를 보자.

이 작품은 화자가 오후 한때 농촌 마을을 거닐면서 사물들을 노래하는 구조를 취하고 있다. 단순해 보이는 의미의 표층을 지나 그의 시선이 이동하는 경로를 추적해 보면 이 시의 심층에는 실존의 깊은 외로움이 중핵으로 자리잡고 있음을 알 수 있다.

> 멀리 있는 것들은 아주 멀리서 편안해
> 있고 나는 하모니카를 불고 들판을
> 굴리며 둥근 저녁 집으로 들어서는데 여기는
> 아궁이보다 더 따수운 저녁일 것 같으다 농촌에
> 와서 너의 기억들을 비오기 전
> 개구리 울음으로 바꾸어 듣는 깊고
> 푸른 저녁인데 언제부터 농촌은 비어 있었을까

화자는 마을을 향해 '하모니카'를 불면서 천천히 걸어 오고 있다. 이때 '하모니카'는 화자가 현재 홀로 존재하고 있음을 알리는 부표이다. 하모니카는 대개의 경우 협연(協演)되지 않는다. '멀리 있는 것'의 '편안함'과 '하모니카' 사이에 화자는 존재한다. 그는 이 악기를 불면서 '둥근 저녁 집'으로 들어선다. '둥근' 것의 이미지는 그의 시에 자주 등장한다. 이것은 삶의 안온함, 일상의 따스함을 간직하는 화해와 감싸안음의 시적 변용물이며, 때로는 '무덤'과 '자궁'으로 환치되면서 화해할 수 없는 현실의 고통을 제거하고자 하는 욕망의 현현이기도 하다. 문제는 그 다음 행 '여기는 아궁이보다 더 따수운 저녁일 것 같으다'라는 표현이다. 화자의 삶은 어떤 이유인지 매우 황량하다. 다시 말해 도시에서 벗어나 농촌에서 그는 지난 삶을 되새겨 보고자 했던 것이다.

상처난 기억을 달래기 위한 길가기에서 '너의 기억들'이란 자신이 존재했거나 적어도 존재해야 한다고 여겼던 공간에 대한 기억이다. 그런데 존재하고 있어야 할 농촌의 '푸른 저녁'은 비어 있는 농촌과 대비되고 있다. 따라서 화자는, 아무도 없고 비어 있는 농촌(그것은 비어 있기보다 변해 있는 것이다)을 걸으면서 기억 속으로 유영해 간다. 추억이란 사라진 대상에 대한 무한한 그리움을 동반한다. 이를 통해 주체는 존재의 입각점을 마련한다. '없음', 즉 대상의 사라짐을 새롭게 자신의 욕망에 맞게 재구성하는 행위가 그것이다. 그래서 농촌의 '텅 빔'을 그는,

> 숲의 나무보다 어두운 영창에 기대
> <u>나는 텅 비어 있음으로 가득하고 싶다</u>(이하 밑줄 강조는 인용자)

라고 말하는 것이다. 이는 물리적인 조건 결핍을 주체의 생존 조건으로 치환하는 방법이다.

한편, '~싶다'라는 서술어법이 실현되기 어려운 상황을 상정하고 있음도 주목된다. 추억의 심리적인 동인이 현실의 어떤 부분을 보상하고자 하는 데서 기원하기 때문에 이와 같은 소망어법은 주체의 현실적 입지를 염두에 둔 발화라고 볼 수 있다. 이러한 결핍을 보상하는 방법 가운데 하나가 농촌의 사물들, 추억 속에서 살아 있다고 믿는 대상들을 화자의 내면 속으로 적극적으로 인입시키는 것이다. '너의 이름을 부르며 함부로 허락하기'를 통해 화자는 '편안함'을 느끼고자 하지만 농촌의 저녁은 빠르게 어두워지면서("자전거를 탄 속도로/저녁이 달려간다") 자신이 서 있는 자리를 공간화한다. 이는 무한히 넓은 세계에 던져진 실존의 고독을 위무하기 위한 방어 의식의 소산이다. 그 고독한 영혼이 발견한 곳이 '교회당'으로 그려지고 있다.

　　그 길로 가면 저무는 바다
　　교회당은 돌처럼 바다를 향해 거기에 있고
　　교회당에서 돌아올 때마다 잔등에 지고 나오는 교회당
　　안으로 연기 같은 너를 불피우고 나는 마룻바닥에
　　엎드리고 싶다 아멘이라 이르면서

　여기서 '교회당'은 색바랜 기억 속의 사진을 들여다보는 듯한 풍경을 제시하는 데 중요한 소품이 되기도 하지만, 그가 길을 걷고 있다거나 일상의 시간 위에 존재할 때, 가끔은 자신을 감추거나 닫힌 공간으로 스스로를 유폐시키고자 하는 의도에서 도입된 이미지임을 알 수 있다. 가령,

　　오늘도 사랑을 끝내지 못하고 돌아간다
　　나는 무덤이라도 큰 것으로 가져야지

—「검은 돛배」에서

라든가,

　　나는 내가 싫어져서 이 낯선 소읍이 감추는 지난 밤의 물과
　　밤길처럼 나를 자꾸 감추고만 있었던 것이다

—「새야 새야」에서

라는 표현에서 활동성을 거부한 채, 의식의 닫힌 공간으로 잠영해 가려는 욕망을 확인하게 된다. 자신의 '무덤'이 커야 한다는 것은 현실 속의 입지가 상대적으로 작고 보잘 것 없다는 것을 환기하고 있으며, 길 위에서 스스로를 익명화시킴으로써 억압적이며 불행한 시간으로부

터 벗어날 수 있다고 그는 판단하고 있다.

그렇다면 그의 시적 여정은 어디에서 비롯되며, 구성 원리의 특성을 이떻게 요약할 수 있을까. 첫시집의 발문에서 최동호는 "이문재는 이 한 권의 시집 속에서 그가 길을 걷지 않을 수 없었던 유년 시절의 체험으로부터 오늘날까지의 편력 시대의 삶을 모두 담았다"라고 지적한다. 이러한 관점은 그의 시를 실존적 정황(가령 배고픔 같은 것)에 좀더 다가섰을 때 성립한다. 그러나 이문재의 경우 스스로를 '충족되어야 할 대상'으로 삼아 결핍을 '의도된 상황'으로 만들어내고 있음에 주목할 필요가 있다. 첫시집에 자주 등장하는 죽음의 유비들이 그런 예 가운데 하나이다.

나는(……) 태양의 입구에서 죽어가길 원했다

—「나는 불을 가진다」에서

조금씩 나는 죽음 쪽으로 허물어지고   —「우리 살던 옛 지붕」에서

우리들의 축복은 아침에 죽는다   —「김씨의 인터뷰」에서

어떻게 해야 죽음에게 잘 보일 수 있을까   —「길」에서

여기서 죽으면
학적부의 증명사진을 확대해
영안실에 세워 놓을까

—「그리운 내일」에서

이는 절망적인 가면 쓰기의 꼭지점에 해당된다. 그의 시가 청춘을

보상하면서 행하는 의식(儀式)과 동의어로 해석될 수 있는 여지가 여기 있다. 자라온 유년 시절과 혹은 아버지에 대한 기억을 시의 문맥에서 중요하게 다루고 있는 것도 실은 방법적인 고뇌의 한 층을 이루는 것이다. 그에게 존재하는 아버지 부재 의식은 그의 근작시(1995. 4) 가운데

아버지까지는 왕족이었다, 한다   —「마른 쑥에 풀」에서

라는 표현에 집약되고 있다. 이와 같은 표현이 첫시집에 실린 「돌은 움직이지 않으려고 얼마나 애쓰는 것일까」에서도 이미 나타나고 있는데, 이는 형언하기 어려운 결핍을 정신의 근원적 상처로 갖고 있는 자아의 드러냄으로 볼 수 있다. 한 세대의 의식이 형성되는 지점에는 이와 같은 불행 의식이 선험적으로 주어져 있다. 그것을 통해 그 세대는 자신의 특수성을 인지할 수 있으며, 세대적인 차별성을 극화할 수 있다. 봄날의 고궁에 앉아 어머니가 싸준 도시락을 혼자 먹으면서 형해화되는 자신을 발견하고, 유년 시절의 기억이 더 이상 아름다움일 수 없음을 깨닫게 되는 것, 그래서 '스티로폴 도시락에서 어머니만 골라내' 먹는 '점심'(「마른 쑥에 풀」)이 시인에게는 유배된 삶으로 인식되는 지점에서 그의 시는 출발하고 있으며 그러한 여정은 지금도 계속되고 있는 것이다. 물리적인 환경으로서 고향이 '마지막으로 그 집을 떠나면서/ 문에다 박은 커다란 못' (「우리 살던 옛집 지붕」)처럼 선험적 상실의 기표로 존재하고 있어서 자신에게 삶은 더 이상 아름다움을 가져다 주지 못한다는 의식이

아, 가락국수가 먹고 싶다 대전에서
시계는 멎고 아버지는 그때 죽었고 나는

가명을 지어내기 시작했다
　　　　　　—「돌은 움직이지 않으려고 얼마나 애쓰는 것일까」에서

는 고백으로 이어지면서 그의 시가 형성되는 모습을 볼 수 있다. 아버지의 죽음 뒤에 오는 '가명짓기'란 가장 커다란 좌절을 앞에 두고 행하는 탈 쓰기[시 쓰기]가 아니겠는가. 지상에 적강된 알바트로스의 비애를 한몸에 지닌 존재가 시인의 운명과 닮았다는 보들레르의 잠언이 이문재에게는 혈연적 단절을 관념화하는 방법으로 이해된 것이다. 섬세한 감성이 이루어낸 언어의 울창한 숲에는 홀로 엎드려 외로움을 배워야 했던 청춘과 보상할 길 없었던 부재 의식이 존재했던 것이다. 여기서 그의 시는 출발했으며, 지금도 그리 멀리 벗어난 것 같지는 않다.

3. "내 유전자는 그리워하는 정보밖에 가진 게 없다"
　　: 산책자의 운명과 유예된 죽음

이문재의 방황과 길 위에서의 꿈꾸기는, "옛집을 떠올리는 순간만으로 덜컹/힘이나 내달리던 적의는 이제 없다/이따위로 서른 살을 넘고 말았다"(「돌아보지 말거라, 네가 돌아보지 않아도 이미 소금기둥되어 있으니」)는 표현에서도 알 수 있듯이, 유년 시절의 고향과 푸른 감성의 숲에 닿아 있었던 것이다. 기억해야 할 집의 사라짐은 그의 시를 한층 건조하게 만든다. 이러한 메마름은 청춘의 푸른 숲이 만들어낸 깊은 그늘로부터 그가 걸어 나오면서 예고된 것이었는지도 모른다.

　첫시집 이후 약 6년이라는 시간적인 간격을 두고 간행된 두 번째 시집 『산책시편』은, 그가 지녔던 그 황홀한 기억의 숲에서 걸어 나와, 존재하고 있는 현실적인 공간에 대한 관심으로 짜여진다. 그것이 산책하는 일이다. 산책이란 본질적으로 현실에 대한 일정한 '거리'를 요구한다. 이 거리는 현실 체험이 가져다 주는 직접성으로부터 자신을 분리시킴으로써 상상과 기억을 자유롭게 한다. 느린 산책과 움직이는 사물의 간극을 예각화하는 일련의 시편들은, '빠른 것은 부도덕해'(「타클라마칸」)라는 말에 집약되듯, 자본주의에 대한 비판(장정일, 발문)으로 읽힐 수 있다. 그러나 그에게 빠른 것은 자본주의의 속도(욕망의 소비력)로 인식되기보다는 자신의 기억 속에 존재하는 '어떤 움직이지 않는 것'에 대한 그리움을 환기하는 장치이다.

> 이 도시는 느슨한 산책을 아주
> 싫어하는 모양입니다 산책은 아니
> 산책만이 두 눈과 귀를 열어준다는 비밀을
> 이 도시는 알고 있는 것이겠지요
> 도시는 사람들에게 들키고 싶어하지
> 않는다고 하더군요 저 반짝이는
> 유토피아에의 초대장들로 길 안팎에서
> 산책을 훼방하는 것이지요
>
> ―「마지막 느림보」에서

자본주의는 빠른 것을 생명으로 삼고 있다. 쉬지 않는 소비와 생산으로 삶을 유지하는 것, 대상을 욕망하는 행위를 통해 스스로의 삶을 유지해 가는 것이 자본주의적 삶이다. 문화적 신성성이 소비 욕망의 충족으로 지탱되는 현실에서 소비를 모독하는 꿈꾸기(산책)란 있을 수 없다. 시인은 이러한 사실을 체험적으로 깨닫고 있지만, 더욱 중요한 것은 산책을 통해 자본주의적 욕망을 비판하기보다, 기억 속의 아름다운 '비밀'을 끊임없이 생산하고 재생함으로써 수행해야 할 현실적인

관계로부터 벗어나고자 하는 은밀한 욕망을 드러내는 데 있다. 이 욕
망은, 기억의 재생을 통해 자본주의의 무한 순환 회로에서 일탈하고자
하는 꿈과 같다. 산책만이 "두 눈과 귀를 열어" 준다는 말은, 현상적인
존재들에 대한 관심의 폭을 심화시킨다는 뜻이 아니라, 사라져 버린
과거의 집, 그러나 그의 상상력을 푸른 그늘로 인도했던 기억 속의 공
간으로 향하는 열림을 의미한다. 그래서 그의 산책은 끊임없는 그리움
과 동의어가 된다.

> 우체국이 사라지면 사랑은
> 없어질 거야, 아마 이런 저물녘에
> 무관심해지다 보면, 눈물의 그 집도
> 무너져버릴 거야, 사람들이
> 그리움이라고, 저마다, 무시로
> 숨어드는, <u>텅 빈 저 푸르름의 시간</u>
>
> —「저물녘에 중얼거리다」에서

  그리움이라고 중얼거리는 것은 사람들이 아니라 시인 자신이다. 자
신과 대상(세계)을 연결하는 통로로 그는 우체국을 이야기하고 있다.
그래서 "아름다운 산책은 우체국에 있었습니다"(「푸른 곰팡이」)라고 말
하는 것이다. 산책과 우체국의 유비는 대상으로 다가가는 지향성(指向
性)을 축으로 공존한다. 잃어버린 추억의 공간이 현실적인 문맥 속에
서 '우체국'으로 나타난 것이다. 이는 그리움을 형상화하는 사물이다.
그러나 그리움이 향하는 공간은 '텅 빈 푸르름의 시간'으로만 남아 있
다. 여기서 슬픔이 유발된다. 기억할 수 있지만 현실 위에 재생될 수
없는 추억의 공간에 대하여 말하는 것이 그의 삶을 슬프게 한다. 그래
서 더 이상 기다리거나 회상할 수 없음을 알아서, 체념적인 결의를 보

이는 것이 자신의 비애를 달래는 한 방법이 된다.

> 다시는 그리움이 내일이나 어제 쪽으로도 옮겨
> 가지 않으리라. 그래, 그리움의 더께가 녹슬어
> 을씨년으로 변하겠구나. 생각의 서까래도 남아나
> 지 않았겠구나, 그래 이 폐가의 흔적이나 한 채
> 껴안고 살면 되는 거지

—「모슬포 생각」에서

따라서 그에게 산책은 자기 자신으로부터 떠밀린 삶, 기억으로부터 버림받은 자의 고통을 달래는 행위가 된다. 시가 막힐 때 그는 '저녁'과 '광화문'을 생각한다고 고백한 바 있다(『현대시학』, 95. 3). 그에게 광화문은 기억으로 통하는 문이다. 그래서 '광화문은 산책의 다른 말이다'. 광화문은 많은 사람들의 삶의 중심이지만 시인에게는 역설적으로 자신이 비껴서 있음을 깨닫게 하는 거리이다. 이 비껴섬을 그는 '부사성'이라고 말한다. '부사성'이란 떠도는 것이며, 주변으로만 회항하며, 무수한 자리바꿈을 꿈꾼다. 공간 이동에서 낯설게 되기를 지향하는 것, 스스로를 익명적인 존재로 만들려는 욕망이란 자유롭기를 원하는 것이다. 그래서 부사성이란 억압적이라고 믿는 현실과 추억의 아름다움 사이에 존재하는 심리적인 불균형 감각을 의미하는 것이기도 하다. 산책 속에서 자신이 부사의 위치로밖에 인식될 수 없음을 안다 해도 그것을 그만둘 수는 없다. "신발끈 느슨하게 풀고/저녁 어귀를 푸르게 돌아오던 그날들", 혹은 "그리움으로 힘차던 그 여름의 들길"을 몇 장의 "저녁 풍경"으로 가지고 있었던 시절은 사라지고 "산책을 잃으면 마음을 잃은 것"(「저녁산책」)임을 깨달아야 하는 현실이 그를 지속적으로 부사의 자리로 내몰고 있다.

산책의 시편들이 보여주고 있는 삶의 모습은, 초기시가 보여준 열병과 같은 그리움에서 보면 낭만적인 깊이가 엷어져 있다. 기억의 시가 가질 수 있었던 내면적 심도가 생활인의 감각으로 바뀌는 것, 추억 속의 공간으로 향하는 푸른 감성의 빛깔이 "가벼운 공기 속으로 흩어만지고//살았던 집 이제 찾을 수 없"(「돌아보지 말거라……」)는 지점에서 그가 취할 수 있는 태도는 자신을 바라보는 일이다. 삶을 이해하면서 현실 속의 자신을 가늠하는 일을 현저하게 인식론적 방향으로 몰고가는 것이 최근 그의 시의 표정이다. '대상'을 이미지화하는 일과 '대상을 보는 자신'을 정립된 자아로 인식하는 일 사이의 간극을 반성적인 언어로 채색하는 일이 중요하게 여겨진 것이다. 바라보는 것은, 그러므로, 사물을 향해 있는 자신의 내면이다. 스스로 바라보여지는 것, 보는 주체의 자리바꿈 속에서 곤혹스러워하는 자신을 피사체(被寫體)로 놓은 모습을 발견하게 된다. 이 지점에서 시인은 주체도 객체도 아닌 미묘한 순간을 체험한다. 이는 '유예된 죽음에 대한 극미한 경험'(R. 바르트)이다.

4. 신비주의의 유혹인가, 좀더 꿈꾸기인가

한 시대를 마감하는 일에 예민한 사람은 자주 정신적인 죽음을 통해 새로운 부활을 이야기한다. 그때 죽음이란 지난 시간의 삶을 가장 철저한 방식으로 반성하는 제의적인 언어가 된다. 이문재 역시 자신을 통과하는 일상의 삶을 납득하는 방식으로, 주체의 소멸을 이야기한다. 그것은 생의 욕망을 함몰된 구체성 속으로 유예시키는 방법으로 드러난다. 젊은 시절이란 언제나 결핍을 통해 생존의 조건을 모색하는 것, 그의 학창 시절은 눈 바로 올려다보기 힘든 봄 햇살의 도발 속에서 유년의 푸른 공간을 찾는 시간이었다. 청춘의 부질없음에 대한 깨달음에서 오는 고통을 이겨내는 일이 추억 속으로 자맥질해 가는 기억의 힘으로 가능했다면, 서른 살이 훨씬 지난 현재의 삶을 이어나가게 하는 동력은 무엇일까. '고독한 산책자의 몽상'이 이를 가능하게 한다. 자신을 소외의 지대로 내몰아서 반영의 대상으로 이해하는 방법이 어려운 시절을 견디게 했던 것이다. 그것을 비껴섬이라고 본 것이다. 그러나 이탈된 자의 꿈꾸기로써의 산책이란 생의 전망을 어둡게 한다. 시인으로서 바라보아야 할 지평을 어디에 두느냐에 따라 이 전망은 달라진다. 현실로, 가장 극대화된 외연성(정치)을 향해 도전적인 언어를 행사하는 시대에, 가장 내밀한 감성의 숲과 계곡으로 떠나는 여행은 모순되는 듯이 보이기도 했으며, 혹은 무엇인지 모를 혼돈과 방황이 삶을 아름답게 가꾸는 것이라는 믿음이 여전히 가치 있는 일이라고 생각되었던 시대를 두고 우리는 80년대라고 불러 왔다. '젖은 구두'의 여로와 그 과정에서 만나는 도발적인 햇살의 간계를 이겨내기 위한 고심의 흔적을 그는 저 80년대에 남기고 있다.

그러나 이문재가 걸어온 80년대의 터널을 지나 90년대의 거리로 나오면 무엇인가 달라져 있음을 발견하게 된다. 그 거리에는 감성의 나뭇잎들이 다 져버린 가로수로 가득하다는 점이다. 풍요로운 언어의 숲이 지어내는 깊은 그늘을 더 이상 보기 어렵다는 사실은 무엇을 말해주는 것일까. 성장해 감에 따라 삶의 비의성은 어느 갈피에서도 찾을 수 없다는 깨달음과 언어를 일상적인 층위에서 다루어야 하는 생활인으로서의 감각(저널리즘의 힘과 한계)이 작용한 것은 아닐까. 그가 모색하고자 하는 자신의 내면, 진정한 자아 찾기의 지형도를 그리는 일이 힘겨운 것은 이 때문이다. 가령,

智異山 한 자락, 생애의 地理에

너무 어두워, 實相을 찾지 못해
하룻밤 눕는데, 문 밖에서
누가 오늘은 앞산은 허, 智異山이구나
하고 간다 이 근신은 언제 해맑아져
그대 앞에서 떳떳해질 것인가
地理여, 地異여, 智異인 것이여
그 사이에 실상은 있는가

—「實相寺 가는 길 1」에서

라는 표현 속에서, 삶의 實相은 은폐된 채, 지속적인 형식의 유비만을 확인하는 공허함이 그것이 아닌가. 길가기가 더 이상 갈 곳이 없는 지경에 다다랐을 때 정신의 시원으로 회귀하는 모습이 90년대적인 시쓰기의 한 지층을 이룬다고 할 때, 이문재도 여기서 크게 벗어나지 않는다. 삶의 확장이 더 이상 어렵다는 판단이 가능해지고 생의 의욕과 절망이 교차되는 지점에서 이문재도 자신으로 돌아선다. "바다의 시작, 아니/바다의 맨 끝에서/뒤돌아본다/무섭다/이 끝의 질김"(「땅 끝, 땅 끝」)이라고 그가 말했을 때 그는 무엇을 두려워하는 것일까. 그것은 회귀해야 할 바른 지점의 모색과 관련되지 않을까. 청춘의 지난날들을 지탱하는 힘이 그리움이었다고 말했지만 이제 그 그리움의 대상이 확연히 달라져 있음을 목도하게 된다. 오랜 산책 끝에 그는 '이문재'라는 간이역에 도달한 것이다.

나는, 이제 내가 그리워진다
죽도록 나를 그리워 한 뒤에, 말갛게 씻긴
마음자리로, 저 문, 환하게 열 일이다

—「나는 내가 그립다」에서

시인의 언어가 불완전성을 거부하려고 할 때 그는 이미 시인이 아니다. 선험적인 상실이 반드시 체험의 진정성을 담보해야 한다는 논리는 진부하다. 생의 질곡을 가장 선명하게 제시하는 언어를 시인은 갖고 있기 때문이다. 이문재는 자신의 심미적 감성을 미학적인 반영물로 삼아서 몸 가벼운 언어의 숲에 감금시키는 탁월한 능력을 지닌 시인이다. 그의 숲에 감금된 말은 그가 자주 걷곤 하던 광화문 주변의 저녁을 맴돌면서 하나둘씩 거리에 흩어진다. 이제 그는 뿌려진 언어를 자신의 내면 속에서 수습하려고 한다. 그러나 여기에 이르는 과정이 무상한 시간의 늪으로 침윤되어 버려 실체를 확인하기 어렵다는 안타까움을 남기고 말았다. 감성의 푸른 잎새들이 지고 난 자리에 "아 우리들 살던 옛집 푸른 지구"(「오존 묵시록」)를 놓는 것에서 변화의 필연성을 발견하기란 쉽지 않다. 다만 그의 저널리즘 감각이 새로운 패러다임을 설정했다는 가정은 성립할 수 있겠지만, 내면을 들여다보는 일이 왜 90년대적인 의미에서 또 하나의 시적 매너리즘을 형성하는지 물어야 할 것이다. 생략과 비약이 자유로운 신비주의(禪詩적인 요소를 닮고 있지만 엄밀한 의미에서 선시는 없고 다만 율법을 효과적인 리듬으로 전하려는 偈頌만이 친숙할 뿐이지만)와 은유 사이의 유사성이 존재한다고 한 중진 평론가가 말한 바 있지만(도정일, 「문학적 신비주의의 두 형태」) 90년대 들어 나타나기 시작한 시적 개안이 자칫 지나치게 관념화되어, 삶의 본질 모색을 흐리게 할 가능성은 늘 경계될 필요가 있다. 이문재의 시적 지평이 어떤 방향에서 전개될지 가늠하기는 어렵겠지만, 분명한 것은 새로운 통합 논리(욕망의 상품화)를 심화시키는 소비 산업사회에서 그의 시가 내면으로만 침잠하기에는 아직 이르다는 사실이다. 신비주의의 유혹이 시적 상투성을 유발시키거나 문화적 보수주의를 더욱 공고하게 할 가능성이 있기 때문이다. 이 질문에서 이문재가 자유롭지 못하다는 점은 이제 시사적인 영역으로 그가 이행하고 있다는 증거이다.

바다에 이르는 여정

김성춘론

1

가끔 길 끝에 서고 싶다. 그 길의 끝에 존재하는 것이 무엇일까 하는 강렬한 호기심을 떨치기 어려운 것은 현존의 어려움 때문만은 아닐 것이다. 살아가는 일이, 자신을 제어할 수 없는 억압적인 힘이 되어 돌아온다든지, 삶의 현존성으로부터 벗어나기의 불가능함을 헤아린 사람의 자기 위안의 필요성으로 제기될 때, 여행을 생각하기 마련인 것처럼, 길의 끝으로 가고 싶다. 하지만 길의 끝이란 과연 되돌아올 수 없음과 동의어야만 하는가. 현존의 공간과 길의 끝에는 절멸의 심연만 존재하는가. 여행이란, 언제나 돌아갈 준비를 하는 제의로서만 유의미한 것이 아닌가. 그렇다면 여행의 끝이 곧 길의 끝은 아니지 않겠는가. 죽음으로 향하는 길은 진정한 여행이 아니듯이 여행은 어떤 바람직한 현존의 상태를 전제하고 있다. 여행을, 그 과정에서 얻어지는 새로움의 형식에 눈뜨면서 삶의 변화와 개선을 지향하는 의지적인 행위라고

말할 수 있다면, 바다를 가까이에 두고 사는 한 외로운 시인에게 여행
이란 무엇인가라고 물어야 할 차례이다. 그에게도 여행은 언제나 돌아
올 준비가 되어 있는 떠남이라고 말할 수 있을까. 그가 시인인 이상 그
의 여행은 제의적인 단순함에서 벗어나 있어야 한다. 실제로 그렇다.
그의 여행은 '본래적'이다. 길 끝의 세계에 대한 호기심이나 현존의 곤
고함에서 비롯되는 수동적인 길 떠남이 아니라, 떠나온 곳에 대한 그
리움과 '그곳에 이르는' 회귀로 삶을 인식하는 방법을 그는 체득하고
있기 때문이다. 생애를 통해 자기 인식이 이루어지면 여행은 끝난다라
고 말한 사람도 있지만, 시인의 자기 인식이란 본래 그 여행의 끝없음
을 '인식'하는 데 있다. 김성춘의 시세계로 들어온 사람이면 안다. 길
끝에 도달하려는 고투가 빚어내는 말의 아름다움을, 혹은 바다와 섬에
이르는 길의 측량하기 힘든 거리를, 여전히 계속되는 그 길 가기에서
하나의 생이 결정(結晶)되는 것을. 그의 바다가 변주하는 무수한 생의
이력과 삶의 악상이 실은 험난했던 한 시대를 통과하면서 치러내야 했
던 상실의 아픔에 대해 깨어 있는 노래로 작용하고 있다는 사실을 우
리는 조금씩 알게 될 것이다.

2

　시인에게 생래적인 친연성을 지니는 공간은 반드시 물리적인 고향
과 일치하지 않는다. 그 여행은 끊임없이 친숙함을 전제하기 때문이
다. 그 친숙함이란 그가 발견하고자 하는 대상이 지닌 성격과도 무관
하지 않다. 친숙함에 이르는 길을 어떤 시인은 '장소 길들이기'(황동
규)라고 표현한 바도 있지만, 대상을 찾아 떠나는 길 위에서 그들은 절
망하기도 하며, 혹은 절망 때문에 시인이 되기도 한다. 오히려 시인이

되어 절망하기를 원하는지도 모른다. 찾아야 할 어떤 지향점을 잃어버린 존재, 그 부재를 확인해 가는 고통스러운 깨어남이 그들의 시이고, 시적 그리움을 다스리는 운용 원리이다. 지상으로 유배되거나 버림받은 존재가 하늘을 동경하는 일처럼, 허무하지만 멈출 수 없는 일을 지속해야 함은 그들이 시인이며 그들의 언어가 존재하는 방식이 그렇기 때문이다. 김성춘은 그 절망을 길로 환치시킨다. 길은 그의 언어이다. 방파제의 끝에서 바라다보는 수평선의 언어, 하늘과 접점을 이루는 물의 언어가 그의 시의 육체를 이룬다.

김성춘의 시[1]가, 자신의 맨얼굴을 드러낼 때 가장 먼저 관심의 대상으로 떠오른 것은 '바다'이다. 바다란 길의 끝을 찾아 나선 시인에게 새로운 길을 열어 준 대상이면서 시적 에스프리의 저장소이다. 길 끝에 서기란, 김성춘에게는 성찰을 위한 방법적인 회의의 산물이면서 '생의 도처에 편재하는' 바다를 발견하는 일의 또 다른 행위이다. 그가 바다를 찾는 것은 대개의 경우처럼 실존의 확인 욕구에서 비롯된다. 가령,

내가 찾아 갈 때마다
내 눈을 찌르는
흑도미, 망성어, 쥐치들이
씹다 버린 바다.

사람들은 날마다
바다에 투신하지만

1) 본고에서 분석 대상이 된 시집은 다음과 같다. 1.『방어진 시편』(심상, 1979) 2.『흐르는 섬』(문장, 1982) 3.『섬. 비망록』(청하, 1987) 4.『요즘에는 이상한 바다도 있다』(빛남시선, 1992) 5.『그대 집은 늘 푸른 바다로 넉넉하다』(빛남시선, 1991) 6.『겨울 극락 앞에서』(전망, 1995). 인용은 권수와 면수로만 표시하기로 함.

바다의 알몸은 보이지 않는다.

내가 살아온 만큼
오늘의 水深은 깊어지고
깊어진 만큼, 더 암담한 물빛이지만
오늘은 인간의 목소리처럼 따뜻하다. (1—16)

와 같은 시에서 바다란 시인에게 아주 익숙한 대상이다. 하지만 그 익숙함은 통찰을 전제하고 있다. 바다란 삶의 생산적인 체험이 존재하는 곳이면서 시인의 의식을 순치시키는 대상이기 때문이다. 어부들이 건져 올리는 그물에서 몸 뒤척이는 물고기떼의 비늘이 '눈을 찌르는' 바다는 생활 세계의 현장이면서, 시적 본질이 자리잡고 있는 곳이기도 하다. 바다에 이르러 스스로를 소진시키고자 함은 그 자체가 생의 의지이다. 삶이라는 막연한 대상 앞에서 스스로 은폐되고 있음을 깨닫는 것 역시 안타까운 일이지만, 생의 속성으로 인정할 수밖에 없다. 이와 같이 생의 본질과 주체의 의지가 엇갈리는 지점에서 그의 심화된 시적 정서를 엿볼 수 있다.

그러나 삶의 내면을 알고자 하는 의지는 자주 풍경이 된다. 풍경이란 비껴섬의 대용어이다. 대상 앞에서 내면으로 향하는 정신의 치열성을 잠시 유보한 채, 자신을 사물화하는 방법, 내면적인 열정과 진정성을 드러내는 시적 방법론을 발견하게 된다. 그가 "방어진은 종점/바다 때문에/더 가야 할 곳도/더 기댈 곳도 없는//방어진에는 이제 막 도착하는 익명의 갈매기 몇 마리"(5—24)라든가, "그 사나이는 어디 갔을까?/풍경이 된 산꿩 한 마리/제목도 없이/암호처럼 날아간다"(1—23)라고 말했을 때, 그는 바다의 한쪽 면을 장식하는 사물이 된다. 그러나 바다 앞에서 사물화된 자신을 인식하는 것은 그다지 유쾌한 일은 아니다. 바다로 향하는 자신의 내면을 발견하거나 어느새 길의 끝이 닿은 곳에 펼쳐진 바다를 보는 일에서 자신의 생을 짊어지고 가야 한다는 고통스러움이 확인되기 때문이다. 그러므로 그에게 바다는,

> 살아 있는 동안에 내가 만나야 하고
> 내가 증오해야 하고, 결국은 내가
> 멈출 수도 없는
> 저 완벽한 시간의 碑文 (1—51)

이다. 바다는 그의 삶과 시로 통하는 문이다. 그는 바다를 화두로 삼았다.

3

그가 첫시집을 묶은 것은 30대 후반에 접어들 무렵이었던 1979년이다. 정치적인 혼란이 가중되던 시기에 그의 시가 자기 정체성을 가질 수 있었던 원인은 어디 있을까. 정치적인 담론이 무의식의 언어를 산출했던 시대, 혹은 그 담론의 교환 과정내에 편입되지 못하는 것에 강한 자의식을 가져야 했던 시대에 김성춘의 시를 지탱했던 힘은 무엇이었을까. 그가 바다를 향한 강한 자의식을 형성해야 했던 이유는 어디에 있나. 그에게 바다는 따로 떨어져 앉은 방이다. 번화한 거리와 서울이라는 공간은 삶의 의미를 무수히 물어야 하는 곳이다. 그 물음 속에는 타인에 대한 의식과 관계라는 의미를 담고 있다. 곧 살아가기 위해 필연적으로 가져야 하는 경쟁과 타협, 투쟁과 고뇌가 한데 어우러져, 그 질문에 늘 답해야 한다는 강박 관념이 지배적인 곳이 서울이다. 그

가 서 있는 '이곳'에서 한 발 벗어난 곳에 바다가 있다. 바다는 넓지만, 그에게는 유폐적 의식을 자아내는 좁은 방이기도 하다. 그 방은 삶의 경계·주변에 있지만 편재하는 죽음과 절망조차 그곳에서는 극복되거나 무화된다. 가령, '지팡이도 없이 떠나신/어머님 묘소를 찾은 겨울 오후'에 '묘비 사이로 돌아 눕는 바람'을 보거나, '산새 한 놈 묘소 위에 새똥을 갈긴다'고 말하면서, "죽음은 결국 새똥"(2—23)이라고 할 때, 그곳에는 절제된 슬픔, 혹은 채색의 현란함을 가급적으로 줄이려 애쓴 듯한 풍경화가 한 폭 걸린다. 왜냐하면

> 바다는 늘 나를 사랑처럼 압도하고
> 오늘도 바다는 절망하지 않는다. (2—45)

고 그는 생각하기 때문이다. (물론 절망하지 않는 것은 바다가 아니라 시인이지만)바다는 때론 절망을 보상하는 에로스적인 대상이기도 하다. 그래서 "우리가 가진 것은/……/바다의 풍만한 허벅지"(2—42)라는 표현이 가능하다. 그러나 이렇게 정태적인 입장에서 바다를 바라보는 행위가 시인이 서 있는 실존의 조건을 개선하거나 근본적인 위무가 될 수는 없다. 다가서야 한다. 바다를 건너, 현재는 없지만, 존재해야 할 대상을 향해, 다가가야 한다. 그것은 부재를 인식하는, 공동화(空洞化)된 내면을 위로하는 방법이다.

> 보이지 않는 섬(2—60)

은 사실 가장 뚜렷한 지향점이다. 그는 섬으로 향한다. 보이지 않는 심연과 있어야 한다는 믿음 사이를 '부재'라고 말한다면, 그의 시는 그 '텅 빔'을 향한 열망으로 채워진다.

　'섬, 비망록'을 주제로 한 연작에서 유일하게 부제가 붙지 않은 시가
있다.

　섬에서 태어나서, 섬에서 자랐다.
　섬과 섬 사이를
　이름 없는 섬이 되어 떠돌며, 술을 배우고
　학문과 사이비 詩와 사랑도 배웠다.

　진실 또는 안개, 그러한 말의 뜻이
　파도처럼 무성하게 밀려왔다 밀려가는 바닷가에서
　막막함 또는 수평선,
　수평선이 키우는 한줄기 희망이나 사랑하면서
　섬이 되어 섬을 사랑했다.

　투명한 섬, 그 섬의 햇빛과 안개를 빨며 자라는 신선한
　섬의 잎새들, 혹은 희망, 그 희망의 겨드랑이에 난 한
　잎의 털까지도 사랑했다.
　사랑하는 일이 우리 모두의 희망이고
　삶의 또 다른 이름이므로.

　나는 알고 있다
　섬의 주민인 내가
　한 점 돌멩이 되어 수평선과 맞닿는 어느날

　이름모를 황량한 섬기슭에서
　홀로 아득히 잠드리라는 것을.

홀로 찬란히 눈뜨리라는 것을. (3—22)

　　지금 그는 섬을 찾아 나선다. 섬은 시인에게 '본원적인 있음'이다. 자신이 선 자리에서는 찾을 수 없는 대상, 생의 이름으로 주어진 관계에서 생기발랄함을 얻지 못한다고 판단했을 때 떠오르는 이름, 그것이 섬이다. 섬을 찾는 일은 삶의 질곡에서 벗어나고자 하는 능동적인 자기 위무의 행위이면서, 시 쓰기를 통해 발견한 운명이다. 섬은 시인의 생애를 통해 의도적으로 만들어진 시적 상상의 원천이면서 삶의 지표이다. 시를 쓴다는 일이 삶의 의미를 묻는 근본적인 방법의 하나라면 그에게 섬은 바로 자신의 시이다. "내 가슴 어디쯤 섬이 있다"(3—74)거나, "나의 섬은 나의 시"(3—76)라고 그는 고백한다. 그런데 지금 그는 섬에서 떨어져 있다. 섬을 찾고 있는 것이다. 왜, 이미 자신의 내부에 존재하고 있어야 할 아름다움인 섬을 찾아야 하는가, 섬을 잃어버린 것일까. 섬은 그렇게 물리적인 거리나 시간적인 노력이 요구되는 거리에 존재하는 실체인가. 그렇지 않다고 말할 수 있다. 섬은 부재하고 있다. 그러므로 부재가 낳은 열망 그 자체가 섬이다. 혼돈과 방황이 진실로 위장된 세계, 시간의 회로와 삶의 방향이 일치되어야 한다는 믿음이 지배적인 공간, 배타적인 담론을 생산하는 일을 권력의 창출로 인식하고 있는 사람들의 거리를 지나 바닷가에서 섬에 이르는 길을 지금 그는 묻고 있다. 부재는 삶의 아름다움의 상실이지만, 시인이 서 있는 삶의 조건이 현실의 논리와는 관계없다는 사실을 암시하는 부표이며, 실제로 그렇게 자신을 인식하고자 하는 태도의 산물이다. 그런데 그가

　　나는 수평선이 차단기처럼 내려진
　　바다 앞에서 답
　　답하다. (5—88)

라고 말하는 것에 주목할 필요가 있다. 반향이 없는, 물음만이 가득한 곳에서 바다를 보는 일, 그 바다 앞에서 '답'을 구하는 일의 어리석음, 혹은 부질없음이 그의 시에 강하게 투영되기 시작한다. 그래서 둘째 행의 행갈이는 여기서 중요한 의미를 갖는다. 이제 그의 시에서 부재의 의미가 보편적인 절망과 만나는 과정을 볼 필요가 있다.

4

바다여
불신의 안개 속 바다여
어쩔 것인가, 우리
오늘도 흉흉한 파도 이는 바다에
지금 필요한 고통의 처방은 무엇인가(4—22)

90년대란 무엇인가. 이런 물음 앞에 그 역시 자유롭지 못한 듯하다. 바다를 향한 열망은 청춘의 삶을 보상하는 것이었다. 바다를 향해 있는 동안 그의 삶과 시는 존재 의미가 있었다. 그에게, 주변에 머물고 있다는 의식은 때로는 다양한 관점에서 해석되기도 한다. 가령, 문단 역학 관계에 대한 자의식, 혹은 이로 인해 자신이 선 자리의 지방성을 극복하려는 방법 가운데 하나로 선택된, 실존적 공간의 신화화 등이 그것이다. 그러나 전자의 경우, 그것은 한국 문단의 중요한 결함 가운데 하나인 혈맥주의(학연 및 인맥을 포함하는)에 근본적인 문제가 있는 것으로, 우리 시대의 비평적인 평가의 편협함을 반성하게 한다. 지배적인 담론을 형성하고, 그 담론의 교환 구조에 참여하지 못하면 곧 소외라는 인식은, 제국주의적인 불행 의식과 유사하다. 김성춘의 시는 이런 면에서 좀더 주목할 필요가 있다. 그것이 후자의 문제, 즉 그의 초기작 「개운포 산조」 연작에서 드러나는 신화적인 상상력은, 지방주의가 민족적인 보편성을 얻을 수 있는 가능성을 조금 열어 보였다는 데 의미가 있다. 다만 그의 서정이 역사적인 지평과 맞물리면서 자기 갱신의 의지를 보여주지 못하고 있다는 아쉬움이 남기는 하지만 그것이 곧 그의 시의 실패를 의미하는 것은 물론 아니다. 그의 주변에 늘 넘실거리는 바다, 울산 시내와 방어진 사이를 오가며 그가 무수히 만들고 무너뜨렸을 섬이, 90년대 들어서 그에게 새로운 삶의 태도를 요구하고 있는 것이다. 그것이 변화를 이해하는 그 나름의 방식임을 깨닫는 일은 중요하다. 시적인 화두로 바다를 선택했던 그가 그 화두를 풀어가는 색다른 방식에 눈뜨고 있음을 발견할 수 있기 때문이다. 그는 이제 조금 다른 위치에 서 있다.

내가 숨쉬고 사랑하는 동안
바다를 결코 건너갈 수 없다는 늦은 자각 이후
나는 조금씩 느긋해지기로 했다.
내 마음의 액셀레이터도 천천히 밟으면서
곡예같은 생의 커브길 느긋하게 돌기로 했다.

아다지오, 아다지오로 물살쳐오는
환희의 바다를 바라보면서
나만의 작은 집 한 채 지을 생각이나 하면서

심심해하는 젊은 갈매기와 함께
엉터리 휘파람이나 불면서. (4—18)

바다를 건너는 일은 그에게 현실 속에서 삶을 초월하는, 자기 위무의 한 방법이었다. 고단하고 외로울 때 그는 방어진으로 간다. 울산 현대 중공업의 거대한 골리앗 크레인을 지나, 사람들의 거리를 벗어나 휘어진 길을 따라 그는 방어진으로 간다. 그런데 방어진의 앞바다가 수상하다. "종점/……/오, 더 가야 할 곳도/더 기댈 곳도 없는/비린내 풀리는 바다 안개 속에/깨진 플라스틱병, 넝마조각도 함께 딩구는"(5—24) 곳에 그의 방어진이 있다니, 이는 이전의 그의 시에서 보기 어려운 변화이다. 하지만 그가 갑자기 환경운동론자라도 되었단 말인가. 여기서 그의 절망, 정확히는 우리 시대의 보편적인 절망을 말하는 그의 목소리를 듣게 된다. 그러나 좀더 자세히 읽어 보면 그가 바라보는 수상한 바다는 바다 자체가 안고 있는 문제라기보다는 삶을 이해하고 바라보는 시인의 내면, 달라진 삶을 바라보는 시인의 태도의 문제라고 할 수 있다. 그래서 그는, "안개 때문에/울 기등대 소나무들 답답하다고 중얼거림/안개 때문에/불확실한 삶이 더욱 불확실해짐"이라고 진단하고 "나는, 울기등대 숲 사이로 흐르는/젖은 안개 머리칼을/쓸쓸히 그냥 바라"(4—20)본다고 말한다. 답답한 것은 바다가 아니라 그의 삶이다. 바다를 건너는 일의 불가능성이란, 바다를 바라보고 난 후 집으로 돌려야 하는 발걸음과 같다. 다시 삶의 현장으로 돌아오는 일, 그러나 편승하기 어려운 시간의 회로에서 이탈하기 위해 그가 할 수 있는 일은 느리게 걷는 것이다. '느림'은 삶에 대하여 그가 취할 수 있는 가장 적극적인 항의 수단이다. 울산이라는 공간, 도시화 공업화라는 것, 혹은 중심 없음을 가장한 퇴행, 소도시에 스며드는 소비 문화적인 징후와 정치적 의도, 이런 현상은 그에게 바다를 건너는 일 자체의 부질없음과 아울러, 그 거대한 회로에 말려들지 않으려는 욕망을 불러일으킨다. 자신의 '작은 집 한 채' 지을 생각이란 자신을 지켜야 한다는 의지의 소산이면서, 자본주의 속도 논리의 무모함에 대한 의식이다. '엉터리 휘파람을' 불며서 바닷가를 오가는 시인이 이제 해야 할 일은 무엇인가. 무엇을 통해 어려운 삶을 이어 갈 것인가. 그것이 자신을 소멸시키는 힘겨운 고투가 되지 말라는 법은 없지 않은가. 상처를 달래는 형식이 자신을 위협하는 일인 줄 알면서도, 여전히 '너무너무 행복한/바다빛 사랑'을 '꿈꾸며'(5—28) 그는 살아갈 수 있을 것인가. 때 이른 화해의 목소리를 듣는 것이 약간 부담스러운 것은 무엇 때문일까. 가령,

　　물이 되어
　　젖은 길이 되어
　　이 세상
　　상처입은 사람들의 상처 속에 녹아 들어가
　　그 마른 눈물 속에 잠시 머물며
　　푸근하게 품어주는
　　따스한 물이 되고 싶다. (4—58)

라고 그가 말할 때, 이것을 삶의 생기발랄한 내부로 들어가 어려운 삶의 환경을 개선하리라는 의지로 읽을 수는 없지 않은가. 결국, 그가 도달한 곳은 어디인가. 바다라는 광막한 대상 앞에서 그 바다를 마음의 품으로 끌어들이는 화음의 세계, 그것은 그의 시가 도달한 정점이면서 유혹적인 지평에 해당된다.

5

　　울산과 방어진 사이의, 바다로 향한 길을 걷는 일은 김성춘의 시가

자기 응집력을 갖게 되는 과정과 일치한다. 현존의 제약으로부터 벗어나고자 하는 충동에서 비롯된 길 가기에서 바다를 발견해서 오가는 과정, 삶의 갈피마다 섬을 만들고자 했던 의식의 방황, 그리고 그 바다에서 다시 삶의 현실로 돌아와야 한다는 자각이 그의 시를 직조하는 시간의 길이었다. 이제, 길이란 늘 준비되어 있는 방황이 아닌가. 언제나 떠날 준비가 되어 있는 자의 삶은 겸손하다. 바다로 향한 억제할 수 없는 욕망과 만나는 자신을 바라보는 일과 다시 삶의 현장으로 돌아가야 한다는 의식 사이에 그의 섬이 있다. 섬은 매개 없는 무한 동경이 낳은 신기루가 아니다. '그곳에 다가서고 싶은' 열정이란 꿈꿀 수 있는 자유를 위한 능동적인 의식 작용이다. 그러므로 이는 적극적으로 삶의 훼손성에 대하여 이야기 하는 것이다. 바닷가에 서서 섬을, 일망 무제의 바다를 바라보는 것, 그래서 가끔씩은 "외롭게 산 만큼의 독이 있다고"(5—50) 말하는 것에서 상처를 달래는 내면의 시적 결정(結晶)을 보게 된다. 하지만 그의 깨달음은, 경쟁과 투쟁만이 난무하는 현실, 혹은 담론의 폭력화에 대응한다. 화해와 상생의 즐거움을 찾는 그의 걸음이 확연해진 것은 삶을 통찰하는 한층 성숙된 시각의 표출이다. 그래서 그는 "부질없는 꿈 다 떨군/느슨한 겨울나무의 보행"(6—11)을 닮고자 한다. 이제 그는,

　　떠나는 자에게 길은 아름답다(6—21)

라고 말할 수 있기 때문이다.

　그 길이 다름 아닌 마음의 행로라는 새로운 시적 여로가 아니겠는가. 이때 바다는 어찌할 수 없는 충동에서 비롯된 낭만적 향수의 대상이거나, 마음의 상처를 달래기 위해 선택되지 않는다. 왜냐하면,

남루한 오늘 데불고
종려나무 푸른 그늘 찾아간다.

바닷가 언덕 무덤 몇
따슨 햇살 입고 누워 있다.

〔…중략…〕

바다는 오늘도 드문드문 섬같은 괭이 갈매기들 키우고
수평선 앞에 나는 잠시
무거운 삶 내려놓고 나를 만난다.

바다, 다시 비우기 위해 떠나는
수평선 앞에서
정처없는 갈매기 같은 사람들
남루한 오늘을 털며

바다에 기대어 바다가 되고(6—30)

라는 노래가 있기 때문이다. 이때 바다는 삶의 기착지가 아니라 새로운 길을 준비하는 자의 출발지이다. 현실의 길, 울산에서 방어진으로 이어진 길이 끝나는 곳에서 '종려나무 푸른 그늘'과 '바닷가 언덕 무덤'에 내려앉은 '따슨 햇살'을 만난다. 그 길은,결국 삶의 무게를 덜어내려는 의식, 존재의 소멸 가능성에 대해 내면을 달래는 과정이 아닌가. 길을 가다 만나는 무명인의 묘비를 보고 "속절없이, 가버린/생의 오후 시간표 앞에서/내 무덤을 생각하다/……/창밖 흐르는 풍경을 본다"(6—74)고 말하는 것은 죽음 길들이기. 즉 삶을 좀더 원숙한 관점에서 길들이는 것이 아닌가. 생의 처음에 바다를 본 후, 고단한 삶을 경험하면서 바다는 그를 쉬게하는 대상이었다. 그런데 이제 그 바다에서 그는 남루한 목숨의 무게를 덜어서 바다가 되고자 한다. 비로소 바다를 바다라고 말 할 수 있는 지점에 선 것이다.

김성춘 시의 자기 인식이란 바다를 향해 선 자신을 수평선 앞에 그려 넣음으로써 일단락 되었다고 할 수 있다. 그러나 그것은 무엇인가. 탈속적인 세계의 유혹에 이끌린 결과인가. 그의 여행이 끝난 곳에서 그는 무엇을 보고 있는가. 시인으로써 운명적인 길 가기에서 그가 이제부터 선택해야 할 길은 어떤 길인가. 관념의 자재를 향한 문학적 신비주의의 길과 여전히 삶의 곤고함에서 눈을 떼지 않는 순교자적인 길이 새롭게 제시될지도 모르지 않겠는가. 그가 만약 선택의 어려움에 봉착해 있다면 그것은 시적인 의지의 문제인가. 아니면 언어의 유현(幽玄)함이 빚는 문제인가. 그것이 시사적인 울타리가 되어 이미 시인의 무의식을 억압하고 있는 것인가.

이렇게 지난한 문제를 남기지만, 길 끝에 서고 싶다는 느낌이 언제나 느낌으로만 멈추고 마는 것이, 시인이 되지 못한 자의 유약한 자의식의 발로가 아니고 무엇이겠는가라는 부끄러운 생각은 역시 지울 수 없다.

망설임의 형식, 혹은 신비주의의 유혹

조태일 『풀꽃은 꺾이지 않는다』, 강우식 『어머니의 물감상자』,
오규원 『길, 골목, 호텔 그리고 강물소리』

시의 형식은 질문의 형식이다. 살아온 날들에 대한 반성과 성찰의 언어도 삶 그 자체를 기표화하는 형식의 아름다움을 함께 요구한다. 그래서 대답을 하려는 노력이 시적 진실을 흐리게 할 가능성마저 있다. 시인의 질문은 그러므로 고독하다. 시적 형식을 빌었다는 사실이 그를 고독하게 한다. 의미론적 관계를 거부하면서 시의 언어를 외로움의 끝으로 몰아가려는 의식은 순수하다. 그때 시인은 두 가지 중요한 문제와 만난다. 세계를 내면화하는 방법이, 편재하는 문제에 대하여 지나치게 방관하는 태도를 취한다고 믿는 경향과, 오히려 좀더 내면의 깊은 지점을 들여다보아야 세계를 이해하는 출구를 제시할 수 있다는 믿음 사이의 갈등이 그것이다. 곤혹스러운 것은 삶의 다양성을 시가 충분히 제시하지 못하고 있다는 판단이 앞설 때이다. 산문화된 세계에서 시적 진실을 논의하는 일 자체가 추상적인 환멸을 가져올 수 있기 때문이다. 이럴 경우 시인은 후자의 입장에 서기 쉽다. 문제는 그가 직조하는 언어의 그물을 통해 망설임을 형식화의 수준에 이르게 하느냐

하는 것이다.

그런데 이 문제는 오늘의 문화적 현실과 밀접한 관계가 있다. 다시 말해 '왜 시를 통한 반성과 성찰이 요구되는가'라는 점이다. 이 질문 앞에서 우리는 당혹하게 된다. 최근의 신비주의적 시의 경향은 이러한 망설임의 징후라고 볼 수 있다. 문학의 전반적인 위기가 언급되고 있는 요즘에 위기의 근원을 말하기보다는 위기를 형식화하는 방법이 좀 더 주목의 대상이 된다. 망설임은 이때 중요한 형식이 된다. 오규원, 강우식, 조태일의 근작 시집의 경우 이 문제와 가까이 있다. 무엇과 무엇 사이의 망설임인가, 왜 망설이는가, 그 망설임에 그들은 제각기 어떤 형식을 부여하는가. 이런 질문이 그들 모두에게 가능한 것은 지금이 90년대이기 때문이다.

1. 조태일 : "오늘도 피고 지는 너를 온 힘으로 껴안을 뿐"

시가 절망의 언어로 이루어졌음을 조태일은 확연하게 보여준다. 과거를 반성하고 돌아보는 일이 회한과 좌절의 기억만을 재생시킨다고 해도 그 기억으로부터 자유롭기 위해서는 언어의 제의적인 쓰임에 주목할 필요가 있다. 고통스러운 시절이, 때로는 버릴 수 없는 열정으로 채워져 있어 저항의 대상이 분명하다고 인식되었던 기억은 행복하다. 그러나 그런 기억을 행복으로 자위하면서 변화를 끝내 인정하지 못한다면 그는 순수한 관념주의자에서 한발짝도 벗어나기 어렵다. 기억의 언어는 고통스럽기 때문에 미래의 아름다움을 예견할 수 있다. 상실의 아픔이 내면에 깊은 상처를 남길 때 주체의 언어는 아름답다. 그가 돌아오고 있는 귀로의 광경을 보자.

홀로 오솔길을 걸으며
지나온 날들을 반성해본 사람들은 안다.
달빛이 서러워 오늘도
텅 빈 보리밭에서 통곡하는
종달새들은 안다.

남의 일 같지 않은 세상을
힘껏 껴안으며 터벅터벅
걷는 귀가길이
왜 그리 찬란한가를 아는 이는 안다.

—「달빛」에서

그의 표정은 허탈해 보인다. 지치고 상처난 자신을 어떻게 달래야
하는지 고뇌하면서 걷는, 달빛 찬란한 길 위에 그는 존재하고 있다. 하
지만 절망은 절망의 언어로 극복될 수 있다는 믿음이 그에게는 있다.
"참된 끝도 시작도 도무지 안보여/문밖으로 나와 햇빛에 젖은/소나기
에 젖어"(「소나기를 바라보며」) 보는 행위는 실은 절망 속에서도 끝내 버
릴 수 없는 희망을 내포한 방황임을 알게 한다. 제의적인 언어 속에 깃
든 소생 의지가 확인되는 것이다. 고뇌에 찬 삶의 과정이 시적인 형상
화의 수준에 이르고 있음을 잘 알게 하는 다음의 시를 보자.

단 한방울의 눈물은/내 유년시절 즐겨 옷 벗던 실개천이었다가/들판을 굽
이치는 강물이었다가/바다였다가,//그 아무도 모를 일,/가뭄에 목타는 모
든 풍경들 위에 쏟아지는/소나기가 되어/지쳐 누워 있는 산들을 일으키다
가/엎어진 들판을 다시 뒤집다가//어느날 밤은/캄캄한 숲들과 함께 울음바
다로 출렁이다가/다시 내눈에 잠시 들어 쉬다가//깨어나라 깨어나 걸어

라,/내 발등을 찍는 도끼였다가//빌고 비는 손바닥에 땀으로 솟았다가/천
지를 뒤덮는 연기였다가/아스라히 쓰러지는/마지막 별빛이었다가//오늘도
함박눈으로 내린다./잠이 없어 뒤척이는 세상의/자장가로 내린다.

—「단 한방울의 눈물」에서

한 편의 시에 드러나는 이미지의 다양한 변주 속에서 시와 삶의 과
정이 온전하게 구현되는 모습은 흔하지 않다. 더욱이 시적 진술의 본
질이 은폐에 있다면 위의 작품은 조태일 특유의 솔직함이 빚어낸 성과
라고 할 수 있다. 이 작품은 존재론적 단위의 삶이 확장된 삶의 무수한
연관 속에서 좌절과 어려움을 겪으면서도 끝내 화해의 지점에 도달하
게 되는 과정을 잘 보여주고 있다. 존재의 기본 단위로 설정된 '눈물'
이 '실개천/강물/바다'로 확산되다가 '소나기/도끼'와 같은 강렬한 이
미지로 변주되고, 다시 '연기/별빛'이라는 유연한 심상으로 상승하다
끝내는 '함박눈'으로 전화되는 과정은 경험적인 삶이 미학적인 수준에
서 직조되는 궤적과 동일하다고 할 수 있다. 이는, 인식이 현실적인 문
제와 응전하면서 분노의 힘으로 표출되기도 하고, 성찰의 태도로 응집
되다가 결국 상생과 화해의 지점에 이르게 되는 과정이 잘 그려지고
있다는 점에서 이번 시집의 성격을 극명하게 보여주는 부분이라고 판
단된다. 모순을 판단하고 극복하려는 의지가 내면적인 공간과 조응되
는 과정이 시사적인 의미를 획득하는 모습을 확인하게 되는 것이다.
가령,

너는!/오로지 피어 있으면 그뿐/나는 너의 이름을 짓지 않으련다./너는!/
오로지 지면 그뿐/나는 너의 이름을 부르지 않으련다.//이름없이 잡풀들 곁
에/오늘도 피고 지는 너를/온 힘으로 껴안을 뿐.　　—「꽃」에서

이라는 진술은 대상으로부터 자신의 존재를 인식하는 방법의 체득을
의미함과 동시에 내면 공간에 틈입된 생명 현상에 대한 새로운 개안이
라는 점에서 의미가 있다. 조태일 시의 변화가 시집『산 속에서 꽃 속
에서』(1991)를 정점으로 뚜렷해진 이후로 관심의 향방은 자신의 입지
를 어디에서 찾는가 하는 점이었다. 70년대의 불안이 형성시킨 대타
논리가 지속적인 아름다움의 근원이 되기는 어려웠다. 이때 그가 발견
한 것은, 정치적인 희망이 좌절되는 아픔을 뚫고 솟아오르는 자연과
생명 현상들이었다. 이는 절망의 심도에 비례한다. "새벽녘까지의 술
잔을 비우며/잘못 살아온 시간들을 뉘우칠 때"(「비 그친 뒤」) "별밭 밑
의 풀밭/풀밭 밑의 찬란한 고요"(「풀벌레들의 노래」)가 들려 오는 것, 그
의 시적 개안은 바로 이것이다. 지난날 그의 시가 다소의 어눌함과 생
경함을 지녀서 시적 세련성에 미달된 듯이 보였던 것도 사실이지만 여
전히 삶의 진실과 시적 진실은 멀지 않다는 믿음을 지니게 되는 것도
이 때문이다.

2. 강우식 : "인생은 유령들의 잔치인가"

산업사회의 발전이 개인간의 삶의 간극을 더욱 넓혀 놓았으면서도
오히려 지역적, 국지적인 통합의 힘은 증대시키고 있다는 사실은 문제
적이다. 선진국 진입을 시도하려는 정부의 몇 가지 가시적인 조치들을
보면서 여전히 한국 사회의 물량주의에 대하여 생각하게 되는 현상 역
시 이와 무관하지 않다. 한꺼번에 수백, 수천 명의 사상자를 내는 대형
사고들을 보면서 한국 사회의 근본 문제가 부실 공사에만 있다고 믿는
사람들은 아무도 없을 것이다. 삶의 정향점을 어디에 둘 것인가 하는
고민은 대단한 사치일 수 있음이 수차례 되풀이된 대형사고를 보면서

느낄 수 있었던 점이다. 매순간의 어려움을 극복하는 일이 한 개인의 차원으로 환원되는 사회, 사회적인 관계의 다양한 그물 속에서 삶의 본질과 의미를 추구하고 환산시키려는 노력은 무시될 수밖에 없고, 상황의 긴박함과 주어진 환경에 어떻게 대처하는가라는 다분히 실존적인 문제가 심각하게 대두되는 시점에서 우리 시가 무엇을 어떻게 비판하고 극복해 가야 할 것인가 하는 고민에 봉착하는 것은 당연한 일이다.

새로운 삶의 모형을 모색하는 것은 지루한 게임에 불과하다는 판단이 매우 광범위하게 확산되고 있는 요즈음, 시를 통한 개인의 발견과 사회에 대한 인식이 한낱 부질없게 보일 가능성 또한 매우 높다. 문학이 무엇을 구원해 주리라는 믿음이 조각나 버린 것은 이미 오래전의 일이다. 구원에 대한 희망은 재빨리 소비에 대한 희망으로 바뀌었으며 상업적인 욕망은 인간의 문화적 퇴행 심리와 조화를 이루면서 그 위세를 떨쳐 가고 있다. 강우식이 보여주고 있는 우리 시대에 대한 관심은 바로 이와 같은 문화적인 현상에 집중되고 있다. 그가, 재벌의 경제적인 비리, 대학생의 시대 착오적인 시위 문화, 사회 복지 시설의 허약성 등에 대하여 깊은 관심을 보이는 것도 이와 무관하지 않다. 가령, 신혼부부의 방을 침입하여 아내를 강간하는 가정 파괴범의 이야기를 하면서,

새벽 다섯시
유령이 사라질 시각에
유령들은 사람으로 변신하여
사람 속으로 사라졌다.
신혼부부만이 유령이 되어
혼절해 있었다.

—「가정 파괴범」에서

라고 말하는 방식에서 우리 시대의 무관심의 구조에 그가 주목하고 있음을 발견하게 된다. 가정 파괴범과 같은 욕망이 '구조화'되어 있음을 시인은 예리하게 제시하고 있다. 억압된 욕망에 대한 인식은 사회적이다. 하지만 욕망이 현실적 삶의 토대와 중심에 접합되어 비판 기능을 상실할 때, 그 욕망은 사유화(私有化)될 가능성을 지닌다. 사유화된 욕망은 욕망 주체가 대상을 쉽게 동일화시키려는 경향을 갖는다. 이때 욕망은 더 이상 생산적이지 못하다. 환상이 제거되면 욕망은 폭력화된다. 잘못된 성적 담론이 문화적인 퇴행으로 작용하여 잘못된 욕망을 재생시키는 데 기여한다면 그것 역시 욕망의 폭력화라고 할 수 있다. 개인에 의한 개인의 폭력이 실은 무수한 폭력적인 욕망을 자극한다면 그러한 언어 행위는 비판이 아니라 음험한 자극이 될 수 있음을 시인은 말하고자 한다.

그러나 그의 이러한 현실에 대한 관심은 다분히 낭만적인 범위를 벗어나지 못한다. 다음의 작품을 보자.

소줏병이나 콜라병에 석유를 담고/솜마개를 했음.//그 꼴이 개집하는 여자의/구멍막이 같음.//솜마개에 불난다/솜마개에 매일 불당긴다./오늘도 불나고 내일도 불당긴다.//제조원은 없는데/화염병은 있으니까/유령이다.//파는 사람은 없는데/화염병은/대학가에서 팔리니까/유령이다.//2천년대에 인공위성을 쏘아올리겠다는/나라에서/대학생 실력치고는 너무나도/낭만적인 성능.//간혹 터지는 불길 어디에/영혼이 있는가/나는 멍하니 바라볼 때가 있다.　　—「화염병」에서

이는 달라진 현실 분위기를 반영하고 있는 작품이지만, 현실에 대한

깊은 관심이 차단된 채, 시적 형상화의 방법만을 강조하고 있다고 볼수 있다. 성적인 이미지의 사용으로 강우식은 한때 새로운 시적 지평을 열었다는 평가를 받기도 했지만 이 지점에 오게 되면 그 비유의 지향점이 의미론적 충격보다는 형식적 참신성에 경사되어 있음을 보게된다. 관심이 지엽적인 부분에 맞추어져 중심 담론으로부터 소외된 것을 복원하는 방향으로 확산되는 것과 그것이 쇄말적으로 흩어지는 것은 다른 문제이다. 시대의 발빠른 변화에 대응하지 못하고 화염병이나제조하고 있는 대학생에 대한 비판 역시 문제의 본질을 매우 희석화시켜 문제 발생의 진원지에 대한 섬세한 관심을 차단하고 있다. '낭만적인 실력'이라는 냉소적인 어조 속에는 시인 자신의 현실을 바라보는 성급함과 낭만성이 내포되어 있다. 정치적인 거대 담론, 매체가 욕망의통합화에 기여하는 현상(가령, 위성 안테나, PC통신 등), 그리고 세계화논의의 보편적 그물 속에서 현실 문제의 미세한 고통이 충분히 고려되었다고 보기는 힘들다.

그의 관심이 정치하지 못한 이유는 삶을 인식하는 태도에서 비롯된다고 할 수 있다. 그것은 다름 아닌 현실의 복잡한 양상에 대하여 유령론을 제기하는 모습에서 확인된다.

> 정오에 나는 내 돈으로/소주 한잔을 사먹었다./마치 하느님 같은 선심 속에서/나는 억울했다.//인생은 유령들의 잔치인가//떠드는 자의 말의 성찬이/듣는 자보다 더 무책임하다/떠들고 나면/대학 강단에서의 내 시론처럼/괴로울 것이다.   ―「선거 유세장에서」에서

일상의 다양한 양상이 모두 유령화된다. 비판의 기준이 내면적인 울림을 갖지 못한 상태에서 설정되는 것은 당위론으로서, 시적 정교함을상실할 우려가 있다. 정치인의 말은 무책임하게 들린다는 것, 그것이

지금까지 한국 정치를 후진성에 머물게 했던 한 요인이었으며, 이제는 그러한 구태에서 벗어나야 한다는 사실을 부인하거나 모르는 사람은 거의 없을 것이다. 문제는 현상 자체가 헛것으로 이루어졌다는 판단보다는 대상을 보는 안목의 비정교함에 있다. 시인은 그 점도 이해하고 있다. 말의 성찬이란 대학에서의 ‘시론’ 강의만큼이나 무의미한 것이라는 판단이 자성적인 태도로 드러남으로써 그의 시적 행보에 필연성을 부여하고 있다. 그것은 다름 아닌 불교적인 선문답의 형식에 대한 관심으로 나타난다.

그가 불교적인 화두에 몰입할 때 시적 긴장력이 한층 유지된다는 사실은 중요하다. 이는 그의 시가 삶의 태도와 깊은 관련을 가진다는 증거일 텐데, 문제는 여기서 비롯된다. 뒤에서 보겠지만, 오규원의 경우 삶의 방향 모색을, 언어의 미로를 통과하는 의식의 여행에서 구하고자 했다면 강우식은 좀더 직접적으로 초월적인 세계에 대하여 탐구한다. 가령,

> 허유의 귀씻기도 괜찮은/일이긴 하지만/어찌 발씻는 일에 견줄 수 있으리./우리 몸에 달린 것 중 발을/제일 잘 더럽혀지게 만들어놓음도/발의 깨끗함을 깨우쳐주려는/조물주의 조화이다. —「洗足銘」에서

와 같은 작품에서 ‘발씻기’란 현실의 유령에서 벗어나는 해탈의 기원과 같다. 발이란 지상에 놓인 것, 그 운명적인 귀속으로부터 벗어나거나 혹은 미망에 사로잡힌 영혼을 구하는 길이 발씻기로부터 시작되는 것이다. 불교적인 화두가 삶의 아름다움을 충격적으로 환기하는 힘을 지니려면, 그 화두가 인식 가능한 비유와 현실 속의 언어로 좀 더 친연성을 지닐 필요가 있다. 어려운 문학 이론서를 읽는 일과 ‘큰 고니’의 죽음을 애도하는 스님의 목탁 소리를 듣고 삶의 어려움을 말하거나,

"내용보다/형식의 아름다움이여//이제 나는 산다는 것에/겨우 입문한 다"(「큰 고니 금수다비식」)라는 표현은 그의 시의 형성 원리가 방법적인 새로움에 지나치게 기울어진 것은 아닌가 하는 의구심을 갖게 한다. 이는 체험 언어를 발굴하려는 의식의 긴장력과 삶에 대한 탄력적인 인 식의 부재에서 비롯되는 것은 아닐까. 최근 한국시의 경향이 지나치게 해탈의 경지를 추구하려는 태도를 보이는 것은, 그 자체가 시적 매너 리즘을 형성할 가능성이 있다는 사실에 주목할 필요가 있다.

3. 오규원 : "모래는 끝없이 다른 그 무엇이다"

오규원의 『길, 골목, 호텔 그리고 강물소리』는 길찾기의 모색 과정 에서 초월적 지평에 대한 탐색이 집요하게 이루어지는 시집이다. 그에 게 삶은 길을 선택하는 행위와 같다. 선택된 길을 가는 것이 아니라 선 택의 망설임을 망설임 그 자체로 놓아 두는 것이 그의 시의 형성 원리 이다. 이전의 경향과 다른 점은 이번 시집에서 현저하게 일상으로부터 탈화(脫化)를 지향한다는 점이다.
가령,

무릉에는 네거리에 사람이 없는 검문소가 하나 있다

안과 밖으로 검문은 스스로 행해야 한다

오른쪽은 절과 심산으로 가는 길이다

왼쪽은 강으로 이어진 길이며

앞은 논밭과 약초를 기르는 사람들의 길이다.

〔…중략…〕

나는 지금 낚시 가방을 들고 강변에 있다.

처럼 그가 망설이고 있을 때, '강변'은 현재 그의 입지를 말해 주는 공
간이다. 그런데 이 망설임은 선택을 요구하지 않는다. 망설임 자체를
시적 아름다움으로 만들려고 하기 때문이다. '다시 김현에게'라는 부
제가 붙어 있는 이 시에서 '낚시 가방을 들고 강변에 있'는 자신의 모
습을 보는 행위가 의미의 핵심을 이룬다. 이는 망설임의 표정을 끊임
없는 사유의 과정을 통해 감춰 보겠다는 시인의 생각이 잘 드러나는
지점이기도 하다. 망설임이 수사의 숲을 이루는 것, 데생의 미려한 묘
사가 지어내는 풍경화 속에서 은밀하게 숨어있는 것, 이것이 그의 전
략이다. 시적 주체가 시 속에서 사라지고 묘사나 혹은 관찰의 대상만
투명하게 남기는 기법은, 의미를 지연시키거나 현상의 인과 관계를 차
단하고자 하는 의도에서 비롯된다. 이는 대상을 바라보는 행위를 강조
하는 것이다. 그런데 이러한 의도는 무엇을 지향하는가, 왜 그는 수사
의 현란함으로 스스로를 위장하려 하는가. 다음의 시를 보자.

오후 두 시 나비가 한 마리/저공으로 날았다 나비가 울타리를/넘기 전에
새가 한 마리/급히 솟아올랐다 하강하고 잠자리가/네 마리 동서를 천천히/
가로질러 갔다 동쪽의 자작나무와 서쪽의/아카시아나무 사이의 이 칠십 평
의/우주는 잠시 잔디만 부풀었다/다시 남동쪽 잔디 위로 메뚜기/한 마리가
펄쩍 뛰고/햇빛은 전방위로 쏟아졌다 그리고 적막이/찾아왔다가 토끼풀 위
로 기는/개미 한 마리와 함께 사라졌다/[…중략…] 이 우주는/오로지 텅 빈
다.   ―「뜰의 호흡」에서

이 시는 오후 시간 정원의 풍경을 세밀하게 묘사하고 있는 듯하다.
하지만 주목해야 할 것은 작품을 이루는 구성방식이다. 사물들의 모습

은 매우 현란하게 보인다. 즉, 시적 대상들의 움직임을 표현하고 있는 술어들의 기본형을 보면, '날다/솟아오르다/가로지르다/펄쩍 뛰다/사라지다/기어오르다' 등이다. 그러나 이러한 단어들은 대상의 움직임만을 묘사할 뿐, 의식의 변화나 현상을 이해하고 해석하려는 태도와 무관한 듯하다. 하지만 시의 결말이 '우주는 오로지 텅 빈다'라는 표현으로 되어 있는 것이 중요하다. 이 말의 표면적인 의미는 사물들의 움직임을 정지된 화면처럼 표현하고자 하는 날카로움으로 집약되지만, 사실상 '텅 빈' 것은 우주가 아니라 시인의 내면, 다시 말해 언어가 지향하는 순수 관찰의 세계 너머에 있는 의식의 투명한 공동(空洞)이다. 대상들의 현란한 활동성 이면에는 시인의 내면적인 공허감이 강하게 유착되어 있다. 그의 시 전편에 걸쳐 자주 등장하는 단절된 길의 이미지는 바로 이러한 공허감의 다른 표현이 된다.

집을/좋아하는 길은 자주 막힌다 ―「집과 길」에서

물의 길이/끊어진 곳에서 멈춘다 ―「물과 길 2」에서

물의 길이 부서진다 ―「비둘기의 삶」에서

자주 아니 가끔/끊어진 길을 보고도 돌아서지 못하고
―「조주의 집 1」에서

나는/길 밖으로 밀린다 ―「잘생긴 노란 바나나」에서

그에게 길이 자주 끊어지거나 막히는 것은 현실과 실존적인 삶의 대응양식에 대한 어려움을 고백한 것으로 이해된다. 이 어려움으로 인해

새로운 길가기에 대한 망설임이 일게 된다. 이 망설임은 삶의 일상적인 공간을 좀더 확장시켜 갈등을 구체화할 것인가 아니면 철저하게 주관화의 길로 접어들어 삶을 직관과 화해의 미학을 통해 그려내는가 하는 고심에 다름 아니다. 생의 돌발성과 예측불가능성에 대해 시적으로 응전하는 데는 어려움이 많다. 가령

>   갈림길은 예고 없이 나타났다.   ―「애인을 찾아서」에서

와 같은 진술의 문제적인 의미가 그렇다. 언제나 삶은 선택의 지점에 이르면 고뇌로 얼룩진다는 뜻으로 이 표현을 읽는 것은 오독일 가능성이 높다. 길가기는 취사선택의 차원에서 결정될 문제가 아니다. 예상하기 어려운 삶의 단면이 곧 시의 형성 원리가 되는 것, 그 과정을 들여다 보는 시인의 '눈'만 밝게 빛나는 모습을 볼 수 있기 때문이다. 시인의 언어가 보여줄 수 있는 세계는 언어와 함께 삶의 방식과 의미를 모조리 사물성의 세계로 표백시키는 데 있다. "성이여 계절이여 상처 없는 영혼이 어디 있으랴"라는 랭보의 진술을, 사람들은 누구나 하나쯤의 고통을 안고 살아가는 것이라고 이해하는 것은 잘못이라 했던 한 철학자의 진단은 주목을 요한다. 대답을 요구하지 않는 진술, 즉 질문 그 자체를 사물화시키는 행위가 시의 존재 원리라는 것이다.

　오규원에게 생은 의미의 연관을 차단시키기 위한 대상으로만 존재한다. 그것은 거꾸로, 분산된 언어와 의미의 단락을 조합하고 배열하여 또 다른 삶의 지평을 열어가고자 하는 노력이라고 볼 수 있다. 그를 둘러싼 세계는 마치 모래와 같아서 측정하거나 헤아리기 힘든 알갱이일 뿐이다. 그러나 이러한 대상이 곧 그의 시를 형성하게 하는 타자가 된다. 그래서 '모래는 끝없이 다른 그 무엇이다'. 모래를 사유의 대상으로 했을 때 사유의 주체는 무엇인가. 그것은 관념이다. 그렇다면 관

념은 모래를 다양한 관점에서 구성할 수 있지 않은가. 따라서 '모래는 하나이고 관념은 너무 많다'. 그러나 많은 것은 모래가 아니다. '모래는 대체 관념'일 뿐이다. 모래는 방법적인 사유의 대상일 뿐 무수히 많은 사물들로 환유될 수 있기 때문에, 모래는 더 이상 모래 자체가 아니다. 그래서 시인은 관념이 만들어내는 또 다른 대상을 향해 묻는다. '모래야 너는 어디에'라고. 이렇게 오규원은 삶을 지탱하고 구성하는 의미론적 연관을 부수고 언어에 부가된 관습을 탈각시키는 방법으로 삶의 투명함에 도달하고자 했던 것이다. 그래서 '이 모래 속으로 모래 속으로 들어가야 한다 아 모래의 속도 차고 따뜻하다'(「밥그릇과 모래」)라고 하면서 관념의 여행을 떠나고자 한다. 하지만 삶을 구성하는 것은 위장된 관념이나 기표들의 운동이 아니라 삶을 지속시키는 실존적인 생이다. 그가 망설임의 표정으로 길을 묻고 있다고 한 것은 바로 이 지점에서 가능하다. 여기서 그가 모색하는 길은 바로 신비주의적 세계를 향한 출구이다.

오늘 이 조주의 집 잣나무에는/가슴이 붉은 딱새 한 마리가 왔다/갔다 밑에서 부터 네 번째에 있는 가지/동쪽에서 서쪽으로 하늘을/파고 있는 그 가지에 앉았다가/갔다 인간의 시간으로는 약 5분쯤/두 다리로 온몸을 들고 한동안/앉았다가 앞뒤로 몸을/흔들며 동쪽을 보다가/주섬주섬 두 다리를 챙겨/서쪽으로 갔다. —「조주의 집 1」에서

초월의 세계란 삶의 진실 찾기 과정에서 대타적으로 설정된 공간이다. 따라서 인간 존재의 유한성에 대하여 철저하게 인식하고 삶의 진실을 부각시키기 위한 장치가 역설적인 비의를 담고 있는 것은 자연스럽다. 초월과 신비주의적 충일성을 가장 극명하게 보여주는 선시(禪詩)를 문제 삼을 수 있다. 이때, 선(禪)과 시(詩)는 모순 개념이라는 점

에 주목할 필요가 있다. 언어 이전의 세계인 선은 인간의 사고가 낳은 규정성, 생각과 개념으로부터 제한받은 사물의 한계로부터 자유로움을 지향하는 것이다. 이에 대해 시의 세계란 오히려 인간과 삶의 분열을 그 자체로 그리면서 억압과 상처, 실패를 드러내는 형식이다. 따라서 선적 직관이 언어의 형식을 빌 때 역설의 개념이 발생하는 것이지만, 이때 중요한 것은 삶의 본질을 얼마나 충격적인 방법을 통해 찾아내는가 하는 점이다. 다시 말해 선시가 필연적으로 갖게 되는 생략과 압축, 역설과 은유의 자유로움은 기존의 관념에 대한 비판을 내포하지 않을 수 없다는 점이다. 이 과정에서 거꾸로 읽기, 미세하게 읽기, 주변적인 것 읽기가 가능해진다. 그러므로 선시는 일상의 불완전성에 대하여 깊이 천착하면서 자재(自在)의 세계로 향하는 유연한 자세에 이르기까지 비판의 과정을 생략할 수 없다. 선시의 방법이 단순한 허무로 나아가지 않는 이유가 여기 있다. 본질을 불완전한 언어로 표현하는 역설이, 일상의 논리를 초극하면서 언어 자체를 부정하는 것이 아니라, 언어의 규칙, 내적 질서에 대한 새로운 차원의 인식을 의미하는 것으로 이해할 필요가 있다.

'붉은 딱새 한 마리'가 '인간의 시간으로 약 5분쯤' 가지에 앉았다가 날아갔다는 진술에 내포된 본질은, 시간 개념에 있어서 인간과 초월적인 세계 사이에 많은 차이가 있다는 점이 아니다. 현상적 존재의 움직임이 끝나는 곳에 새로운 질서의 탄생과 연속성이 존재한다는 믿음이 이 작품의 핵심이기 때문이다. 이제 오규원에게 '간다/(길이) 끊어진다'와 같은 진술은 또 다른 차원의 세계의 열림을 의미하게 된다. 즉,

그곳에서 길이 끊겼다/광활한 길이었다. —「애인을 찾아서」에서

와 같은 표현이 그것이다. 그가 선적인 세계를 향하여 관심을 갖는 것

도 이러한 길의 모색, 삶과 주체, 대상과 대상, 사물과 사물 사이의 단
절과 고통, 혹은 새로운 세계에 대한 방향 탐구와 깊이 관련된다. 그에
게 선적인 태도란 다름 아닌 실존적 삶의 방향 모색과 이에 따른 망설
임의 한 표정이었다.

  90년대는 중심을 잃은 시대로 흔히 표현되지만 그렇기 때문에 시적
모색이 의미를 지닐 수 있다. 산문화되는 문화적인 현실이 반드시 올
바른 방향성을 지닌 것이 아니듯, 가치의 정향점을 향한 노력은 이후
에도 지속될 것이라는 판단은 유효할 것으로 보인다. 다만 위에서 언
급한 세 시인뿐 아니라 최근의 시적 경향 중의 하나가 바로 초월적인
세계 혹은 내적인 진실을 통해서 삶의 의미에 도달하고자 하는 모습이
라는 점은 지적해 두어야 할 것이다. 41년생 동갑인 세 시인의 표정은
매우 다르게 보이지만, 실은 그들이 지향하는 삶의 지평이 내적 진실
에 초점이 맞추어져 있다는 공분모를 찾을 수 있다.

  오규원의 경우 그것은 언어의 두꺼운 외피로 가려 있어 자칫 시 읽
기가 현란한 수사와 쇄말적인 비유의 늪에 빠져 버릴 위험을 간직하고
있지만, 시 쓰기에서 오는 공허함과 정신의 공동(空洞)을 어떻게 채워
갈 것인가 하는 고민이 충실히 반영되어 있다고 판단할 수 있다. 이에
반해 강우식은 일상의 삶에 대한 비판과 삶에 대한 회한이 보다 직접
적으로 초월적인 지점에 대한 관심으로 이어져 있다. 불교적인 세계에
이르러 시가 긴장력과 시적 묘미를 갖는 것도 그의 관심의 추이를 잘
드러내는 현상이라고 볼 수 있다. 그러나 선적인 세계는 이미 인간적
인 한계를 벗어난 세계가 아닌가. 다시 말해 인간의 질서에서 보면 선
적인 세계란 시(詩) 이후이거나 이전이라는 생각을 떨치기 어렵다. 선
과 시의 관련성에서 보더라도, 그것이 이미 깨달은 현인(賢人)의 경지
가 아니라면 인간적인 현존에 대한 비판이 생략과 비약, 혹은 역설의
아름다움을 통해 긴장력을 유지하면서 나타나야 할 것으로 판단된다.

이러한 현상이 좀더 삶의 질서와 관련되는 양상을 조태일은 보여주고 있다. 그에게 자연은 상생과 화해의 지점에서 만나는 깨달음의 반영물이다. 지역적 차별성, 소시민의 정치적 기대가 좌절되는 현실 등을 겪으면서 삶을 모색하는 망설임의 표정을 그대로 보여준다는 점에서 시적인 아름다움이 있는 것이다.

결국 이들이 보여준 다양함이란 90년대의 중반에 이른 중견 시인들의 시적 망설임이었다. 좀더 현실의 계단을 밟고 서느냐 아니면 신비주의의 유혹에 이끌리느냐 하는 문제에 그들은 봉착한 것이다. 하지만 이 문제가 그들만의 것은 아니라는 데 90년대 한국시의 고민이 있다. 그들의 시가 앞으로 전개될 방향에 대하여 기대하면서, 이런 질문을 던지고자 한다. 우리의 삶은 시인들이 좀더 관심을 가질 만한 문제들로 가득한 것은 아닌가? 신비주의를 통해 구현할 수 있는 세계는 자신의 삶과 어떤 내적인 필연성을 지니는가? 여전히 그것은 떨치기 어려운 매혹인가? 그러나 이런 질문 앞에 우리는 좀더 겸허해질 필요가 있다. 어쩌면 이것이 우리 시대의 시적 화두가 될지도 모르기 때문이다.

가벼운 절망과 무거운 희망 사이

하재봉 『발전소』, 김승희 『세상에서 가장 무거운 싸움』

1

　현실의 결핍을 보상하거나 억압으로부터 자유롭기 위해 쓴다는 말은 상투화된 관념으로 들릴 가능성이 높다. 특히 시에서 이런 의도가 명시적일 경우 긴장력은 약화된다. 시가 보완하거나 제시할 수 있는 지평은 이해 가능한 영역, 혹은 객관적이라고 믿는 사실의 세계를 넘어서는 곳이다. 현실에 반응하는 내면적인 깊이를 드러낼 때 시적인 아름다움은 성취되기 때문이다. 이 경우 진실은 윤리적인 차원에 속하지 않는다. 얼마나 다르게 세상을 보고 있으며 그런 시각이 얼마나 깊이 있는 실존의 조건을 형성하는지 하는 문제가 중요하다. 세상이 살기 좋고 행복하다고 말하는 시인이 드문 이유는 어디 있을까. 유배된 존재로서의 운명과 해탈의 꿈꾸기가 시적 주제로 설정되지 않는 시가 성립할 수 있을까. 다시 말해 자기 존재의 무거움을 인식하는 태도는 더 이상 새롭지 않다. 시가 추상화된 논리에 의하지 않고, 자아를 사로

잡는 은밀한 욕망, 대상과 합일을 이루지 못하는 무한한 간극을 드러
내 보임으로써 아름다움을 지닌다는 것은 너무나 당연하다.

90년대의 시적 매너리즘을 형성하는 층위 가운데 신비주의에 대한
유혹과 욕망의 일상화된 지형도를 그리는 일은 주목되는 현상이다. 변
화를 인정하지만 글쓰기의 출구를 어디에서 모색할 것인가 하는 고민
이 좀더 현실적인 긴장력으로 전화되지 못한 채, 욕망을 사유화(私有
化)시키는 경향이 지배적이다. 투쟁과 저항의 시대의 욕망이 전체주의
화하여 욕망 행위 가운데 환상을 제거시키는 형해화를 초래했다면, 오
늘날은 극도의 내면화와 주관화를 통해 욕망 주체 상호간의 의사 소통
부재를 초래함으로써, 삶의 공론화 가능성을 차단시키는 결과를 낳고
있다. 시에 있어서 신비주의는 기법상 자유로운 생략과 역설의 미학을
동반하지만 그것이 비판의 과정을 보여주지 못하고 있다는 결함을 갖
는다. 직관과 관조를 통해 도달한 새로운 지평이 아니라 그곳에 이르
는 과정이 중요하게 인식될 필요가 있기 때문이다. 이것이 선사들의
법어와 시가 다른 점이다. 이점에서 김승희와 하재봉은 주목된다. 김
승희의 강렬한 언어와 비판 담론, 하재봉의 자유로운 성적 담론과 그
이면에 숨겨진 고독과 유폐적 상상력은 일단 관심의 대상이 되기에 충
분하다. 뿐만 아니라 이들이 90년대적인 의미에서 공감할 수 있는 고
민의 무게를 지녔으며, 실존의 정황이 특이한 언어감각에 의해 적절하
게 틈입되어 있는 것도 사실이다. 그럼에도 불구하고 정서적 울림을
깊이 있게 지니지 못한다고 판단되는 이유는 무엇일까. 관념으로 시
쓰기가 빚어낸 상투성 혹은 이론적인 편향이 작품에 지나치게 개입되
어, 시가 어려운 이론서를 알기 쉽게 풀이해 주는 역할을 하고 있기 때
문은 아닐까. 물론 이 문제는 반드시 그들만의 것은 아니다. 90년대 한
국시가 봉착한 난제는 신비주의로 상승하려는 의식과 밀폐된 내면과
일상 속으로 잠영하려는 퇴행 욕구 사이에서 망설이고 있다는 점이다.

이런 망설임이 시적 화두로 자리잡는 모습을 보면서, 그 고민의 연장을 통해 비평적 입지를 마련하려는 노력의 일환으로 이 글은 쓰여질 것이다.

2

　사랑하고 싶은 욕망의 무의식적 원인이 상대방의 육체에 있다는 듯이 그 사람의 육체를 뒤지는 행위는, 마치 시간이 무엇인가를 알기 위해 자명종 시계를 분해하는 아이와 같다는 말로 사랑의 의미를 해석한 철학자가 있다. 욕망이란 다가설수록 보이지 않는 심연과 같다. 사랑이라는 언어가 무수한 환상을 가능하게 하는 이유도 그것이 대상을 향해 '있음'을 강조하기 때문이다. 그런 '있음'은 간극을 전제한다. 불일치가 가져오는 외로움과 고통이 욕망의 근원이면서 존재론이다. 마치 하재봉이 걷는 신촌의 거리, 현란한 조명이 유혹하는 락 카페, 스커트가 짧은 여인들이 모두 욕망의 대상이지만 그들이 주체와 행복한 일치를 이루기 어렵거나 적어도 그럴 경우 곧 환멸로 뒤바뀌고 만다는 점을 이해하지 못하는 사람은 많지 않다.
　하재봉의 『발전소』는 욕망이 저지되는 지점에 놓여 있다. "모든 길이 거기에서 시작되며 거기에서 끝나는 발전소"(「발전소 입회하에 작성된 유언장」)라는 표현은 '모든 욕망이 시작되고 끝나는 발전소'로 읽힐 수 있으며, 이는 '모든 삶은 욕망으로 채워져 있으며, 욕망하지 않고는 하루도 살 수 없는 삶'으로 이해 가능하다. 발전소란 동력을 제공하는 시설이다. 개인에게 일상적인 삶의 동력을 제공하는 기반은 무엇인가. 정치적인 비판과 정치를 둘러싼 담론들을 향해 우리의 욕망이 고정되어 왔다는 사실이 환멸의 본질을 이룬다. 하재봉에게 삶은 더 이상 무겹지 않다. 그의 삶만 그런가. 삶이 무거워야 할 이유는 없다. 소멸되는 가운데 존재하는, 욕망하기가 곧 죽음을 향한 그리움일진대, 삶이 중심을 지향해서 괴로울 이유가 없다. 그러나 이러한 소멸적인 충동이 발생하는 원인이 문제가 아닌가.

태양처럼 이해할 수 없는 방식으로 남아있는
내 목숨. 뒤집으면, 모래시계의 가는 유리관을 통
해 추락하는 모래들. 그런데 이제 숨을 쉬면 공
기가 내 몸안으로 들어올 것인가?

감추고 싶다. 나, 햇빛 사이.

〔…중략…〕

누구나 자기 몸 이외에 또 다른 무덤을 갖고 싶어한다. 일생 동안 나는 태양에 집착했었다. 그것이 나의 자궁이었고, 그것이 나의 발전소였으며 그것이 나의 암세포였으므로, 벌써 날은 저물고, 그림자들이 길어지고, 벽돌이 두꺼워졌다. 아. 기차가 지나간다.

—「기차가 지나간다」에서

자신이 살아왔던 삶을 '감추고 싶다'는 생각이 『발전소』의 근저에 놓인다. 이때 '기차'는 무심하게 지나는 세월이면서, 속도이고, 그 무게로 자신을 압박해 오는 변화하는 현실이다. 변화를 인정하지 못하는 사람은 현실주의자가 될 수 없다는 불안감, 혹은 그런 현실에 뛰어들어야 한다는 심리적인 억압이 기차에 대한 자의식을 낳는다. '기차'가 빠르게 지나는 것이라면 지둔한 것, 갇힌 곳의 편안함을 추구하는 유폐적인 공간이 '무덤'이면서 '자궁'이다. 생성과 소멸이 동시에 존재할 수 있는 곳이 욕망의 성곽이다. 그가 발전소를 찾아 헤매이면서도 편력의 원인을, 욕망이 근원적으로 왜곡되기 시작한 유년으로 설정한 것은 전략일까 아니면 솔직함일까. 가령,

나를 폐허로 만드는 것, 내 안의 어머니

—「연어가 발전소로 들어갈 때」에서

등불을 들고 집 밖에서 기다리는 어머니
(……)자궁 속으로 돌아가 웅크리고 잠을 자고 싶었으니까

—「화두 : 발전소」에서

두 무릎 사이 고개를 꺾고
나는 울었다. 눈물은 나오지 않았다.
……………어머니
속, 으로 다시
들어가고 싶어요.

—「락카페 올로올로」에서

같이 성적인 담론의 배후에 의식의 결핍 부분을 드러내는 방법이 얼마나 시적인 참신성을 지닐 수 있을까 하는 점이 문제로 남는다. 그가 보여주고 있는 욕망의 근원에 이러한 외로움이 있다는 사실이 그를 이해하는 한 방법일 수 있지만 이 역시 관념적인 글쓰기의 범주를 넘어서지 못한다. 오히려 황폐화된 영혼을 위무하거나 자신에 대한 자의식을 드러내는 부분에 시적인 매력이 있다. 즉 "(……)나를 설득하기 위해 주변을 맴돌며 기회를 노리는 추억을, 뿌리치고//기차를 타기 위하여,

나는"(「기차를 타기 위하여」)이라는 표현에서 추억과 현실의 삶은 선명하게 대조되는 모습을 보여준다. 여전히 남아 있는 과거성이란 시간적인 의미에서 단순한 과거가 아니다. 추억이란 아름다움이지만, 아름답다는 말로 표현하기에는 그의 삶이 너무 멀리 있다. 그림자 길게 드리우는 의식의 저편에서 한때 그도 따뜻한 삶을 꿈꾸었던 시간이 있었다. 하지만 황량한 삶을 지탱하는 방법을 찾기는 쉽지 않다. 시인인 이상, 시를 쓰지 않고는 존재할 수 없다. 그래서 "시를 쓰는 일은 존재에의 발악이다"(「비」). 그러나 어떤 방법으로 자신에게 저항하는가 하는 것이 문제다. 락 음악과 짧은 스커트들의 몸놀림이 있는 곳, 일상과 퍼포먼스가 동일화될 수 있는 지점을 향해 가는 것, 그것이 그의 삶이다. 이제 욕망의 대상은 추억 속에 있지 않다. 기차를 타고, 기차의 궤도를 따라, 기차의 나라로 들어서야 그들을 만날 수 있다. 그들은 친절하다. 적어도 그곳에서 시인은 행복하다. 좌절과 우울한 기억, 혹은 "등돌리고 서 있는 아버지"(「기차가 또 지나간다」)를 떠올리지 않아도 되기 때문이다.

그러므로 그에게 욕망의 분출이란 저지된 욕망에 대한 확인과 같다. 관계를 중시하는 관습적인 삶은 억압이면서 가짜의 세계다. 텔레비전을 보면서 행복할 수 있는 삶은 역사적이다. 이것이 우리 시대의 자기 이해 방법이다. 꿈꾸는 것이 필요하지 않은 삶, 있는 것이 그대로 욕망의 대상이 되는 세계 안에 우리는 존재한다. 그런데 욕망은 언제나 자신으로 향하는 욕망이며, 모든 무의식의 기원은 자신에게 있다. 세계 내의 삶이 억압을 강요한 것이 아니라 실존적 상황 자체에 억압의 속성이 있다. 시는 그래서 불완전의 언어다. 상황 자체를 인식하는 태도는 존재의 상처를 전제하기 때문이다. 상처는 무시무시한 내면성이다 (R. 바르트). 하지만 상처를 견디는 방법(시 쓰기)이야말로 전복적인 꿈꾸기이다. 꿈꾸기가 가능하지 않다는 것은 환멸적인 그림 그리기와 같다. 주체의 은밀한 욕망이 틈입되지 못한 풍경화는 유아적이다. 유아들의 꿈은 대개 현실의 연장선 위에 있기 때문이다. 하재봉의 성적인 담론이 부분적인 성공을 거두고 있지만 여전히 문제가 되는 것은 경험적인 차원과 미적인 차원이 존재하는 영역에 대한 탐구, 혹은 경험적인 영역이 미적인 영역으로 이행하는 과정에서 드러나는 환유와 자리바꿈에 대한 의식이 부족하다는 점이다. 실제 사회 생활에서 이미 경험하고 있는 삶을 언어적인 형식으로 재구성하는 일이 참신성을 지니려면 관념에 대한 전복적인 행위가 수반되어야 할 것이다. 성적으로 욕망하는 일이 곧 존재를 지탱하는 방법이라고 여기는 그가 앞으로 어떤 꿈꾸기를 지속할 것인지 궁금하다. 하지만 그 역시 이점을 고민하고 있다고 판단되는 것은 다음과 같은 고백 때문만은 아닐 것이다.

> 난 쉰 오렌지
> 이젠 내가 날 먹으며 즐길 수밖에
> 최후에는 내가 날 놀이삼아 즐기며
> 천천히 껍질 벗겨 먹을 수밖에
> 삶이 끝날 때까지
>
> —「늙은 오렌지」에서

3

　　김승희가 보여주고 있는 비판 담론은 대단히 과격하다. 지상 위에 존재하는 것은 곧 구속이며 실존은 언제나 해탈의 꿈꾸기와 관련된다. 지난 시대의 추상화된 관념이 가져다 준 폭력적인 세계 인식이 수많은 억압 구조를 창출한 데 대해, 90년대의 반담론(counter-discours)이 중

심 이탈과 자유로운 욕망을 구가하고 있다는 사실에 비추어 볼 때, 김
승희의 이러한 과격성은 시대 착오적으로 보일 가능성마저 있다. 무엇
인가 감추어진 진실이 있다고 믿는 데는 중심에 대한 정신의 자장이
깊게 작용하기 때문이다. 그러나 그녀의 활동적인 감각은 성립된 세
계, 갖춰진 질서에 대해 좀더 '근본적인' 자세를 취하고 있다. 이는 전
복적인 꿈꾸기에 다름 아니다. 그것은 비판이 필요한 시대에 대한 응
답이면서 그녀가 처한 환경과 세계에 대한 적극적인 관심이라고 할 수
있다. 이러한 관심은 대개 상승 의지의 표명으로 나타난다. 가령,

　　솟구치고 싶은 그리움만큼 더 큰 절대권력은 없더라
　　　　　　　　　　　　　　　　　　　—「솟구쳐 오르기 11」에서

와 같은 표현이 그것이다. 그녀의 내면에 자리잡고 있는 활동적인 힘
은 길들여진 모든 순응주의에 대한 적개심으로 변주되어 나타난다. 지
상 위의 역사가 언제나 길들여진 욕망과 수동적인 삶을 강요해 왔다는
역사 인식으로부터 실존의 몸부림에 이르기까지, 모든 억압과 구속에
맞서 자유로움을 지향하는 상태에 그녀의 관심은 집중된다. 정치적인
현실과 그로부터 파생된 억압적인 문화 현실에 대한 반성과 '억압된
자들의 귀환'을 꿈꾸는 욕망의 꿈틀거림이 우리 시대의 문화적인 패러
다임을 형성하고 있음을 인정하는 것은 어렵지 않다. 동구 사회주의의
몰락과 소련 연방의 붕괴 이후 지난 수년간 한국 사회에 퍼지기 시작
한 탈정치적인 행태들은 한국 문화의 조급성과 의식의 일천함을 그대
로 보여준 경우라고 할 수 있다. 그들의 몰락이 곧 한국 사회의 모순을
해소하는 계기가 되는 것은 아니라는 점, 한국 사회내에서 혁명은 불
가능할 것이라는 진단이 좀더 근본적인 개혁의 성과로 이어지지 못하
고, 문화적인 방만함의 표출로 나타나는 모습을 보여주었다는 점 등에

주목할 때, 탈중심주의와 후기 산업사회 문화 이론에 대한 우리 문화의 경박한 대응이 한층 실감나게 다가온다. 최근에 계속되는 대형 참사들은 우리 문화와 현실에 대한 근본적인 반성을 하게 만든는데, 이러한 현상을 지난 수십 년 동안의 군사 독재 체제가 낳은 관료주의의 병폐로 환원시키는 것은 그리 바람직한 결론은 아닌 듯하다. 문제는 현실 문제에 대한 광범위한 무관심의 구조가 여전히 지속되고 있다는 점에 있다. 비판은, 그러므로 이러한 무관심과 순응주의로 향해야 하는 것이다. 김승희의 관심은 "야수적 창조성보다 행복한 순응이 더 좋"은 "언어의 위선들"(「토끼들의 시대」)을 무너뜨리는 곳에 집중된다.

아이는 하루종일 색칠공부 책을 칠한다.
나비도 있고 꽃도 있고 구름도 있고
강물도 있다.
아이는 금 밖으로 자신의 색칠이 나갈까 봐 두려워한다.

누가 그 두려움을 가르쳤을까?
금 밖으로 나가선 안된다는 것을
그는 어떻게 알았을까 ?
나비도 꽃도 구름도 강물도
모두 색칠한 선에 갇혀 있다.

〔…중략…〕

내가 엄마만 아니라면
나, 이렇게, 말해 버리겠어
금을 뭉개버려라, 랄라, 선 밖으로 북북 칠해라.

나 그토록 제도를 증오했건만
엄마는 제도다.
나를 묶었던 그것으로 너를 묶다니!
내가 그 여자이고 총독부이다.
엄마를 죽여라! 랄라.

—「제도」에서

갇혀 있는 것은 그녀의 의식이다. '금 밖으로' 칠이 나갈까 두려워하는 것은 아이가 아니라 시인이다. 그녀에게 주어졌던 숙명은 '엄마'라는 '제도'였다. 엄마와 여성을 공존시키며 살 수 없었던 이 땅의 많은 여인들의 삶에 대하여 그녀는 분노에 가까운 비판을 쏟아낸다. 이때 '제도'란 삶을 억압하는 모든 장치로 환원된다. 그것은 중심을 거부하는 힘이며, 원심적이면서 동시에 분산된 중심에 대한 모색이기도 하다. 제도에 대한 비판은 국지적인 싸움의 일환이다. 생활 환경을 둘러싼 개별적인 공간에 침투해 있는 모든 권위와 비합리적인 요소에 대한 적극적인 관심이 필요한 것이다. 하지만 상당히 논리적인 수준에서 그녀의 시가 직조되고 있다는 사실이 문제이다. 느낌보다는 관념이 우세하기 때문이다. 김승희에게 일상의 의식은 일관되게 모든 권위주의, 순응주의에 대한 비판으로 향하고 있다. 그러나, 당위적인 논리의 차원을 넘어서 시적인 아름다움이 성취되는 지점은 내면의 상처를 드러내는 순간이 아닐까. 가령,

(1) 꽃이여, 너 자신의 불로 꽉 들어찬,
　　너 자신의 흙의 血로, 너 자신의 흙의 肉으로,

너 자신의 흙의 신으로, 아무도 뺏을 수 없는
향기와 무늬로 활짝 꽃피어나는,
무슨 종교 이전의 원시신앙을
나는 사랑하노니,
너만의 운명의 형식이여, 향연이여

—「왈, 가라사대」에서

(2) 혼 속에 상처를 간직하지 않으면
무엇이 나를 별이게 하겠는가?
나는 고요히, 울면서,
인생이 나에게 주는 모든 쓰디쓴 혼돈
모든 쓰디쓴 상처
그 상처의 악령들을 나는 사랑하였다,
인생을 구제하는 건
상처의 옆구리에서 흘러나오는 상처의
오케스트라

—「솟구쳐 오르기 10」에서

와 같은 부분에서 아름다움이 발견된다. (1)은 존재의 자족적인 완결성, 혹은 원시적인 생의 충일성에 대한 예찬으로 볼 수 있지만, 이러한 논리의 연장은 정신의 무정부주의에 닿아 있음을 알게 된다. 의식의 활동성은 억압을 거부한 채, 체제 밖을 동경한다. 지금, 여기에서 이루어지는 모든 가치 창출적인 행위는 거짓 행위가 되는 것이다. 관계와 의미 생산을 위한 사회적인 활동의 정점에 정치를 놓을 경우, 그녀는, ‘정치적 행위는/정신착란’이라고 여기며, 그래서 ‘테두리 밖으로 터져

나가고 싶은/심장의 분노'(「사이코 토끼」)를 느낀다. 따라서 철저하게 홀로인 존재로 스스로를 인정하는 것, 모든 관계의 그물을 걷어내고 삶에 대한 관점을 자신의 내부로 묶어 두려는 상상력을 지니는 것, 이 것이 인용된 시 (1)이 보여주고 있는 의식이다. 결국, (2)의 작품에서 볼 수 있듯이 상처난 영혼을 달래는 행위나 아픔을 치유하려는 노력이 삶이며, 동시에 그것으로 인해 그녀의 시가 창출된다는 점이, "인생은 자기 배꼽에서 비롯하여/자기 젖꼭지로 가는/배고픈 울음 미로의 탐색"(「자기 젖꼭지」)이라는 다분히 유폐적 상상력으로 연결되고 있다. 그 녀가 체제 밖을 동경하고 체제 안에서 살기를 어려워하는 행위는 필연 적으로 인식론적 경향을 가질 수밖에 없음을 시집『세상에서 가장 무 거운 싸움』에서 확인할 수 있었다. 어려움에 직면해서 그것을 극복해 가려는 과정이 지나치게 논리정연하고 기존의 이론적 편견과 관념에 익숙해서 섬세한 내면의 굴곡을 아름답게 형상화하는데 실패하고 있 는 것이 이번 시집의 문제가 아닐 수 없다. 다시 말해 이론적 회로를 동원해서 작품을 읽으려는 독서 태도를 불러들인다는 점이다. 경직된 독서도 문제이지만 관념적인 글쓰기의 위험 역시 경계해야 할 부분이 아닐까.

4

　　성립된 세계에 대한 비판이 제도와 관습화된 의식에 집중되거나, 감 추어진 욕망의 자유로운 분출을 통해 이루어질 때, 문제되는 것은 비 판의 논리적 근거가 아니라, 비판하는 주체의 내면이다. 근거는 명분 일 수 있지만 내면은 아픔이기 때문이다. 김승희는 당위적이고 친여적 이며, 보수적인 긍정의 세계에 대하여 철저하게 비판하고자 한다. 이런 비판은 그녀가 생래적으로 지녀왔던 야성적인 의식, 원시적인 생기 발랄함에서 힘을 얻고 있는 것이 사실이지만, 그 비판이 시적인 생명 성을 지니기에는 너무도 논리적이라는 난점을 지니고 있다. 당위적인 긍정의 세계를 비판하고자 했던 그녀의 담론이 또 다른 당위의 세계를 형성하고 있는 것은 아닌지 하는 의문이 생기는 것은 이 때문이다. 시 적 진실은 은폐된 것의 드러냄에 있다. 좀더 자세히 말하면 은폐와 개 진 사이에서 고뇌하는 내면을 발견하는 데 있다. 당위적인 명제에 대 해서 '그렇다'는 답을 내리지 않는 어리석은 사람이 있을까. 이 현상 은, 80년대의 소위 민중 계열의 시로 분류되는 작품들이 내면적인 깊 이를 지니지 못한다는 점과 구조적으로 동일한 것은 아닐까. 따라서 공감하느냐 아니냐 하는 문제보다는 '지나치게 옳아서' 문제가 되는 형국이라고 할 수 있다. 하재봉 역시 실존의 외로움을 극복하려는 방 법의 하나로 성적인 담론의 자유로운 분출을 선택하고 있지만 실상 욕 망의 드러냄이 확대 재생산되어 외로움이 좀더 정치한 울림을 지니지 못하고 있다. 소멸을 향한 충동은 행복의 지속성을 보장하지 않는다. 소비 지향적인 사회에서 살아가는 유일한 길이 소비적인 욕망을 통해 자신을 실현시키는 것이라는 논리는 허무를 동반한다. 이 지점에서 언 어 행위는 무력해진다. 그러나 근본적으로 언어가 필요한 이유는 어디 있을까. 기표의 불안한 운동 속에 삶의 진실이 있는 것은 아닐까. 불안 한 욕망, 혹은 욕망 자체의 불완전성이 시를 아름답게 하기 때문이다. 따라서 '나는 성적으로 욕망하는 주체'라는 진술은 상투화된 고전이 된다. 왜 욕망하는가 하는 점이 결여되거나 적어도 의식적이지 못하기 때문이다.

90년대 시는 일상성과 허무주의 혹은 신비주의의 유혹에 깊이 침윤 되어 있다. 정치적인 테제가 중심으로부터 내파(內破)되는 현상을 목 격하면서 삶의 정향점을 상실했다는 투항주의적인 좌절감이 증대되는 것도 사실이다. 서구의 포스트모더니즘 이론이 문화적인 징후를 설명하는 유효한 기준이 되는 것도 사실이지만, 이것이 정치적 무관심, 중산층 보수주의의 증대, 비판의 무력화를 초래했다는 혐의를 떨칠 수 없다. 억압된 현상에 대한 복원 의지로서의 성적인 담론의 표출은 역사적인 의미를 지닌다. 비판 기준의 변화라는 근대성의 가장 예민한 과제를 수행하는 것이기 때문이다. 근절되지 못한 관료주의의 병폐, 후진적인 행정과 제도에 의한 통치 구조의 미비, 산업 구조의 불균등한 발전으로 인한 국제 경쟁력 약화, 장기간의 독재 체제에 길들여진 부패와 타성에 젖은 의식 구조 등 헤아리기 어려운 문제가 여전히 적체되어 있는 현실을 비켜가려는 모든 의도는 불순하다. 가장 급진적인 비판 가운데 하나인, 세계의 구성 원리 자체를 이미지에 불과하다고 보는 견해가 오히려 비판의 무력화를 증대시키고 있음을 명백히 해두는 것이 필요하다. 문제는 비판적인 모더니즘에 활기를 넣어주는 것이다. 김승희와 하재봉의 근작은 이런 의미에서 타성에 젖지 않으려는 건강성을 지니고 있다. 그러나 서구화된 이론으로 꿈꾸기를 지양할 때, 그들의 건강성은 더 넓은 자장을 형성할 것이다. 우리에게 필요한 것은 관습화된 패러다임을 해체하려는 노력이다. 김승희의 경우, 비판이 정신적인 무정부주의로 향하고 있다면, 그런 허무주의를 극복하는 대안을 어떻게 마련할 것인지, 그리고 욕망을 다스리는 존재의 형식을 하재봉은 지속시킬 수 있는지, 더욱이 하재봉에게 시는 더 쓰여질 수 있는지 묻고 싶다. 하지만 이러한 질문에 답하는 일정한 몫을 필자 역시 떠안고 있다는 생각에 조금 난감해짐을 부인할 수 없다.

3부

비판과 전략

무엇이 '쓰게/못쓰게' 하는가

90년대 '소설가 소설'의 자의식

사람은 기억 때문에 슬프다. 세상은 흘러가도 기억은
남는다. (……)나와 나의 기억이 별개의 것이 아니다.
내가 기억이다.

—최인훈, 『화두』, 309~311쪽

우리는 현재의 우리 자신에 따라 글을 쓰는 것이 아니다.
우리가 쓰는 것에 따라 현재의 우리가 된다.

—M.블랑쇼, 『문학의 공간』, 117쪽

1

왜 '소설가 소설'인가. 이 질문 속에는 한국 문학의 변화를 설명하는
몇 가지 관점이 전제되어 있다. 허구와 현실의 경계 지우기에 대한 회

의, 혹은 전범이 사라진 삶에 대하여 소설이 구조적 완결성을 거부하고 '비도덕적 형식'으로 자신의 육체성만을 강조하거나, 삶의 의미없음을 철저하고도 일관되게 '반영'하려는 욕망이 정당성을 얻고 있다는 판단이 그것이다. 반면 자본주의의 거대한 회로 속에서 소설 쓰기, 글쓰기가 지향해야 할 방향 모색에 대한 부담감, 혹은 생존에 대한 두려움은 갈수록 커지고 있다. 공장에서 생산된 상품이 대중에게 다가서려는 친숙함의 욕망과 소설이 독자에게 다가서는 방법은 달라야 한다는 강박 관념이 여전히 소설 위에 씌워진 굴레임은 부인할 수 없다. 소설도 하나의 상품임에는 틀림없다. 팔려서 읽혀야 한다. 그러나 소설은 자신을 지속적으로 타자화하는 상품이 아닐까. 자본의 거대한 회로를 따르면서도 소설은 자신을 언제나 낯선 존재로 인식시켜야 한다. 숨쉬고 마시고 먹고 살아야 하는 지상 위의 존재, 한치도 벗어날 수 없는 자본의 대기 속에서 소설은 자기 정체성을 잃지 않기 위해 목숨을 걸고 투쟁한다. 방법이 무엇일까. 스스로를 유폐된 존재로 만드는 것, 현실 제도가 만들어 놓은 기성의 가치 질서에 편입되기를 거부하는 길이 생존 전략의 하나가 아닐까. 소비되지만, 견디는, 분해되지 않으려는 질긴 저항…….

그러나 최근 소설은 지나치게 세계에 대하여 친숙하다. 일상의 미세한 떨림과 친숙한 제도에 순치되는 삶에 만족할 것인가, 혹은 문제 제기적인 방향성을 모색할 것인가라는 난관에 봉착했을 때 자주 과거의 기억이 소설의 문맥에 드러나는 것은 이 때문이다. 이는 망설임이며, 지연 전략이다. 조금 느리게 가는 것이야말로 자본의 속도에 유입되지 않고 끊임없이 타자로 남는 방법일 수 있다. 그래서 과거를 기억하는 일이 현실 제도가 낳은 욕망의 친숙성을 거부하는 적극적인 행위라면 그것은 '두려운 낯설음'(프로이드, 「창조적 작가와 몽상」)이 될 것이다. 고통스럽던 과거를 복원하는 것은 두렵지만, 이것이 글쓰기의 출구를 열어 줄 가능성이 있다고 작가들은 믿고 싶어한다. 하지만 이러한 시도 역시 곧 진부해질 운명을 타고났음을 90년대 소설에서 확인하는 일은 모멸적이다. 기억의 담론이 유형화되는 지점에서 환멸이 발생하기 때문이다. 기억 속에서 자신의 과거가 미화되거나 고통을 상품화하는 탁월한 솜씨는 이제 출구에 대한 동경을 은폐한 채 이루어지는 쓸쓸한 자기 위무에 불과해졌다. 한때 사랑했던 과거를 갖지 못한 사람이 있으랴. 문제는 그 기억이 오늘의 삶에 대해 던지는 반성적 충격의 부재에 있다. 그런데 기억 행위의 주체가 소설가로 등장할 경우, 문제는 달라진다. 그의 기억은 '담론화'를 전제하기 때문이다. 말하고자 하는 욕망'은 소설가에게 주어진 숙명이다. 무엇인가 기억할 과거가 있다는 것, 이는 쓴다, 그러므로 존재한다'는 명제에서 한치도 벗어날 수 없음을 의미한다. 그래서 '소설가 소설'은 하나의 유형이기 이전에 흔적이다. 따라가면 우리 시대 글쓰기의 지평이 보이는.

'소설가 소설'은 두 가지 형태가 있다. 첫째, 예술가의 투혼을 그리는 과정에서 선택된 소재적인 의미를 지닌 소설과 둘째, 소설가의 자의식을 보다 분명하게 드러내서 소설 쓰기의 의미를 묻는 경우가 그것이다. 소설가가 등장하는 소설이 현재 어떤 이유 때문에 문제적인 의미를 갖는가. 작가들이 소설가를 직접 등장시켜 소설 쓰기의 내면을 탐색하는 행위는 어떤 목적에서 비롯되는 것일까. 이제 몇 편의 소설을 읽으면서 이 물음에 답하기로 하자.

2

　소설가가 주인공이 된 소설은, 경험적 삶과 미학적 성취 사이의 상관 관계, 혹은 당대 현실의 문제를 내면화하는 특수성에 대한 관심을 유발한다. 주인공 소설가의 삶은 글쓰기 행위에 대하여 원심적인 긴장을 지닌다. 그의 삶은 소설 쓰기에 모아져 있다. 번잡한 일상의 세계는 그에게 언제나 낯설다. 그는 소설을 쓰면서 삶을 만들어 간다. 소설 속에서만 그의 삶은 투명해지기 때문이다. 그러므로 그의 시간은 글쓰기의 시간이며, 그는 쓰면서 자신이 된다. 이럴 때, 결국 남는 문제는 왜 쓰는가라는 문제이다. 삶을 의미 있게 하는 일은 글쓰기 외에도 얼마든지 있지 않은가.

이런 질문을 가장 정면에서 던진 작품으로 이청준의 「지배와 해방」(『잃어버린 말을 찾아서』, 1993)이 있다. 이 소설의 부제는 '언어 사회학 서설 3'으로 붙어 있다. 작가는 소설을 통해 이 시대의 '말'에 대하여 말하고자 한다. 작품 속의 주인공 지욱은 자서전 작가이다. 그는 요즘 강연회나 세미나 등의 모임에 다니면서 연사들의 강연이나 토론 내용을 녹음해 들이는 일에 열을 내고 있다. '말을 감금해 두기 위해서'이다. 그는, 말을 한 사람은 후에 자신의 말에 일정한 책임을 져야 한다고 생각한다. 소설가 이정훈의 강연 역시 그는 녹음해 두었다. 그 녹음을 다시 들으면서 이정훈이 좀더 진실한 목소리로 이야기해 주기를 그는 원한다. 이정훈은 글을 쓰는 사람으로서 '작가 이전의 개인적인 욕망과 작가 이후의 행위의 명분 사이에 어떤 갈등'이나, '자기 개인의 삶의 욕망이나 충동' 등은 빼놓은 채, '대외 홍보용 문학관'이나 말하는 것은 거부한다고 말하면서 강연을 시작한다. 이정훈의 논리는 정연해서 한 개인이 욕망을 확대해서 결국은 소설가가 되기까지의 내면적인 과정을 세심하게 설명한다. 가장 중요한 동인은 '현실 질서에 패배하고 그것에 복수를 꿈꾸는' 일이 글쓰는 행위와 유사하다는 것, 글쓰기란 이같은 '복수심의 이념화'에서 출발하여 이를 '다시 보편적인 인간 정신의 질서로까지 확대시켜 나감으로써 자신의 삶을 넓게 해방시켜 나가는' 일이라는 점을 이정훈은 역설한다. 여기서 중요한 것은 자서전 작가인 지욱이 소설가 이정훈의 강연을 열심히 청취한 이유이다.

　　하지만 지욱은 역시 자서전 작가일 뿐이다.
　　어떤 사람의 삶의 궤적을 따라 그것을 충실히 그의 글로 그려 보여주면 그만이었다. 뽕을 먹는 누에가 뽕잎의 똥을 싸는 격이다. 뽕을 먹고 뽕의 똥을 싸는 자신의 말이 항상 미덥질 못했다. 거기에 비하면 작가라는 사람들은 뽕을 먹고 명주실을 뽑는 누에였다.
　　(……)한 작가의 삶과 그의 말이 정직성에 관한 비밀을 알 수만 있다면 지욱 자신에게도 아직은 희망이 있을 수 있었다. (이하 밑줄 강조는 인용자)

　　이 부분에서 자서전 작가 지욱에게 중요한 문제는 글쓰기와 작가의 정직성에 관한 문제이다. 작가의 정직성이란 무엇을 두고 하는 말인가. 지사적인 삶을 강조하는 것인가 아니면, 현실 경험을 숨김없이 반영하는 것인가. 만약 정직하지 못한 작가가 오늘날은 많아서 '뽕을 먹고 명주실을 뽑는 일'이 오히려 위선적인 행위로 인식된다면 '뽕을 먹고 뽕의 똥을 싸는' 일이 더욱 건강하지 않은가. 지욱에게 '희망'이란 자서전 작가에 대한 부끄러움에서 벗어나는 일이 아니라, 이 시대의 글쓰기가 진정으로 무엇을 지향해야 하는가라는 윤리적인 문제 의식을 내포한다. 이정훈은 계속 말한다. 작가의 욕망이란 그가 꿈꾸고 모색해낸 새로운 질서로 세계를 지배하고 싶은 욕망이라는 것, 그러나 이 지배는 구속이나 규제가 아니라 자유의 질서를 찾아 그것을 확장시키는 의미에서 지배이며 결국 소설은 동시대인의 삶과 자유와 관계되어 쓰여져야 한다는 것이다.
　　이 작품은 소설로 쓰여진 소설가의 소설론이다. 중요한 것은 소설이 동시대의 자유의 문제와 관련되었다거나 소설가로서 입신하게 되는 과정에 대하여 진솔하게 말했다는 점에 있지 않고, 왜 쓰는가라는 질문을 제기하고 이에 대한 답을 제출하는 과정 자체를 보여주었다는 점에 있다. 작가는 자신이 만들어 놓은 허구의 세계를 새로운 윤리 감각으로 지배하고자 하면서 궁극적으로는 억압적인 현실로부터 해방되고자 하는 욕망을 지닌다는 점, 이는 모든 동기, 목적, 현실적인 이해 관계, 사회 정의 실현, 복수심, 책임감 등을 모순 없이 포괄하는 문학 행위의 근거에 대한 최후의 답일 수밖에 없다는 것이 이 소설에서 이루어진 고민의 핵심이었다. 작가들은 고민한다. 무엇을 쓰고, 왜 쓰는지, 그리고 방황할 것이다. 그런데 문제는 고민 이후의 글쓰기가 아니라 고민이 곧 글쓰기가 되는 지점, 삶이 그에게 선택의 상황을 부여하는 것이 아니라, 쓰면서 삶을 현재적으로 만들어 가는 과정에 작가들은 놓이는 것이 아닐까.

3

대학 시절에 진보 미술 운동을 했던 사람이 있다. 세월이 흘렀다. 결혼을 했지만 돌연한 아이의 사고사로 인해 아내도 집을 나가 버렸다. 함께 열정적인 시간을 보냈던 옛 친구도 자살한다. 방황의 날이 계속된다. 그러던 날 한 친구로부터 시골 수도원의 벽화 그리는 일을 소개받고 서울을 떠난다. 수도원에서 며칠을 머물렀지만 벽화를 그릴 수 없었다. 그곳에서 소설을 쓴다는 사람을 만난다. 소설가는 벽화의 완성을 보고 싶다고 말한다. 그는 고심 끝에 예수의 모습을 그린다. 그러나 그림을 완성하고 나자 그는 더욱 괴로워진다. 예수의 모습이 아니었기 때문이다. 세상을 구원한 자의 온화함은 없고 고뇌하는 인간의 얼굴만 있었던 것이다. 그날 밤 소동이 일어난다. 소설가가 그림을 고치기 위해 사다리를 놓고 벽화에 매달렸다가 떨어져 다치는 일이 벌어진다. 소설가는 말한다. '신은 절대로 절망해서는 안 돼. 알겠소?' 다음날, 그는 수도원을 떠나야겠다고 생각한다. 마침 한 통의 편지가 온다. 아이를 다시 갖고 싶다는 아내의 편지, 그는 기쁜 마음에 서둘러 서울행 버스를 타기 위해 읍내로 간다. 김영현의 「그리고 아무말도 하지 않았다」(1994)의 내용이다. 진보적인 문화운동의 방향 모색에 긴밀히 연결된 이 작품의 아름다움은 진정한 의미 찾기의 여정을 보여주었다는 점이다. 여전히 '진정한' 의미는 존재한다는 믿음, 부재하는 현실에서 벗어나 긴 여정 끝에 다시 현실로 돌아오는 귀환 구조가 이 작품에서 확인되는 건강성이다. 이는 일종의 성장 체험에 해당하는 작품이면서 단순한 낭만적 열정에 멈추지 않고 이 시대의 삶의 문제를 천착하고 있어 주목된다.

소설가 소설의 많은 양은 이와 같은 성장 체험에 근거하고 있다. 새로운 세계로 향한 입사적인 형식을 글쓰기의 과정으로 이해하는 것, 글쓰기를 억압하는 곤란한 상황에 대해 고민하고 그 과정을 통해 창조적 가능성을 제시하는 형식이 자주 등장한다. 이 경우 곤란한 상황 자체를 보여준다는 것은 소설 쓰기의 방향 모색과 소설가로서의 자의식이 담긴다는 의미를 갖는다. 대개의 경우 문제적인 작품은 전환기적인 특징을 포함하고 있다. 소설이라는 장르의 특성이 삶의 보편적인 문제를 어떻게 소설가 개인의 문제로 내면화하여 미적인 특수성으로 나타나게 하는가의 문제에 있다는 것은 주지의 사실이다. 1930년대 박태원의 구보, 1960년대 말의 최인훈의 구보는 이런 요청에 부합되는 소설의 주인공들이다. 박태원은 소설의 허구성에 대한 기존의 관념에 대해 전복적인 형식으로 식민지 지식인의 우울한 내면을 그렸으며, 최인훈은 산업화와 정치적 민주화, 그리고 분단에 대한 지식인의 정리된 입장을 요구하기 시작한 시대의 삶에 대한 진지한 성찰을 보여주었다. 이는 소설가 소설이 일찍이 이루어낸 미적 성과였다.

80년대 이후 문학 환경의 전환기적 특성을 잘 보여준 작품으로 양귀자의 「숨은 꽃」(1992)이 있다. 「숨은 꽃」은 소설 쓰기의 출구를 잃었다고 생각하는 주인공 소설가가 김제 귀신사로 여행한 이야기이다. 이 소설은 삶의 환경이 달라진 90년대의 삶을 수용하고, 이를 토대로 새로운 방향성을 보이는 글을 써야 한다는 작가의 심리적 고뇌를 숨김없이 드러내고 있다. 시를 쓸 수 없어 고향으로 내려가 뜸부기를 키우는 시인, 그리고 재야 운동권의 핵심이었지만 이제는 정신 이상자가 되어 '청와대에서 왜 날 안 부르지……'라고 말하며 다니는 '지브란'으로 불리는 인물, 의사이면서 소설가인 사람의 고뇌를 통해 90년대의 소설 쓰기란 무엇인가를 묻고 있다. 여기서 중요한 것은 작품 속에서 줄곧 그려지고 있는 주인공의 절망과 그 절망의 틈새에 잠깐씩 드러나는 바닷가 마을의 풍경이다. 물론 이 풍경은 김종구에 얽힌 몇 가지 삽화를 기억하는 대목에서 그려지기는 했지만, 김종구의 떠도는 삶과 잘 어울린다. 김종구와 그의 여자를 보면서 주인공은 이렇게 생각한다.

나는 이제까지 나와 연루된 모든 것들, 한마디로 뭉뚱그려 높은 도덕과 긴 역사의 문화라고 하는 것들이 이들 앞에서 얼마나 하찮게 무너지는가를 절감했다. 내가 영향받고 그에 의해 단련되던 것들이 사실은 아주 작은 세계에 불과하다는 것, 나는 평생 이 작은 세계 밖으로 한 발짝도 벗어날 수 없을 것이라는 예감은 절망이었다.

이 절망감이 김종구와 관계된 기억과 대칭을 이룬다. 그의 여자 황녀와 함께 저녁을 먹고 술을 마시며 황녀의 단소 소리에 눈물을 흘리는 김종구는, 그녀에게 절망감을 가져다 주지만, 엄밀히 말해 지식과 관념으로 포장되지 않은 생의 발랄함과 순수함의 표상이다. 그녀의 소설이 추구해야 할 방향이 있다면 바로 이런 삶의 모습을 그리는 것이 아닐까.

　조성기의 「우리 시대의 소설가」(1991)는 좀더 본질적인 문제 제기를 하고 있다. 소설을 통해 삶의 본질을 묻고, 소설 속에서 일상의 번잡한 일들이 갖는 의미를 정리할 수 있다는 믿음이 과연 가능한가, 소설은 의사 소통의 매개가 될 수 있는가, 혹은 소설이 계몽적인 역할을 끝내 담당할 수 있는가라는 의문이 이 작품을 통해서 제기되고 있다. 한 독자로부터 환불을 요구받는 소설가의 초상이 그려진 이 작품에서 작가가 지녀왔던 기존의 생각은 철저하게 부정된다. 독자가 선택할 수 있는 독서의 범위는 어디까지이며, 책에서 얻은 것이 없다고 판단될 때, 왜 독자들은 '책을 잘못 선택한 자신의 책임으로만 돌리고 저자에게 따져 보거나 하지 않았'는가, 책도 '자본주의 경제 구조 속에서 유통된다면 소비자의 권리 역시 강화되어야' 하는 것은 아닌가, 환불을 요구하는 독자의 행위 속에 이런 질문이 한꺼번에 제기되고 있다. 왜 쓰는가라는 문제와 함께 왜 읽는가라는 욕망의 중첩성에 대하여 작가는 질문을 던진다. 한 편의 소설 속에는 소설가와 주인공, 그리고 독자의 욕망이 들끓는다. 그래서 소설은 소설가의 욕망의 존재론이 읽는 사람의 욕망의 윤리학과 만나는 자리(김현, 「소설은 왜 읽는가」)가 아닌가. 문제는 소설 원론의 확인에 있는 것이 아니라, 은폐되거나 언제나 정당하다고 여겨져 온 소설가의 소설 쓰기의 욕망을 통해 '우리 시대의 소설가'의 위상을 점검하고, 전환기적 삶을 소설 속에서 인식하는 작가의 태도를 확인하는 데 있다. 이 작품은 80년대와 90년대의 글쓰기를 '차별적으로 연결짓는' 사북이다.

4

소설은 불행한 시대를 불행하다고 말할 수 있는 정직성을 지녔다거나, 타락한 시대에서 타락한 방법으로 삶의 의미를 추구하는 형식이라는 고전적인 정의는 여전히 유효한가. 자본주의가 인간의 삶을 보장하는 가능한 최대치의 확률을 지녔다는 현실적인 판단 아래서 인간의 정신과 미래, 혹은 그의 과거를 아름답게 드러내는 형식은 어떤 의미를 지니는가. 장정일의 장편 『너에게 나를 보낸다』(1992)는 조금의 의심도 없이 이같은 질문들을 희화화시킨다. 삶의 우연성과 가변성, 그리고 글쓰기에 덧씌워졌던 고전적인 관념의 허구성을 풍자적으로, 때로는 우의적으로 이 소설은 그리고 있다. 여기에 등장하는 세 명의 작가, 즉 표절 시비로 인해 신춘문예 당선이 취소된 사람과 후에 소설가가 되는 은행원, 그리고 사이비 문학 단체의 일을 보고 있는 사람 등은 모두 전범이 사라진 시대의 삶, 윤리적인 척도를 상실하고 있는 인간 군상에 대한 상징이다. 모범으로 삼아야 할 대상이 없다는 것은 삶을 고독하게 한다. 자신이 세계의 중심이자, 해석의 주체이며, 소비의 주체이기도 한 삶, '수정궁'의 광채가 아름답지만 그 속에서 갇혀 살아간다는 것의 고통, 유혹은 있지만 절정이 없는 삶, 잃어버린 낙원을 찾아 헤매는, 무모하지만 아름답던 방황이 한낱 꿈이 되어 버린 삶, 더욱이 애초에 낙원이란 존재하지 않았던 것을 깨닫고 난 뒤의 허무함, 이와 같은 비극적 인식이 낳은 절망감을 이 소설에서 확인할 수 있다.

그러나 소설이 무엇인가 가치 있는 삶을 그려야 한다는 생각은, 소설가의 경험적인 삶이 일상의 미세한 회로, 탁월한 조절 장치를 지닌 자본의 왕국으로부터 소설가 자신을 소외의 지대로 내몰지 않으면 안 된다는 사고를 낳는다. 스스로 낯선 존재가 되는 것, 세계의 불행 의식을 온몸으로 담지해야 하는 운명, 그래서 그의 글쓰기란 언제나 자신이 없는 곳에서 시작된다. 경험적인 현실에 몸 둔 자신을 송두리째 버리고 낯선 타지에 서는 것, 적어도 그의 글쓰기란 공장에서 만들어져 나와 소비자들의 변덕스럽고 무한한 욕망에 친숙해지려는 상품과는 달라야 한다는 자의식을 소설가는 지닌다. 1920년대 현진건의 「빈처」이후로 자본의 일상성에 대하여 소설가의 운명이 끊임없이 대상화되는 과정은 이를 말해 준다. 김원우의 「죽어가는 시인」(1980)이란 소설을 보자. 시인 윤병국은 좀처럼 시를 쓰지 못한다. 그는 스스로 '정신의 조루증'을 앓는다고 생각한다.

이 시대를 시인으로 살고 싶다. 시인이고는 싶은데 시를 못쓰다니! 왜 못쓸까? 이유는 구태여 설명할 성질의 것이 아니다. (……)여성지를 편집하는 서기자의 저 보무당당함. 그의 안락한 가정. 돈과 집에 걸신들린 듯한 내 마누라쟁이의 속물근성. 야비하기까지 한 물질의 풍요에 대한 환상과 그 환상을 현실화시키려는 극성. 이런 세상사를 잊고 무엇에 탐하는 상태, 거기에는 적어도 상식이 통하지 않는 법이다. 내 시어 속으로 상식이 자꾸만 비집고 들어와서 정좌할려고 한다. 불청객인데 마누라와 애들과 꾸려내는 이 막막한 시대의 일상사를 문전축객이야 할 수 있나!

진정한 예술가로 살고 싶은데 일상의 삶은 이를 쉽게 허락하지 않는다. 이런 상황은 비단 자신의 문제만은 아니라고 생각한다. 시인은 자신의 시대가 구속이 없는 시대라고 여긴다. 그가 생각하는 구속이란 무엇인가. 자신의 순순한 예술적 열정이 외피를 얻지 못한 상태, '시인의 머리에 적어도 긴장된 의식'을 지니지 못한 상태, 그래서 자신의 시로부터 소외된 상태를 그는 구속이라고 말한다. 여기에는 '세상 사람들의 즉물적인 여러 몸짓'으로부터 자신의 언어가 지나치게 배타적인 자세를 취했다는 판단도 개입되고 있다. 이런 그가 어느 날 친구의 소개로 우연히 화가를 만난다. 프랑스에서 체류하다가 귀국한 화가 역시 그림이 잘 되지 않아 방황하고 있다. 왜소한 체격, 그리고 '첩의 자식'이라는 출생 콤플렉스를 갖고 있는 듯한 화가로부터 시인 윤병국은 이 시대의 시인으로서 살아가는 바른 길을 안내 받고자 한다. 하지만 화가 역시 돈을 위해 여성지 광고 모델의 배경 그림을 그리게 되고 결국 출국한다. 화가의 출국은 윤병국에게 '왜 시를 못 쓰게 되어 가고 있는지를 가늠해 볼 눈이 빠져 버린 것 같'은 충격을 준다. 예술적 긴장을 상실해서 결국 스스로 '죽어 가는 시인'이라고 진단하고 있는 이 작품의 진정한 의미는 실상, 시의 부활이 아닌가. 그러나 그 전망 역시 불투명한 것은 사실이다. 선험적인 불행은 예술가의 몫이라는 전언을 빼고 나면 불행 의식을 낳은 현실적 근거에 대해서 물을 수 없다는 것, 이것이 이 소설이 지닌 불투명성이기도 하다.

시간적인 간극은 있지만 한 소설가의 일상사가 우울하게 그려진 한 작품을 주목할 필요가 있다. 박덕규의 「날아라 지섭!」(『날아라 거북이!』, 1996)은 어떤가. 이 소설에서는 아내의 소비 욕망과 글쓰기가 나란히 그려진다. 다양한 형태의 글을 쓰면서 일용할 양식을 얻는 한 문필가의 힘겨운 삶에서 글쓰기란 현금 교환을 전제로 하는 매문의 수준을 벗어나지 못한다. 아내의 교통 사고를 처리해 주기로 한 주인공 지섭은 17만원이 필요했다. 부담을 지는 것은 자신의 몫이다. 그러나 이는 단순히 경제적인 부채가 아닌 것, 사고를 처리하고 돌아오는 길을 묘사한 대목은 이렇다.

머릿속에 입력된 나의 전화 번호부는 원고료를 독촉할 잡지사 대장에 머물러 있었다. 안타깝게도 그 대장에는 단지 세 건의 단문 고료만 기재되어 있을 뿐이었다. 그걸 다 모으면 17, 8만 원 정도가 되기는 되었다. "씨팔 ! 18만 원이야, 왜!" "씨팔!"이라는 나의 자조 섞인 말놀음을 막을 겸 아내가 꼬집듯이 팔짱을 껴오며 나를 쳐다보았다. <u>아내의 얼굴은 웬일로 발그랗게 수줍은 빛을 내고 있었고, 눈빛이 촉촉히 젖어 있었다.</u> 아내가 말했다. "폐차시키고 소형 하나 뽑지 뭐".

천진한 소비 욕망이 낳는 무서움은 이렇게 그려진다. 깊이를 알 수 없는 소비의 심연 앞에서 그의 글쓰기를 매문, 혹은 상업주의 운운하는 것은 더 이상 불가능해 보인다. 아내의 매혹적인 모습과 빨리 은행으로 달려가 현금 카드를 넣어 봐야겠다고 생각하는 지섭(어쩌면 그는 하루에도 여러 번 버릇처럼 현금 자동지급기 앞을 서성거렸을 것이다), 이 상황에서 '날아라!'라고 주문하는 것은 누구의 목소리인가. 김지섭? 혹은 작가? 아니면 이 땅 위의 글쓰기, 그 운명! 박덕규의 근작 「소설 쓰는 친구」(『문학사상』, 1996. 10)는 이 작품의 연장에 놓인다. 천재적인 글 솜씨가 있던 한 친구가 학창 시절에 겪은 비인간적인 경험으로 인해 소설 쓰기를 중단하고 익명의 '사랑의 편지'를 쓰면서 고통받는 이웃에게 희망을 준다는 이야기. 인간적인 아름다움이 사라진 시대에 '사랑의 편지' 쓰기! 이 시대의 글쓰기는 진정 아름다운지 이 작품은 묻고 있다. 은둔 생활에 들어간 소설 쓰는 친구는 비인간적인 삶에 환멸을 느껴 한적한 시골로 '날아간' 것이 아닐까.

5

소설가는 소설을 쓰는 사람이다. 이 우스운 말은 그러나 이제 예사롭지 않게 들린다. 왜냐하면 그가 지속적으로 소설가로 남으려면 어떤 상황에서도 소설은 씌어져야 하는데 문제는 무엇이, 어떻게 쓰여져야 하는가에 있다. 소설 쓰기의 소재를 구하기 위해 거리를 헤매는 구보

를 통해 90년대 문학 환경에 대하여 조망하고 있는 주인석 연작 소설
『검은 상처의 블루스』(1995), 알몸을 보여주겠다는 여성 독자에게 납
치되어 소설을 쓰지 못하는 이유에 대해 설명해야만 했던 이야기를 소
설가의 꿈을 통해 그린 박상우의 「산타페」(1994), 소설을 쓰고자 지방
의 사찰을 찾았으나, 글은 쓰지 못하고 분재할 깡통을 따기 위해 깡통
따개를 구하러 다녔지만 구하지 못하고 와서 서울로 가는 길을 잃고
마는 구효서의 「깡통따개가 없는 마을」(1995), 그리고 재일 한국인 2
세 소설가의 소설 쓰기를 통해 자신의 글쓰기를 반추하면서 카프카의
변신 소재를 알레고리화한 「카프카를 읽는 밤」(1994), 한 문학 평론가
를 사랑했던 소설가 지망생 첼리스트의 탈일상의 욕망을 엿본 서하진
의 「책 읽어주는 남자」(1996) 등은 모두 90년대의 소설 쓰기란 무엇인
가를 묻고 있다. 그러나 본질적인 글쓰기란 무엇인가. 환경이 변해도
지속적으로 쓴다는 것은 가능한가. 카프 문학의 맹장이면서 소설가였
던 김남천이 카프가 해산된 이후에 썼던 소설들을 두고 한 평론가가
'소설의 육체 갖기'라고 했을 때, 거기에는 지나치게 가치 판단이 배제
된 것은 아닌가. 「지배와 해방」에서 이청준이 던진 근원적인 질문, 모
순 없이 글쓰기의 동기나 목적을 포괄할 수 있는 가능성은 정말 존재
하는가. 글을 마칠 무렵 이런 질문이 한꺼번에 제기되는 것은 안타깝
지만 어쩔 수 없음을 인정해야 하겠다. 다만 이렇게 말해 두는 것이 어
떨까. 기억의 존재론으로 명명될 법한 『화두』(1995)는 어쩌면 우리 시
대 소설 쓰기가 봉착한 문제를 가장 진지하게 고민한 작품이 아닌가.
그의 진력을 다한 글쓰기는 혹, M. 불랑쇼가 카프카를 인용하면서 말
한 대목,

죽을 수 있기 위하여 글을 씀 — 글을 쓸 수 있기 위해 죽음
—『문학의 공간』, 123쪽

이라는 말과 모종의 연관이 있는 것은 아닌가 하고.

전략적 소설 읽기의 방법[1]

조성기론

사랑하는 사람의 육체란 그에게 야기되는 온갖 상념, 두근거림, 호기심 그 자체이다. 프로스트의 『잃어버린 시간을 찾아서』의 제5편 「갇힌 여인」에 나오는 장면 가운데 사랑하는 알베르틴의 자는 모습을 살펴보며 마치 인상주의 화법을 사용하듯 묘사한 대목의 아름다움을 이렇게 적어 놓은 철학자가 있다. '나는 그 사람의 육체 안에 무엇이 있나 보려는 듯이, 내 욕망의 무의식적인 원인이 상대방의 육체에 있다는 듯이, 그 사람의 육체를 뒤진다(나는 시간이 무엇인가를 알기 위해 자명종을 분해하는 아이와 같다—R. 바르트). 사랑이라는 관념적인 행위가 실제적인 대상 앞에서 나타내는 자신의 본질적인 모습은 끊임없이 무엇인가를 확인하는 동작이다. 시간이 자명종의 부속품에서 찾아지는 것이 아니듯이, 사랑이라는 관념은 찾으려고 노력할수록 더욱 모호해지고 만다. 사랑한다는 자신의 생각이 그(그녀)의 육체를 탐색하도록

---

1) 이 글의 원제는 「性的 기표에 대한 메타비평적 접근법의 한 예」로 1994년 서울신문 신춘문예 당선작임.

한다. 그러나 시간이 지나면서 사랑하기 때문에 그(그녀)를 욕망한다
는 생각은 하나의 '이미지'로 되돌아가고 남는 것은 욕망하고 있는 자
신뿐이다. 그(그녀)의 모습을 통해서 알 수 있었던 것이라고는 '내 욕
망의 원인'이었던 것이다. 상대방을 욕망한다는 생각, 그것이 진실로
상대방으로 향하는 자신의 욕망이라는 생각은 어느덧 자신의 욕망, 욕
망하고 있는 자신의 모습만을 확인하게 한다. 대상이 아니라, 욕망하
는 주체만 남는 것이다.

1. 증대되어 온 억압

서구 사회의 발전에서 가장 중심이 되었던 것은 합리적인 세계관에
의한 계몽주의의 이념이었고, 그 계몽주의를 철학적으로 뒷받침하고
있었던 것은 합리적인 판단과 명징한 사고를 소유하는 이성적 주체라
는 개념이었다. 중세 교회의 타락과 함께 삶을 지배하는 질서가 신에
서 인간 중심으로 재편되기에 이르렀고, 세계를 구성하는 근원적인 힘
에 대한 불가지론의 관념에서, 생각하는 인간들을 통한 세계의 탈신비
화가 근대적인 사고를 형성하기 시작한다. 그것은 '생기(生起)하는 모
든 것의 원인' 앞에 존재하는 '이성의 선천적 인식 원리'의 필연성과
보편성을 이해하는 일이었으며, 세계(경험의 대상)를 관통하는 이성이
수립하는 능동적 체계에 대한 자기 이해가 '인식을 확장하려는 충동'
(칸트)으로 끊임없이 나타난다고 볼 수 있다.

합리적인 판단이 과학적 세계관의 발전과 더불어 세계를 이해하는
중심축을 형성하면서 서구 사회는 근대라고 하는 휘황하고 찬란한 문
화를 경험하게 된다. 진보와 발전의 교의는 인류 사회의 미래를 향한
유토피아의 꿈을 낳게 했으며 그 과정에서 유발되는 온갖 고통스러움

과 모순은 크게 중요시되지 못했다. 체계를 구성하지 못하는 미시적인 현상들은 계속해서 배제되었으며, 인간적인 욕구나 감정 따위는 세계 사적인 발전 법칙에 위배되는 사항으로 인식되었다. 이는 서구 시민사회, 정확히 말하면 부르주아 국가의 탄생과 밀접히 관련되는 문제인데, 신흥 부르주아가 권력을 창출하는 과정에서 이루어진 '본원적인 축적'은 자본의 폭력적인 수탈을 통한 자신들의 경제적인 기반 확립과 더불어 정치적인 의미에서 일원적인 권력의 확립을 의미하는 것이기도 하다. 정치적인 의미에서의 권력의 확립과 이성적 주체라는 개념의 상관성이 여기에서 분명해진다. 자본주의 세계에서의 삶의 방식은 자신 스스로가 하나의 인정받는 주체, 권력적인 지배로부터 자신이 당당하게 인정받는 주체가 됨으로써 가능해진다. 이때 남는 것은 권력에 의해 지배되는 주체, '이성적'이라고 믿었던 것이 사실은 권력이라는 거대한 바퀴 속에 '안주할 수 있는 판단'으로서의 이성이었다. 국가·권력·제도라고 하는 거대한 담론의 지배가 시작된 것이었다.

　이에 대한 근본적인 반성을 제기하고 나선 사람이 푸코였다. 그에 의하면 서구의 이성 중심주의는 지식과 권력의 담합의 역사일 뿐이다. 지식은 끊임없이 시대적인 언설의 구조 위에서 권력적 기제를 창출해 냈으며 이러한 권력의 창출은 정치 권력과 같은 단일한 형태로 존재하는 것이 아니라 분배되고 선택적으로 조직되는 과정 속에서 존재하는 것이다. 그는 「담론의 질서」에서 이렇게 말한다.

　　우리는 사회에서 담론들 사이에 매우 규칙적인 일종의 차등화가 존재한다고 생각할 수 있다. 매일 매일 '말해지는', 그리고 발화의 행위 자체와 더불어 소멸되는 담론들, 그들을 다시 취하고 변환시키고 논하는 파롤들의 일련의 새로운 행위들에 기원을 두고 있는 담론들, 요컨대 일정하지 않은 방식으로 그들의 언어적 정식화를 넘어서서 계속 말해지는, 말해진 것으로 유지되는 〔…중략…〕 그것은 텍스트 자체와는 다른 어떤 것을 말할 수 있도록 해주는 것이다.

푸코의 담론은 하나의 정식화 혹은 체계에 의한 권력의 형태를 갖지 않는다. 그것은 자유로운 언어들의 유희이며, 때로는 불확실성으로 이해되기도 한다. 이것을 그는 '열려진 복수성'이라고 하였는데 이는 지금까지의 담론 형식에 대한 인식론적 전환에 해당되는 것으로 매우 중요한 의미를 갖는다. 그런데 고도로 발달한 산업사회에서의 권력은 배제와 억압, 검열과 호도라는 부정적인 모습을 갖는 것이어서 단순한 대항의 논리만을 생산하는 것이 아니라, 지식이라는 형태로 자신을 외화시켜 생산적인 힘을 드러내기도 한다. 이것이 그가 말하는 '앎에의 의지'인데 이제 권력은 사회 전체를 둘러싸고 있으며 그 구조 안에 내재하는 생산적인 그물망이 된다. 즉, 권력은 어떤 대상을 지식을 통해 배제하고 억압하는 데 그치지 않고 적극적으로 개인을 구성하고 대상들을 생산하며 주체에 관한 지식을 산출한다.

그런데 주체가 스스로를 생산하는 것은 엄밀하게 말하면 어떤 제도 속에서 자신의 위치를 '설정해 가는' 문제와 관계 깊다. 이때 주체는 세계(권력적인 제도)를 구성하는 부분이지만 사실은 그 기제에 의해 잘 다스려지는 피지배자이기도 한 것이다. 담론의 생산이 새로운 지식과 더불어 권력적 형태로 자신을 '외화'시키는 것은 주체와 제도 상호간의 '승인'이라는 고전적인 명제 뒤에 숨겨진 권력의 음모를 드러내는 것이라고 볼 수 있다. 푸코에게 권력은 국가와 동일시되지 않으며 더욱이 정치적인 권력을 의미하지 않는다. 오히려 푸코는 이러한 동일시의 선입견을 배제하려 한다. 권력은 특정한 장소 · 국가 · 군주 · 중앙집권적 구조에 위치하지 않고 다층적으로 편재하고 단편적으로 분산하는 힘의 그물망이다. 권력은 거시 구조가 아니라 미시 구조이기 때문이다. 또한 권력은 제도나 구조도 아니며 어떤 사람에게 주어진 권한도 아니다. 그것은 한 사회의 복잡한 전략적 상황에 붙여진 이름이라고 볼 수 있다. 이러한 상황을 가장 집중적으로 보여주고 있는 것이 성(性)에 대한 혹은 성(性)을 중심으로 하는 일련의 담론 형성 과정이다. 근대 이후 인류에게 가해진 억압의 과정은 곧 성에 대한 억압의 과정이라는 것이 그의 가설이다.

성적 욕망의 역사가 증대하는 억압의 연대기로 읽혀질 수밖에 없는 그 오랜 두 세기로부터 우리는 해방된 것일까? 그 정도가 대단히 미약하다는 말이 아직도 들려온다. [⋯중략⋯] 성은 억압되어 있지 않다고 말하는 것, 또는 오히려 성에서 권력에 이르는 관계가 억압과는 무관하다고 말하는 것은 부질없는 역설로 끝날 위험이 있다.   ―『성의 역사』

성을 통한 억압 기제의 발달이 사실은 근대 이후 산업사회를 특징짓는 중요한 요소가 된다. 이는 푸코적인 관점에 따르지 않더라도 보편적으로 이해될 수 있는 문제인데, 특히 프로이트의 경우 이에 대해서는 매우 자각적이다. 성인이 된 사람에게 나타나는 도착 증세는 유년기로의 심리적 퇴행을 의미하는 것으로, 이는 개체 발생적으로 볼 때, 유아기의 '다양성 도착(多樣性 倒錯)'의 증세와 상응한다. 성인의 경우 성적 도착은 문명이 발달하면서 수반한 쾌락의 '성기 제한'이라는 기제와 관련된다. 문명적 조건은 인간이 본원적으로 갖고 있는 성적인 쾌락을 통제하면서 발전해 나간다. 즉 쾌락 원칙에 대한 현실 원칙의 지배가 문명의 존재 방식이다. '성욕을 에로스로 변형하고 에로스를 지속적이고 비도적인 작업 관계로 확장하는 것은 거대한 산업 기구, 고도로 전문화된 사회적 분업, 믿을 수 없을 만큼 파괴적인 에너지의 합리적 재조직, 광범위한 대중의 협력 등을 전제'하면서 '변경된 사회

조건은 일을 놀이로 변형시키기 위한 본능의 기초를 창조한다'(마르쿠제). 이 과정에서 성은, 계속해서 억압된 그것은 무의식적인 욕망의 구조를 형성하면서 담론에서 끊임없는 균열을 가져오기도 한다.

성에 대한 언표의 금기는 우리 사회의 의식 구조 저변을 지배하는 중요한 체계 가운데 하나였다. 최근의 일련의 문학적 행위들이 성적인 금기를 깨고 담론화된다는 사실은 세 가지 점에서 중요한 의미를 갖는다고 볼 수 있다. 첫째, 90년대 우리 사회의 탈정치적인 경향에 편승한 담론의 일탈적 경향의 중요한 징후라는 점, 이와 관련하여 둘째, 성의 불균등 분배가 낳은 폭력적 경향에 대한 고발이 오히려 성에 대한 무의식적인 충동을 불러일으킨다는 사실, 셋째, 정치적인 금기에 대한 도전으로 인식한 지배 세력의 억압은 80년대적인 정치적 터부와 비견되는 또 다른 금기 체계의 현시라는 점이다. 본고에서 논의하려는 조성기의 작품들은 바로 위와 같은 사실에 조우하고 있다. 특히 성을 중심으로하는 작품을 읽는 일은 우리 시대의 성적 금기의 체계에 대하여 묻는 일이기도 하면서, 동시에 현실의 폭력적 구조에 대한 반성조차 자본주의의 생산 메커니즘 속으로 편입될 때 그것이 상품화되면서 비판 기능은 사라지고 욕망의 위험한 변주만 남게 된다는 사실을 인식하는 일이기도 하다.

2. 주체 혹은 욕망의 기표

그때 내 오른손은 나의 전 존재를 대표한다. 내 손이 가는 곳을 내가 가고 있고, 내 손이 접촉하는 것을 내가 접촉하고 있고, 내 손이 만지는 것을 내가 만지고 있다.   —「존재하려는 경향에 대하여」

　조성기의 소설들에 나타나는 성적 모티프는 소재적 차원을 넘어선다. 육체적 욕망이 존재의 본질을 규정한다. '욕망이 본질에 선행'한 것이다. 여기에 조성기 소설의 성적 모티프가 자리하는 방법론이 제시될 수 있다.

　우리 시대에 소설이 적어도 무엇을 할 수 있는지, 혹은 소설이란 삶의 본질과 현실적 삶 간의 거리를 측정하는 척도일 수 있다는 고전적인 질문 방식은 적어도 조성기에게는 새로운 차원에서 다루어져야 할 것이다. 오히려 소설이 이 시대에 아직도 읽히고 있고 여전히 의사 소통의 매개가 될 수 있다면 그것은 어떤 방식으로 존재해야 하는지를 그는 묻고 있다. 소설이란 무엇인가라는 질문이 아니라 소설은 어떻게 존재하는가라는 질문이 더욱 중요하게 느껴지는 이유는 무엇일까. 형식이 삶의 방법을 만들어 가는지 아니면 본질이 형식에 선행하는지 그 인식론적 간극 앞에서 오늘의 소설은 당황해 한다. 이러한 모습의 실재를 소설화하는 데 그는 일단 성공한다. 「우리 시대의 소설가」(1991)가 쓰여진 곳은 바로 이 지점이다. 한 독자로부터 환불을 요구받는 소설가의 초상이 그려진 이 작품이 우리에게 던지는 충격은 소설은 어떻게 존재할 수 있는가라는 질문이 작가로부터 제기되었다는 점이다. 소설 쓰기에서 일종의 자의식이 작용한 결과이다. 그러나 중요한 것은 이러한 자의식이 책 읽기에 있어서 새로운 의식의 작용에 관련된다는 사실에 있다. 환불을 요구하는 독자의 말에 의하면 지금까지 책을 선택하는 과정에서 작가의 책임은 고려되지 못했다는 것이다. 독자들은 '책을 잘못 선택한 자신의 책임으로만 돌리고, 저자에게 따져 보거나 하지 않았다'는 것이다. 책도 '자본주의의 경제 구조 속에서 유통된다는 점을 고려할 때 소비자의 권리는 강화되어야 한다'는 것이 그의 주장이다. 그렇다면 책을 읽는 것은 무엇인가. 책을 읽는 이유는 무엇인가. 이러한 질문의 제기가 이 작품이 갖는 새로움의 원인에 해당될 것이다. 김현의 경우 소설은 욕망들이 마주치는 공간이다.

> 사물을 해석하는 힘의 뿌리는 욕망이다. 〔…중략…〕 그 세계는 세계를 욕
> 망하는 자의 변형된 세계이다. 이야기는 그 변형의 욕망이 말이 되어 나타
> 난 형태이다. 작가에게 중요한 것은 세계가 자기의 욕망이 만든 세계라는
> 사실이다. 〔…중략…〕 소설 속에는 세 개의 욕망이 들끓고 있다. 하나는 소
> 설가의 욕망이다. 〔…중략…〕 두 번째의 욕망은 소설을 읽는 독자의 욕망이
> 다. 소설을 읽으면서 독자들은, 소설 속의 인물들은 무슨 욕망에 시달리고
> 있는가를 무의식적으로 느끼고, 나아가 소설가의 욕망까지 느낀다. 〔…중
> 략…〕 소설은 소설가의 욕망의 존재론이 읽는 사람의 욕망의 윤리학과 만
> 나는 자리이다.　　―「소설은 왜 읽는가」

소설은 하나의 대화 양식이라는 바흐친의 담화론은, 사실 욕망이라
는 담론이 교환되는 과정을 지적한 것이라고 볼 수 있다. 여기서 욕망
이란 단순히 자신을 표현한다든가, 이야기를 듣는 차원의 그것이 아니
다. 여기엔 삶과 죽음이라는 존재론적 법칙이 작용한다. 「아라비안나
이트」에 나오는 세헤라자드라는 여인의 이야기에서 이야기란 삶의 욕
망을 지탱하는 중요한 매개가 된다. 왕의 죽이고 싶어하는 욕망과의
긴장 속에서 위험하게 존재하는 이야기는 그러므로 삶과 죽음이 맞서
는 자리이다. 이야기함으로써 존재하는 두 층위의 욕망이 존재하는
것. 그것은 생성과 소멸에의 욕망이라고 이름 붙일 수 있다. 삶의 근원
적인 활동력으로서의 생성은 에로스의 변형이며, 이는 자신을 세계에
끊임없이 관철하려는 존재론적 충동을 내포한다. 이러한 충동의 저층
에 외롭게 자리잡고 있는 것은 성적 욕망이며, 성적인 관심과 열정으
로 존재는 자신의 존재 원리를 삼는다. 소설이란 변형된 욕망의 마주
침이다. 그 마주침 속에서 욕망은 서로를 조율한다. 소설가와 독자는

이제 전위된 욕망을 확인하고자 하는 사람들이다. 그들은, 자신의 욕망을 상대방의 욕망의 가운데서 찾는다. 즉, 욕망을 욕망하는 행위 속에서 그들은 존재한다. 가령, 그의 「영화구경」에 나오는 '독서하는 여인'에 관한 '명상'을 보자. 책 읽기의 욕망은 성적인 욕망이다. 자본주의 사회에서 책 읽기란 끊임없는 탐색이다. 책을 남에게 읽어 주는 것으로 살아가는 수단으로 삼는다면, 책 읽기란 교환이고, 그 교환 과정에서 욕망은 상품화된다. 책 읽기가 욕망이며, 욕망은 책 읽기의 외피를 얻는다. '독서야말로 세계와 연결된 유일한 끈'이라는 진술이야말로 책 읽기의 존재론이다. 그 세계는 나의 욕망이 지향하는 곳이며, 거꾸로 세계는 나를 욕망하는 거대한 창구이다. 성적인 욕망을 통해서만 나와 세계는 만날 수 있다. 그것은 지식으로 환치된 성적 욕망이다.

3. 욕망의 폭력성, 혹은 폭력의 욕망

조성기가 최근에 발표한 전작 장편 『욕망의 오감도』는 앞의 단편들과는 사뭇 다른 차원에 놓이는 듯하다. 욕망하는 주체의 심층에는 성적인 관심이 중핵으로 자리잡고 있다는 작가의 통찰은 '욕망하는 존재'라는 인식론적 패러다임을 설정한 셈이다. 우리 시대를 해석하는 힘은 바로 욕망하는 주체에 있다고 본 것이다. 이는 다스려지는 주체, 그렇기 때문에 저항할 수밖에 없는 주체가 아니라, 세계와 욕망함으로써 만날 수 있고, 욕망함으로써 인정될 수 있는 주체를 그려낸 것이다. 세계와의 화해 방식을 모색한 것이다. 그런데 현실의 욕망 구조와 나의 그것은 때때로 어울리지 못한다. 화해가 이루어지는 것은 현실 원칙의 제한 속에서나 가능하다. 분배되고 조절된 성적 욕망이 주체를 괴롭힌다. 욕망은 정상적인 유출 경로를 잃는다. 대상을 잃은 욕망은 자신의

내면에 대하여 광적인 탐구를 시작한다. 이것이 폭력적 경향으로 나타
난 욕망이다.『욕망의 오감도』는 우리 시대의 욕망의 폭력성에 대하여
그리고 있다.

  이 작품은 크게 세 가지 이야기로 구성되어 있다. 첫째, 부녀자 성폭
력의 문제, 둘째, 우리 시대의 아버지들의 성폭력, 셋째, 인신매매를
통한 성폭력의 문제이다. 그는 이 소설을 우리 사회의 어두운 일면을
고발한다는 차원에서 구상했음을 간접적으로 밝혀 놓고 있다.

  우리가 얼마나 부끄러운 시절을 보내왔는지, 그 전체적인 윤곽이 요즈음
각 분야에서 하나하나 드러나고 있는 기분이다.『욕망의 오감도』는 우리 시
대의 가장 부끄러운 구석을 부끄러운 방식으로 펼쳐보이는 이야기이다.
〔…중략…〕 이런 시대에 살면서 이런 소설을 쓰고 있는 나 자신이 부끄럽
다. 하지만 소설을 타락한 시대의 타락한 거울이라고 할진대, 이 시대를 살
고 있는 소설가라면 이와 같은 종류의 작업도 감당하여야 할 것이다.
—작가의 말

  여기서 이러한 작가의 진술을, 작가가 사회의 일면을 비판한 것으로
받아들이는 것은 일종의 전략적 책 읽기이다. 이것이 왜 전략적인가.
  이 소설은 각기 독립된 세 이야기로 구성되어 있으면서도 우리 시대
를 살아가는 세 명의 여자가 등장한다는 점에서 같은 이야기라고 할
수 있다. 낯선 청년들에게 성폭행당한 평범한 이웃인 약사, 자기 친구
를 성폭행한 아버지를 둔 여대생, 인신매매범에게 끌려가 온갖 고통을
당하는 젊은 여성. 이들은 모두 우리 시대의 욕망의 가장 잔인한 폭력
적 광기 앞에 노출된 여인들이다. 이들이 자신들의 고통스런 상황을
극복하는 방법 또한 폭력적일 수밖에 없음을 작가는 보여준다. 청년들
을 암매장해 버리는 약사와 그녀의 죽음, 아버지를 죽인 여대생과 그

친구의 자살은 현실의 불행한 일면에 대한 고발이라는 장치를 이용하고 있지만 그러한 불행을 바라보는 독자에게 그것은 비판적인 담론으로 이해되기 힘들다. 폭력적으로 나타나고 있는 성의 문제를 작가는 되도록 냉정하게 그리고자 했다고 서문에서 말하고 있지만 이 작품이 갖는 중요한 문제 가운데 하나는 성을 고발한다는 차원에서 성에 대한 충동적인 호기심을 강하게 환기하고 있다는 사실이다. 이 작품에서 성 행위에 대한 묘사는 매우 사실적이며, 또한 지금까지 알려지지 않았던 포르노 촬영 같은 문제를 매우 적나라하게 펼쳐 보임으로써 독자들은 상당히 큰 충격을 받는다. 실제로 이 작품에 대하여 한국 간행물윤리위원회의 경고 조치(1993. 10. 28)가 있었고 그에 대해 작가 조성기가 직접 반론의 글을 발표한 바 있다(『중앙일보』 1993. 11. 11).

　이러한 문학 외적인 시비는 작품을 이해하는 데 본질적이지 않을 수 있다. 그러나 문제는 작가가 그리고자 하는 주제에 입각해서 묘사한 작품이 비판의 의미를 상실하고 오히려 욕망의 음험함을 대리 충족시켜 주는 역할을 하고 있다는 데 있으며, 이것이 비판적 담론조차 상품화시키려는 자본주의의 거대한 소비적 욕망을 드러내고 있다는 사실이다. 개인적인 차원에서 발생하는 폭력이 적어도 제도적인 장치(법률)를 통해서는 해결되기 힘들다는 인식을 이 작품에서 보여주고 있다. '적어도 대한민국에는 법이 없다'는 상황 인식의 소박함을 지적하는 것으로 이야기가 끝나지는 않는다. 문제는 폭력적 광기를 드러내는 방법에 있다고 볼 수 있다. 주변에서 벌어지는 폭력을 바라보는 사람들의 폭력성을 일깨우는 것, 욕망의 폭력성을 고발하면서 욕망이 폭력화되는 것을 방관하고 있는 것이야말로 지극히 자본주의적인 것이다. 실제로 작가는 이러한 비판이 제기되는 것을 상당히 경계했음을 작품 속에서 확인할 수 있었다. '첫번째 이야기'에서 법률의 비현실성의 문제, '둘째 이야기'에서 아버지 콤플렉스를 갖고 있는 모임에서의 정치 토론, '셋째 이야기'에서 정신대 할머니 이야기 등은 모두 작품 구성상의 균형감을 살리기 위해 작가에 의해 의도된 삽화라고 볼 수 있다. 또한 사건이 벌어지는 시점을 텔레비전의 뉴스나 신문기사에서 벌어지는 정치적인 사건들과 연결시키고 있는 작품의 구성은 개인의 에로스적 욕망 역시 정치적 욕망의 구조와 다를 것이 없다는 작가의 시각을 반영하는 일이면서도, 동시에 욕망이 한없이 폭력화되는 것을 막아 보자는 의도의 소산으로도 볼 수 있다. 그러나 이러한 삽화들은 본질적인 비판으로서의 기능을 충분히 담당하지 못하고 있다. 특히 '두 번째 이야기'의 살부계 토론 장면은 설정 자체가 매우 단조롭고 극적 필연성도 약하다고 볼 수 있다.

성을 통한 폭력적 구조를 드러내는 일이 성에 대한 감추어진 폭력성을 환기하는 장치로 이용당할 수 있는 것이 현실의 욕망 구조이다. 이것은 후기 산업사회를 토대로 나타난 이론이 새로운 시대 인식으로 자리잡기 위해 필요한 것이 비판적 대안의 수립이었다면 한국 사회에서의 그것은 비판적 기능의 무력화와 그를 통한 보수적 정체 논리의 상대적 우위를 인정하는 형국이 되어 버리고 만다는 데 문제의 일면을 노출한다. 이러한 경향은 우리 소설계에 만연하고 있는 정치 소설류 등의 문제와도 관련된다. 정치적 사건을 소재주의로 환원시키는 일은 역사를 흥미 본위로 이해하는 이야기 만들기의 수준을 넘기 어렵다. 물론 뚜렷한 모순의 고리를 찾기 어려운 듯이 보이는 오늘날 우리 사회에서 문학이라는 개념 자체가 변화하고 있다고 볼 때 이러한 경향이 윤리적인 차원에서 재단될 문제가 아니라는 것은 확실하다. 그러나 그것이 적어도 후기 산업사회의 한 경향을 대표한다고 할 때 문제의 방향을 적시하고 새로운 방향을 탐지하는 모색적 기능에 관련된 비판의 표지를 바로 세우는 일을 소홀히 해서는 안 될 것이다. 문제는 해체가 아니라 새로운 비판에 있는 것이기 때문이다.

4. 맺음말

경제적인 장치를 마련해서 효용 가치들의 적절한 분배를 통하면 사회의 구조적 모순을 해결할 수 있다고 생각한 고전적 마르크시즘의 준거가 오늘날 증명되지 못하고 있는 이유는 바로 욕망하는 주체에 대한 통찰이 결여되어 있었기 때문이다. 현실의 제 모순을 제거하는 일이 세계의 모순을 근본적으로 해결하는 척도는 아니었다. 현실 원칙에 상응하는 욕망의 구조가 존재하기 때문이다. 현실의 제도는 욕망의 통어 수단이기도 하지만 욕망과 화해하는 양식이기도 하다. 자본주의 사회에서 욕망은 끊임없이 생산된다. 욕망의 생산에 결정적으로 기여하는 것은 지식이다. 지식은 권력기제를 창출하는 데 지속적으로 자신을 헌납했으며 권력은 지식을 통해 자신의 권위를 다져 나갔다. 푸코가 보기엔 서구 사회의 담론은 언제나 권력과의 상호 승인 속에서 이루어지는 것이었다. 성을 통한 억압은 산업사회의 모든 억압을 나타내 주는 알레고리였다. 여기엔 보편적인 억압기제로 성을 다스리는 장치가 늘 마련되어 있었던 것이다. 성이야말로 주체가 억압되고 권력을 낳고 그것이 지식의 형태로 외화되는 가장 중요한 지층이 되었던 것이다. 지식을 형성하는 중요한 요소 가운데 하나가 성에 관한 담론이다. 욕망하는 주체가 자신의 욕망의 원인을 알아차리고 욕망하는 자신을 해부하는 것, 이것이 오늘날의 소설이 보여주는 욕망 구조라는 점을 조성기가 탁월하게 보여준다. 그러나 조성기의 소설을 읽는 일은 전략적인 것이라는 점을 숨겨서는 안 될 것이다. 그를 읽으면서 후기 산업사회의 몇 가지 징후들을 수용하는 일은 중요하지 않다. '비판'이라는 이름으로 행해지는 모든 담론 행위가 우리 시대의 욕망을 얼마나 탁월하게 재생시켜 주는지를 알아차릴 필요가 있기 때문이다. 자본주의는 비판을 상품화함으로써 존재해 왔고 앞으로도 그럴 것이다. 그렇다면 출구는 어디인가.

　'더 이상 생산의 양식이 아니라, 사라짐의 양식에 의해 강박적으로 사로잡혀 있는 것이 허무주의적이라 한다면, 나는 허무주의자'라고 선언하는 J. 보드리야르야말로 가장 자본주의적이라고 할 수 있다. 만들어진 세계, 가짜인 세계, 텔레비전의 화면과 모델이 동일한 인물이라고 믿는 세계에서의 소설이란 무엇인가를 조성기는 묻고 있다. 자유롭게 욕망하는 주체들의 놀이를 바라보게 하는 것. 비판마저도 상품으로 '승화'시키는 자본주의의 힘을 보여주는 것이 성을 통한 주체의 존재방식임을 조성기를 읽으면서 이해하는 일은, 그러므로 고통스럽다. 우리는 조성기를 이해하기 위해 읽는 것이 아니라 그를 통해 이러한 불길한 징후를 바라보기 위해 읽는다. 왜 읽는가라는 문제는 그래서 전략적인 질문이다.

‘즐거운 비판’의 가능성

장정일론

1

한 사회의 문화적 성숙도를 헤아려 보거나, 사회적인 자기 반성의
계기를 마련하는 일은 그 문화가 지니고 있는 글쓰기의 양태, 궤적과
변화의 실태를 파악하는 행위로부터 시작된다. 글쓰기는 한 문화의 최
저점에 놓이는 생산 양식이다. 문화적 소비 방식을 연구하거나 그것의
영향력에 관심 있는 사람이 제일 먼저 살펴보아야 할 일은 글쓰기/읽
기의 양식, 생산과 소비의 구조에 대하여 천착하는 것이다. 치장되고
자가 증식된 외피를 걷어내고 문화의 침전물을 확인하려 할 때, 글쓰
기에 대한 관심은 일종의 회귀와도 같다. 글쓰기는 그 시대의 감성과
의식이 반응하는 가장 예민한 성감대를 이루기 때문이다. 그러므로 문
학적 담론이 교환되는 양상은 문화적인 상징으로 작용하기도 한다. 글
쓰기가 한 문화의 예각을 드러내는 역할을 한다는 점에서 장정일은 주
목의 대상이 된다. 변화와 증식, 중첩과 혼돈의 문화를 경험하면서 우

리 시대의 문화적 정체성에 대한 반성과 모색이 중요한 과제로 제기되는 마당에서, 장정일의 글쓰기는 하나의 상징으로 존재하기 때문이다.

그의 글쓰기는 무엇인가라는 질문은 동시대의 문제로 확산된다. 더이상 신성한 글쓰기란 가능할까라는 문제 제기, 혹은 글쓰기에 내포된 허위 의식, 문화적 미망을 해체시켜 글쓰기 본래의 자유로움을 회복하려는 의도 등이 그의 글쓰기가 갖는 문제적인 의미이다. 문학을 통해 무엇을 할 수 있는가라는 질문이 유효하지 않을 뿐더러, 그 질문 속에는 '계몽적인 서사'에 대한 지속적인 관심이 내포되어 있어 질문의 필연성을 상실했다고 믿는 것, 이것이 그의 글쓰기 행위이다. 소설 쓰기가 아니라 그냥 '이야기 만들기'로서의 글쓰기는 글쓰기에 부여된 고전적인 영향력의 상실을 말함과 동시에 글쓰기의 영역을 확장하려는 의도를 동시에 갖는다. 소설이라는 말 속에 내포된 구성적인 완결성, 혹은 삶의 필연적인 연관과 정합성을 거부하면서 글쓰기 자체를 삶의 불가해한 현장에 내버려 두는 행위가 이 시대의 필연이 되는 과정을 보여주는 것, 왜 쓰는가라는 질문을 앞에 놓고 대답을 보류하거나 '내가 얼마나 너와 다른지, 혹은 너는 왜 나를 대신해서 거기 있는지'를 묻기 위해 쓴다는 대답을 제출하는 것은 거의 동궤에 놓인다. 90년대를 문학의 위기로 인식하는 것은 글쓰기의 내밀함, 욕망의 지형도를 그리는 행위에 글쓰기의 본질이 놓여 있음을 간과한 것이다. 무엇을 위해서 쓰느냐는 권위적인 질문이 사라지고 난 자리에서 진정한 글쓰기의 자유가 시작되기 때문이다. 그래서 이제부터 글쓰기는 문화의 지배적인 패러다임을 전복시키는 꿈꾸기를 통해 존재할 것이며, 그 꿈은 일과 놀이가 만나는 지점, 즐거움과 비판이 공존하는 문화의 지평을 향해 지속될 것이다.

영상 매체의 대중화와 다양화에 따라 문학의 존재가 위협받게 될 것이며, 상업적인 고려를 하지 못한 작품의 예술성은 무의미하다는 의식이 팽배하고 있는 현실을 어떻게 이해할 것인가. 장정일의 글쓰기는 이런 질문에 대해 양가적이다. 완결된 서사에 대한 희망이 중심지향적이며 권위적인 담론을 형성했다는 것, 문학을 반영과 재현의 양식으로 보는 것은 효력을 상실했으므로 주변 장르들과의 연관을 통해 글쓰기의 지평을 넓혀감으로써 글쓰기의 위상을 새롭게 정립해야 한다는 것과, 그의 글쓰기가 철저하게 자본주의적인 상품 생산의 일환으로 이루어지고 있어서 비판적인 의도가 은폐될 가능성이 있다는 약점을 동시에 지니고 있기 때문이다. 그런데 그의 글쓰기는 영화적인 발상하에서 이루어지고 있으며, 소설이라고 일컬어지는 글쓰기의 제작 과정에 대한 자의식이나 내면을 의도적으로 드러내고 있다는 점에서, 일단 새로운 소설 쓰기의 영역을 제시했다고 볼 수 있다. 이는 그의 글쓰기를 최종적으로 비판하기에 앞서 주목할 부분이다. 영화는 기본적으로 재현의 양식이다. 그러나 영화의 재현 양식은 이미지의 단층 구조를 통해 이루어지는 불연속적인 서사 양식이라는 특징을 갖는다. 리얼리즘의 기법에 충실한 작품이라 해도 장면과 장면 사이의 연관이 일직선의 시간 위에 존재하기보다는 서로 다른 이미지에 의해 보완되고 결속되는 성격을 지닌다. 사건의 연속보다는 사건을 보여주는 장면의 특성이 중시되기 때문이다. 『붉은 수수밭』의 붉은색이라든가, 『그대 안의 블루』의 영상을 지배하는 푸른색 이미지가 스토리를 압도하는 현상은 영화가 기억되는 방법을 잘 보여주는 사례이다. 이와 같은 영화의 기법이 글쓰기에 차용될 경우, 좀더 엄밀한 의미에서 영화적인 글쓰기를 지향할 경우 그 글쓰기의 의도에는 삶의 단층, 불연속적인 세계관의 드러

넘에 있다고 할 것이다. 시간의 연관, 사건의 연쇄, 인물 상호간의 유
대를 되도록 지연시키는 글쓰기는 서사적 일관성에 대한 근본적인 질
문으로 작용한다. 세계가 이미 진실을 잃어버리고 있는 마당에 문학이
일관성과 정합성을 지닌다는 것은 또 다른 허위 의식의 표출일 뿐이라
는 그의 진단은 새로운 형식 모색의 과정에서 비롯되는 현상이기도 하
며, 세대론적인 의식의 외화이기도 하다. 이상(李箱) 문학이 보여준 낯
설음과 이어령이 자기 시대를 '주어(主語) 없는 비극의 시대'로 인식하
는 행위와 같이 장정일 역시 글쓰기에 대해 세대론적인 감각을 동원한
다. 가령,

　　나에겐 장르의 경계가 없다, 나는 장르다(1—136)[1]

와 같은 선언이 그것이다. 전통 서사 양식의 계몽성을 거부하는 일은
그 형식이 갖는 관습으로부터 이탈하는 것이며, 영화적인 글쓰기가 그
구체적인 방법의 하나였다면(『너에게 나를 보낸다』는 영화의 기법이 전제
된 글쓰기이다), 한 편의 글쓰기에 다양한 장르를 혼재시키는 방법 역시
서사적 엄격성에 대한 반항의 결과이다. 전통 서사에서 등장 인물을
지칭하는 '그'라는 인칭은, 실존적인 현실의 다양함을 극도로 추상화
시킨 기하학적 상태를 의미하는 역할을 수행함으로써, 독자로 하여금
자신(작가)의 말을 믿게 하는 권력의 강제 수단이라는 점에 주목할 때,
한 편의 글을 쓰는 행위 속에서 단일한 '나'와 '그'를 설정하지 않고
부단히 글쓰기의 주체를 다른 장르로 편입시키는 것은, 글쓰기의 입지
를 다변화시키는 과정을 통해 각기 다른 욕망의 체계에 접해 있는 주

---

1) 본고에서 인용한 텍스트는 다음과 같다. 1)『그것은 아무도 모른다』(1988. 열음사) 2)『아담이 눈뜰 때』
(1990. 미학사), 3)『너에게 나를 보낸다』(1992. 미학사), 4)『너희가 재즈를 믿느냐』(1994. 미학사). 인
용은 권수와 면수로 표시함.

체의 상이한 태도를 서술하려는 의도에서 비롯된다. 그가 '나는 쓴다'라고 말할 때, 그는 '지금' 말하고 있는 텍스트가 아닌 곳에서 꿈꾸기 시작한다. 서술의 주체와 욕망의 주체가 엇갈리는 구조, 즉 욕망 주체(주인공)의 내면을 들여다보는 행위(독자의 읽기 혹은, 서술 주체)를 통해 욕망의 합일을 차단하려는 의도에서 서술 주체가 서사적 연관 가운데 틈입하는 것이 그의 글쓰기의 특질을 이루고 있다.

가령, 『그것은 아무도 모른다』에 나타난 글쓰기의 층위를 보자. 그것은 다음과 같이 이루어진다. 1)소설가—장정일 2)소설을 쓰고 있는 주체—'나' 3)소설 속의 행위 주체—'나' 혹은 '그' 4)소설을 쓰는 '나'의 다른 글쓰기 행위자로서의 주체—시적 화자, 희곡의 서술자, 혹은 평론가. 이 가운데 1)은 장정일의 소설에만 나타나는 특질은 아니므로 가볍게 볼 수 있겠지만, 문제는 1)과 2)가 두드러지게 일치되고 있다는 점, 다시 말해 소설을 '쓰고' 있는 주체가 현저하게 강조된다는 의미에서 설정된 주체이다. 소설은 2)를 표층 구조로 하여 3)과 4)로 이행과 넘나듦이 자유롭게 이어진다. 이와 같이 글쓰기의 주체를 상이하면서도 복합적으로 설정해 놓은 이 작품이 말하려는 것은 무엇인가. 한 출판사의 기자로부터 소설을 써달라는 청탁을 받고 거의 1년을 넘게 망설이면서(쓰면서) 겨우 완성하게 된 소설이 『그것은 아무도 모른다』라는 것, 결말을 어떻게 처리해야 할지 고민하다가 영국 출신이면서 카톨릭시즘 계열인 A. J. 크로닌식으로 하기로 마음먹었다는 점, 그것은 결말을 애매하게 처리하는 방식과 관련이 있어 자신도 주인공들이 탑승한 비행기가 어디에도 도착하지 않았으며 그들이 간 곳을 '아무도 모른다'라고 맺었다는 점, 자신이 써놓은 이 글을 사람들이 무엇이라고 하든, 자신은 한 편의 '읽을 거리'를 만들었을 뿐이라고 말하고 싶다는 점, 그러나 '읽을 거리'가 어떤 장르에 속하냐고 묻는다면 '그것은 아무도 모른다'는 점이 이 소설에서 중요하게 다루어질 사항들이다. 결국, 이와 같은 장치들이 고안해낸 이야기란 소년원에서 벌어지는 비인간적인 생활과 한 동성연애자의 삶이다. 그러나 이 소설의 특이점이라면 그 내용이 어떤 것일지라도 한 편의 글을 이루는 주체가 복수적이라는 사실과 그 사실을 작가 스스로 인정하면서 소설의 결말과 장르적인 연관을 '아무도 모른다'라고 처리한 방법에 있다. 이와 같은 글쓰기의 '모형' 속에는 어떤 이야기라도 만들어 갈 수 있다. 장정일은 이 소설에서 자신이 앞으로 만들어 가야 할 이야기의 틀을 완성한 것이다. 그는 이 소설의 후기에 이렇게 적어 놓았다. "나는 타자기를 앞으로 끌어당긴 후, 타자지를 끼운다, 이제 무엇을 쓸까?" 그래서 그는 이야기꾼이 된 것이다. 말하는 방식이 낯설은. 그 이후의 그의 글쓰기가 이런 형식의 반복이나 모티프의 순환, 그리고 이야기의 확장에 지나지 않는다면? 여기에 그의 글쓰기의 운명과 한계가 함께 놓인다면? 그래도 그는 계속 쓸 것인가?

판단하기 전에 좀더 생각해 보자.

3

예술적 상상력의 자유로움은, 정치와 성(性)이라는 극점에 동시에 닿아 있다. 엄밀히 말해 정치와 성은 일상의 시간 속에 혼융된 극점, 즉 생활 세계내에 그것의 존재 여부를 감지하게 하는 무수한 기제들로 존재한다. 제도와 행정이라는 지배 장치가 정치 권력의 외화 경로로써, 생활의 미세한 영역에 이르기까지 광범위하게 침윤되어 있음이 더 이상 낯설지 않은 것처럼, 성적인 담론 역시 일상의 시간, 글쓰기의 영역에 가까이 있다. 그것은 글쓰기에 작용하는 권력일지도 모른다. 상품화된 성적 담론에 대한 무의식적 요구가 문화의 천박함을 증대시키는 한에서. 하지만 억압의 꼭지점, 억압의 알레고리로 작용하는 것이 정치라면, 억압된 것의 알레고리는 성이다. 그래서 현실 정치의 지배 울타리를 넘어서려는 의도가 제재를 당하듯이 성적인 해방을 꿈꾸는 담론 역시 불순하게 취급된다. 모든 시대의 윤리는 '지배—피지배' 질서의 유지를 위한 윤리이다. 자유로운 꿈꾸기가 불온한 것으로 인식되는 시대, 혹은 강제된 글쓰기(장르에 대한 관습)에 기인된 물화된 인식을 양산하는 시대는 죽음의 상태와 다르지 않다. 따라서 끊임없이 다가오는 죽음의 그림자를 인식하면서 글쓰는 일이란 자기 안에 고갈되지 않는 에로스의 충동을 유지하는 일이다. 닫혀 있는 세계, '2곱하기 2는 4인 세계', '수학적으로 정확하게 계산된 세계, 그리고 권태만이 지배하는 세계, 감정이나 욕망이 개입되어서는 안 되는 세계, 거기엔 모든 것이 근무 규정과 사규에 지시되어 있고 제한되어 있어, 어떤 문제든 미리 준비된 해답 속에 해결되어 있는 세계'(3—141)에서 글쓰기란 견고한 '수정궁'을 올바로 인식하는 행위이면서 동시에 그것을 깨뜨리려는 노력과 같다. 그러나 예술적인 상상력만으로 그 견고한 수정궁이 부서질 수 있을까. 그렇다고 생각하는 것은 일종의 환상이다. 수정궁의 세계는 유혹적인 아름다움을 지니고 있다. 그 세계를 비추는 제대로 된 거울(반영의 장치)이 없어서가 아니라, 수정궁 자체의 견고함 때문에 그 세계는 절대로 무너질 수 없다. 따라서 그처럼 더러운 세계에서는 '총쏘기'도 훌륭한 예술이다. 소설적인 인칭 '그'가 추상성과 기하학적인 도식에서 이루어진 것이라면 그것은 수정궁에 갇힌 고갈된 인물이다. 기하학적인 모든 '그'가 사라지고 난 뒤에 욕망하는 다양한 주체가 탄생한다.

따라서 장정일에게 성적인 담론은, 유혹적이지만 절정이 허락되지 않는 세계, 아름다운 치장을 하고 있지만 허위로 가득한 세계에 대항하는 일종의 무기인 셈이다. 『아담이 눈뜰 때』에서 주인공이 성장한 이

후 제일 처음 갖고 싶었던 물건이 타자기와 뭉크 화집, 카세트에 연결
될 수 있는 턴테이블이었다는 점은 그의 욕망이 산출되는 방식을 설명
한다. 그 물건들은 세계를 항유하는 형식이면서 존재의 타자성을 내세
우는 기표들이다. 이는, 주체는 없고 대상으로 향하는 욕망만이 있는
세계, 그 물건을 구하기 위해서는 타의적인 성적 교환도 가능한 세계,
그 욕망의 우울함만이 지배적인 세계의 기표이다. 그것은 삶의 저층에
은폐된 기의를 찾는 무모한 방황을 어루만져 준다. 열아홉이 되는 시
간을 통과하는 과정에서 성체험이란 난폭한 세계에 길들여지기 위한
제의적인 죽음, 구원의 계시와 믿음조차 허위화된 가짜 낙원에 대한
주술적 인식이 낳은 상징이다. 따라서 성은 세계의 허위를 인식하는
적극적인 방법이면서 동시에 글쓰기에 숙명처럼 내포된, 구원에 대한
환상을 제거하는 도구적인 상징물이다. 대상과의 단절감을 위무하는
고독한 수음(「실크커튼은 말한다」), 구원의 계시가 가학적인 성체험을
통해 이루어질 수 있다는 생의 기괴함(「제7일」) 등의 변주도 이와 동일
한 맥락 위에 있다.

　『너에게 나를 보낸다』는, 글쓰기란 무엇인가라는 질문에 대해 '근본
적인(radical)' 태도를 보이고 있다. 이 작품의 표층을 이루는 의미 연
관은 삶의 우연성, 인생의 유전에 대한 이야기다. 평범한 은행원이 소
설가가 되고 포르노 작가가 여배우의 운전기사가 되며, '엉덩이가 큰
여자'는 유명 여배우가 된다. 이와 같은 삶의 전변은 본질적으로 세계
자체의 불가해성에 기인된다. 치치올리나가 국회의원이 되고 마유미
가 베스트셀러 작가가 되고 서울대를 나온 치과 의사가 국수집 주인이
되는 가변적인 삶의 모습 속에서 논리와 필연성에 대한 깊은 회의를
나타내는 것이다. 그러나 이 작품의 본질에는 글쓰기에 대한 자의식,
혹은 글쓰기가 이루어지는 복수적 층위를 드러내 보임으로써 기존의
문학적 관습에 대한 강한 부정 의식과 '가상 현실'에 대해 '실제 효과'

로서의 글쓰기 형식을 대체하려는 의도가 드러나고 있다.

이 작품에서 주목해야 할 인물은 '은행원'이다. 하루 종일 유리 박스에 갇혀 돈을 바꿔줘야 하는 일을 해야 하며 부양해야 할 가족이 많아서 경제적인 어려움을 견뎌야 하는 생활인, 그래서 그 고통을 이기기 위해 자신의 방을 한여름에도 문을 닫아 두고 있는데, 거기에는 흐트러진 책과 펼쳐진 화집과 네 벽의 테두리를 따라 기대 놓은 음반이 있으며, 그곳에서 영화『태양은 가득히』에 나오는 은행털이 강도의 행위를 반복해서 흉내내는 일이 그의 유일한 즐거움이다. 그의 '방'은 일상의 억압(가족의 부양과 은행일)으로부터 자신을 지키려는 소중한 의미를 갖는다. 유폐적인 공간 속에서 그의 상상력은 외로움을 달래는 유일한 대안이다(우주로 날아간 외로운 사나이 이야기). 그런 은행원이 한일남의 이모가 남겨 준 여관에 앉아 자신의 이야기를 쓰게 된다. 그것이『너에게 나를 보낸다』라는 소설을 이루는 중층 구조이다. 여기서 주목되는 부분은 그가 소설을 쓰면서 그의 발기 불능도 사라지게 된다는 점과 소설의 후반부에서 등장 인물들의 실명이 회복되는 점이다. 글쓰기의 욕망이란 내면을 들여다보는 행위이다. 자신의 상처가 시작된 무의식의 근원에 대한 탐색은 실상 성적인 욕망이 왜곡되거나 은폐되는 과정 혹은 대상을 향한 굴절 과정과 같다. 포르노 작가인 한일남의 글쓰기가 더 이상 나가거나 자기 변화를 이루지 못하고 포기되는 것과 은행원은 대비된다. 한일남이 자신의 타자기와 '바지 입은 여자'의 타자기를 마주 놓고 수음을 한 뒤에 타자기를 버리는 장면과 조사명이 소설을 끝낸 뒤에 발기 능력을 회복했다고 선언하는 행위는 글쓰기와 성적 욕망이 관계되는 양면성을 선명하게 보여준다. 성적인 욕망이 죽음을 의식하면서 이루어지는 생의 욕망이라면 글쓰기란, 세계의 죽음과 주체의 삶을 대비시키는 제의라고 볼 수 있다. 이때 삶의 절망을 이겨내기 위한 근원적인 몸부림이 성적인 담론으로 성립될 수 있다. 이런 의

미에서 '건강하고 진실한 절정이 허락되지 않을 때 좌절된 이상이 가
장 손쉽게 도피할 수 있는 곳은 바로 성에 대한 탐닉이 아니던가?' (1—
198)라는 장정일의 물음은 문제의 본질을 우회적으로 드러내려는 전략
으로 볼 수 있다. 이것이 그의 전략이라면『너에게 나를 보낸다』의 글
쓰기는, 리얼리즘의 세계에 대한 부정과 환멸적인 세계에 대응하는 양
식으로서 성적인 담론과 글쓰기의 층위를 드러내는 방법을 통한 욕망
의 지형학이다. 이는 계몽적인 서사를 거부하면서, 또 다른 차원의 '계
몽'의 과정을 제시하는 글쓰기의 윤리를 보여준 것이다. 여기서 한 가
지 물음이 떠오른다. 이것이 그의 소설을 소위 포스트모더니즘으로 이
해하는 방법과 어떤 관련이 있을까. 어떤 관련이 있다는 가정은 타당
한가. 아니면 그런 질문의 제기 자체가 어리석은 일인가. 좀더 생각해
보자.

4

　장정일 소설이 유형화될 수 있는 틀은 이미『그것은 아무도 모른다』
에서 마련되었다. 복수적인 주체의 현시와 일상 세계의 환멸에 대응하
는 행위로서의 성이 죽음에 대한 의식과 교류 없이는 불가능하다는 관
점, 글쓰기의 자의식을 드러내는 전략 등이 그것이다. 이러한 다양한
관심이『너에게 나를 보낸다』에서는 글쓰기의 윤리와 삶의 가변성으로
수렴된다. 수정궁의 세계에 갇힌 삶과 의식을 일깨우는 양식이 글쓰기
에 부과된 새로운 윤리라는 생각이 풍자와 비판의 과정을 통해 드러난
것이다.『너희가 재즈를 믿느냐』에서도 의미를 생산하는 기호의 도식
은 크게 달라진 것은 없다. 다만 주목할 것은, 그 이전의 작품들에서
흔히 야기되는 논란, 즉, 그의 소설은 서사의 해체니, 삶의 분열상을

서사적인 연관성의 단절을 통해서 보여주려 했다느니 하는 다소 상투
적인 쟁론을 극복하면서, 좀더 심화된 형상화를 이루었다는 사실이다.
이 작품이 갖고 있는 의미는 글쓰기의 '틈'을 보여준다는 점에 있다.
틈이란 '있음'의 사이에 존재하는 '비어 있음'이며, 연속적이라는 믿음
을 와해시키는 불연속적인 단층이다. 이는 경계를 확정할 수 없는 혼
융이면서 차이에 대한 인식을 거부하는 기표이다. 더욱이 일상화된 시
간의 흐름을 차단하면서 존재하는 무수한 반복의 리듬이다. 앞과 뒤,
선후 관계를 분명하게 알지 못하는 어떤 배경음, 혹은 이미지만 선명
하게 제시될 뿐, 이야기의 연관성이나 필연성에는 별 관심을 가질 필
요가 없는 울림, 이것이 틈의 글쓰기이며 틈의 사유 형식이다. 이를 두
고 재즈적인 글쓰기라고 한 것이 아닌가.

　한 남자가 있다. 그는 한 여자를 사랑했는데 그녀와 결혼을 하지 못
하게 되자 그의 언니와 결혼해서 그녀 곁에 머물고자 한다. 아이를 갖
지 않는다는 맹세가 사랑하는 여자에 대해 신의를 지키는 일이라고 그
는 생각한다. 하지만 아내는 임신을 하게 되고 당혹스러운 나머지 햄
버거를 열 개나 먹고 구토를 한다. 회사의 부장과 일요일마다 테니스
를 쳐야 하는 괴로운 일상, 저녁마다 비디오를 보면서 양파링을 먹는
일, 절정과 오르가즘으로 이어지지 못하는 아내와의 섹스 등은 그 남
자의 삶을 억압하는 수정궁의 세계이다. 그의 고단한 삶을 위로해 주
는 단 한 가지 일은 처제를 기다리거나 그녀를 그리워하면서 고독한
수음에 몰두하는 일이다. 처제는 숨어 있는 기의이거나(미스 오는 환상
의 대리 체험일 뿐), 고향에 있어야 할 아름다움이다. 나와 처제 사이에
있는 틈이야말로 이 소설이 이루는 본질적인 어긋남으로써 이 관계가
무수한 환상을 낳는다. 억압적인 현실(임신한 아내, 부장과의 테니스)을
보상하는 일은 이 환상을 지속시키는 과정에서만 가능하다. 이 환상의
틈이 『너희가 재즈를 믿느냐』의 글쓰기의 방법을 제시한다. 그것은 빗

나간 묘사와 일치되지 않는 상상을 가능하게 한다. 하지만 욕망이란, 환상이란, 대상과의 불일치를 전제로 한다. 단 한 번의 확인(욕망의 보상)도 상처가 되는 욕망의 가벼움, 그래서 욕망은 얇은 막이 아닌가. 단 한 번, 처제와의 만남이 이루어지는 극적인 장면은 이렇게 묘사된다.

그리고서 처제는 그의 양다리 사이에 무릎을 꿇고 앉아 바지 지퍼를 내리고 그의 남성을 순식간에 먹어 치우려 들었는데, 그는 황급히 행동을 만류하고 그 자리에 주저앉아 '불쌍하다고, 불쌍하다고? 내가'라고 외치며 낄낄거리다간 웃고 울었으며, 그날 저녁 처제는 짐을 싸서 고향으로 내려갔다. (4—275)

처제를 만났지만 결국 고향으로 내려보내게 된 주인공의 외로움을 드러내는 장치의 하나가 고등학교 동창생인 '은행원'이다. 이 인물은 이미 『너에게 나를 보낸다』에서도 형상화된 바 있는데, 그가 소설을 쓰고자 했다는 점, 그것이 '우주로 날아간 외로운 사나이' 이야기라는 점에서 장정일의 글쓰기에 '은행원'적인 사유가 지속되고 있음을 알게 한다. 아름다운 기의를 만나지 못하고 떠도는 기표의 방황이 곧 글쓰기의 육체가 되는 것이다.

처제와의 이별 이후로 이 작품의 구도는 급격히 환멸적인 구도를 갖게 된다. 그 환멸은 더 이상 욕망하지 못하는 주인공의 절망이면서, 욕망의 끝에서 만나게 되는 죽음이다. 그가 알게 된 재즈 교회의 혼음 축제 그리고 혼음을 즐기던 미스 오의 구속, 정신병원으로 돌아간 부장 등은 이 소설의 환멸 구도와 관련 있다(소설 결말에서 주인공이 어디로 갔는지, 그것은 아무도 모른다). 그러나 장정일이 그리고자 하는 주제는 이러한 도덕적인 귀착이 아니다. 문제는 재즈 음악의 원리가 삶을 이해하는 통로여야 한다는 주장이다. 재즈의 원리는 열려 있는 것이다.
전통 음악이 갖는 극적(변화의 폭이 명시적인) 구조와는 다르다. 재즈는
각 민족의 무의식을 이루는 보편 체험이므로 개별적인 '나'는 '우리'와
만나게 된다는 것이다. 재즈의 이와 같은 열림, 반복, 동일한 재현의
거부라는 특성이 그의 글쓰기의 절정을 이루고 있다. 그것은 다성악적
인 울림이면서 틈의 글쓰기이다.

5

　　그렇다면 장정일은 포스트모더니즘 계열의 작가인가. 이러한 질문
은 우리 문화의 조급성과, 변화를 탄력적으로 이해하면서 수용하려는
태도의 미비함을 그대로 보여주는 예라고 할 수 있다. 문화의 현상을
이론적으로 정리하고 자리매김하는 일은 필요하지만 이론이 지적인
충족을 위한, 더욱이 비중 있는 문학 작품의 생산이 이루어지지 못하
고 있는 상황에서 이론가들의 성급한 자기 이해를 정당화하려는 수단
으로 작용하는 일은 우려할 대목이다. 한국 문화에 던져진 포스트모더
니즘이라는 화두는 애초의 비판적인 의미를 상실한 채, 문화적인 퇴행
을 정당화시켜 주는 역할로 왜곡, 수용된 듯하다. 한 시대의 지배적인
문화를 생산하는 힘과 유통 구조, 그리고 담론의 권력이 낳은 수많은
억압에 대해 시선을 돌리는 행위는 필연적으로 비판적인 담론을 형성
한다. 결과가 아니라 과정 자체를 보여주는 것이 우리 시대의 글쓰기
에 주어진 역할이 아닌가.
　　이렇게 볼 때 장정일의 글쓰기는 글쓰기의 주체에 대한 자기 이해,
문화적 정체성에 대한 반성이 주를 이룬다는 점에서 '기획'의 의도를
담고 있다. 그것은 비판의 과정이 중시되는 제의적인 글쓰기이다. 계

몽적인 서사는 그것이 폭력화되는 지점에 섰을 때 비판된다. 서구와 한국적인 삶의 형태는 다르기 때문에 여전히 계몽의 의도가 존중될 필요가 있다. 자기 시대의 문화를 이해하는 방법이 모더니즘의 존재 양식이라면 장정일은 이제 막 그 지점에 들어섰거나 벗어나려 하는 위치에 있다. 혼란의 원인은 장정일에게 있지 않다. 그의 글이 취하고 있는 몇몇 기법이 급진적인 이론의 접근을 허용하기도 하지만 가령, 『너희가 재즈를 믿느냐』의 후반부에 조금 언급되는 민족주의 문제는 장정일뿐 아니라 우리 시대의 글쓰기에 연루된 사람들이 챙겨야 할 몫으로, 그것은 단순히 기법적인 면에서 설명할 수 있는 문제는 아니기 때문이다. 과연 민족이라는 개념은 벗어던져야 할 흉물에 지나지 않는가. 아니면 여전히 올바른 민족주의를 확립하지 못했는가. 혹은 근대라는 성채를 조금 덜 쌓았는가 아니면 근대는 우리를 미망에 사로잡히게 하는, 고작 잘라 버려야 할 문어발에 불과한가.

　이런 과제를 남겨 둔 채 장정일 소설이 가질 수 있는 몇 가지 문제점에 대하여 우선 언급하기로 한다. 그의 소설이 경직화될 가능성은 없는가. 값싼 통속 소설의 길과 이론적인 제시가 우세하여 알레고리의 유희에 멈출 우려가 있지 않겠는가. 그의 소설이 이 둘을 잘 비켜 서 있는 것은 그의 비판이 논리적인 정합성과 철학적인 깊이를 잘 갖추었기 때문인가. 이야기화되지 못한 논리가 너무 돌출되는 것은 아닌가. 그의 말대로 그것은 이미 '책에 나오는 이야기' 아닌가. 둘째, 이야기 만들기라는 차원에서 그의 글이 쓰여진다는 것과 상품 만들기는 같은 것이 아닌가. 그의 소설 쓰기는 연극과 영화를 위해서만 존재하는 것인가. 다시 말해 형식적인 전환이 무한대로 가능하다는 사실과 일본 대중 작가들의 소설이 국내에서도 잘 팔리고 있다는 사실이 등가를 이루는 것은 아닌가. 일본의 작가들은 형이상학적 전통이 없다고 장정일은 말한 바 있는데(박해현, 「너희가 장정일을 믿느냐」) 입지를 바꿔 생각

할 경우 장정일은 그 물음으로부터 자유로운가, 그런 질문이 장정일에
게서 제기된다는 점은 아이러니가 아닌가. 혹은 젊은이들을 자주 주인
공으로 내세우는 일본 작가가 장정일에게 당신은 무엇을 고민하면서
사느냐고 묻는다면 장정일은 무엇을 대답할 것인가. 만일 일본의 작가
와 고민하는 수위가 비슷하다면, 혹은 그럴 가능성이 있다면, 그 사실
에 대해 장정일의 자의식은 어떤 형태로 가시화될 것인가.

향후 그의 글쓰기가 자못 기대된다.

'나'를 바라보는 글쓰기?

이순원 『수색, 그 물빛 무늬』, 김형경 『푸른 나무의 기억』,

송경아 『책』

1

봄이 늘 아름다운 것은 아니다. 지방 선거를 앞두고 정치권에서 거론되는 말은 색바랜 사진첩을 보는 듯하고, 거리를 오가는 사람들의 걸음은 그다지 가볍지 않다. 문학을 통해서 문제의 본질을 진단하거나, 혼돈을 바로잡아야 한다는 생각은 얼마나 허무감을 자아내는지. 강의실에서 작성한 작품의 목록은 그야말로 우리 시대의 '문제(투성이)' 작품의 모음이 되었다는 생각이 앞선다. 왜 읽어야 하는가, 무엇을 읽어야 하는가 하는 어려운 문제를 말하는 모습 속에서 우리 문학의 현주소를 가늠해 보기도 한다. 그러나 '그럼에도 불구하고' 문학을 말하지 않으면 안 되는 이유를 글쓰기와 읽기의 자유로움, 자기 확인의 욕망에서 찾고자 한 것은, 문학이란 무엇인가라는 질문 속에 내포된 억압으로부터 이제는 벗어나야 하며 적어도 최근의 작품에서 이 점은 확인되는 것이 아닌가 하는 판단 때문이다.

하지만 점검해야 할 일은 바로 이 지점에서 시작된다. 소설의 경우 성장 체험이나 해외 여행 체험을 기록하는 일이 득세하고 있는 현상을 어떻게 이해해야 할 것인가. 또한 상처입은 여성의 내면을 들여다보고 싶은 욕망이, 읽히는 여성 소설을 만들고 있는 현실은 쇄말화가 이 시대의 전형이 된다는 증거가 아닌가. 남의 이야기를 하는 척하면서 애써 태연해 하던 과거의 소설과는 달리 소설이 작가의 삶을 이야기 하거나 적어도 그런 것 같은 착각을 불러일으키는 현상이 글쓰기에 보편화되었다. 좌파적인 담론이 그 시대의 결핍 부분에 대한 일종의 보상 심리의 차원에서 설명되는 부분이 있듯이, 요즘의 여성 소설 역시 '여성으로부터' 발화되는 성적 담론에 대한 무한한 호기심을 유발한다고 지적할 수 있다. 이는 구조적으로 동일한 '담론에의 유혹'이다. 자신을 이야기한다는 것이 왜 이 시대의 필연이 되어야 하는가라는 물음에 대하여 진지한 반성이 없는 글쓰기, 변화하는 삶의 형식에 순치되는 자신을 시대의 필연으로 정당화하려는 작품에 대하여 많은 평론들이 기생하고 있는 현실을 과연 문학의 자유로움, 관심 영역의 확장 현상으로 너그럽게 수용해도 되는 것인지 이제는 한번쯤 물어야 할 것이다. '자기 이야기하기'가 '자기 확인의 욕망'으로 바뀌고, 이것이 다시 '자기 미화'로 변질되는 것은 아닌가, 혹은 권력과 정치, 현실로부터 파생된 거대담론을 걷어 버리고 삶에 대한 숙명적 사랑(Amor fati)을 소설 형식으로 바꾸려는 고투가 문학적 정당성을 얼마만큼 획득하고 있는지 생각해 보는 것이 필요하기 때문이다. 이와 같은 물음이 질문으로서의 유효성이 있는지 가늠해 보는 것이 이 글의 의미가 될지도 모르겠다.

2

이순원의 『수색, 그 물빛 무늬』는 연작 소설의 형식을 취하고 있다. 이 작품의 화두는 '수색'이라는 공간이 갖고 있는 일종의 비의적인 성격에 있다. '수색' 연작에서 작가의 일관된 관심은 자신의 유년 시절, 아버지의 두 번째 부인이면서 자신의 이름을 따서 생모가 붙여 준 '수호 엄마'에 대한 기억을 환기시키는 데 있다. 모든 담론은 그 기억을 재생시키는 장치로 쓰이거나 때로는 그 많은 담론들에 가려져 기억은 은폐되기도 한다. 그 은폐와 개진의 욕망 사이에서 그의 작품은 씌어지고 있다. 욕망의 아름다움이란 대상을 향하는 주체의 무한한 그리움을 가능하게 한다는 것, 그 그리움은 언제나 충족되기 어려운 상태에 있거나 대상을 향해 다가서는 과정만 남아 있어서 결국 존재를 위한 자신과의 인정 투쟁은 흔적으로만 전환된다는 특징을 갖는다. '수색'은 이러한 욕망의 법칙에 맞게 설정된 공간이다. 그에게 수색은,

그냥 한 번 가 보고 싶었다. 그리고 가면 그곳에서, 내 어린 시절 감당하기 벅찼던 이별과 그 이별이 준 마음의 상처 한구석의 빈 자리를 채워 줄 어떤 아련한 물빛 무늬를 볼 수 있을 것 같았다. 수색, 그 이름까지도 물빛 무늬를 이루고 있지 않은가. (84쪽)

라고 말할 수 있는 공간이다. 닿을 수 없는 공간, 그렇기 때문에 더욱 안타까운 욕망의 심연이며, '실재하는' 수색의 의미와는 상관없는 기억의 진원지가 '수색'이다. 하지만 어릴 때 자신의 집에 들어와 한집에 살다가 어느 날 홀연히 집을 나간 '그 엄마'가 '나'의 삶을 어렵게 하거나, 고통스런 상처의 근원으로 남은 것은 아니다. 다만 '그 엄마'에 대한 안타까움이 생모를 마음 아프게 했다는 것, 정작 집으로 그 엄마를

불러들인 것이 생모였음을 알게 된다는 사실이, 그에게 일종의 '서자 의식'을 갖게 한다. 하지만, '서자 의식'을 이루고 있는 구체적인 내용을 알기란 어렵고 다만, '어린 시절 감당하기 벅찼던 이별과 그 이별이 준 마음의 상처 한구석을 채워 줄 어떤 아련한 물빛 무늬'에 대해 지속적인 그리움과 생모에 대한 죄의식이 그에게 남아 있다는 것이 중요하다. 그에게 일상의 시간들은 언제나 수색으로 향하는 문으로 얼굴을 내밀고 있다. 아내와의 말다툼과 짧은 별거, 형으로부터 전해 들은 그 엄마의 가출과 관련된 소식, 방송국 교양 프로에서 다룬 『수색……』 연작이 고향의 친어머니와 가족에게 알려질까 조바심하는 자신의 과민 반응 모두가 끝없는 심연을 이루는 듯한 기억 속의 그 엄마와 관련된다. 자신의 이야기를 다룬 모 방송국의 교양 프로가 방송된 후 걸려온 미확인의 전화를 통해 수색으로 간 그 엄마의 존재를 암시하면서이 연작은 끝이 난다.

　『수색……』 연작은 한 사람의 기억이 만들어내는 잔잔한 무늬를 확인하게 하는 작품이다. 하지만 여기서 몇 가지를 지적하지 않을 수 없다. 첫째, 연작이라는 소설적 형식에 관련된 문제이다. 연작이란 한 작가의 집중된 관심을 확인할 수 있는 형식이다. 작가가 특별히 애정을 갖고 있는 주제에 대하여 깊이 있게 탐색하려는 시도가 연작 형식으로 나타난다. 이때 소설적인 아름다움과 새로움이 유지되기 위해서는 다양한 관점의 드러냄이 필수적이다. 다시 말해 최초의 작품으로부터 다음 작품으로 진행될 때 앞의 작품에서는 볼 수 없었던 부분, 혹은 다른 시각에 의해 억압되었던 상황이나 인물의 내면 등이 조금씩 드러나게 함으로써 한 주제에 대한 전체적인 조망이 가능하도록 하는 것이 연작 형식의 미덕일 것이다. 그런데 『수색……』 연작에서는 이점이 미약하다. 가령, 반복되거나 중첩된 장면이나 문장이 나타나는데, 이것이 늦춰진 서사의 진행을 통해 시간성, 속도감으로 요약되는 문화에 대한 비판으로 작용한다고 보기는 어렵다. 극적 플롯과 허구의 의도를 가급적 줄이려고 애쓰면서 쓰는 것이 요즘 소설의 경향이라고 말하기는 하지만, 대화의 중복과 보여주는 사건의 겹침이 나타난다면 그것을 '의도된 것'으로 보아 넘길 수 있을까. 둘째, 수색으로 향하는 그의 기억과 욕망은 파멸을 향한 돌진도 아니고 가족사적 불행에서 야기된 것도 아니다. 다만 기억 행위 자체로만 소중한 것, 작가 자신이 '지금, 여기'에서 무엇인가 글을 쓰고 있다는 사실만을 확인하게 한다는 점이다. 이 연작에서는 중첩되기도 하면서 때로는 '기억나지 않는 것'들이 있다. 물론, 그 '기억나지 않는 것'들을 향해 기억의 진원지를 찾아가는 과정을 보여주는 것이 이 작품의 중심축이지만, 그 행위가 자칫, 현재 이야기의 빈곤을 보상하려는 유혹, 글쓰기의 육체를 갖고자 하는 욕망에서 비롯된 것은 아닐까 하는 물음을 제기하게 한다. 수색이라는 공간은 서울의 어디에서도 발견할 수 있다. 작가는 이를 자신의 유년의 기억, 혹은 '창고 앞 공터' '꿈을 찍는 사진관' '이발소의 거울과 빨래판 같은 깔개' 등의 보편적 체험이 가능한 대상으로 환유시키고 있다. 그러나 이러한 기억은 자신의 감성에 지나치게 도취된 자의 초상만을 그려낸다. 이때 진정성이란 기억의 아름다움을 말하는 순간의 황홀경에 지나지 않는다. 그만큼 그의 기억과 욕망의 변주가 충격하는 것이 미약하다는 증거이다. 욕망이 만들어내는 심연에 대해서라면, 너무나 소설 같은 이론이 우리 앞에 '이미' 펼쳐져 있지 않은가. 작품은 이론의 편협함을 넘어서야 하지 않을까.

3

　한 프랑스의 페미니스트는 '여성들은 진술 도중에 끊임없이 자신을 감득한다'고 말한 적이 있다. '왜 여성의 글쓰기인가'라고 묻는다면 그 자신을 되돌아보는 행위가 기존의 편향된 관점, 다시 말해 남성적인 욕망의 음험함과 배설적 욕구에 유착된 폭력과 지배의 유혹을 차단하고, 세계의 조밀함과 다양함, 바라보는 자리의 환치를 통한 영역의 확장 의도에서 비롯된다고 할 수 있다. 그런데, 기존의 욕망 구조가 남성적인 시각 아래서 조망된 성, 성적 담론의 도구화로 요약된다면 여성 자신으로부터, 여성의 성과 체험, 욕망을 드러내는 일은 훨씬 강화된 호기심을 낳는다는 사실에 문제가 있다. 최근 여성들의 소설이 득세하는 현상은, 여성을 이해하고 여성을 진정한 동반자로 생각하는 관점의 전환에서 비롯된 것이 아니고, 또 다른 욕망의 배출구를 찾는, 느슨하고 풀어진 눈동자의 다른 모습에 불과하다. 김형경의 장편『세월』에 대한 저널리즘적인 관심은 이의 대표적인 현상이며, 독자들의 시선 역시 이와 무관하지 않다.

『푸른 나무의 기억』에 나타나는 이야기는 대개 작가의 내면으로 돌아와서 결말을 맺고 있거나, 상황은 언제나 작가의 내밀한 의식의 틈을 통해서 엿보인다. 마치 손가락 사이를 빠져 나가는 담배 연기가 손가락 둘레를 한번쯤 비틀면서 공중으로 퍼져 오르는 것을 관찰하기라도 하듯이, 그녀의 소설은 미세하다. 사물마다 감성의 덧칠이 가해지는 글쓰기, 일상의 억압을 해체하거나 자유로운 삶의 지평을 제시하기보다는 억압을 그대로 두면서 오히려 차단된 실존의 영역을 그려 보이는 불투명한 배경음이 그녀 소설의 특징적인 면이다. 가령 삶의 양식이 변하고 한 사람의 현실적인 조건이 달라진다 해도 변하지 않는 것, 효력 검증의 판단이나 윤리적인 타당성과 가치의 유무에 관계없이 그대로 놓여 있는 곳으로 설정한 고향이, 제의적인 모습(굿)으로 그려지는 경우나(「손은 몸으로 돌아가고 싶다」), 한 여인의 죽음을 바라보는 허망함이 마치 비 오는 날 아파트 베란다에 놓인 빨래 건조대를 보는 듯한 느낌으로 다가오는 것은(「담배 피우는 여자」) 모두 그녀 소설이 보여주는 비애감의 표현 양식이다.

「푸른 나무의 기억」은 돈이 될 만한 사업을 꿈꾸며 거리를 방황하는 한 남자 이야기이다. 자본주의 사회에서 돈벌 일을 궁리한다는 것은 지극히 자연스러운 것이다. 하지만 거미집처럼 분화된 사회, 미세하게 나누어진 일의 영역을 뚫고 새로운 일감을 찾는 것은, 이 세계 자체를 부정하는 것만큼이나 어려운 일이다. 대개의 경우 그것을 망상이나 일확 천금의 꿈으로 치부해 버리고 말지만 이 작품의 주인공은 자못 진지하게 자신의 계획을 실행에 옮기고자 한다. 그러나 하루 종일 선배의 사무실을 전전한 그가 본 것은 차들이 질주하는 거리 양 옆으로 서 있는 사과나무였다. 그는 자신도 '언젠가 나무였던 기억'을 갖고 있다고 생각한다. 일을 갖고 돈을 벌어야 하는 현실 원칙의 두터운 벽에 막혀 거리에 선 그가 바라보는 것이 왜 푸른 나무였을까. 그것은 일상의 억압으로부터 벗어나고자 하는 비판적인 욕망의 소산인가, 아니면 신화적인 세계로 잠행하려는 의식의 퇴행을 반영한 것인가. 어떤 경우이든 그녀의 소설이 서 있는 자리는 위태롭다. 삶이 파생시키는 여러 가지 문제들을 새롭게 들추어내는 일이, 「푸른 나무의 기억」의 주인공이 찾는 돈벌이만큼 힘든 것일까. 「수레국화가 말하길……」의 김태현이 자주 사용하는 '감동'이라는 단어가 풍기는 고단함, 위조되고 변질된 세계에서 감동을 만든다는 일이 또한 얼마나 힘겨운 일인지를 말하는 것, 「별을 분양해 드립니다」의 카피라이터 형진, 「별 잡고 길을 물어」의 전자회사 사원 형문 등은 모두 자신에게 주어진 일상의 억압으로부터 자신의 정체성을 찾고자 애쓰는 인물들이지만, 자기에게 주어진 시간, 주어진 역할의 한계를 크게 벗어나지 못한다. 세계 자체가 낯설어 그 속에서 존재한다는 것이 '살아내야만 하는' 고단한 노동처럼 인식되는 것, 어쩌면 삶 자체는 '공포스런 기만'밖에는 아무것도 아니라는 판단, 마치 '애절한 소프라노로 불리는 검은 돛배'라는 음악 같은 분위기, 김형경의 글쓰기가 이와 같이 어두운 전망으로 일관된다는 것은 어떤 의미가 있을까.

그녀의 소설은 자기 확인의 욕망이 강해서 삶의 다양한 층위를 보여주거나 그렇게 제시된 삶의 양상을 통해 독자들로 하여금 의미 있는 해석을 이끌어내는 데 인색하다. 다시 말해 세계와 작가를 연결하는 방법적인 삶의 모형을 제시하여 끈기 있게 탐색하는 소설적 인내가 약하다는 것이다. 이 작품집에서 은밀하게 숨어 있지만 실은 작가의 내면적인 무늬가 확연하게 드러나고 있는 「지나해, 쾌청」과 「담배 피우는 여자」가 상대적으로 안정감 있는 소설적 형상성을 확보하고 있는 이유도 여기에 있다. 담배를 피운다는 이유로 남편에게 매를 맞아 결국 아파트 베란다에서 실족사한 이야기가, 여성의 권익과 인간성의 회복을 부르짖는 여성주의 소설로 읽혀질 수는 없다. 이 작품의 아름다움은 담배 피우는 여자를 바라보는 일이 실은 작가 자신의 내면을 어루만지는 행위라는 것, 담배 연기가 하늘로 오르는 모습은 자신의 호흡기를 통해 밖으로 나오는 한숨을 구체적으로 바라보게 한다는 의미에서 자기 내면을 가시화한다는 점에 있다. 결혼 생활에 대한 환멸이라든가 여성의 현실적인 입지 약화라는 문제는 부차적일 수밖에 없다. '담배를 피울 때만 살아 있다는 것을 느껴요. 그때만 온전하게 내가 나라는 존재로 살아 있다는 걸 믿을 수 있죠'라는 옆집 여자의 말은 그녀의 내면을 스스로 감득하는 독백이라는 점이 이 작품의 밑변을 이룬다. 글쓰기로부터 파생된 현실적인 문제를 극복하고 새로운 일상, 새로운 글쓰기의 마음가짐을 회복해 가는 「지나해, 쾌청」은 작고 은밀하지만 그녀 소설의 원형을 이룬다는 판단이 가능한 이유도 여기 있다.

4

자본주의 사회에서 자신의 정체성을 확인하는 행위의 정당성이란 얼마나 그 세계 자체를 인정하고 삶의 척도를 자신의 내면으로 이행시키는가 하는 문제와 관련 있다. 즉 거부하고자 하면 더욱 빠져 버리는 늪지와 같은 지점, 벗어나고자 하는 몸부림은 곧 죽음과 다르지 않음을 깨달아서 재빨리 그 늪지의 흡인력을 인정하고 부유(浮游)하는 법을 배우는 것, 반쯤 잠긴 육체와 밖으로 조금 솟아나 있는 머리를 유지한 채, 세상을 바라보는 일, 그것이 이 사회에서 살아남는 방법일 수 있다. 송경아의 『책』은 이러한 생존 방법을 깨닫기 시작한 자의 글쓰기, 세상 읽기라고 볼 수 있다. 이미 이 삶을 지탱하는 중심이나 버팀목은 사라졌다는 의식, 가령 가장 친밀한 대상의 죽음이 슬픔을 불러온다는 사실보다는 덩그렇게 세상에 던져진 존재가 되었다는 각성이 더욱 중요하게 여겨지는 것, 누구든지 현실을, 삶을 포기하거나 버려서는 안 되며 그럴 권리가 없다는 깨달음이, 보편적인 진리를 쫓다 사라져 간 역사 속의 인물을 비판하는 담론으로 이어지는 과정 속에 그녀의 소설이 놓인다.

「이차돈 초상기」의 상훈이 '이차돈에 대한 글을 쓰고 싶다'고 한 것은 아내의 이모가 겪는 고통으로 인해 갖게 된 생각으로, 한 시대의 민주화나 보편적인 아름다움을 위해 개인의 삶이 철저히 무력해져도 좋은가에 대한 회의에서 비롯된다. 소설의 구성이 인물들의 내면을 차례로 조망하는 다양한 서술 층위를 유지하는 것은 진리라고 믿었던 삶에 대한 비판적인 의도를 드러내려는 전략이라고 볼 수 있다. 그래서 삶을 위해, 특히 공동체의 삶을 위해 목숨을 담보하는 일은 어리석거나 의미가 없다. 「철거」에서 보이는 인물의 행위는 과거 민주화 투쟁이나 생존권을 위해 벌이던 집단적인 연대와는 상당히 다른 모습을 보이고 있다. 그들에게 철거는 어쩌면 삶의 여러 가지 단면 가운데 하나이며, 철거 반대 투쟁을 한다는 것이 삶의 질을 향상시키거나 새로운 현실을 열어 보이지 못할 것이라는 우울한 전망이 스며 있다. 따라서 철거 작업반이 포크레인을 앞세우고 마을을 향해 다가오는 모습을 보면서 '구석에서 담배와 라이터를 찾아 불을 붙이고, 잠시 기지개를 켠 후, 술을 사러 가게로 가기 위해 신발을 꿰어' 신는 행동이 가능하다. 상황에 깊숙이 개입하지 않으려는 태도, 세계의 비밀은 더 이상 존재하지 않는다는 생각에서 비롯된 이와 같은 거리 갖기의 의도가 잘 드러난 작품이 「책」이다. 이 작품은 교통 사고로 죽은 어머니의 일기장을 발견한 주인공이 자신의 출생의 비밀을 알게 된다는 이야기이다. 이야기의 진행은 여기서 더 나아가지 않는다. 그녀가 이 작품에서 말하고자 하는 것은 자신의 출생의 비밀로 인해 삶이 달라지거나 혹은 심리적인 충격이 세상을 보는 관점을 바꾸게 했다는 곳에 있지 않다. 다만 그녀는 이제부터는 책을 써야 한다는 생각을 갖게 되었노라 말하고 싶었던 것이다. 그러면 「책」에서 작가 송경아는 무엇을 쓴 것일까. 어머니의 삶이 요약적으로 제시된 한 권의 일기장을 보고 "인생이 하나의 책이라는 걸 내 방에 나타난 그 책을 보고 내가 깨달은" 것이다. 그녀도 이제 자신의 인생이 한 권의 책이라는 사실, 그 책을 쓰는 일이 살아가는 것임을 알게 된다. 여기까지 생각하게 되면 송경아의 소설이 무엇인가 중요한 결함을 지니고 있음을 보게 된다.

「책」에서 어머니의 일기장을 보고 깨달은 점이, '삶은 한 권의 책'이라는 통념에 가깝다면, 이것이 과연 어떤 의미에서 우리에게 문학적 감동을 주는지 알기 어렵다는 사실이다. 더욱이 주인공 여대생이 자신의 남자 친구에게 작가가 되겠다고 말하면서 다른 사람에게 읽히기를 원하지 않기 때문에 책을 쓰는 일이 또한 두렵다고 하는 것은 일종의 자기 미화 욕망의 변형이라고 할 수 있다. 그녀의 이러한 욕구는, 어떤 것이 진짜 나이고 어떤 것이 가짜인지 구분하지 못하도록 하여 해독되기를 거부하는 글쓰기를 하겠다고 선언하는 것으로 이어진다. 그것을 가능하게 하는 것은 삶을 변형하고 '영원의 기록'에 대항해서 '의미 없는 기록'을 만들고 변조하는 일이라는 것이다. 그러나 이러한 진술은 전혀 문학적으로 새로운 일이 아니다. 모든 작가의 이야기는 일종의 기만과 은폐의 전략 아래 씌어지는 것이다. 가장 자기 이야기를 하는 것처럼 쓰여진 이야기, 가령 자전 소설이라는 명칭을 달고 나타난 작품조차도 결국은 남의 이야기일 수 있고 또 정반대의 경우도 가능하다. 다만 소설가의 자의식을 드러내는 방법의 중요성을 문제삼을 경우 멀게는 「소설가 구보씨의 일일」로부터 가깝게는 「우리 시대의 소설가」나 「숨은 꽃」 등에서 전환기적인 특징을 찾아볼 수 있다. 「책」은 이를 넘어서는 뚜렷한 문학적 대안을 제시하지 못한다. 문체의 새로움도 아니고 방향의 참신함도 아니라면 무엇인가. 그것은 일종의 음험한 욕망의 대상밖에는 될 수 없다는 말인가. 여성이 쓰는 자신의 이야기. 「실연」에서 한 젊은 여대생이 목욕을 하는 장면에서 "꼬마 단추같이 작고 귀여운 분홍빛 클리토리스를 손가락으로 조심스럽게 누르자, 조용하고 물결 같은 짜릿함이 몸을 휩쌌다"와 같은 묘사를 통해, 다른 사람을 엿보고 싶은 충동을 극대화시키는 것이 송경아적 글쓰기의 위력이 발휘되는 지점임을 확인하는 것은 우연일까. 구성적인 면에서의 문제 역시 송경아를 특징적으로 만드는데, 「철거」에서 사람들이 보상금을 받고 동네를 떠나는 장면을 본 작가가 '창녀와 도둑과 사기꾼과 전에는 무엇을 해먹었는지 알 수 없는 사람들이 모여 사는 마을의 구성 성분으로 미루어 볼 때'라고 말하는 장면은 너무나 돌출적이어서 구성상의 필연성을 상실할 뿐만 아니라, 주제 의식의 일관성을 해치는 요인으로 작용하고 있다. 한편, 그녀의 문장은 육화되지 못한 언어로, 이해하기 어렵거나 때로는 틀려 있다. 가령 「신세대?」에서 '분명히 눈이 읽었다고 생각한 것들을 대뇌가 이해하지 못할 때, 개입하지 않는 자유의 허망함은 더욱 배가된다'라는 말의 모호함, '이 곡이 시작되면서부터 내재되어 있었고 곡이 진행되면서 무지와 한 발짝씩 원무를 그리며 춤추는, 우주의 음성이며 가장 왜소한 그리움이자 욕망인 이해이다'라는 문장의 어긋남은 의도된 것이라고 보기에 힘든 요인들이다. 이는 독자들의 유희적 독법에 작가의 진정성 결여가 아름답게 합치된 대목이다.

5

　　최근의 작품들에서 자주 보이는 '자기 이야기하기', 혹은 '자기 텍스트화'는 우리 소설의 입지가 다양해졌다는 것, 80년대의 이념적인 폭풍이 지나간 자리에서 새로운 문학적 개화를 예고하는 현상으로 이해할 수 있다. 뿐만 아니라 소설이 그 위력적인 계몽의 구도에서 벗어나 가려진 진실, 은폐된 내면의 결을 확인하는 지점으로 나아가야 한다는 것은 또 다른 의미에서 당위적인 요청으로 떠오르고 있다. 그러나 문제는 80년대가 줄곧, 혹은 전일적으로 이념의 지배 아래 있었는가라는 물음, 다시 말해 80년대를 '이념의 시대'라고 등치시키려는 의도는 지나치게 일반화된 논의여서, 그 자체가 권위적인 도식이 될 수 있다. 이럴 경우 90년대의 차별성이라는 것은 자칫 기만과 자기 미화의 전략으로만 인식될 수 있다. 그러므로 왜 '나'를 소설 문맥의 전면에 내세워야 하는가라는 질문은, 문학사적 맥락에서 파악할 문제가 아니라 소설가의 진실성을 문제삼는 일이 아닐 수 없다. 다시 말해 삶의 문제를 예고하면서 문제 해결의 모형을 제시하려는 노력이 요구된다는 것이다. 자기 도취적인 글쓰기가 시대의 필연이 된다는 것은, 우리가 걸어야 할 길에 비추어 볼 때, 매우 우울한 현상이라 할 수 있다. 이순원이 보

여준 심연의 기억과 그 기억을 따라가는 여정, 김형경의 음울한 비전,
송경아의 낯설음과 비애감이 안고 있는 과제는, 자기 확인의 욕망을
상호 승인의 영역으로 전화, 확장시키는 일이다. 이들의 다음 작품에
서는 좀더 관심의 폭이 넓어지길 기대해 본다. '90년대적'이란 외피에
가려진 기만의 전략을 고백하는 작품이 아니라면, 이제 '나'를 바라보
는 글쓰기는 잠시 유보하는 것이 어떨까.

환멸의 사랑과 생경한 휴머니즘

강 규 『베두윈 찻집』, 박상연 『D.M.Z.』

1

『화두』의 작가 최인훈이 한 문예잡지가 마련한 창간 대담에서 다음
과 같은 말을 한다. "저는 비교적 저 개인적으로는 위기 의식도 없고,
혼란감도 없습니다. 혼란감이 있다면 지금까지 수십 년 동안 나 혼자
만의 머릿 속에 있던 혼란이 여전히 존재한다는 것뿐이지 외부적인,
문학적인, 정치적인, 또는 컴퓨터가 이랬다저랬다하기 때문에 특별히
어떻게 할 것은 없는 것입니다"(『21세기 문학』97. 봄, 16)[1] 문학 행위에
현실의 상황 변화란 중요하지 않을 수 없다. 무엇을 쓰는가라는 문제
보다는 언제나 왜 쓰는가라는 질문에 먼저 부딪쳐 왔던 것이 이 땅의
작가들에 주어진 숙명적 상황이 아니었던가. 그럼에도 최인훈의 이같
은 고백에는, 문학이 왜, 여전히 가치 있는 글쓰기 행위로 남아야 하는

---

1) 이하 인용은 해당 잡지의 면수만 표시함. 본문의 분석 대상 작품은 다음과 같다. 강규, 『베두윈 찻집』
(문학동네. 1997), 박상연 『D.M.Z.』(『세계의 문학』, 1996. 겨울호) 작품 인용은 해당 작품/문예지의
면수만 표시함.

지, 영상 매체나 기타 문화 영역의 비대화 과정에서 문학은 도대체 무엇을 쓰면서 어떻게 자기 정체성을 지켜 가야 하는가라는 원론적인 물음에 답해야 한다는 고민이 자리잡고 있다. 가령, "정치·사회·문화·역사를 모두 감싸 안을 수 있는 지배적인 담론체계로서의 문학은 이제 죽었다. 그와 동시에 백과사전적인 지식과 촌철 살인의 통찰을 능수 능란하게 구사하며 멋진 신세계를 열어 젖히는 지사적이고 예언자적인 문학인도 죽음을 고했다"(『새로운』, 97. 봄, 10)라는 선언이 양립한다고 할 때, 최인훈이 제시할 수 있는 방향성이란 어떤 것일까. 물론, "……지배적인 담론체계로서의 문학"을 한국 문학이 언제 한 번이라도 가져본 일이 있는가. 혹은 "……멋진 신세계를 열어 젖히는 지사적이고 예언자적인 문학인"이란 실상 '새로운' 문학적 지평(엄밀히 말해 문화주의자로서 글쓰기이지만)을 제시하고자 하는 사람들 본인에게 해당되는 말이 아닌가라는 비판도 가능하지만, 작가 최인훈의 이같은 고백은 진지하게 고려될 필요가 있다. 그가 작가의 '장인 정신'을 강조하는 것 역시 세태의 흐름을 인식한 결과라고 할 것이다. 인용된 잡지 『새로운』의 편집인은 한국 문학의 위기는 문학 자체의 쇄신을 통해 극복 가능하며 그 논리는 이미 우리 문학내에 존재하기 때문에 상품 논리와의 결탁은 전혀 필요하지 않다고(12) 말한다. 이것이 한국 문화를 전체적으로 조망하면서 나름대로의 문학적 방향성을 원론의 수준에서 정리한 것이라면, 특집 대담에서 "글쓰는 사람들이 돈을 벌 생각이나 재주를 빨리 보여주고 싶은 생각을 자제하고 인내심을 가지면서 완성도가 높은 작품을 생산하는 것이 제일 중요한 일입니다"(39~40)라는 최인훈의 충고는 실감의 수준이라고 할 수 있다.

이제 다시 문학의 '진정성'에 대하여 고민할 때가 된 것은 아닌가. 다시 말해 작품의 미적인 수준, 언어가 만들어내는 자체의 윤리적 수위는 쉽게 작가의 생활 감각과 비례하지 않는다는 점에 주목할 경우,

우리 앞에 남는 것은 작품이며 작품의 수준을 면밀하게 고찰하는 일이 무엇보다도 우선시되어야 할 것이다. 영화의 장면이나 광고 문구 등을 삽입하여 추억과 사랑을 이야기하는 소설, 해외 여행을 통해 지루한 일상을 벗어나고 싶은 욕망을 그린 작품들의 과잉 생산으로부터, 혹은 소재적 새로움만 있으면 모든 결함은 면죄부를 얻을 수 있다는 도착된 통념으로부터 이제 과감히 벗어나야 할 것이다. 강규의 『베두윈 찻집』이나 박상연의 『D. M. Z.』역시 꼼꼼하게 점검할 부분이 많아서 주제의 무게를 계량하는 작업은 미루어야 할 정도이다. 사랑의 신기루를 사막의 찻집에 비유한 강규의 경우 주인공과 우섭 간의 사랑이 이루어지는 과정이 선명하게 그려지지 않고 있어 어색하다. 이는 결국 주인공의 욕망, 대상의 성격에 관계없이 이루어지는 자기 욕망만 휘황하게 그려지게 된 원인이 된다. 분단 문제에 대해서 박상연이 접근하고자 하는 새로움은 긍정적으로 평가될 요소가 많이 있음에도 불구하고 그 주제를 지탱하는 소설적 장치가 허술해서 작품의 완성도를 크게 저해하는 결과를 빚고 말았다.

동시대 작가에 대한 이 땅 위의 작가들이 갖는 자의식은 도대체 존재하기라도 하는지, 자신의 소설 쓰기에 대해 그들은 적어도 어떤 기준을 갖고 자신을 평가하며, 다른 작가들의 작품 수준을 가늠하는지 궁금할 때가 많다. 더욱이 작품의 완성도를 문제삼을 경우 이러한 궁금증은 더해지기 마련이다. 문학이 문화의 영역으로 침윤해 간다는 것, 더 이상 문학의 순수성을 고집한다는 일은 현실적으로나 논리적으로나 불가능한 관념론이 되어 버렸다는 논의는 별 의미가 없다. 문제는 작품을 쓰고 읽는 행위에 덧씌워진 문화에 대한 망령—이 경우 대개는 자신의 출세욕, 혹은 상업적인 성공에 대한 욕망을 숨기고 있다—으로부터 벗어나 정말로 '왜 쓰는가'라는 문제를 진지하게 성찰해야 한다는 것이다. 강규와 박상연의 장편을 앞에 두고 버릴 수 없는 문제였다.

2

강규의 『베두윈 찻집』은 이집트라는 낯선 곳에서 여행 가이드 일을 하는 채일영이라는 여성의 사랑 이야기를 그린 작품이다. 그녀를 좋아하는 이집트 치과 의사 데미, 그녀가 사랑하게 되는 우섭, 수예점을 운영하는 중국인 여성 류가 일영의 주변에 있다. 일영이 이집트라는 낯선 공간에 놓이게 된 이유를 설명하는 부분은 그리 선명하지 않지만 다음과 같은 진술을 참고할 수 있다.

꼭 하나. 무언가 모자라는 것. 내 마음은 언제나 무엇 하나가 꼭 모자랐지. 우연히 내던져진 세상에서 그저 다만 우연을 반복하면서 살아간다 해도 꼭 하나, 그것, 생도 소멸도, 장례식도 사랑도 모르지만 그것, 그것이 무언가…… 언니들은 내가 무엇에 빠졌다는 양 그렇게 말하였다. (78. 이하 밑줄 강조는 인용자)

변치 않는 것, 영원이라고 말할 수 있는 그런 것, 그런 것은 없을까요? 부식도 소멸도 없는 그런 것은 없다는 것일까요? 단 한 번 생을 걸어도 좋다고 그럴 수 있는 것, 일생을 걸어도 좋다는 그런 것은요? 그런데 처음 만난 이에게 그런 말을 해볼 수 있다는 걸까? (45)

무언가 꼭 하나가 모자라서 이 뜨겁고 먼지가 부석대는 나라에서 무언가 찾고 있다고 우리는 …… 모두 무언가를 기다리지. (74)

일영이 서울을 떠나오게 된 이유는 환멸을 견디는 방식을 더 이상 한국에서는 구할 수 없었기 때문이다. 일영이 이집트에서 우연히 만나게 된 우섭이 "환멸과 피로, 그 속에서 희망을 가지려 하는 것, 그것이 이제부터 저의 숙제"(114)라고 한 말에 대한 그녀의 깊은 공감이 그녀가 낯선 나라를 여행하는 이유의 본질이며, 이 소설이 쓰여지는 자리이다. 그녀가 찾고자 하는 '꼭 하나 모자라는 것'이 영원한 사랑이든, 혹은 진실한 인간의 만남이든 관계없이 그녀의 삶은, 없는 것을 향해 무한한 그리움을 드러내면서 그 의미를 만들어 간다. 이 소설은 일회적이며 소비적인 삶에 익숙해 있으면서도 영원함을 찾는 상반된 문화의식을 강하게 반영한다. 태양이 작열하는 사막의 한가운데서 차를 끓여 파는 '베두윈 찻집'이란, 늘 스치고만 지나쳐서 한 번도 들르지 못한 베두윈족의 찻집이란, 그래서 '닿을 수 없음으로 충만한 마주 봄'이다. 대상은 언제나 바라다보이는 위치에 있지만 다가설 수는 없다. 언제나 충족되지 못한 욕망으로 인해 삶은 고통스럽다. 하지만 선망하는 자신을 들여다보는 동안 삶의 의미 역시 유지된다. 욕망은 생의 간계이다. 『베두윈 찻집』은 그 욕망에 대한 기록이다.

피라미드를 안내하는 가운데 우연히 만난 우섭에 대한 일영의 감정은 사막에 피어 오르는 신기루와 같다. 물을 구하는 자의 생리적인 반응은 초논리적인 곳에 존재한다. 사막 저편 어딘가에 존재할 듯한 호수에 대한 갈망은 상상만으로도 아름다운 것. 그 갈망 때문에 길을 갈 수 있는 것이다. 목마름은 길을 만든다. 우섭에 대한 그녀의 첫 느낌은 낯설지 않은 기억과 함께 다가온다.

훌쩍 키가 크고 얼굴이 희었다. 〔…중략…〕 아주 조용한 사람이란 인상. 〔…중략…〕

그는 다만 어디선가 본 듯한, 그러나 이 세상 누구와도 닮지 않은 한 남자였을 뿐이다. 그런데 정말 어디선가 본 적이 없는 남자인가. (38)

이런 기시감(既視感)은 오랜 시간 동안 그녀가 지녀왔던 환상으로부터 비롯된다. 영원한 사랑이라는 화두. 따라서 처음부터 우섭이라는 인물은 이 소설에서 중요하게 다루어질 이유가 없었다. 그는 다만 조용한 인상만 가진 남자로 충분한 것, 이 점이 이 작품이 갖는 첫번째 허약함이다. 일영이 우섭을 그리워하는 과정에서 아랍인의 거리와 사막의 풍경이 제시되곤 한다. 욕망의 대상은 빠져 버리고 욕망하는 자의 내면만이 황량하게 그려지고 있다. 우섭이라는 인물이 매우 빈곤하게 그려진 이유는 여기에 있다. 그들의 사랑은 언제나 아랍의 사막을 배경으로 했을 때 아름다웠던 것, 일영이 할아버지 집(소설 앞부분에서 외조모에 대한 언급은 한 번 나오지만 할아버지에 대한 언급은 전혀 없었다)에서 가족과 만나기 위해 잠시 귀국했다가 우섭과 사랑을 나누는 장면은 매우 짧게 그려진다. 이는 그들 사랑의 강렬함을 드러내기 위함이 아니라 그들을 에워싼 공간이 추억할 것이 못 되기 때문이었다. 그들이 만나는 동안은, 그들만의 특수성, 그들 사랑의 애달픔은 전혀 드러나지 않는다. 그들은 떨어져서 편지를 주고받고, 우섭이, 자신의 아내와 불화를 고백하고 멀리서 일영에게 "안타까운 것은 당신을 지금 당장 보지 못한다는 것이 아니라 당신에 대해서 언제나 제대로 생각할 줄 모르는 저 자신입니다"(175)라고 그가 쓸 때, 아름다운 관계를 유지할 수 있다. 그리하여 "내 마음은 알지 못할 노래를 부르듯 어디 닿을 수 없는 먼 곳을 응시하고 있는지, 그곳에는 영원이랄 것, 완전한 사랑이랄 것이 있겠는지. 영원이라는 말에 나는 애달퍼진다"(112)라고 하면서 멀리 있음의 빈 공간, 대상을 끊임없이 동경하는 자세로 자신을 응시할 때, 그 사랑의 의미는 생기가 넘치게 된다. 다시 말해 욕망의 대상은 '부재로 명명된 현존'이며, 욕망 충족이 만들어낼지 모를 환멸을 두려워하는 것, 이것이 일영의 사랑법이며, 이로 인해 우섭은 죽은 인물이 되었고, 결국 남는 것은 홍해와 시나이 산, 수에즈 운하와 아랍의 낯선 도시 카이로의 밤 풍경뿐이다. 그래서 이 소설에는 이야기가 없다.

따라서 일영의 환상이 만들어내는 사랑의 실루엣은 언제나 "뜨거운 햇빛이 내리쬐는 거리, 눈부신 일광 아래 먼지를 뒤집어쓴 빵가게와 식료품점이 있는 저 북아프리카의 6월"(17)을 배경으로 이루어진다. 그곳에서 그녀는 "함부로 멀리 가는 사랑"(90)을 꿈꾼다. 일영의 가족 관계를 그린 대목에서 앞뒤가 맞지 않는 점이 발견되는 것도 이 작품을 대하는 작가의 태도를 솔직하게 드러내는 면이기도 하다. 작품 속에 주어진 정보에 의하면 주인공 일영은 딸만 넷 있는 가정의 셋째로 태어났다. 그녀가 자란 집은 "오동나무가 있고, 피아노 소리(이 피아노는 작은언니가 치는 것이 분명하다—인용자)가 창문을 지나 마당으로 흘러나오던" 곳이다. 그녀의 큰언니와 어머니, 외조모는 모두 영주권을 얻거나 유학을 가서 그 집은 적막해졌다. 여기서 문제가 되는 것은 그녀의 가족 관계에 대한 작가의 혼란이다.

(1) 큰언니도, 여동생도, 어머니와 외조모도 모두 영주권을 얻거나 유학을 가버리자 K시의 집에는 작은언니와 나만이 남아 적막이 마당 오동잎처럼 가득했다. (61)

(2) 그때 미국에서 어머니가 나와 오동나무 집을 내놓았다. 선영아, 일영이 언니한테 같이 가자고 설득해 봐라. 함께 온 여동생은 매일 나를 졸랐다.
—둘째 언니도 곧 서울로 가잖아?/—아니
—그럼 계속 K시에 있을 거야?/—아니야
—그럼 어디로 갈 거야?/—제삼국
나는 수용소의 난민처럼 대답해서 여동생을 웃겼다. (62)

(3)—사랑하는 내 동생 소영. 그곳은 어떤지. 거리엔 성탄 축하의 카드가

걸리고 뉴욕 중심가엔 자선냄비가 등장했겠지. 〔…중략…〕 <u>셋째언니 일영</u>
<u>으로부터.</u> (185)

(1)의 진술에 의하면 주인공 일영에게는 두 명의 언니와 한 명의 여
동생이 있으며 어머니와 외조모가 있다. 일영은 셋째 딸이다. 이어 (2)
의 진술에서 일영의 여동생 이름은 선영인데, 회상 속에서 이루어지는
일영과 선영의 대화 부분에 이상이 발견된다. 즉, 여동생 선영은 일영
을 둘째 언니로 호칭하고 있다는 점이다. 정황으로 보아 일영의 동생
선영은, 일영과 함께 살면서 피아노를 치곤하던 둘째 언니를 지칭하는
듯하지만, 대화 처리가 애매해서 혼란을 일으키고 있다. (1)에 의하면
일영은 셋째 언니가 되어야 한다. 뿐만 아니라 (3)에서 일영의 동생 이
름이 소영으로 바뀌고 있다. 이같은 이상은 매우 사소해 보여 작품의
흐름에 영향을 주지는 못한다 할지라도 간단히 넘어갈 문제는 아니다.
작품에 대한 꼼꼼한 배려가 결여된 상태에서 소설 쓰기란 문화적인 거
품을 양산하는 결과를 초래하기 때문이다. 소재의 새로움만 부각한
채, 변화를 빌미로 모든 일탈을 정당화하는 경박한 문화주의는 경계의
대상이 된다.

일영의 과거를 그리는 대목에서 드러난 이같은 결함이 곧 소설의 총
체적인 실패로 이어지는 것은 아니다. 과거를 재생하는 것이 이 작품
의 전개상 그다지 중요한 일이 아니었다는 점, 영원한 사랑에 대한 일
영의 환상을 낯선 공간 배경을 통해 그리는 것이 이 작품의 과제였기
때문에 그녀의 과거는 사소하게 처리될 수밖에 없었다는 사실이 중요
하다. 이를 다른 관점에서 보면, 영원한 사랑을 그리워하는 일영의 갈
망이 대상(우섭)을 살아 있는 인물로 만들지 못했으며, 욕망하는 자신
과 현재의 삶에 대한 집착으로 인해 과거를 제대로 구성해내지 못했다
는 비판이 가능하다. 이는 단순히 기술적인 문제가 아니다. 작품 전체

에서 주제로 향하는 여러 가지 소설적 장치가 매우 산만하다는 사실이 확인되기 때문이다. 주인공 일영의 소설 쓰기가 작품 구성의 한 축을 이루고 있지만 이것이 소설의 주제와 긴밀하게 연결되지 못하고 있다는 점이다. 일영은 가이드 역을 하면서 틈틈이 '국경의 사랑'이라는 제목으로 소설을 쓴다. 이 소설 역시 이루지 못하는 사랑을 그리고 있지만, 『베두윈 찻집』에서 드러나지 않았던 주인공의 내면을 다른 각도에서 그린다든지, 아니면 우섭과 일영의 사랑이 이루어지지 못했던 또다른 이유를 형상화했더라면 이러한 중층 구성이 효과를 발휘했을 것이다. 장석남 시인의 시를 두 번 인용하고, 주인공 일영의 일기가 한 번 인용되는 구성(더욱이 일영의 일기는 소설 중간에 지문으로 그대로 노출된다)과 '국경의 사랑'이라는 소설 쓰기는 이 작품의 허술함을 가장 극명하게 보여주는 부분이라고 할 수 있다. 일영과 우섭의 사랑 이야기가 밀도 있는 감동을 전혀 주지 못하고 있는 것도 이것과 같은 맥락에 있을 것이다.

3

　박상연의 장편 『D. M. Z.』은 의욕적으로 쓰여진 소설이다. 여전히 산적한 현실 문제에 대해서 너무 빨리 손을 놓아 버린 90년대 작가들에게 박상연의 작품이 던지는 의미는 크다. 한국이 처한 현실적 어려움 가운데 가장 근원에 분단 상황이 놓인다는 사실은 너무 당연해서 새삼 강조할 필요를 느끼지 못한 탓인지, 분단 문제는 식상한 주제로 외면 당하기도 한다. 중요한 것은 분단 문제를 다루었다는 사실 자체에 있는 것이 아니라, 공동의 관심과 보편적인 문제 의식을 찾으려는 작가의 노력이 돋보인다는 점이다. 소설 쓰기란 곧 개인의 지극히 '개

인적인' 내면을 다루는 일이라는 상투적인 등식에 대해 박상연은 분명
새로운 소설 쓰기의 가능성을 보여준다. 그러나 이 경우에도 소설 작
품이 지녀야 하는 작품의 완성도에 대한 논의가 유보되지는 않는다.
동일한 주제 의식을 가진 작품이라도 이를 드러내는 방법과 구성 과정
은 다를 수 있다. 물론 완성도를 재는 절대적인 척도가 선험적으로 주
어지지는 않지만, 개별 작품의 주제가 전달되는 가장 효과적인, '가능
한 최대치의 밀도'를 지녀야 한다는 점은 일반적으로 이해되는 요건이
다. 『D. M. Z.』은 주제 의식이 앞선 나머지 에피소드를 배열하고 분산
하며, 직조하는 능력이 떨어진다는 문제를 지니고 있다.

　이 소설은 두 개의 이야기를 갖고 있다. 서술자 '나'(베르사미)는 스
위스 국적을 지닌 한국계 혼혈이며, 중립국 감독위원회 소속 소령으로
판문점에서 근무한다. 베르사미의 아버지는 조선인이다. 한국 전쟁 때
인민군에 가담해 싸우다 포로가 되어 거제도 수용소로 보내진다. 그곳
에서 벌어진 잔인한 이데올로기 대립의 와중에 '나'의 아버지 이연우
는 반공 포로를 무참히 학살하는 일에 앞장선다. 어느 날 반공 포로와
친공 포로 사이의 무력 충돌 과정에서 이연우는 반공 포로 속에 섞인
자신의 동생과 만난다. 하지만 서로를 죽이지 않으면 안 되는 급박한
상황에서 '미군이다'라는 소리에 놀라 반사적으로 이연우는 동생을 죽
인다. 죄책감에 시달리는 이연우. 전쟁이 끝나고 그는 브라질행을 택
한다. 거기에서 스위스 국적의 외신 기자였던 여자를 만나 베르사미를
낳는다.

　또 하나의 이야기. 판문점에서 한국군 사병 김수혁이 북한군 사병
한 명을 무참히 사살하는 사건이 벌어진다. 판문점 초소 경비병이었던
김수혁은 불과 수십 미터 앞에 있는 북한군 초소의 사병들과 이야기를
나누다 친해져서 북한군 초소를 넘나들며 그들과 만나게 된다. 그러던
어느 날 남한 쪽 초소에서 총기 오발 사건이 벌어지고, 그때 북한군 초

소에 있던 김수혁은 본능적으로 총을 빼서 북한 병사들에게 발사한다. 쓰러지는 북한군 사병의 총에 부상을 당한 채, 김수혁은 남한 지역으로 넘어와 쓰러진다. 김수혁은 중립국 감독위원회에 넘겨져 수사를 받지만 남한과 북한 정부의 각기 다른 성명서가 발표되는 과정에서 진실은 은폐된다. 수사 통역관으로 단지 보조 업무만을 담당하게 된 베르사미만이 이 사실을 김수혁에게 듣는다. 김수혁은 이야기를 마치고 흥분된 상태에서, 자신을 호송하기 위해 찾아온 강중위를 권총으로 위협하다 무장 미군 경비병들이 취조실 안으로 들어오자 권총으로 자살하고 만다.

분단의 논리는 일종의 강요된 습관이라는 점, 반공 이데올로기는 조건반사화된 동물처럼 우리의 무의식 속에 깊이 각인되어 있다는 점을 작가는 지적하고 있다. 군견병 김수혁이 돌보던 군견의 먹이 먹는 방식과 베르사미의 아버지 이연우가 포로 수용소에서 동생을 살해하는 과정, 그리고 김수혁이 북한군 병사를 사살하는 모습은 모두 조건반사화된 행동 특성을 골격으로 하는 이야기이다. 그러나 문제는 조건반사화된 생물의 행동 양식이 분단 구축 논리 혹은 정권 안보의 논리로 그대로 이어진다는 소설적 설명 방식은 무리가 있다는 점이다. 다시 말해 긴장된 상황에서 북한 병사를 만나러 가야 했던 김수혁이 극도의 긴장 상태를 유지했을 것이라는 정황만으로, 오발 총소리를 듣자 곧 북한 사병을 사살했다는 상황의 개연성이 떨어진다는 점이다. 이는 애초에 남한 사병이 북한 초소로 넘어가 북한군 사병을 만난다는 사실, 이것이 모든 이데올로기의 허구성을 넘어서는 가장 인간적인 상황이라는 설정 자체의 개연성의 문제로 이어진다. 뿐만 아니라 북한 사병을 만나면서 김수혁이 한 일은 남한 사회의 풍족한 경제 상황을 간접적으로 선전한다든지, 담배와 양말, 포르노 잡지『펜트하우스』등을 가져다 준다든지 하는 일이었다. 이러한 구성은 분단 상황을 제3의 시각으로 냉철하게 바라보고자 했던 —베르사미의 국적 설정은 이를 잘 말해 준다—작가의 본래 의도를 크게 훼손하는 것임은 자명하다. 이를 휴머니즘이라는 말로 포장한다면 이는 한국 소설의 취약성을 묵인하는 직무 유기가 된다.

작품의 표면에 드러난 이같은 살인 사건은 이데올로기의 허구성에 대한 각성을 목적으로 한 것이다. 베르사미의 아버지 이연우의 3국 선택 행위와 스위스 기자와의 결혼, 그리고 동생 살해 사건이라는 일련의 이야기 역시 이같은 주제 의식에서 멀지 않다. 즉, 무능력한 아버지 이연우가 스위스 국적의 기자 출신인 어머니와 결혼할 수 있었던 것은 사상적인 동질감이 작용했다고 베르사미가 생각하지만, 결국 초라하게 말년을 보내고 있는 아버지에게 더 이상 이념이나 조국은 의미가 없다는 점 역시 주목해야 할 것이다. 좌절된 삶에 대한 이연우의 고통은 민족에 대한 막연한 편집증으로 발전하면서 동시에 베르사미의 아버지에 대한 알 수 없는 증오감 역시 증폭된다. 가령, "한국어에 대한 편집증에 가까운 아버지의 그 히스테리를 지켜 보면서, 난 그 나라에 대한 막연한 증오를 키워 갔다"(462)는 진술과 "아버진 동양인에 대한 알 수 없는 적개심과 공격성을 보였다"(472)라는 말은 신념의 차원에서 이루어진 이데올로기가 사라진 자리에서 나타난 자학적인 혈육애를 보여준 것이다. 엄밀하게 말해 아버지 이연우가 신봉했던 것은 부르주아 혁명론에 기대었던 박헌영 중심의 남로당이었다. 김일성 정권에 의한 남로당파의 거세는 이념적인 차이라기보다 권력 다툼에서 기인된 것이었다면, 이연우의 좌절은 이념적인 좌절이 아니라 세력 다툼에서 소외된 결과였으므로 깊이 있는 울림을 주지 못한다. 「광장」의 주인공 이명준의 죽음과 이연우의 방황은 이 때문에 다르다. 오히려 김수혁의 무모한 행위와 자살을 통해 이념의 무모성을 보여주려 했던 것이 설명될 수 있을 뿐.

『D. M. Z.』의 소설적인 무게가 작가의 의도만큼 충분한 공감을 주지 못하는 이유는 지금까지 열거했던 몇 가지 에피소드들의 유기적인 결합 실패가 드러나기 때문이다. 김수혁의 개인사를 그리는 과정에서 그가 체험했던 맹목적인 반공 교육은 그의 개인적인 체험을 넘어 보편성을 갖는다. 하지만 바로 이런 이유 때문에 김수혁이라는 인물은 생동감이 떨어졌으며, 군 입대 전 운동권에 가담했다가 김수혁과 함께 북한군 초소를 왕래하게 된 남성식 일병에 관한 부분 역시 소설 속에서 작가의 입장은 유보된 채, 운동권과 주사파에 관한 불필요한 논란만 남긴다. 더욱이 김수혁이 사건의 전말을 베르사미 소령에게 고백한 이유를 설명하는 부분은 설득력이 약하다.

> 이봐요, 소령님, 나는 놀랐어요. 난 이렇게 한국어를 완벽에 가깝게 구사하는 외국인을 본 적이 없거든요. 〔…중략…〕 두 가지 경우가 있어요. 한국군 장교 하나가 다른 나라로 망명해서 다시 이곳 NNSC(중립국 감독위원회)로 부임해 오는 경우, 그러면 그에게 이야기할 수 있을 것 같네요. 처음부터 차근차근 〔…중략…〕 또 한 가지 경우는 ……소령님의 국적은 스위스인이지만 핏줄은 한국인인 경우…… (598~599)

사건의 진상을 누군가에게 남겨야겠다는 의지를 갖고 있던 김수혁이 총격 사건으로 받았던 충격에서 벗어나 진실을 고백하게 된 동기가 혈연적인 동질감에서 비롯되었다면, 아버지 이연우가 보여주었던 맹목적 혈연주의에 대한 베르사미의 혐오는 이 상황과 어떻게 다른 것인지 알 길이 없어진다. 적어도 남한이나 북한 양측의 정치적인 입장과는 분명히 다른 동기가 전제되었어야 했다. 뿐만 아니라 김수혁이 사건의 전말을 고백하는 과정이 소설 구성의 전과정에서 자연스럽게 삼투되어 구성의 묘미를 살렸어야 했는데, 직접 진술 방식으로 설명된 점은 작품 구성의 결정적인 실패 요인으로 볼 수 있다. 또한 브라질 휴가를 마치고 한국으로 돌아오는 비행기내에서 만난 리선혜(후에 중립국 감독위 수사 실무진으로 파견된 북한군 장교)가 북한 체제를 비판하기도 하며, 후에 총상을 입고 병원에 가료 중인 오경필 북한군 사병을 베르사미에게 만나게 해준 이유로 해임된다는 상황 설정은 어색하다(이는 물론 작가의 체험의 한계에 속하는 문제이기도 하다). 또한 베르사미가 오경필을 만나서 사건의 진실을 알고자 했을 때 오경필의 진술, 즉 고도의 훈련을 통해 반사신경을 죽일 수도 있으며 반대로 엉뚱한 곳에서 반사신경이 작용되도록 할 수 있다는 말과, "북조선이 아무리 개방이니 뭐니 해도 내래 어케 최진실이래 알았습네까? 남조선 텔레비전이래 가끔 훔쳐본다는 당 간부도 아니구요"(566)라고 하면서 김수혁과의 만남을 간접적으로 시인하는 진술은, 김수혁의 고백으로 사건의 진상이 드러난 후의 관점에서 볼 때 유치하기까지 하다. 대화를 처리하는 방법에서도 서술자 베르사미의 회상과 현실이 교차되는 대화 처리에 혼돈이 와서 작가의 의도를 의심스럽게 하고 있다. 결국, 이념 대결의 양상을 '객관적'으로(작가는 남, 북한 사병의 만남을 휴머니즘이라고 생각하면서 이것이 분단을 극복하는 객관적인 관점이 된다고 생각하는 듯하다) 그리고자 했던 작가의 의도는 산만한 구성 속에 묻혀 버리고 말았다.

4

『베두윈 찻집』과 『D. M. Z.』은 전혀 다른 자리에서 한국 소설의 현 단계를 반성하게 한다. 사랑의 신기루를 찾아 나선 주인공의 이국 체험이라는 주제는 전혀 새롭지 못했으며, 분단 문제에 대한 의욕적인 접근 역시 개연성의 부족과 구성의 어긋남으로 인해 감동의 깊이를 주지 못했다. 이제 한국 소설은 식상한 주제를 어떻게 쓸 것인가를 고민하는 단계를 지나 좀더 적극적인 자세로 무엇을 쓸 것인가에 대한 진지한 고민을 해야 할 시점에 와 있다. 그런 면에서 박상연의 "이 시대를 향한 내 나름의 작은 저항"(작가 후기, 666)은 의미 있는 일로 평가될 필요가 있다. 소설에 대한 지나친 주제론적 접근, 다시 말해 작품의 질적 완성도는 문제삼지 않으려는 잘못된 비평 태도 역시 반드시 개선되어야 할 것이다.

작가가 되기 위한 수업 시절에 자신이 즐겨 읽던 작가의 작품을 원고지에 베껴 쓰던 기억이 있다고 고백하는 소설가가 요즘에는 드물다. 우리 시대의 소설가들은 모두 문화주의자가 되고 싶은 것일까. 등단한 후 장편을 갖지 못하면 도태되는 것은 아닌가라는 잘못된 불안감을 그들의 소설을 읽으면서 확인하는 일은 어렵지 않다. 소설가도 대중 매체에 등장하는 인기 있는 공인이 될 수 있다는 사실 자체에 대해서는 별로 언급할 필요성을 못 느끼지만, 여전히 진정한 글쓰기에 대한 미련은 남아 있어, 다양한 논의는 계속해야 할 것 같다. 발빠른 교환의 논리에 휩싸여 글쓰기를 매문의 차원으로 격하시키는 자기 소멸의 욕망을 문화에 대한 고급한 취향이라고 기만하지 말고, 정직하게 자신과 세계를 되돌아보고 산적한 현실 문제에 대하여 더 높은 관심을 작가들은 가져야 할 것이다. 전망을 위한 성찰이 새로움에 대한 동경만을 의미하지 않는다는 점에 대해 더 깊이 논의해야 한다. 아름다워 보이지만 식상한 『배두윈 찻집』이나 의욕적이지만 제대로 직조되지 못한 『D. M. Z.』, 이 사이 어디쯤 한국 소설은 엉거주춤 서 있다. 그럼에도 불구하고, 『D. M. Z.』 쪽이 하나의 방향임을 고통스럽게 인정하지 않을 수 없다.

90년대 한국 소설의 몇 가지 층위

전망을 위한 소설적 성찰

1

　문학을 통해서 무엇을 구원할 수 있으리라는 생각이 80년대를 지배했다면 90년대는 구원의 의미에 대하여 처음부터 다시 물어볼 수밖에 없는 시대라고 할 수 있다. 문학적 구원의 문제는 어느 시대에나 존재해 왔고 앞으로도 그럴 것이지만 문제는 무엇을 왜 구원하느냐가 아니라 그 자체가 의미 있는 일인가 하는 점을 따져 보는 일이다. 구원이 불가능하다고 판단해서 현실적 만족을 위해 문학이 적극적으로 봉사해야 한다는 생각과 그러한 판단 자체가 시대착오적이라고 하여 이론 자체의 정합성만을 주장하는 ‘원리주의’도 모두 논리적 오류와 극단론에 함몰될 가능성이 있다. 구원이라는 관념적인 단어를 사용해서 문제를 모호하게 하려는 태도 역시 문제가 있지만 지금은 어떤 특정의 문제를 보편화하기보다는 삶의 전반적인 문제를 포괄적으로 제시하는 ‘전면적인 구원’이 더욱 설득력 있는 말이 될 수 있다. 모순의 다원성 혹은 중층성이 기본 모순의 설정을 어렵게 만드는 요인도 있지만, 요즈음 더욱 심각해 보이는 문제는 비판의 무력화 현상이 전반화되어 가고 있다는 사실이다. '변화'를 '퇴보'나 '패배'로 동일시하려는 움직임이 '무의식적으로 구조화'되어 가고 있음을 우리는 목도할 수 있다. 이는 이론이 물화되고 있음을 반증하는 것 외에는 아무것도 아니다.

자본주의 구조가 갖는 견인력, 자기 조절력이 위대하게 보이는 것은 사실이다. 비판마저도 끊임없이 상품화하는 힘 앞에 어떤 새로운 비판도 무력해 보이기만 한다. 전망이라는 말은 구시대의 유물인 양 취급되고 맑스주의는 고철덩어리로 인식되기 일쑤인 현실을 볼 때, 지성인들의 조급성, 혹은 철학적 성찰과 토론 문화의 부재에 대하여 다시 한 번 생각하지 않을 수 없다. 현실이 변화하고 있다는 사실은 중요하다. 더욱이 소설을 읽는 욕망의 장치들, 예컨대 작자와 독자, 정치와 문화적 현실 등이 새로운 독법과 가치관의 정립을 요구하고 있다. 변화하는 시대의 소설 읽기는 새로운 문화와 만나는 일이다. 새로운 삶에 대응하는 소설의 몇 가지 표정을 살펴보는 것은 글쓰기의 진정성에 대한 진지한 물음에 답하려는 작은 시도가 될 것이다.

2

서정인 『붕어』

말에는 일정한 규칙과 질서가 있어서, 말을 사용하는 개인들의 문화를 정형화하는 경향이 있다. 언어의 사용은 그 자체로 보아 제도의 재생산 구조에 참여하는 일이며, 순수하게 주관적인 담론에서조차 언어는 내부 '체계'를 지탱하는 구심점을 잃지 않는다. 통사 구조가 발화자와 수신자에게 '예측 가능한' 질서로 인식된다는 것은, 언어의 본질이

자, 언술 행위가 갖는 운명이어서, 여기서 벗어나는 일이란, 인식론적 전환에 해당된다.

소설을, 기존의 지식(억압적인 문화적 관습)에 대한 비판 형식으로 이해할 때, 먼저 생각할 수 있는 것은 서사 구조에 대한 반성이다. 서정인의 『붕어』는 말이 지닌 서사적 성격을 끊임없이 유보시키려는 노력을 통해, 통사 질서의 새로운 형태 실험과 문화에 대한 뒤집어 읽기를 시도하고 있다. 인물간의 대화 사이에 이어지는 장황한 내면 묘사나 연상의 폭은, 때로 이야기의 중심을 고의적으로 벗어나도록 한다. 이는 의미의 지연(遲延)을 통해서 서사 질서를 '둔감화'시키려는 의도에서 비롯된다. 계기적인 시간 질서에 대한 반성은, 현재적인 것(「광상」「환상」의 과거를 기억하는 부분에서 서사성이 잘 복원되고 있음에 주목할 필요가 있다) 자본주의의 문화적 속도와 관성, 의식의 획일성으로 향한다. 이러한 방법은 작가 자신에게도 매우 자각적인 것이다. 가령, "그가 끼여들면, 끼여들지 않더라도 옆에 있으면, 그들의 이야기는 그들의 이야기가 아니라 그들과 그의 이야기가 되었다"(264~265)는 진술에서, 말이 단순히 화자와 청자 사이에만 존재하지 않고, 상황과 상황, 혹은 언설 구조 자체에서 인접되고 얽히고 있음을 알게 된다. 하나의 사건이 서술 과정을 통해서 전혀 다른 사건으로 옮아가는 이와 같은 과정이 통사 구조에서는 인물과 서술자의 말이 포개져서 언어의 경계를 무너뜨리는 형태로 나타나기도 한다. "그는 자동차란 자동차는 모두 다 와작와작 씹어 먹었으면 시원허겠소"(179)라는 진술에서 통사적인 주어와 의미상의 판단 주체가 상위(相違)를 일으키고 있다. 언어와 상황이 논리적 필연성으로 이해되기를 거부하는 모순 어법은, 기성의 문화가 만들어 낸 권위적인 속성을 비판하려는 의도에서 소설 구조를 개방시킨 결과라고 볼 수 있다.

그가 보여주는 형식의 일탈은 생활 감각적인 차원과 깊게 연결된다.

정치나 제도의 억압적 성격과 허위 의식에 대한 비판과 성찰이 주체의 삶의 조건, 다시 말해 세계에 훼손당하지 않은 생활 세계의 순수성 혹은 내면적 특질의 드러냄을 통해서 뒷받침되고 있다. 전라도 방언과 구어체의 사용은 이의 좋은 예가 된다. 특히 4·4조의 율격적 호흡의 문장은 판소리의 객담과 해학을 연상하게 하는데, 이러한 현상은 지배 논리가 갖는 위장된 관념의 세계에 '실감'으로 맞서는 구도를 창출하려는 데서 비롯된다. 「국경수비대」에서 '애국'을 강조하는 대대장의 훈시와, '폭도'를 진압하는 데 동원된 사병이 심리적 갈등을 일으키는 장면이 동일한 비중으로 묘사된 것은 이 때문이다.

삽화적으로 제시된 상황들에서 통일된 주제 의식을 드러내기보다는 단편화된 장면과 그에 대응하는 인물들의 내면을 강조함으로써 기존 장르로부터의 일탈적 성향을 부각시키는 서정인의 방법은 분명히 의미 있는 작업이다. 그러나, 소설이 '언설의 덩어리'로 인식되는 것도 새로운 비판 유형을 창출하는 데 기여한다는 점에 주목할 필요가 있다. 그 것은 방법의 새로움만을 강조해서 얻을 수 있는 것은 아니다. 말이 있는 곳에 비판이 존재하려면 말이 갖는 자체의 허위 의식에 대한 탐구가 병행되어야 한다. 또한 사회 도처에 산재해 있는 문제들을 지나치게 윤리적인 차원에서 이해하려는 태도 역시 발전적으로 제거되어야 할 것이다. 삶을 이해하는 여러 가지 관점을 모색하는 소설은, 윤리적인 의식 보다는 갖추어진 철학적 태도를 좀더 요구하기 때문이다.

김형경 『새들은 제 이름을 부르며 운다』

김형경을 마주하는 일은 쉬운 일이 아님을 고백해야겠다. 그는 별로 심각하지 않은 주제로 매우 중요한 문제를 들춰내기 때문이다. 중심 없는 듯한 세계에서 중심 찾기란 고통스러움 외는 아무것도 아니다. 김형경이 보여주는 세계는 그 고통스러움을 진원지로 하고 있다.

우리는 무엇을 힘들어 하는가. 우리에게 버거운 것은 어깨 무거운 이데올로기나 눈부시게 먼 이상이 아니다. 불합리하고 질척거리는 현실도 아니다. 그것들은 오히려 얼마나 명확한가. 우리가 진정으로 참을 수 없는 것은 자기 자신, 그리고 젊음일 것이다. 사방이 자욱한 안개에 싸여 한치도 눈앞이 보이지 않는 젊음. (1—28)

그녀의 소설을 읽는 일은 60년대에 태어난 세대의 내면을 읽는 일이다. 왜 세대론이 먼저 제기되어야 하는가. 이 소설은 80년대 학번들에 내재된 허무주의를 미학적 차원에서 복원하려고 했기 때문이다. 연탄불을 제때에 갈지 못해 차가운 하숙집 방에 엎드려 시집을 읽는다. 가령, 정호승의 「불빛소리」에서 끊임없이 쏟아지는 눈발을 가슴에 가득 담는다든지 김명인의 「동두천」을 두고 이 시대의 최저지대에 대하여 분노어린 감정을 갖는다. 혹은 밤늦게까지 술집에 앉아 '민중가요'를 부르면서 선배에게 오랜만에 얻어마신 맥주를 두고 일기를 쓰겠노라고 웃는다. 무엇인가 이끌리는 듯한 느낌으로 삶은 이어질 것이라는 생각이 늘 강의실 밖을 기웃거리게 했다. 그 세계는 양동에서 어린아이를 돌보는 일이나, 수유리 4·19공원 묘지 앞을 흐르는 개천 건너 야학 학교에서 국어를 가르치는 일 등이었다. 그럼에도 정치적 현실과 사회적 모순을 실천적으로 인식하는 힘보다는 가슴에 가득하게 차오르는 열정이 더욱 중요하게 여겨졌다. 그 열정은 모든 비판적 인식마저 포괄하는 외연의 깊이로 이해된 것이었다. 이것이 80년대 초반 학번들의 내면 풍경이 아닐까.

민중 미술 운동을 했던 다섯 명의 젊은이가 있다. 그 중 두 명(최민화, 김형조)은 현장으로 옮겨 지속적으로 민중 운동에 가담했고 나머지는 제각기 학교를 졸업하고 나름대로 살아간다. 그러던 어느 날 노동 운동에 깊은 회의를 품은 민화는 형조의 도움을 얻어 자살하고 만다. 이 죽음이 돌연 네 명의 인물들의 삶을 충격에 몰아넣는다. 그 충격은 자신들의 열정에 대한 '어쩔 수 없음'에서 비롯된다. 삶 자체가 '비스듬한 찻집'(1—55)의 벽화처럼 기울어 있다. 그것은 '황사바람'(1—17) 같은 미래를 예견하는 것인지도 모른다. 혹은 간헐적으로 구운형을 괴롭히는 '두통'도 그의 섬약한 내면에서 비롯되었다기보다는 어떤 알 수 없는 혼돈 속으로 빠져 들게 될 시간을 앞에 둔 전주곡이었는지도 모른다. 친구의 자살 현장에 있었다는 자책감과 노동 운동의 '실패'에 따른 공허감 때문에 형조는 자신도 알 수 없는 힘에 이끌려 시내 곳곳에 벽화를 그려 넣는다. 당국은 운동권 세력을 타파하기 위해 사건을 확대 조작, 형조에게 실형을 선고한다. 2년 만에 형조는 만기 출소하고, 친구들은 자신들의 생활 속으로 되돌아간다. 명상의 세계에 심취한 시현의 인도로의 출국, 자신을 진정으로 사랑했다고 믿었던 은혜의 결혼, 평범하고 소박한 여인과 결혼 생활을 하는 운형, 그것들이 모두 자신의 삶과는 멀리 있다는 듯이 형조는 묵묵히 걸음을 옮긴다.

이 작품은 몇 가지 의미에서 중요하다고 볼 수 있다. 첫째, 각기 다른 인물들의 눈을 통해 사건을 진행시키고 있음에도 소설의 처음과 끝은 구운형의 시선으로 처리하고 있다는 점이다. 민중 미술 운동에 가담했던 자신의 과거와 변화된 현실을 쉽게 조율하지 못하는 데서 오는 고통스러움을 운형이 끝내 이겨내고 한 여자를 사랑하게 되는 과정은, 변화하는 현실과 일상적 삶에 대한 작가의 애정이 깊이 개입되었음을 보여주는 것이다. 이는 이상과 현실의 괴리에서 오는 비극이 아니다. 삶이 가져오는 지속성의 힘, 혹은 긍정적 껴안음에 대한 이해의 결과라고 정리할 수 있다. 둘째, 90년대 운동권의 향방을 대표하는 민화의 죽음과 형조의 방황이다. 소설의 마지막 장면에서 은혜의 곁을 지나 계속 걷는 형조의 발걸음은 끝맺음이 쉽지 못할 것이라는 예감을 갖게 한다. 민화의 죽음이 운동권의 전반적인 퇴조 현상에서 비롯된 것인지, 혹은 민화

개인의 열정이 현실 상황의 객관적인 분석을 방해한 결과에서 비롯된 것인지 또한 우리는 진지하게 물어야 할 것이다. 민화의 죽음이 현실의 변화를 따르지 못한 감정의 과잉에서 비롯된 것이라면 이는 이론의 정합성만을 고집하는 원리주의의 경직성과 다를 것이 못 되기 때문이다. 이는 진은혜가 보여주는 상황의 감상적 인식에 버금가는 위험이 될 수도 있다. 셋째, 이 작품이 갖는 제의적 성격에 관련된 점이다. 젊음이라는 것은 한 시대의 방황과 좌절이라는 말로 바꾸어 이해할 수 있으며 그것을 마감하고 삶의 원숙성 혹은 내면의 깊이를 획득할 수 있다고 작가는 믿고 있다. 그것은 어떤 고통스러운 통과제의를 거쳐야만 가능하다. 이럴 경우 민화의 죽음과 형조의 벽화 그리기는 한갓 에피소드로 이해되고 만다. '열정'이라는 포괄적인 개념으로 통하는 알레고리가 될 수 있다는 사실이다. 그러므로 작가는 80년대를 이념의 시대로 말하지 않을 수 있다. 그 시대는 어떤 '심각한 것'에의 열정, 자기 내연(內燃)에의 충동 같은 것이기 때문이다. 형조가 다음과 같이 말하고 있음에 주목할 필요가 있다.

우리네 삶이란 비어 있는 모눈종이와 같은 것이어서 네모 칸 하나마다 다른 시간, 다른 사건을 채워야 한다는 깨달음, 희망으로든, 절망으로든, 혹은 죽음으로든, 그런 깨달음으로 온몸에서 힘이 빠진다. (1—188)

우리는 누구도 민화의 죽음으로부터 자유롭지 못하리라. 이것이 이십대를 마무리 하는 우리의 통과의례가 되리라. 인생을 십진법 단위로 나누어 인식하는 것이 순진한 환상이라 해도 아무튼 서른이 되면 달라지리라는 것, 그것만이 지금 이십대의 고개를 넘는 우리를 버티는 힘이 될 것이다. (1—189)

은혜의 감상성, 민화의 경직성이 모두 젊은 시절의 내면적 열정을 보상하는 차원에서 인식되었을 때, 우리 앞에 남는 것은 운형의 평범한 삶이 갖는 따뜻함일 것이다. 어차피 삶은 기억을 지우는 일이기 때문이다. '대상을 그 본질이 변질되어 보일 때까지 오래도록 주시하는 고통'(1—30)이 삶이며 그것을 이겨내는 일이 살아가는 과정이라는 사실은 단순하지만 체득하기 어려운 일에 속한다. 가령 운형 부부의 행복해 보이는 삶을 보고 '민화야, 저게 사는 거야. 이데올로기도 꿈도 이상도 다 삶을 위해 있는 거였어. 그것을 위해 삶이 있었던 게 아니라. 진작 그 사실을 깨달았더라면, 그것이 나약한 패배주의라 해도 죽는 것보다 나았을 것이다. 투쟁의 한 방법으로 목숨을 내놓을 때, 어떠한 경우에도 죽음만은 안 된다고 말리던 기성세대들도 이미 알고 있었을 것이다. 사는 건 이런 것이라고'(2—250) 말하는 형조의 모습에서 우리는 이 작품이 갖고 있는 아름다움의 한쪽 결을 확인할 수 있다. 그것은 형식이 만들어 내는 새로움이다. 90년대 소설의 아름다움이 신경숙과 김형경에 의해서 직조될 수 있다고 말한 이유가 여기 있다.

공지영 『고등어』

공지영의 『고등어』는 80년대 노동 운동에 몸 담았던 사람들의 지난 삶에 얽힌 이야기다. 과거를 잊을 수 없다는 것, 특히 그 과거가 지나가 버린 시간 속에 묻혀 잊혀진 것이 아니라 현재에도 살아서 어떤 형태로든 자의식을 동반한 채 끊임없이 일상의 문맥 위로 떠오르는 것, 80년대를 대학에서 보냈던 세대들의 내면에는 이와 같은 보상받기 어려운 상처에 대한 체험이 직접, 간접으로 어려 있을 것이다.

살아가는 방식이 변했다고 해서 이전에 보여주었던 삶이 모두 틀렸다고 말할 수 없다. 변화된 현실에 걸맞는 삶의 방식을 찾기 어려울 때, 가끔 뒤를 돌아보는 것은 필요하다. 지난 시간을 윤리적으로 재단해서 아무도 변호하려 들지 않는다면, 이 땅 위의 삶은 얼마나 황폐해질 것인가. 이런 의미에서 『고등어』가 보여주고 있는 회고적 전망은 따뜻하다. 한 사람을 위해, 혹은 사랑이라고 믿었던 것에 대한 열정적인 경사가, 비록 자기 소멸적인 욕망의 헛바퀴 굴리기에 다름 아닐지라도 삶의 의미란 때론 그런 무모성에서 찾아지기도 한다는 것을 이 작품은 보여주고 있다. 공지영에게 삶의 의미란 실존적인 방황과 고통, 자신의 희생 위에 존재하며, 한 인간의 진리로 향한 고투 속에는 언제나 자신도 쉽게 다스리기 어려운 소멸적인 충동이 자리잡고 있다. 그런데 이러한 충동은 다분히 시대적인 반향을 갖는 것이어서 가령 80년대에 대학 초년 시절을 보냈던 세대의 경우 그것은 현실적인 문제에 깊이 연루되어 있다. 그들에게 80년대란 외면할 수 없는 원죄로 인식된다. 그래서 "스물한두 살의 나이에, 강가에 나가서 강물을 아름답다고 생각하는 것에 조차 죄책감을 가졌던 세대"에 대한 연민어린 시각이 너그럽게 이해될 수 있었던 것이다. 이것이 『고등어』가 주는 감동의 한 자락이다.

명우라는 서른세 살의 남자가 있다. 그는 아내와 이혼한 후 홀로 지내다 과거에 함께 노동 운동을 했고 동료의 아내가 된 은림과 7년 만에 다시 만나게 된다. 은림의 출현은 잊혀졌다고 믿었던 과거의 되살아남이면서 동시에 명우 자신이 가졌던 일상의 생활이 근본적으로 회의되는 계기가 되기도 한다. 오랜 시간 동안의 방황과 노동 운동의 실패에 따른 좌절감으로 인해 은림은 상실감에서 헤어나오지 못하고 있지만, 그녀는 아직도 자신들의 지난 시간은 의미 있는 것이었다고 믿고 있다. 그러나 그들이 함께 지난 시간들의 추억을 더듬어 보는 것은, 어디까지나 기억일 뿐, 현실은 그들의 과거와 너무 멀어 보였다.명우의 애인 여경이라는 여자의 생기발랄함과 은림의 형해화된 모습의 차이가 80년대와 90년대의 차이는 아닌가. 결국 은림의 죽음은 한 시대, 한 세대의 불행을 마감하면서 새로운 삶을 예견하는 사건일 수 있다.

기억의 종말을 고하면서, 그것이 아름다웠다고 말할 수 있다는 것은 공지영의 언어가 갖는 가을의 깊이를 생각나게 한다. 실제로 명우와 은림이 함께 걸었던 새벽의 도로와 안개 자욱하게 피어 오르는 호숫가의 풍경에서 한 시간에서 다른 시간으로의 통과제의적인 의식(儀式)이 치러진 것은 아닐까. 은림의 출현과 사라짐은 폭염의 불볕을 통과한 서늘한 가을의 다가옴이다. 은림의 죽음은 그래서 "짙은 초록의 등을 가진 은빛 물고기떼의 자유"가 끝이 났음을 상징한다. 우리 세대가 공유할 수 있는 등 푸른 삶이, 기억 속에서만 존재할 것이라는 비관적인 견해, 한 계절의 폭주를 뒤로하면서 "동터 오는 새벽 하늘에 흩뿌리는 눈발"을 올려다보는 겨울 날의 풍경, 『고등어』가 보여주고 있는 전망은 여기까지이지만, 그것이 진부하지 않은 이유는 아마도 우리 소설이 가야할 길에 대한 반성적 고찰의 성실함이 앞서기 때문은 아닐까.

김영현 『그리고 아무 말도 하지 않았다』

삶이란 주어진 물음에 답을 해가는 과정이라고 할 수 있다. 소설은 이러한 답하기 가운데 가장 본격적이면서 근본적인 형식이다. 더우기 공동체적인 삶의 양식(때로는 전범이라고 인정될 만한)은 은폐되고, 나날이 파편화되고 분산되는 듯한 삶의 모습만 드러나는 상황에서, 새로운 방향을 열기 위한 소설적 노력이 시대적 요청으로 이해될 법도 하다.

김영현의 소설집 『그리고 아무 말도 하지 않았다』는 두 가지 점에서 새롭다. 하나는 감성적인 자유로움을 통해 존재의 의미를 추구하려 한 소설들에서 볼 수 없었던 진지함이 적지 않은 감동을 유발시켰고, 다른 하나는 소위 80년대를 함께 고민했던 진보적인 운동권 문학의 전반적인 퇴조 현상을 극복해 보려는 노력이 드러나고 있다는 점 때문이다. 이는 어떤 면에서는 소설적 진실이기 이전에 작가의 삶에 대한 '태도'의 진실성이라고 할 수 있다. 그가 이 소설집의 '후기'에서 "상처받고, 왜소하고, 고립된 진보 진영의 문학에 대한 깊은 신뢰를 회복"하는 일이 중요했다고 밝힌 것은, 질적인 변화를 어떻게 구체화(삶의 유형 제시)할 것인가 하는 어려운 문제를 갖고 있음에도 불구하고, 일단 주목할 필요가 있다. 새로운 삶의 원리가 발견되는 것은 끊임없는 좌절을 통해서 얻을 수 있을 뿐만 아니라 때로는 절망 그 자체가 곧 소설적인 의미에서 삶의 진정성일 수 있기 때문이다.

이 소설집에서 지속적으로 등장하는 것은 '길 가기'와 과거에 대한 '기억'을 현실적 문맥 속으로 재생하는 모티프이다. 변화된 현실을 어떻게 수용하고 자신의 입지를 어디에서 찾을 것인가 하는 문제에 직면에서 그의 주인공들이 선택하는 방법 가운데 하나는 길을 떠나는 일이다. 물론 새로운 출구 열기로서의 '길 가기'는 소설이 지닌 '운명적인 형식'이라고 할 수 있다. 그러나 그의 길 가기가 좀더 특징적인 이유는 좌절된 사랑의 진원지로부터 떠나서 다시는 되돌아올 수 없음의 비극적 제시와는 다르기 때문이다. 끊임없이 현실로 회귀하고자 하는 욕망이 틈입된 길 가기가 그것이다.

「해남 가는길」에서는 한 시인의 죽음을 통해서 자기 시대의 좌절의 전범을 본 주인공이 장지 길에서 과거에 함께 진보 운동을 했던 여자를 만나게 된다. 그녀와의 만남은 "부활 없는 죽음의 시절"(131)을 함께 보냈던 많은 사람들의 그 억압된 시간을 보상하는 행위일 수 있었다. 그 만남은 "우울하고 괴로웠던 불위 덫"(153)에서 벗어나는 결심을 하게 되는 계기를 마련해 준 것이다. 죽은 시인의 "아 나의 봄은 이렇게 가도 되는 것일까"(고정희, 「프라하의 봄 1」)라는 싯귀처럼 삶은 때로 예측할 수 없는 돌발성과 그로 인한 깊은 허무를 가져오기도 하지만, 그러한 고통을 극복하는 과정에서 보여준 화해의 미학은 그의 소설이 지닌 장점 가운데 가장 돋보이고 있다.

가치 있는 일이라고 여겼던 일이 지나치게 상대화됨으로서 본질을 상실했다고 생각하는 사람에게 현실적인 삶은 어떤 의미가 있을까. 이러한 질문에 대한 소설적 변주가 그의 작품에서 일관되고 있다. 친구의 이혼 선언이 과거에 대한 기억을 공유하고 있는 사람들에 대한 배신으로 여겨진다든가(「등꽃」), 부인의 죽음이라는 고통에서 벗어나는 과정에서, 모두가 변해 버린 고향에 홀로 남아 있었던 옛 사랑을 만나 '그리움'이라는 것의 정체를 깨닫는 과정(「마른 수수깡의 연가」) 모두 상실된 가치에 대한 작가의 탐색이 다양하게 드러난 결과이다. 하지만 고통의 강도가 좌절의 척도일 수 없다는 믿음이 김영현에게 존재한다. 이러한 판단을 가능하게 한 작품이 「그리고 아무 말도 하지 않았다」이다.

주인공 재섭은 이유가 분명하지 않은 좌절감에 빠져 있다. 어린 딸의 불의의 죽음, 그에 이은 아내의 가출이 그의 절망을 부추기고 있지만, 그의 좌절이 공감대를 가질 수 있었던 것은 후배였던 정민의 죽음이 몰고 온 시대적 자의식의 문제와 관계가 깊다. 가령,

혁명이 없어졌다는 것은 참을 수 있다. 하지만 온 존재를 걸 수 있는 절대적인 가치가 사라졌다는 것은 참을 수 없다. (18)

라는 정민의 말이 자기 시대의 초상화를 그리고 있는 듯하기 때문이다. 이런 재섭에게 미대 동창생인 친구 명호는 수도원 벽화 그리는 일을 권유한다. 분명한 의미와 사랑할 대상을 잃어서 더 이상 살아감의 이유를 찾기 어려웠던, 그래서 때로는 "발가벗은 듯한 근원적인 그리움"(14)을 향해 '인도 여행'까지 생각했던 재섭은 명호의 제안을 받아 들인다. 재섭은 보름 동안 수도원에서 머물면서 벽화를 그리지만, 그가 그리고자 했던 수난받은 예수의 모습 속에서 오히려 좌절하고 초라해진 자신의 모습을 발견하고 그는 괴로워한다. 수도원을 떠나기 전날 가출했던 아내에게서 이제 돌아가 아이를 갖고 싶다는 편지를 받는다. 재섭은 이 편지를 소중하게 간직하고 아내에게 전화하기 위해 태백 시내로 향한다.

이 작품은 현실로 좀더 철저하게 회귀하기 위한 제의적인 모습을 보여준다. 80년대 군사 정권하에서 참혹한 모습으로 형해화되던 사람들에 대한 관심으로 열었던 '고문전'에서 '수도원 벽화 그리기'로의 전환은 그 과정이 가져온 고통만큼이나 역사적인 의미를 담고 있다. 절망과 자학에서 인내와 용기를 지닌다는 것의 어려움, 혹은 "어떤 이룰 수 없는 것에 대한 영원한 슬픔"(65)을 경험하는 것이 살아가는 일이라고 할지라도, "저도 이젠 방황을 마치고 그만 집으로 돌아가고 싶어요. 다시 아이도 갖고 싶구요. 이젠 승희도 우리들 속에서 떠나 보낼 때가 된 것 같아요"(59)라는 아내의 말에서 느껴지는 생에 대한 애착을 버리게 할 수는 없다.

다가올 미래를 기다리는 일의 무모함이(「고도를 기다리며」) 기억 속의 경험을 적극적으로 재생하게 만드는 것 역시, 화해가 가능한 현실로 회귀하기 위한 노력의 일환이다. 일상성(정확히는 경제적인 어려움이 가져온 고통과 때로는 외부와의 단절에서 오는 고립감) 속에서 초라해진 자신의 모습을 돌아보게 하고 삶을 이어 가게 하는 힘이 되는 것이 과거 속의 인물이나 혹은 상처받은 어떤 삶에 대한 기록일 수 있는 이유도 여기 있다. 술집 야간 무대에 등장한 차력사(「차력사」)에서 그는 삶의 원형적인 건강성을 발견한다. 하지만 이것은 자신의 내면 속에 존재하는 소시민적 일상성과 왜소함을 이겨 보려는 의지의 소산일 수 있다. 이것 역시 현실 속의 자신의 입지를 환유하는 장치였음은 물론이다.

진보적인 문학 운동의 전반적인 퇴조 현상을 이론적으로 모색하기보다는 변화된 삶을 좀더 구체적으로 형상화하는 일이 무엇보다도 중요하다는 사실을 김영현을 통해 볼 수 있었다. 이는 그의 개인적인 범위를 훨씬 넘어서는 문제이기도 하다. 우리 소설이 무엇을 지향하고 어떻게 쓸 것인가의 문제가 소재적인 한계를 극복하고 경험적, 인식론적으로 확대될 필요는 90년대가 만든 문제틀이라고 할 수 있다. 80년대적인 의식의 패러다임이 그 유효성과 의미를 상실하고 표류할 때 많은 작가들이 과거를 이야기하고 반성하면서도, 삶의 존재론적인 필연성에 대해서는 깊이 있는 탐구를 하지 못했던 것이 사실이다. 비록 김영현의 단편들에서 보이는 반복구조, 가령 고통스러운 존재의 모습, 기억이나 과거 속으로의 회귀, 현실적인 전망의 감성화라는 구성이 그 자체로 상투화되고 좀더 현실적인 문맥으로 육박해 가는 모습을 보이지 못할 가능성을 지니고 있지만, 그의 선언(진보 진영의 문학에 대한 신뢰 회복)이 얼마만큼의 구체성을 지니면서 현실적인 자장을 얻을 수 있는지 이번 작품집에서 엿보게 된 점은 작은 성과라고 할 수 있다.

3

90년대 소설을 논의하는 자리에서 왜 '비판'이 문제 되는가. 문학이 비평적 안목과 삶의 현실적 요구에 따라 제 위치에 정당하게 자리매김 되는 일이 어느 때보다도 아쉬운 것이 요즈음의 사정이기 때문이다. 소설이 상업적 광고에 의해 베스트셀러가 되는 현실에서 작가나 비평가의 책임은 한층 강조되어야 할 것이다. 지하철 안에서 편하게 즐기기에 알맞은 역사소설류가 문학의 전부인 양 생각하는 독자층도 있을 법하고, 제도권 문학에서는 소위 내면화의 경향이 이 시대의 주류라고 하는 일도 제법 성행하고 있는 현실은, 글쓰기 자체의 가치지향적 성격을 모조리 무시한 채, 소설의 '육체 찾기'라는 말로 30년대의 김남천이 걸었던 전향의 행보를 평가하는 일과 같은 모양을 하고 있다.

우리 시대의 소설가들은 이제 무엇을 쓸 것인가? 벌써 '여행'은 끝났는가?

---

* 괄호 안 숫자는 해당 작품의 권수와 면수임.

이역의 삶, 상실과 일굼의 서사

김용성 『이민』

김용성의 장편 『이민』은 1960년대에 시작된 남미 이민사에 대한 소설적 보고서이다. 한국인이 해외에 이주하기 시작한 역사는 1900년대 초기로 거슬러 올라간다. 당시에는 주로 만주와 러시아 등 북방으로의 이주가 대부분을 차지했고 이같은 이주는 왜곡된 현실 구조, 파행적인 역사에서 비롯되었다. 그러나 해방 이후 브라질, 멕시코, 아르헨티나, 파라과이 등 남미로의 이주는 박정희 정권의 정책에서 기인된 것으로 이주 동기의 역사성은 약화되고 개인의 선택과 욕망이 전면에 내세워진다는 특징을 지니게 된다. 이 점은 등장 인물 주노 킴의 말을 통해 작가가 간접적으로 확인한 것으로(3—215) 극적 긴장감을 유발시킬 보편적 상실 체험의 결여라는 말로 요약할 수 있다. 하지만 지나가 버린 과거, 특히 해외에 거주하는 한민족의 불행한 역사나 힘겨운 삶의 과정에 대한 관심은 민족적 자기 동일성과 동시에 세계화 문제에 대한 관심을 유발시켜, 세계인과 더불어 살아간다는 것의 의미에 대하여 깊은 성찰의 계기를 마련해 준다. 『이민』에서 다루어지는 두 가족의 이야기가 개별 체험의 한계를 벗어나 문학적 울림을 주는 것은, 사랑과 이별, 도전과 개척, 반역과 배반, 기다림과 재회 등 보편적 주제와 낯선 땅에서 어떻게 민족적 정체성을 유지하면서 이민족의 삶과 조화를 이루는가 하는 민족적 특수성이 결합되어 소설의 축을 이루고 있기 때문이다. 따라서 『이민』의 사회사적 배경에는 1960년대 한국의 가족사와 민족사, 정확하게는 가족의 붕괴 과정과 민족의 이산 과정이 동시에 자리잡고 있다. 과학적이면서 합리적인 예측이 결여된 상태에서 이루어진 해외 이주 정책과 생존을 위한 욕망이 낳은 곤고한 삶의 단면을 입체적으로 조명한 점에 『이민』의 문학적 성과가 놓인다고 할 수 있다.

 이 소설은 전 3권 41장의 상당히 긴 분량의 작품이다. 소설은 이종민 일가와 박영식 일가가 1965년경 각각 파라과이와 아르헨티나로 이주해 들어오는 시점으로부터 시작하여 1990년까지 약 25년간의 삶의 역정을 그리고 있다. 작품은 박승구와 이경애의 사랑 이야기를 정점으로 전개된다. 박승구가 파라과이에서 브라질로 밀입국하자 승구를 기다릴 수 없다고 판단한 경애도 한국인 밀도강업자의 주선으로 파라이강을 건너다가 그들로부터 성폭행을 당하면서 작품의 긴장감은 상승된다. 이후 경애는 브라질의 원주민 아이들을 가르치면서 칩거하게 되지만 아버지 이종민의 병이 깊어지면서 가세가 급격히 기울자 그녀를 마음 속에서 사랑했던 정출남의 도움을 받지 않을 수 없게 된다. 10여년 전 파라과이 밀림에 도착했을 때 독사로부터 경태를 구하고 자신이 상처를 입어 한쪽 다리를 잃은 출남의 밀림 개척과 성공은 남미 이주 한인들의 귀감이 될 만한 사건이었다. 경애와 출남의 결혼과 파경, 그리고 다시 시간이 흐른 뒤 이루어진 경애와 승구의 재회가 이 작품의 표면 구조를 이루고 있다. 아르헨티나인이면서 유부남이었던 압둘을 사랑하여 결혼한 승희, 돈벌이를 위해 집을 나간 남편을 기다리면서 박영식의 집에서 일을 하던 진이와 결혼한 승호, 한인 사회에서 좀더 영향력을 갖고자 했던 아버지 이종민의 권유로 결혼을 했으나 인격적인 대접을 받지 못하고 살아가는 다애 등 이 작품에 등장하는 인물들의 결혼 생활은 모두 고통스러운 과정으로 점철되고 있다. 이같이 가족의 정체성이 훼손되고 있음은 이민 사회에 적응하려는 이들의 몸부림과 관련 있다. 가족적 유대감은 돈을 벌어야 한다는 절박한 생존 욕구에 의해 약화될 수밖에 없었던 것. 특히 등장 인물들 가운데 여성들이 겪는 수난에 주목할 필요가 있다. 아내의 마음을 사로잡지 못해 결국 신경증적 증세를 보이는 출남에게서 달아날 수 없었던 경애의 비참한 생활, 먹을 채소를 구해야 한다는 절박함과 사랑의 감정 사이에서 위험한 모험을 감행하게 되는 승희, 어린아이를 키우며 하루하루를 중노동에 시달리며 살아가야 했던 진이, 이민 사회에서도 왜곡된 가부장적 인습에서 헤어날 수 없었던 다애 등을 통해서 여성들이 겪는 고통은 잘 표현되고 있다. 이같은 수난이 발생하게 되는 원인은 물론 인륜적 가치관을 제대로 보지(保持)하며 살아갈 수 없었던 이민 사회의 삶의 조건과 함께 당시 이주민의 가족적 정체성은 더 이상 한국적 가부장의 논리에 의해 유지될 수 없었다는 사실이 작용하고 있다. 돈의 논리가 지배하는 사회에서 전통적 가치관이란 한낱 사치에 불과하다는 점에 대한 뼈아픈 확인이야말로 남미에 이주했던 한인들의 딜레마였던 것이다. 더 나아가 "브라질에 사는 한국 사람으로서 브라질적 국민의식을 가져야 한다"(3—203) 것의 타당성과 수용 문제 앞에서 고민해야 되는 현실이 놓여 있었던 것이다. 이민 1세대들에게는 전통적 가치관의 붕괴와 민족적 정체성의 유지 문제가 동시에 제기되어 있는 형국이었다. 1980년대에 들어 이들 이주민들이 어느 정도 부를 축적하게 되자 불거지는 문제 가운데 하나가 한인 사회의 갈등과 분열 양상이었다. 경태가 맡아 운영하는 '주간 상파울루 뉴스'라는 신문의 사설을 통해 작가는 이 문제의 역사적 배경에 관하여 분석하고자 한다. 일본 이

주민들은 철저한 농업 중심 사회를 이루었던 데 대해 한국인들은 힘든 농사일보다는 도시로 진출하여 상업 중심의 구조에 편입되길 원했다는 것이다. 당연히 상업 중심의 구조는 경쟁의 원리에 지배되고 있으며 이 과정에서 배반과 모략, 복수와 음모가 나타나게 되었다는 것이다. 당연히 작품의 서사 구조는 이주민들의 삶의 애환을 드러내는 방향으로 짜여진다. 문제는 역사적인 배경을 제외시키고 볼 경우 이같은 구성은 단순한 흥미거리에 그칠 가능성이 있겠지만, 사건이 유발된 시,공간적 배경에 주목할 경우 소설적 의미는 큰 것이라 할 수 있다. 물론 외국 이민을 수용하게 되는 남미 여러 나라의 특수한 사정과 한국 정부의 이주 정책에 관한 역사적 정황에 관한 소설적 탐구가 미흡하다는 점은 지적될 사항이라고 할 수 있다.

작가의 관심이 주로 인간의 내면, 욕망과 좌절 등 존재 조건의 최소 단위에 맞추어져 있음은 남미 인권 해방 운동을 펼치는 좌파 호세 로페즈와 박승구의 관계를 그리는 부분에서 잘 드러난다. 이민 초기에 호세에게 속아서 좌익 무장 투쟁을 벌이는 이들에게 전해 줄 무기를 트럭으로 운반해 준 이유로 쫓기는 몸이 되기도 했던 승구는 그를 찾아온 남루한 호세에게 조건 없이 5만 달러를 내어 주면서 "(……)하지만 나는 그가 신념을 가진 남자라는 점에서 추키고 있는 것이지 그가 혁명가여서 추키고 있는 것은 아니오. 나는 혁명가라는 위인을 별로 좋아하지 않아요. 나는 어디까지나 장사꾼이니까"(3-275)라고 말한다. 신념이란 그 내용의 중요성보다는 무엇인가 자신이 원하는 목표에 도달하기 위한 열망이라고 정의한다면, 박승구의 이같은 신념이야말로 낯선 이국땅에서 자신을 지켜 왔던 삶의 방법론이었음을 확인할 수 있다. 여기에 도덕적 관념, 윤리적 죄의식 등이 들어설 여지는 없어 보인다. 밀수입에 손을 댔던 승구와 경태, 그리고 한인들의 암투와 갈등 문제, 이로 인한 경태의 피해, 경애를 강간하고도 체포되지 않고 있다가

술집에서 난동을 벌이다 칼에 맞아 죽는 김형철 등의 인물들을 통해 올바른 삶에 대한 가치 판단이 잠시 유보되는 듯한 인상을 받는 것은 이 때문이다. 어떠한 이데올로기보다 앞서는 생존의 문제가 가장 사실적으로 그려진 이유 역시 이와 동궤에 놓인다. 가령, 박승구가 파라과이의 아순시온으로 향하는 기차를 탔을 때 열차 안의 모습을 묘사한 대목의,

> (……)객차 안은 떠들썩하고 지저분했다. 서로 마주 보고 앉도록 되어 있는 나무 좌석은 엉덩이가 배기도록 딱딱하고 다리를 제대로 뻗을 수 없을 만큼 비좁았다. 커다란 광주리에 살아서 꼬꼬댁거리는 닭들을 여러 마리 담아 이고 서 있는 억세게 생긴 아낙네들도 있었고, 푸른색 바지에 붉은색의 소매 긴 셔츠를 단정히 입고 흰 밀짚모자를 제껴 쓴 나들이 농부도 있었다. 〔…중략…〕 그의 옆자리에 앉아 있는 어금니가 다 빠진 할머니는 기다란 치즈 조각을 아이스케키처럼 열심히 빨아대고 있었기 때문에 쿠키한 냄새가 그의 코에 겨우 견뎌낼 수 있을 만큼 소로록소로록 스며들고 있었다. (1—95)

와 같은 탁월한 리얼리티는 이민 사회의 실상을 비교적 적확하게 그리고자 했던 창작 기법에서 비롯되고 있다. 바로 작가의 관심은 이와 같은 리얼리티의 재생에 존재하고 있었던 것이다. 그들이 생존을 위해 목숨을 건 투쟁을 벌였다는 사실에 이데올로기 문제가 틈입될 여지는 없었던 것이다. 이국 땅에서 살 수밖에 없는 운명 앞에 놓인 삶의 실상을 보여주고자 한 것, 때로는 무모할 수밖에 없었던 생존을 위한 '신념'의 모습을 그려내는 것에 이 소설의 의도가 존재하고 있기 때문이다. 그들의 신념이란 뿌리 뽑힌 자들의 '뿌리 내리기의 고통'의 다른 말이기도 하다. 조국을 떠나서 기존의 자기 정체성을 근본적으로 부정

한 채 살아가야 하는 이들이야말로 어떤 상실보다도 큰 함몰 체험을 한 사람들이다. 따라서 그들에게 필요한 것은 과거를 철저하게 잊는 것, 즉 망각이었다. 자신의 정체성의 근원에 대해 스스로 부정하지 않으면 이 치욕스런 현실의 삶을 수용할 수 없기 때문이다. 그들에게 망각이란 현존의 방법론이었다. 그러므로 그들의 상실감은 선험적 성격을 갖는 것이다. 따라서 이같은 상실 체험에 대한 보상 욕망이 현실주의적 세계관을 산출하게 직접적인 원인으로 작용한 것이다.

『이민』은 서사적 무게감의 결핍감에 시달려 온 오늘의 소설 문학에 대해서 비판적인 척도로 작용할 것이 분명하다. 치열한 작가적 관심으로 잊혀지기 쉬운 문제에 대해서 복원하고자 했던 노력이 이 작품의 의미를 더해 주고 있는 것이 사실이다. 국내적으로 여전히 분단으로 인한 갈등과 대립을 해소하지 못하고 있는 현실을 감안할 때 해외 이주 한인들의 역사적 경험, 자신의 모국을 떠날 수밖에 없었던 정황에 대한 올바른 인식은 분단 극복의 또 다른 유형으로 자리매김될 것이다. 민족주의의 신화는 과거의 기억 속으로 묻힐 낡은 이념인가, 아니면 세계화의 허구성을 지적하는 중요한 논리적 근거로 작용할 것인가의 논란은 별도의 문제에 속한다. 문제는 '관심'이다. 한민족의 저변이 물리적으로 확대되었던 과거에 대한 관심이야말로 민족 의식의 통합에 기여하는 기초가 될 것이기 때문이다.

인물들의 대화 처리에 있어서 모두가 같은 화법과 억양을 사용하고 있어 개성을 입체적으로 드러내지 못했다는 아쉬움이 남기도 하지만, 승구와 경애의 오랜 헤어짐 끝에 이루어진 재회는 깊은 소설적 감동을 주었으며, 동시에 경애의 임신과, 페루의 유서 깊은 유적지를 배경으로 인디오 소년을 번쩍 들어 올리는 경태의 모습을 소설의 마지막 장면으로 처리한 대목은 압권이 아닐 수 없다. 그들은 이제 유이민의 오랜 방황을 끝내고 진정으로 세계의 시민으로 살아갈 수 있게 된 것이다. 여전히 환멸적인 자기 중심의 담론에서 헤어나지 못하는 90년대 소설의 흐름을 역류하는 중요한 징표로 『이민』이 존재하게 될 가능성이 엿보이는 대목이다.

---

* 괄호 안 숫자는 책의 권수와 면수임.

4부

성찰과 전망

단절과 부재의 언어

90년대 중반의 한국 문학 1

1

두 편의 한국 영화가 있다. 『은행나무 침대』는 '진부해 보이는 것'을 '새롭게' 드러내고 있다. 새롭다는 것은 기법의 문제. 애니메이션과 음향 효과는 신선하게 다가온다. 은행잎이 흩날리는 첫 장면의 신비적이고 애잔한 분위기, 궁중 악사의 전생을 기억하는 대목의 파스텔 톤의 화면, 혹은 선홍색의 심장을 꺼내 올리는 장면과 황장군이 악사의 목을 베는 섬뜩함이 돋보인다. 하지만 진부하다는 것은 무엇일까. 이 작품의 근간은 기본적으로 사랑 이야기. 물론 사랑 이야기가 모두 진부하지는 않지만, 주축을 이루는 황장군의 목숨을 건 사랑 이야기가 그렇다. 천년을 넘도록 기다려 온 사람이 마지막까지 자신을 배반했을 때의 분노, 그러나 그 분노마저 사랑의 이름으로 용서하고자 스스로를 소진(燒盡)시키는 행위의 처연함. 사랑하는 사람의 혼을 얻고자 하는 몸부림은 식상한 주제일 수 있지만, 중요한 것은 황장군의 인내와 투혼의 정열이 지금 우리에게 '읽히는 대상'이 된다는 것이다. 일회적이고 폭력적인 욕망이 난무하는 현실에서 황장군의 소외와 분노는 어쩌면 가장 어루만져 줘야 할 따뜻함이 아닐까. 또 한 편의 영화『꽃잎』. 이 영화의 아름다움은 상처를 드러내는 방법에 있다. '광주에서 비롯된 슬픔과 한을 함께 느껴 달라고 호소하는 작품이 아니라는 것, 상처를 드러내되, 바라보게 하는 것, 어떤 논리적인 해석이 앞서지 않는다는 점이 이 작품을 돋보이게 한다. 정신 이상이 된 소녀를 미워했던 건달이 소녀를 목욕시키는 장면은 웃음보다는 차라리 눈물을 흘리게 한다. 소녀가 무덤에 앉아 절규하는 연기는 원작을 압도하는 대목. 영화의 마지막 장면의 나레이션, 찢어진 치마에 맨살의 상처를 드러낸 소녀를 보았을 때는 다만 잠깐의 관심만을 보여 달라는 것, 끝내 소녀를 만나지 못하고 돌아서는 사람들, 묘비 없는 무덤가를 배회하는 건달 등은 소녀의 아픔으로 상징된 '광주'와 엇갈리고 있다. 그 엇갈림이 이 영화의 아름다움이고 감동이다.

그런데 왜 영화 이야기인가. 올봄에 발행된 계간 문예지들에 대한 독후감을 제출해야 하는 마당에 불쑥 영화를 이야기하는 것은 어떤 이유에서인가. 바로 그 '감동'이라는 말을 생각했기 때문이다. 왜 감동인가. 이처럼 진부하고 식상한 단어가 또 있을까. 하지만 문제는 이 감동이 생산되고, 복제되고 만들어져야 한다는 사실에 있다. 그래야만 한다는 것, 어쩌면 감동을 만들지 않으면 견딜 수 없는 삶, 그 감동을 만들어 내려는 노력이 우리를 조금 우울하게 한다는 것이다. 그런 의미에서 앞의 두 영화는 시사적이다. 환상과 현실의 공간에 놓인 한국 문학? 그 거리감, 어중간한 표정, 그 공간의 좁힘과 넓힘 사이에서 '만들어지는' 감동?

김형경의 단편 「수레국화가 말하길……」(『푸른 나무의 기억』, 문학과지성사, 1995)이라는 작품이 있다. 등장 인물 김태현은 사람들의 살아가는 이야기를 보여줌으로써 시청자들의 '심금'을 울려야 하는 모 방송국 프로듀서이다. '사람, 사람들'이라는 제목이 붙은 프로그램은 방송 대상을 물색하기가 어렵다. 현대인들의 내면을 울리는 소재를 찾기란 힘들기 때문. 한 소녀 가장을 만난다. 홍수 때 실종된 아버지, 그 2년 후 어머니의 가출, 어머니의 가출 이후 노망기와 중풍기로 자리보전하고 있는 할머니, 중3짜리 남동생을 부양하면서 어렵게 살아가는 소녀의 이야기를 화면에 극적으로 담아야 하는 고민에 빠진 프로듀서는 한 가지 아이디어를 생각해낸다. 어려운 생활 여건에서도 건강하게 살아가고 있는 소녀를 그리는 것만으로는 부족해 '좀더 감동적인 장면'이 필요했던 것이다. 프로그램의 구성 작가인 선주에게 김태현은 꾸며진 편지를 쓰게 한다. 가출한 소녀의 어머니가 보낸 편지. 할머니의 내의와 소녀의 옷이 포장된 우편물을 소녀에게 보내야 한다는 것. 선주는 그 일에 대한 심한 거부감을 갖는다. 시청률을 높이기 위해 한 소녀를 이용한다는 생각과 함께 어떻게 감동이 '만들어질 수 있는가'하는 회의 때문이다. 하지만 이 작품의 중요성은 방송의 상업주의를 비판하자는 데 있는 것이 아니라, "대부분의 사람들이 그런 허구나 환상 속에서 일생을 지내는 것 아냐?"라는 프로듀서의 말에 담긴 허무, 혹은 체념의 빛깔을 드러내는 데 있다. 즉, 감동적인 요소를 만들어내지 않으면 안 되는 현실, 어떤 장면에도 눈물을 보이지 않는 메마른 삶의 현장을 보여주는 것에 있다. 감동을 만들기 위해 '연출'해야 하는 삶은 그 자체가 건조한 억압이라고 할 수 있다.

감동의 부재, 온갖 유희만이 난무하는 현실에서 문학은, 혹은 글쓰기는 유효한가. 감동이란 단순한 정서상의 반응이 아니라, 적극적으로 세계를 대하는 삶의 태도를 수반한다. 삶에 대한 애정, 소비적인 욕구에 사로잡힌 채 이루어지는 엿보기가 아니라, 타인에 대한 진지한 관심이 필요하기 때문에 감동이라는 단어는 식상하지만 새로울 수 있다.

세계의 환멸에 대응하는 방법으로서 정서적 감염력을 중시하는 일은 그 자체가 삶을 위무하는 행위가 될 수 있다. 그런데 그 감동이 지금 우리 시대의 어디쯤에 위치하는 것일까. 혹은 그 감동을 얻기 위한 성찰적인 비평은 존재하는가.

이런 질문을 전제하면서 올봄에 발행된 계간 문예지들을 읽어 보았다. 하지만 많은 작품과 비평문을 모두 언급한다는 것은 필자의 역부족이었으며, 그럴 필요도 없다고 생각하여 몇몇 특징적인 작품을 대상으로 논의를 진행시키고자 한다. 이 글이 미약하나마 비평의 범주에 속한다면, 어차피 배제의 원리에 입각할 수밖에 없으므로 필자의 무능함을 위무하고자 한다. 다만, '이슈를 상실한 시대' 답게 읽을거리가 풍요롭지 못하다는 생각은 떨치기 어려웠다. 계간지들을 보면서 시종 떠나지 않는 생각이었다.

2

90년대도 이제 중반을 넘어섰다. 이제는 '혼돈과 방황으로부터 내성의 시간을 가져야 할 것'이라는 생각이 한국 문학계에 미만한 듯하다. '혼돈'이라는 말에는 중심에 대한 그리움, 보편성에 대한 강한 확신 혹은 당위적인 요구가 은연중에 개입되어 있다. 그러므로 여기에는 일정한 가치 평가가 내재되어 있다. 뿐만 아니라 지난 연대에 대한 대타 의식이 강해서 어떤 형태로든 90년대는 과거로부터 자유롭지 못하다는 관념이 앞서는 것. 그래서 80년대의 문화적 패러다임을 모두 부정하려는 의식이 팽배한 것. 그러나 과연 80년대는 그토록 강렬한 무게의 '이념의 시대' 였는가. 이념의 시대란 어떤 형태, 어떤 내용의 이념이었는가. 그 시대의 문학이 모두 이념적인 자장에 휩싸여 있었던

가. 동시대의 담론은 언제나 '반담론(counter-discours)'이라는 명제
를 수용한다 해도, 80년대 문학을, 이념의 축으로 양극화한다는 일은
어쩌면 매우 관념적이고 위험한 도식에 빠질 염려가 있다. 가령, 이런
논의를 보자.

> 이교도들에 둘러싸인 선지자의 목소리처럼 이러한 싸움에는 싸움의 승패
> 자체만이 중요할 뿐, 그 싸움의 방식이 옳고 그름은 문제되지 않는다. 80
> 년대의 문학은 이런 점에서는 행복했다고는 할 수 없을 것인가. 적어도 자
> 신의 싸움의 정당성과 적의 실체를 알아차리는 데 있어 조금의 망설임도 필
> 요 없었기 때문이다. 단지 적과 동지라는 명백한 이분법적인 구분에 의거하
> 여 그 적에 대한 증오와 동지 간의 연대감, 회의를 모르는 불굴의 정신력으
> 로 달려갈 수 있다는 것은 문학이 맛볼 수 있는 최고의 행운일는지도 모른
> 다.   —신수정, 「야만의 기억, 천사의 이면」, 『문학동네』 96. 봄, 450쪽

과연 그런가. 80년대 문학은 온통 적과의 투쟁만이 있었던가. 80년
'광주사태'를 계기로 자생적인 좌파가 등장하고 사회주의적인 전망이,
은밀하지만 담론화된 것도 사실이었다. 문학 행위를 통해서 현실의 입
지를 개선하고 상상력의 공간을 넓힘으로써 자유의 문제를 극대화시
켰던 것은 근대 한국 문학이 경험했던 가장 아름다운 시간이었다고 말
할 수 있다. 하지만 문제는 이러한 논의가 실은 매우 편협하거나, 과장
되어 있다는 점이다. 다시 말해 몇몇 소위 진보주의 진영에 섰던 사람
들의 입지만을 고려하고 있으며, 더욱이 진보주의 진영의 문학일지라
도 어떤 작품이 '적에 대한 증오와 연대감, 불굴의 정신력'을 지닌 작
품인지 알기 어렵다는 것이다. 투쟁적이고 전위적인 내용을 담고 있는
작품에서는 오히려 문학적 상상력의 빈곤, 험렬했던 과거를 이념의 시
대라고 못박게 만든 원리주의의 오류를 지적할 수는 없을까. 70년대

고은의 「화살」이라는 시에서 보이는 불굴의 투혼이 실은 낭만적 과잉의 소산이라는 점, 윤정모 「깃발」의 혁명적 낭만주의와 내면의 부재, 이에 비해 김지하의 "새라면 좋겠네/물이라면 혹시는 바람이라면//[…중략…]/가슴에 꽂히어 아프게 피흐르다/굳어버린 네모의 붉은 표지여 네가 없다면/네가 없다면/아아 죽어도 좋겠네/재 되어 흩날리는 운명이라도 나는 좋겠네"(「푸른 옷」)라는 노래의 아름다움을 함께 고려할 때, 80년대 문학의 투쟁성이란 구체적으로 무엇을 말하는 것인지 모호하다. 조정래의 『태백산맥』이 읽혔던 이유는, 한국 전쟁의 발발에 관한 인식의 전환, 즉 이념의 대리전이라는 시각으로부터 토지 제도를 둘러싼 자생적인 모순에 촉발된 내전이라는 시각으로의 이행 때문이 아니라, 사회학적, 역사적인 고려를 비중있게 배치한 채 이루어지는 육담과 전쟁 소설의 흥미에서 비롯된 것은 아닐까. 물론 이 작품이 억압된 계층, 억눌린 민중의 한을 보여주었다는 점, 그것이 80년대 '현재'를 충격하는 서사적 골격을 갖추었음은 부정할 수 없다. 그러나 그것도 전위적인 돌출이나 투쟁적인 이념만이 강조된 것은 아니었다. 오히려 이 작품이 많이 언급될 당시에도 우리는 좌파적인 담론의 상업화에 주목하지 않았던가. 비판적인 의미는 어느덧 사라지고 재미만 남는 환멸을 동시에 경험한 것.

따라서 80년대 문학을 진보주의 이념이 전일화된 형식으로 보기 어렵다. 이와 같은 시각은 자연히 단절론적 관점, 90년대의 문학에 나타나는 확산된 삶의 형식과 내면성의 유희를 마치 하늘에서 떨어진 새로운 세대 감각으로 치부하게 되는 어리석음을 빚어낼 수 있다. 단순한 확산인가 아니면 뿌리를 둔, 이유있는 분화인가를 설명해야 하는 것이 우리 비평의 임무이다. 연속성에 대한 고려 없이는 다양화, 개별화되고 있는 90년대 담론들의 의미를 온전히 드러낼 수 없다. 따라서 변화를 추체험하려는 시도, 다시 말해 새로운 패러다임을 설정하려는 노력에는, 논의의 자생적 기반에 대한 탐구를 덧붙이지 않을 수 없다. 가령, '5·18'의 문학적 담론화(『문학정신』, 96. 봄 특집)에 담긴, 비판의 유효성과 지속성에 대한 고려는 주목을 요한다. '5·18'의 담론화는 그 자체 상징성을 갖는 것. 따라서 외국 이론에 대한 단순한 소개의 차원을 넘어서 실천적인 맥락에서 이론적인 접목이 시도되어야 한다는 요구 역시 이와 같은 관점 위에 선다. 그러나 실상은 어떤가. 프로이드(『문학동네』, 96. 봄)나 라깡의 정신 분석학(『문학과 사회』, 96. 봄)의 의미를 조명한 시도는, 기존의 해설서 수준을 크게 넘어서는 것이 아니다. 다만, 어렵고 까다로운 이론에 접근이 쉽지 않았던 대중들을 고려하고 있다는 판단은 가능하지만, 문제는 현재를 설명하는 방식에 비판의 전략과 의도가 삼투되어야 한다는 것, 정신 분석 비평이 기존의 억압된 것들에 대한 포괄적인 재생에서 비롯되는 것이라면, 마르쿠제가 명료하게 설명하고 있는 '억압된 자들의 귀환'의 역사적인 의미가 오늘날 한국 문학에서 제대로 실현되고 있는지, 비평이 담당하고 있는 역할이 바르게 인식되고 있는지 물어야 한다. 이런 논의 가운데는 매체 이기주의, 집단주의로 요약되는 '문학 권력'에 대한 비판도 포함돼야 한다. 소설과 시의 쇄말화에 편승하는 비평, 작품을 해설하거나 작품의 세계관을 추인하는 형식의 비평이란 존재 의미가 크지 않다. 논쟁에 대한 열린 구조, 공적인 의견이 교환되는 '공공 영역(public sphere)'을 열어가는 비평이 필요한 것이 사실이다. '비판'과 '자기 비판'에 한국 비평은 얼마나 열려 있는가? 이런 관점에서 주목되는 몇 편의 평문이 있다.

　2—1. 황병하 「얼마만큼 벗을 수 있을까」(『문학정신』, 96. 봄) : 여성의 성장 체험이 읽히고 있다는 것. 여성이 쓴 상처의 기록이 아니고서는 팔리지 않는 현상은 무엇을 말하는 것일까. 이는 은밀함의 욕구에서 기원한다. 남성적인 시각은 중심 우월주의의 지배 욕망인 것. 여성을 도구화하고 성을 상품화하는 논의는 비판의 대상이 될 수는 있어

도, 그 자체가 강렬한 관심의 대상이 되지는 못한다. 기존의 성적인 담론이 남성들 자신의 욕망의 분출구, 흔히 사회적인 억압을 해소하려는 경향으로, 그것이 왜 남성들에게만 있는지 설명하지는 못하면서 드러났던 것이다. 하지만 이제는 여성성의 시대, '여성도 느낄 수 있어야 한다', '가장 작은 것으로부터'라는 이슈가 사회적인 반향을 갖게 된 시대, 하지만 이는 또 다른 차원의 욕망의 배출구 역할을 하게 된다는 데에 문제가 있다. 여성으로부터 발화되는 성적인 담론은 흔히 작가의 초상과 분리되지 않는다는 것, 그럴 것이다라는 추측 혹은 기대 심리가 파생시키는 가공할 상업성의 흡입력. 이는 독자들에 대한 비판일 수 있다. 작품이 유통되는 문화적인 회로에 대한 점검에 속하는 문제. 그런데 작품으로 눈을 돌려, 작품의 내재적인 의미를 비판하려는 시도가 자전적인 소설에 대한 해부이다. 이러한 소설에는 '자기 미화'와 '의도적 망각'이라는 흔적이 강하게 남아 있다. 자신에 대한 절대적인 가치의 부여가 보편화되고 있다는 판단. 박완서, 신경숙, 그리고 이사벨 아옌데의 자전 소설에서 자기 성찰의 결을 확인하고자 했던 것. 하지만 작가의 성찰의 깊이, 자기 진실성의 문제를 판별하는 기준의 자의성을 어떻게 극복할 수 있을까. 정교한 작품 분석이 선행되어야 함은 물론이다.

   2—2. 문흥술 「해외 여행 소설이 나아갈 자리」(『한국소설』, 96. 봄) : 여행소설이란 무엇인가. 소설의 영역이 확대되고 있다는 단순한 의미를 넘어서 여행의 필연성이 담겨야 한다는 점. 소재의 빈곤으로부터 기인된 여행은 아직 담론화되기 이른 것, 낯선 곳의 풍광만을 그리는 일은 무의미하다. 해외 여행 소설의 세 가지 부류, '역사 인식의 새로운 방법 찾기로의 여행/정신적 외상의 극복을 위한 여행/이상에의 동경과 그 여정으로의 여행'. 30년대 이상이 보여준 운명을 건 여행과 90년대는 사뭇 달라졌다는 것, 단순한 유희라면 지적인 기만과 작가적

인 생명력의 소멸을 가져올 것이다. 가령, 국민일보사가 주관한 '96 1억원 고료 장편소설 공모'에 당선한 김다은의 『당신을 닮은 나라』(민예당, 1996). 이는 프랑스 기행문. 아이를 갖지 못한다는 이유로 남편과 불화를 겪은 여인의 방황, 그리고 프랑스에서의 환멸적인 사랑 이야기가 그려지고 있지만 엄밀히 말해 성적인 욕망이 가져온 환상과 절망의 기록에 다름 아니다. 이 작품은, 주인공의 삶에 대해 공감하고 아픔을 나누고자 하기보다는, 일탈의 욕망, 자유로운 주인공의 삶에 대한 부러움만을 증폭시킨다. 철저하게 상업적인 고려에 의해 선택되었다는 느낌이 너무 빨리 든 것이 잘못일까. 문흥술은 윤후명의 「하얀배」가 갖는 민족 의식의 확대에서 해외 여행 소설이 나아갈 방향을 제시하고 있다. 그러나 「하얀배」가 지표일 수는 없는 것. 현재 우리 소설이 가질 수 있는 최대치가 「하얀배」라면 모를까. 민족적인 정체성을 지니면서 보편적인 흐름을 수용하는 일이 가능한 일일까. 그것은 당위적인 요청에 불과하지 않을까. 우리 문화가 여전히 전근대적인 미망에서 벗어나지 못한 마당에, 좀더 비판적인 담론이 요구되는 시점에서 민족 의식의 강조는 물리적인 영역만을 넓힌, 질적인 변화가 없는 외연의 민족주의를 제시한 것에 불과하지 않을까. 차라리 30년대 이상의 좌절이 더 필요한 것이 아닐까. 아니 그의 무모함을 오늘의 작가들이 닮기라도 했으면.

2—3. 임우기 「그늘론, 소설에 대하여」(『문예중앙』, 96. 봄) : 비평의 새로운 지평을 열어가려는 지속적인 그의 노력이 돋보인다. 이번의 시도 역시 새로운 읽기의 차원을 제시한 것, '텍스트 속에 내재하는 그 은닉의 장소가 전체 텍스트에 생명력과 역동성을 부여한다'는 것. 그 지점은 어떤 텍스트든지 갖고 있는 은밀한 그물망으로 이를 '그늘'이라고 명명한다는 것. 이 그늘을 찾아가는 여정을 통해 '기존의 삶에 대한 관점을 근본적이고 실천적으로 변모할 것을' 기대하는 일은, 그늘

찾기가 비판 담론으로 작용하고 있음을 보여주는 것. 이것이 '생명의 미학'을 창출하는 바탕이 된다는 것. 하지만 억압의 기원을 밝히고 '세속적인 삶의 바닥을 흐르는 어둡지만 환한, 부정이면서도 대긍정인, 혼돈이면서도 질서인, 한이면서도 사랑인, 역설과 모순의 조화', '살아 있는 묘(妙)인 그늘'을 밝히는 일은 비평가의 혜안이 요구되는 것. 의식의 깨달음과 각성이 비평의 논리보다 선행되어야 하는가. 혹은 방법의 구체성이 조금이라도 미약할 경우 쉽게 원칙론으로 함몰될 가능성은 없는가. 그늘의 구체적인 의미가 확연해질 때까지 그의 글을 계속 주시할 필요가 있다.

2—4. 이진우 「기술 시대의 생명 윤리」(『문학과 사회』, 96. 봄) : 독일의 철학자 한스 요나스의 생태학적 세계관을 소개하는 글. '신은 우리를 도울 수 없다.우리가 신을 도와야 한다. 그것이 우리 자신을 궁극적으로 돕는 길이다' 한스 요나스의 철학적 방향을 압축적으로 제시하고 있는 대목이다. 기술 진보와 아울러 발전에 대한 믿음이 도달한 골목에 뚜렷하게 각인되어 있는 세 가지 상징은 '아우슈비츠, 히로시마, 그리고 체르노빌'이다. '어떤 신이기에 그런 일이 일어나도록 내버려 두었는가?' 기술 권력이 존재를 무로 변화시킬 수 있는 힘을 가지고 있다는 사실, 기술 행위의 존재론적 무관심으로부터 인간을 구원하는 길은 무엇인가. ① 유기체적 존재로서의 인간과 생명의 원리를 제시하는 것. ② 동물의 존재 방식인 '간접성의 원리'에 대한 이해의 필요성. 그러나 인간은 동물의 간접성의 원리를 철저하게 발전시켜 동물의 영역을 넘어선다. 도구·그림·무덤의 상징성 ; 자연과학, 예술, 형이상학. ③ 인간은 가능성의 존재라는 점. 행위의 결과에 대하여 책임을 지는 일. '신진 대사가 유기체의 필연적 존재인 것처럼 책임은 인간의 자유와 불가피하게 연관되어 있다'는 것. 이제 인간은 자신의 존재론적 문제를 신으로부터 인간 자신에게 가져오게 되었다. 이론적인 모색이

존재론적 충격에 해당하는 글이다. 생명주의 세계관이 지향하는 바는 인종주의, 민족주의, 지역의 편협한 이기주의를 넘어서는 문제이다. 담론의 형성 과정 자체가 비판적인 기능을 수행하는 경우. 그러나 문학의 영역에서 감당해야 하는 몫은 무엇인가. 새로운 계몽주의인가 아니면 문학의 문화적인 영역으로의 공중 분해인가. 이제 구체성의 희망을 실현하는 일은 작가들의 손으로 넘어왔다. 새로운 모델의 제시가 필요하기 때문이다.

이외에도 '96. 봄'에 발표된 글 가운데 시간을 두고 생각하면서 읽어볼 필요가 있는 평문으로는, 정신 분석 이론을 구체적인 작품 분석에 시도한 김화영, 「숨은 그림 찾기로서의 소설」(『문학동네』), 비평이 지닐 수 있는 가장 공격적인 지점까지 나간 문흥술, 『상법주의 비평의 실체』(『문학정신』), 한 작가에 대한 깊이 있는 천착이 돋보인 남진우, 「달의 어두운 저편」(『문학과 사회』), 그리고 논문으로는 독일의 통일 과정에서 나타난 좌파 지식인들의 역할과 사회적인 의미를 규명한 이기식, 「독일 통일과 좌파 지식인의 몰락」(『세계의 문학』) 등이 있다.

3

이제 작품으로 돌아오자. 문예지에 실린 많은 작품을 보고 이런 생각이 들었다 ; 그 작품들은 각기 다양한 표정을 하고 있지만 우울하다는 것, 목소리는 들리지 않고 마치 유리문 밖에서 무성의 입모양만을 하고 있는 듯한 느낌. 소통을 전제로 한 글쓰기임에도 불구하고 왠지 그들의 시선은 저마다 자신을 바라보고 있다는 느낌이 든다. 자신을 바라보면서 쓰는 글, 자기가 텍스트의 주체이면서 동시에 대상이 되는 것, 의도된 일탈과 망각의 의지가 적절히 조화된(?) 상태. 한편으로는 아주 정형화된 글, 이론을 추체험하는 듯한 태도의 지적 과잉, 가령, 박청호의 「단 한 편의 연애소설」. 남자와 여자의 욕망을 각기 그들의 입지를 통해 조망하고자 하는 것. 중요한 것은 제 3의 시각이 등장한다는 점이다. 서술자인지, 작자인지 모호한 '나'. 물론 그 '나'가 누구인지는 중요하지 않다. 다만 남녀를 바라보는 시선이 따로 있다는 사실 자체. 그런데 이게 웬일인가, 이 소설을 읽으면서 나는 왜 롤랑 바르트의 말이 줄곧 떠올랐는가. 바르트에 의하면 글쓰기란, '하나의 창작품으로 사랑의 감정을 표현하려는 욕망이 야기하는 속임수, 갈등, 막다른 길'이며, 대상의 부재를 확인하는 일, '당신이 없는 바로 그곳에 있다는 것을 아는 것'에서 시작된다 (롤랑 바르트, 『사랑의 단상』). 작품에 삼투된 이론적 그물이 명시적이라는 것은 작가의 명석함에서 비롯되는 현상이겠지만 이것이 문학적 감동을 유발하지는 못할 것이라는 생각은 지울 수 없다. 같은 맥락에서 전경린의 「남자의 기원」과 같은 글은 지나치게 이론적이어서 소설적 감동과는 멀어 보였다. 그 정도의 상상력이라면 요즘 유행하고 있는 웬만한 페미니즘 이론서 한두 권이면 충분하다고 판단된다.

　세 편의 소설에 주목해 보았다.

　3—1. 이동하 「젖은 옷을 말리다」 : 이 작품은 한 사내가 고향으로 돌아가 사십여 년 전 죽은, 사내의 일가로 보이는 남자와 여자의 유골을 수습해 화장하는 이야기이다. 묘의 주인이 누구인지, 그들과 사내, 그리고 마을 이장의 관계는 어떤 것인지는 분명하게 알 수 없다. 그 사람들이 죽은 때는 한국 전쟁 무렵이라는 점, 이들이 사내의 먼 아저씨 뻘 되는 사람이라는 것만, 사내의 회상 부분을 통해 추리해 볼 수 있다. 하지만 이 작품의 본질은, 비가 내리는 날, 길도 없는 험한 산길을 포크레인을 앞세우고 숲을 헤쳐 올라가 훼손이 심한 유골을 화장해서 강물에 띄워보내는 과정을 섬세하게 보여주는 데 있다. 단지 소설의

구성상에 필요한 묘사가 아니라, 비에 젖은 몸으로 힘든 일을 하는 사람들의 손놀림 등을 차분히 그리는 과정 자체에 이 소설의 주제 의식이 깃들어 있다. 그것은 일종의 제의라는 것, 유골을 수습해 다시 장례를 치뤄 준다는 의미보다는 그들의 하루 동안의 일이 기억 속에서 사라진 상처를 달래는 행위라는 점, 더욱 중요한 것은 상처를 무화시키기 보다는 차라리, 여전히 그 상처가 아물지 않은 채, 존재하고 있다는 사실을 확인시켜 준다는 것이다.

과거에 일어난 전쟁, 동족의 가슴을 겨누었던 총부리에 대한 한맺힌 기억을 되살리는 것이 이 작품의 의도는 아니다. 오히려 이 작품의 중심 행위소인 '유골 수습'의 역사적인 의미는 중요하지 않다. 사내 일행이 수습해 온 유골이 담긴 관을 태우면서 그 불 앞에 모여 서 있는 장면의 묘사가 이 작품의 무게가 실린 곳이다.

척척하던 옷이 대충 말라 있었다. 약골의 인부가 흙투성이 장화를 벗더니 질척한 발을 내어 말리기 시작했다.이장이 좀 언짢은 표정을 지었을 뿐 다른 사람들의 눈길은 변함없이 부드럽게 풀어져 있었다. 사내는 자신의 구둣발을 잠자코 내려다보았다. 형체는 물론이거니와 색깔조차 알아볼 수 없을 정도로 엉망인 상태였다. 자신도 젖어 있는 발을 뽑아내어 보송보송하게 말리고 싶었지만 그만두기로 하였다. 이유는 없었다. 옷이 눋는 듯한 예의 냄새가 콧속으로 언뜻언뜻 스며들곤 하였다. 그러나 그다지 불쾌한 느낌은 아니었다.

이 장면의 중요성은 두 가지로 설명된다. 관을 태우는 불길 앞에 모여 서 있는 사람들. 그들의 젖은 옷을 말리는 장면이 사실은 무척이나 애처로워해야 할 사실과 대응된다는 사실이다. 사십 년이나 넘게 나무 뿌리에 엉켜 누워 있던 유골을 수습하는 일의 처연함과 옷을 말리는 사람들의 대비를 통해서 인간의 아름다움이 존재하는 미세한 영역을 확인할 수 있다는 점이다. 다른 하나는 사내가 자신도 젖은 발을 말리고 싶었지만 하지 않은 것에 대해 '이유는 없었다'고 한 사실. 유골을 수습하는 일에 대해 일종의 냉정함이 깃든 표정이 아닐 수 없다. 우리 역사의 함몰 지대, 현존하는 비극의 상처에 대하여 작가는 강변할 의사가 없음이 분명하다. 그 담담함 속에 담긴 많은 언어들.

　3—2. **박상우 「1942년 여름 포인세티아」** : '부재'로 명명된 현실 속에서 환상 체험이 가능할까라는 질문을 던지는 중편. 이 작품에서는 두 줄기의 이야기가 있다. (1)준과 이석은 오피스텔에서 함께 기거한다. 준은 아버지와 불화를 겪고, 이석은 종말론에 빠진 어머니에 대한 환멸을 경험하면서 독립을 선언하게 된 대학생들이다. 반항적인 준에게는 애인 희주가 있다. 희주는 정숙하며 가정 교육을 잘 받은, 부유한 집 태생이다. 준에게는 헌신적이어서 그 오피스텔도 희주의 아버지가 그녀에게 사준 것을 애인 준을 위해 사용하게끔 한 것이다. 하지만 준은 그녀의 사랑도 억압으로 느낀다. 희주는 사랑을 구속이라고 생각한다는 것이다. 마침내 희주는 준이 다른 여자와 동침하는 광경을 목격한 이후 준과 헤어지게 되고 그녀는 그 오피스텔을 이석에게 넘겨 준다. (2)이석의 이야기. 그는 휴학 중이다. 어느날 그는 아르바이트를 구하게 된다. '1942년 여름'이라는 카페의 바텐더. 결혼을 했지만 단 한번 경험했던 연상의 여인에 대한 사랑을 잊지 못해, 자신의 경험과 유사한 줄거리를 갖고 있는 영화 제목을 붙여서 카페의 이름을 정한 젊은 사장. 자기 일에 소임을 다하는 창이라는 친구가 등장한다. 이석은 이곳에서 낯선 경험을 한다. 늦은 밤 카페를 찾은 여인. 그녀의 손에 이끌려 이루어진 돌연하지만, 완벽한 정사, 그녀의 베란다에 놓여진 포인세티아 화분. 화분이 놓인 날의 상징. 그러나 그녀를 찾는 사람이 자기 외에도 몇 명 더 있다는 사실에 충격을 받은 이석. '도대체 어

떤 것이 영원한 진실이지?' 라고 반문하는 그녀. 혼돈을 하룻밤의 추억이라고 여기면서 이석은 희주가 남겨 준 오피스텔에서 환한 햇살의 아침을 맞는다. '변함없이 지속되는 모든 것들에 깊이깊이 감사'하면서.

일상은, 아버지의 권위, 종교의 타락, 혹은 '준이 나간 아침부터 카페에 출근할 때까지 소파에 누워서 기다려야만 하는 시간'처럼 견디기 어려운 것. 지루함, 감동이 없는 삶. 일상의 거대한 흡인력에 의해 삶은 무화될 것이라는 생각, 하지만 반란을 꿈꾸는 삶이 현실을 견디게 한다는 것이다. 포인세티아가 놓인 베란다, 그 주인이 기거하는 방의 이름은 '화장터', 준의 오피스텔은 '에덴의 동쪽', 카페 이름은 '1942년 여름', 기호로만 존재하는 삶의 방식들. 현실 속에서 환상을 꿈꾸는 일의 환멸에 대하여 이 작품은 말하고 있다. 끊임없이 환상을 '만들어야 하는 삶', 연상의 여인과의 정사는 아름다울 것이라는 기대가 곧 환멸로 바뀌는 욕망의 속성. 유혹적이지만 절정이 없는 세계 안의 삶.

3—3. 송경아 「엘리베이터」: 예고된 종말. 모든 욕망의 끝은 죽음. 욕망하는 과정으로의 삶. '가속도만이 지배하는 세계에서는 의무라는 것이 아무런 무게를 가지지 않'는다. 엘리베이터로 상징화된 시간성, 가속성에 침윤된 삶의 모습을 그리고 있는 이 작품은 송경아의 소설이 안정감을 찾아가고 있다는 판단을 가능하게 한다. 작품집 『책』에 드러난 구성의 불완전함과 문장 구사의 어눌함이 상당히 줄어든 느낌이다. 엘리베이터를 타고 지상으로 내려가는 사람들은 자신들이 조금 후엔 거대한 폭발음과 함께 한줌 재로 돌변하리라고는 생각하지 못한다. 다만 소설가만이 '아, 빛이여!' 라고 외치지만 아무도 듣지 못한다. 지상에 유배된 자만이 천상의 아름다움을 말할 수 있다? 발달한 자본주의의 삶을 비판하거나 욕망의 무한 침식 현상에 대한 논의는, 논의 자체로서는 이제 긴장감을 상실했다. 다만 이 작품은 상징적인 처리가 돋보인 것. 이문재 시인이 『산책시편』에서 '빠른 것은 부도덕해'라고 한

말이 생각난다. 쿤데라의 소설 『느림』을 연상하는 시 한 편을 보았다.

그러나 사라지는 것이 어찌 들녘과 염전을 가로지르는 협궤선과 열차뿐
이리. 황량한 겨울 대지의 伐木場처럼 모두가 변해가고 쓸쓸히 사라져 가네

화려하고 거대해져 가는 세상에서, 어지러운 빠른 속도 속에서 나는 어쩐
지 거꾸로 천천히 가고파, 느린 유성이나 항성처럼…… 낯선 그것들과 등
을 대고 바보처럼 살고파, 말도 눌변으로, 차라리 더듬거나 속 깊은 침묵으
로, 벙어리로 말하고 사랑할래. …… 나 비록 修禪房의 눈 푸른 납자나 眞
人이 아니어도……

—최자웅 「사라지는 것들을 위한 戀歌」

4

최근 문학의 경향을 진단하는 글에서 '90년대적'이라는 수식어만큼
자주 사용된 예를 찾기는 어려울 것이다. 그만큼 변화와 새로움을 담
고 있다는 의미로 해석되기도 하지만, 그것이 편리한 단절론의 배경이
되는 것은 아닌가 하는 의구심을 갖게 하는 것도 사실이다. 뿌리 없는
문화 의식을 새로운 세대 감각이라고 자부해도 되는지 요즘에 자주 묻
게 된다. 초월적인 경향의 시가 양산되는 현상도 마찬가지이다. 변화
에 탄력적으로 적응하는 것이 바람직한 문학의 길은 아니라는 점을 인
정한다 해도 적어도 어떤 변화의 기류가 동시대의 삶의 현상에 포착된
다면 인간의 문제를 다룬다는 문학이 이를 애써 외면해도 되는 것인지
묻는 것은 당연하다. 이런 의미에서 문학적 신비주의는 아직 우리와
멀다. 여전히 어리석게도 "새벽별은/가장 먼저 뜨는 찬란한 별이 아니

네/가장 나중까지 어둠 속에 남아 있는/바보 같은 바보 같은 별./그래서 진정으로 앞서가는/희망의 별이라네"(박노해, 「새벽별」)라고 노래하는 시인이 있다. 무엇이 시대 착오적인가. '90년대적'이라는 외피를 쓰고 나타나는 환멸과 퇴행의 담론으로부터 문학이 다시 살아나기 위해서는 경박한 전위주의, 혹은 후기 자본주의를 숙주로 삼는 모든 기생(寄生)의 담론에 대한 반성적 글쓰기가 이루어져야 할 것이다.

문학의 육체성에 대하여

90년대 중반의 한국 문학 2

1

문제의 본질을 진단해서 방향성을 제시하는 비평이 부재한다는 논의가 무성하다. 상업주의를 비판하고 '제대로 된' 문학을 요구하는 다수의 비평적 논의가 헤게모니를 쥐기 위한 싸움으로 전락한 듯하며, 소수 집단의 이익을 공고히 지키기 위한 몸부림처럼 보이기도 한다. 이번 여름 계간 잡지 가운데 정말 보기 힘든 것은 최근의 비평적 쟁점, 혹은 이와 유사한 글이 실리는 부분이다. 그들의 논의는 지나치게 사유화되어 논의 자체의 공론화가 근본적으로 차단된 채, 자신들의 현학적 지식과 현란란 문체를 실험하는 듯한 자세를 취하고 있어 전혀 생산적이지 못하다. 가령, 고미숙의 글(「대중문학론의 위상과 전통성에 대한 비판적 검토」, 『문학동네』, 96. 여름)은, 물론 그런 논의가 이루어진 앞뒤의 사정을 이미 알고 있다는 전제하에 씌여졌으며 나름대로 정직성도 감지되지만, 그럼에도 이와 같은 논의를 끝까지 읽고 곰곰이 생각해 보면 과연 이것이 대중적인 공감을 얻을 수 있는 비평인지 되묻지 않을 수 없다. 혹 '90년대 문단의 이목을 집중시키는 데 성공했다'(47쪽)는 고미숙의 말 속에 이런 논의들의 음험한 내면이 숨어 있는 것은 아닌지 한번 생각해 보고 싶다.

지금 이 자리에서 새삼스럽게 다시 논쟁을 하려는 것은 아니다. 그럴 능력도 필자에게는 없다. 다만 '의사소통의 기능'을 비평이 제대로 확립할 수 있다는 믿음과, 비평의 아름다움은 치장된 세련성에서만 나오는 것은 아니라는 소박한 견해가 널리 공감되기 바라는 것이다. 90년대적이라는 막연한 술어를 내세워 스스로를 은폐해 버리려는 퇴행의 욕망으로부터 탈출해서, 자신과 세계를 구원할 수 있는 길을 제시하는 실감의 세계를 보는 일은 정말 요원한가. 이런 고민의 과정에서 이번 여름호에서 발견한 두 편의 문학 칼럼은 그래서 매우 깊은 인상을 남겼다. 김윤식과 염무웅의 글이 그것이다

1—1. 염무웅 「문학비평의 사회적 소외」(『한국문학』, 96. 여름) : 염무웅의 글은 기본적으로 최근 문학 비평이 너무 어렵다는 문제 의식에서 출발하고 있다. 그에 의하면 문학 비평은 본래 대중들과 자유로운 소통을 전제로 한 것이었다. "60년대나 70년대에 있어서도 평론은 문인들 사이뿐만 아니라 일반 독자들 사이에서도 으레 읽고 찬반간의 화제로 삼는 지적 생활의 당연한 구성 부분이었다." 따라서 비평은 문학적인 형식에 사회적인 의식을 내포한 "공론들 가운데 가장 비근하고 유효한 것"이다. 그러나 이제는 비평이 의사 소통적 공론화의 기능을 상실하고 비평가 개인들 사이에서 "자기들끼리만 돌려 읽는 내부 문건이 되었다"는 것이다. 염무웅의 문제 의식에는 최근의 특권적인 문학 권력을 행사하고 있는 사람들의 이론 편향적인 글에 대한 비판을 포함하고 있지만 더 자세히 보면 여러 형태의 비평 가운데 특히 민족문학론에 관한 비평의 부재, 혹은 소외 현상에 대한 분석과 전망을 담고 있

다는 점에서 그 중요성이 있다.

문학 비평이 대중들과 소통이 이루어지지 못한다면 그것은 엘리트주의의 도취적 글쓰기에서 벗어나기 어렵다. 특히 비평 논리가 지나치게 생활 감각과 유리되는 현상은 저간의 문학 비평이 갖는 가장 결정적인 약점일 수도 있다. 가령 영화 이야기를 조금 하자. 영화가 대중들 곁에 '있어 온' 지는 오래되었지만 대중 옆에 영화가 살아서 '존재하기'는 최근의 일이다. 영화를 직접 제작하는 사람뿐 아니라 영화를 '읽고' '해석하여' '가치평가 하는' 일을 하는 사람들의 수가 양적으로, 질적으로 상승하고 있다는 사실은 무엇을 말해 주는 것일까. 대중적인 영향력이 증폭되고 있음이 아니겠는가. 하지만 작품의 미학적인 층위를 따져보는 일은 차치하고도 일단 영화라는 장르의 '보여주기' 속성은 최근 한국 문화의 전반적인 유행에서 크게 벗어나는 것은 아닐 것이다. 다시 말해 편안하게 즐기면서 빠른 변화와 긴장력의 집중을 가능하게 하는 영화야말로 현대적인 삶의 일회적인 소비 욕망에 가장 잘 부합하는 장르인 것이다(전통적인 형식을 갖춘 연극보다는 뮤직컬이 인기를 모으고 있는 최근의 연극계의 사정도 이로써 설명이 가능할까). 영화 평론가가 득세하는 현상도 대중적인 감각의 재빠른 수용과 해석에서 비롯되고 있음은 주지의 사실이다.

따라서 문학 비평의 난해성은, 본질적인 개념화가 가져오는 추상의 어려움을 제외하고는, 가급적 피해야 할 사항임에는 틀림없지만, 염무웅에게 비평의 대중적인 수용은 민족문학론의 개진과 관계 있다. 그가 60년대 말경에 발표한 「농촌현실과 오늘의 문학」이라는 글이 농촌에서 발행되는 『耕和』라는 잡지에 재수록되면서 실제 농민들과 구체적이면서도 교감이 오가는 토론을 했다는 일화를 소개하는 대목에서 염무웅의 의도를 읽어낼 수 있다. 그에게 민족문학론은 문학론의 가장 보편적인 틀에 해당한다. 이어서 그는 최근 민족 문학과 민족문학론의 전반적인 위축의 원인으로 두 가지를 들고 있다. 하나는 민족이 처한 현실적인 삶 자체가 너무나 보편적인 문제를 드러내는 것이어서 오히려 대중들에게 외면당하고 있다는 점과 다른 하나는 자본주의의 물질적 과정으로의 전화력이 가져오는 탈이념적인 현상과 허무와 권태의 일상화라는 것이다. 이 가운데 후자는 누구나 인정할 수 있는 대목이지만 전자의 경우는 그의 민족문학론이 서 있는 지점을 위태롭게 할 요소가 있어 점검이 요구된다. 그의 말을 직접 들어보자.

> 물론 민주주의와 민족 통일은 아무도 드러내 놓고 그 보편성을 부정할 수 없는 우리 시대 최고의 관심사임에는 틀림이 없다. 그러나 바로 오랫동안 그러했기 때문에 그 보편성은 사실상 공허함을 면치 못하고 있다는 것이 내 생각이다. 매일매일의 삶에 급급한 사람들로서는 유한하고 일회적인 당대의 자신의 삶으로부터 어느덧 멀어져 버린, 또는 삶의 상시적인 조건으로 되어버린 문제의 지나친 보편성에 절박한 실감을 가지기 어려운 것이 인지상정 아닌가. 다시 말하면 민족문학론의 성립근거가 되는 민족적 위기라든가 분단 현실 같은 것이 그 두말할 나위 없는 보편성에도 불구하고 바로 그 이의 없음 때문에 어느 정도 허구화되어 버린 것은 아닌가. (342쪽)

그에 의하면 한국 민족이 처한 분단 현실과 비민주적인 요인의 잔존은 민족문학론의 지속적인 성립 근거가 되는 것이다. 특히 그가 말하고 있는 민족적 위기라는 것이 실상 분단 현실을 지칭하고 있다고 판단할 때, 분단이야말로 민족문학론의 핵심이 된다고 할 수 있다. 그러나 그의 신념에 찬 논의는 그야말로 '신념'이지 '논리'가 아니라는 점에 문제가 있다. 자세히 보면 한국 사회 전반에 미만해 있는 '민족문학론의 위기 현상'은 민족 문학 '운동론', '조직론'의 위기에 가깝다. 현장의 실천 운동이 구체적인 방향을 찾지 못하고 대부분 수정주의화하거나 노선 포기 상태에 접어들고 있는 현상의 원인은, 그들이 이론적인 정합성, 원리주의를 고집해서 대중의 실제와 유리되고 있어, 문제 해결을 위한 논의의 틀을 새로 짜기 위한 현실 탐색에 소홀한 결과에서 비롯되고 있는 것은 아닐까. 따라서 민족문학론의 위기는 그것이 너무도 당연한 보편성을 지니기 때문에 발생하는 것이 아니라, 당연하고 보편적인 문제라고 방치해 둔 결과, 변화된 현실을 추체험하지 못한 이론의 관념성에서 비롯되고 있는 것이다. 또한 현재 한국 사회의 문제를 분단 현실에서 찾고자 하는 노력이 자칫 환원주의의 오류를 낳을 수 있다는 것은 이미 지적되어 온 사실이다. 문제는 왜 분단 현실이 올바른 삶에 장애가 되는지를 잘 밝히지 못한 점에도 있겠지만, 오히려 분단 문제를 당위적인 차원에서만 인정하려드는 대중들의 소시민적 이기주의와 자본주의적인 일상성에 깊이 침윤되어 있는 대중들의 의식을 일깨우는 방향으로 나아가지 못했다는 사실에 있다. 자본주의를 비판하고 있는 많은 담론들의 그 유려하고도 휘황 찬란한 수식들이 자본주의적인 욕망을 재생산하고 지탱하는데 얼마나 탁월하게 기여하고 있는지를 우리는 되풀이해서 경험하지 않았던가? 이 대목에서 언어의 본질, 운명 운운하는 일이 얼마나 빈곤한 방어 수단이 되는지 또한 이미 알고 있지 않은가?

결국 염무웅은 한국 문학 비평의 올바른 방향을 두 가지 차원에서 제시한다. 첫째, 복잡한 현실을 총체적으로 투시하는 이론적인 틀을 갖출 것, 둘째, 이론의 훈련이 전혀 없는 보통 사람들의 마음을 움직이는 비평 언어를 발견해야 할 것. 이 두 가지 문제의 해결을 위한 방법적인 모색으로 이광수와 김동인의 경우를 예로 든다. 이광수의 민족주의는 허구화되었으며, 미학적인 논의를 견지함으로써 이광수를 비판하고자 했던 김동인 역시 민족의 현실로부터 멀어져 버렸다는 것이다. 그러나 민족 문학을 "민족 현실에 대한 정당한 인식을 제대로 된 문학적 형상 안에 담은 문학"이라고 정의하고 나서 "철저히 계급적인 시각을 견지하고자 했던 이기영, 한설야, 철저히 개인적인 고뇌에 폐쇄되어 있던 이상, 각기 성향을 달리하는 염상섭, 채만식, 이태준 등"도 모두 "일정한 민족 문학적 위치를 갖는다"라는 결론에 도달하는 과정은 잘 수긍이 가질 않는다. 그야말로 그의 민족 문학은 '한국 문학'이라는 외연으로 포괄되는 것은 아닌지 하는 의문이 간다. 보편성의 허구, '입장'이 결여된 포괄주의의 건조함이 드러나는 것은 아닌지.

민족주의, 민족문학론이라는 어찌보면 식상한 주제가 새롭게 대두되고 있는 상황은 우리 사회가 처한 모습을 잘 그려내고 있다. 한편으로는 환상 문학의 길이 세계화 추세에 맞춰 한국 문학을 구원한다는 논의가 공감을 얻고 있으며, 한편에서는 이는 상업주의의 전략일 뿐이라는 대응이 일어나고 있다. 염무웅의 논의에 주목한 것도 바로 이와 같은 지점에서 한국 문학 비평의 생산성이라는 관점에서 문제를 되짚어보자는 의도였다. 그러나 그의 논의는 지나치게 당위론적인 지점에서 멈춰 좀더 예리한 문제 의식의 발견으로 나아가지 못하고 있다는 점에서 아쉬움을 남긴다. 비평의 소외란, 실상 민족 문학의 소외라는 그의 진단을 틀렸다고 말하는 사람은 적을 것이다. 문제는 그 원인을 진단하는 과정, 처방을 내리는 지점에서 논리보다 의식이 앞설 때, 냉철한 판단과 거리가 요구되는 곳에서 도덕적인 당위론이 얼굴을 불쑥 내밀 때가 아니겠는가. 이를 두고 사유의 무거움이라고 하지 않을 수 없다. 이에 비해 볼 때 김윤식은 염무웅의 반대편에 놓인다.

1—2. 김윤식 「역사의 종언과 소설의 운명」(『문학동네』, 96. 여름) : 한국 소설의 위상을 점검하는 몇 편의 글을 읽은 적이 있지만 문제가 존재하고 있다는 사실 확인 정도에 머물고 마는 느낌을 지울 수가 없었다. 90년대도 중반을 넘어서고 있는 시점에서 여전히 80년대와 다른 점, 지난 연대에 대한 대타 의식의 형태로 우리 소설을 규정하려는 시

도는 원론적인 타당성 외에는 별 매력을 끌지 못하는 진부함을 면하기 어렵다. 그렇다면 '90년대다운' 소설적 패러다임에 맞는 철학적인 근거를 모색하는 것이 옳지 않겠는가. 김윤식의 짧은 칼럼은 이에 대해 매우 중요한 단서를 제공하고 있다.

소설은 역사의 방향성에 민감하다는 것, 그래서 이제 역사는 끝이 났는가라는 질문이 새삼스럽게 들린다.

> 역사는 과연 끝장난 것일까. 구소련이 붕괴되었을 때 이런 물음이 정치 사상측에서 제기되었음은 썩 그럴 법한 일인데, 왜냐하면 정치 사상사에서 다루는 것이 인류사의 방향성(운명)인 까닭이다. 이와 관련이 있는 예술 형식이 소설이라 믿어온 쪽에서 보면, 시민 사회의 종언과 역사의 종언이 함께 걸리는 것이 아니었겠는가. (404~405쪽)

김윤식의 이러한 진단은, 자유의 실현을 인류사의 방향성이라고 믿어온 철학적 제 경향에 여전히 그는 한쪽 발을 짚고 있다는 증거가 될 것이다. 다시 말해 헤겔적인 의미에서 주인과 노예의 '인정 투쟁'이란 타인보다 우월한 존재가 되고자 하는 우월 욕망과 타인과 동등한 존재이고자 하는 대등 욕망의 다른 표현이 아니겠는가. 더 나아가 대등 욕망이란 결국 타자를 경쟁자로 보고 이를 넘어서고자 하는 것이므로 실상 그것은 우월욕망이 되고 마는 것이다. 이와 같은 승인 욕망의 무한 과정이 역사의 전과정에서 일어나는데, 김윤식은 자유의 궁극적인 실천을 '상정'하면서 '대등 욕망도, 우월 욕망도 없는 장면'에 대하여 말한다. 역사의 종언을 선언한 일본의 후쿠야마와 함께 코제프의 논의를 소개하는 장면에서 이 글의 본질이 드러난다.

> 코제프의 주장에 따르면, 일본 사무라이의 생존 방식이야말로 헤겔의 저

주인과 노예의 변증법의 끈을 끊었다는 것이다. '죽음을 건' 투쟁도 하지 않았고 그렇다고 노예도 되지 않았다는 것. 대등 욕망이나 우월 욕망을 벗어나면 응당 동물이 되어야 마땅함(니체)에도 불구하고, 사무라이식 인간은 동물 아닌 그 나름의 '삶'을 유지했다는 것, 그리하여 역사 이후 인간의 존재 방식에 이르렀다는 것이 코제프의 논지이다. (407쪽)

여기서 관심의 향방은 우리 소설의 자리로 옮아간다. 즉, 헤겔의 주―노의 변증법의 고리를 차단한 지점, 승인 욕망이 사라진 지점, 시민 사회든, 사회주의 사회든 모든 역사의 종언 이후 '말기의 인간'의 시대를 상정할 수 있지 않겠는가 하는 것이다. 주인과 노예의 변증법에 충실한 소설이 인간적인 아름다움을 지녔다고 생각해 왔지만, 그 고리가 끊어져도 인간다운 소설을 가져야 하지 않겠는가. 이 점이 김윤식이 이 글에서 말하고자 하는 핵심이라고 할 수 있다.

형식화된 가치 기준으로 문화의 세련성을 유지해 가는 일본 사회를 보고 난 서양 철학자의 소감이 지적 수준에서 문제를 드러내고 있기는 하지만, 그를 소개하는 김윤식의 의도에는 90년대 한국 소설의 경향을 잘 요약하고 있다. 문화적인 치장을 통해 드러나는 주관주의와 파편화된 일상을 그리는 데 별 자의식을 동원하지 않는 무모한 글쓰기, 또한 이를 자유라는 이름으로 정당화하고자 하는 우리 문화의 엷음을 드러내는 것이 아니겠는가. 가시적인 적과의 투쟁을 지상 최대의 목표로 삼았던 문학(운동)이 생산해 놓은 논리의 선명성과 폭력성을 반성하고 이 시대의 소설이 놓인 맥락을 짚으려 할 때, '말기적 인간'에 대한 관심은 다른 의미에서 소설 사회학적 패러다임을 형성시킬 가능성이 있다.

고뇌에 찬 투쟁이 사라져 버린 지점에서 새로운 글쓰기의 미학이 성립된다는 판단은, 그러나 빈곤하다. 비판이 부재하기 때문이다. 설명만 있고 이해가 없는 논의, 개념화의 건조함이 초래할 탈휴머니티의 현장을 보는 듯하다. 한국 소설의 진행 방향을 예리하게 진단한 그의 논의는, 앞의 염무웅을 단연 압도하고 있지만 그 논리가 금방 휘발되어 버린다는 사실에 조금 쓸쓸해진다. 그래서 소설을 읽어 보기로 한다. 개념이 가지는 운명, 자기 부정과 소멸의 아픔을 경험해야 할 비평의 표정은 그래서 늘 우울한 것일까.

2

문학적 매너리즘에 대하여 진지하게 반성하는 작가라면, 전기를 모색하는 과정에 대해서도 투명한 자의식을 드러내야 할 것이다. 변화의 논리와 고민의 깊이가 조율되는 과정에서 간혹 문학사적인 작품이 탄생되기도 하지만, 이는 어디까지나 작가가 온몸으로 삶을 부딪쳐 갈 때 가능한 일이다. 소위 '만들어낸' 듯한 작품이 감동의 폭을 넓힐 수는 없다. 해묵은 질문이어서 늘 간과되기도 한 물음, 왜 쓰는가라는 문제를 지속적으로 제기하고 싶다. '고급한 상업주의'의 길로 들어서야만 할 문예지들로서는 소설의 발빠름은 생명선과도 같은 것. 대중적인 명성에 의존하는 글쓰기의 매카니즘에 대하여 이제는 좀더 반성해야 할 때가 아닐까. 때로는 작품의 농밀함이 최고점에 이르렀다고 판단되는 지점에서 작가는 이 문제에 대하여 진지해져야 할 것이다. 물론 글을 발표하고 원고료를 받아야하는 것도 넓게는 소설의 운명에 포함되는 일이기도 하지만.

여전히 과거를 기억하고 재생하는 일에 몰두하는 작가들이 있다. 문제는 기억과 재생의 방법 자체에 있는 것이 아니라, 이전의 자기 세계에서 한걸음도 나아가지 못했다는 점에 있다. 신경숙의 「감자 먹는 사람들」, 윤대녕의 「상춘곡, 1996」이 그렇다. 신경숙 자신에게도 과거란 부담스러운 존재가 아닐까. 그래서 "때로는 갑옷 같은 과거에 저항을 느끼기도 합니다. 그 옷만 벗어 버리면 숨통이 트일 것 같은 때도 있습니다"라고 말하기도 한다. 병상에 누워 있는 아버지를 바라보는 화자의 시선이란 참으로 곤혹스러운 데가 있다. '낡은 가죽북'에 삶을 의지하다가 '뇌 속에 흐르는 석회질'로 인해 심한 기억 장애를 일으키는 아버지와 가수가 되고자 해서 음반까지 출시했지만 실패한 화자, 미묘한 균형이라고 할 수 있다. 아버지와 관련된 삶을 통해 화자가 얻은 결론은 "삶이 가져다 주는 것 중엔 우리가 물리쳐 볼 수 없는 절대의 상실이 있다는 것"이다. 하지만 그녀의 상실감은 보상할 수 없는 절대의 빈곤으로 이어지지 않는다. 자신의 삶을 온통 던져야 하는 실존적인 모험으로 드러나지 않는다는 점이 그녀의 매너리즘을 형성하는 것은 아닐까. 화자가 이따금 생각한다는 "한 사람의 일생에서 마지막에 남는 것은 무엇일까?"라는 질문은 일상의 권태로움이 만들어내는 지극히 환멸적인 물음이 아닐 수 없다. 결국 '사진틀 속에 색바랜 가족 사진이나 몇 개의 주소록 혹은 잊혀진 사랑의 얼굴' 정도가 아닌가. 소설 제목을 고흐의 그림에서 가져온 이유를 이 대목에서 짐작할 수 있다. 자전 소설에서 자신의 예술적인 감응력을 드러내려는 욕망을 읽어내기란 그다지 어려운 일이 아니기 때문이다. 왜 편지 형식의 고백체인가, 혹은 유순이가 화자에게 건네 준 봉투 속에 들어 있는 '십이만원'짜리 구두 티켓, 혹은 화자가 편지를 보내는 윤희 언니가 서른다섯에 남편을 잃고 혼자되어야 한다는 것 등은 왜 소설적인 울림을 주지 못하는가. 디테일의 환멸과 기억의 무서움이여.

윤대녕이 보여주려는 선운사 동백의 아름다움은 지난 시절의 사랑의 추억과 관련된다. 한 여인을 기억한다는 것, 그 기억으로부터 완전히 자유로운지 스스로 반문하면서 "무엇 때문에 나는 여기에 내려와 이러고 있는 것입니까?"라고 묻는 화자의 표정 역시 환멸과 권태를 이기려는 몸부림으로 이해된다. 그러나 갑자기 미당 선생을 만나 선운사 대웅전 만세루에 얽힌 이야기를 들으며 "비로소 마음과 귀가 환하게 열리고 있었"음을 느낀다. 기억 속의 한 여인과의 어긋난 사랑과 심적인 개안 사이에 어떤 관계가 있는지를 따져 보는 일은 매우 어리석은 일일까. 다만 잊혀진 사랑에게 보내는 편지의 고백체에서, 작가가 보여주려고 애쓰고 있는 선운사 동백의 이미지 등에서 소설의 아름다움만을 찾으면 되는 것일까. 우연의 일치겠지만 신경숙과 윤대녕의 편지 형식의 소설은 90년대 한국 소설의 입지를 잘 말해 주고 있다. 더욱 닫혀지는 일상성, 완결성의 요구로부터 비교적 자유로운 글쓰기, 철저하게 주관화되는 삶의 척도에 대한 옹호, 그에 따른 문체 미학의 고려가 주된 내용이 된다는 점이다. 그들의 진부함에 비하면, 김형수의 단편 「들국화 진 다음」에서 주인공이 사랑하는 여인에게 보내는 편지를 소설 구성의 중요한 맥락에 놓음으로써 단편으로서의 긴장감을 유지하고 있는 것이 더욱 참신하다.

이인성의 「순수한 불륜의 실험」은 대단히 '실험적'인 작품이다. 유부녀를 사랑하는 남자와 그의 친구가 등장하는 이 작품은 기존 소설의 문법에서 상당히 벗어난 듯하다. 인물들의 정체성이란 오로지 그들이 서로를 바라보는 시점에서만 드러날 뿐, 구체성은 제거되어 있다. 여자를 둘러싼 관계들, 즉 여자의 남편과 정부, 그리고 정부의 친구의 시선이 서로 교차한다. 특히 여자의 정부인 '나'는 관찰자의 입장에서 보며 때론 '너'가 되기도 하면서 전통적인 소설의 시점은 무너진다. 욕망의 주체가 서술하는 관점이 곧 지배적인 욕망의 산출 방식이다. 이 작품이 특이한 점은 서술의 미묘함과 카메라가 이동하는 듯한 거리감에 치밀한 배려를 했다는 점이다. 가령,

계속 들려 줄게. 카메라가 서서히, 입술을 떠나 위쪽으로, 콧날을 지나 마주 껌벅이고 있는 두 눈으로, 다시 위로 위로, 머리 위로 떠오르고 있어. 더 높이 허공에 올라 슬며시 시선을 낮추고는, 저들을 거의 수직으로 내려다보는 위치에 멈췄는데, 동그란 두 사람 머리통이……

눈 떴으니, 그만 해, 보고 있으니.

이 장면은 여자와 그녀의 남편의 정사 장면을 그녀의 정부와 그의 친구가 바라보면서 친구의 입을 통해 정사 장면을 그린 대목이다. 대화는 계속 이어지면서 실제 행위 주체인 정부가 아니라 그의 친구의 욕망이 조금씩 드러난다. 작가에 의한 설명이나 개입을 제거하고 인물들의 대화를 통해서 상황을 그려 가는 이 작품이 형식적인 실험성에 대단히 심혈을 기울이고 있지만, 정작 이 작품에서 주장하고자 하는 '불륜의 순수성' 혹은 순수한 관계의 초윤리적인 면에 대해서는 오히려 작가 개입적이라는 문제점을 갖고 있다. 여자의 정부는 사랑이란 개별적인 관계들의 개별적인 자리놓임이라고 주장한다. 사랑이란 직접적이고 구체적인 관계이므로 한 사람이 다른 사람들과 여러 번 관계를 가졌다 해도 각각의 관계는 그 자체로 독립적인 순수성을 지닌다는 것이다. 이를 두고 그는 순수한 불륜이라는 모순 어법을 동원한다. 하지만 이 모순은 윤리적인 모순에 불과하다는 것이다. 불륜이라는 통념도 실은 사람과 사람이 사랑으로 얽히는 관계 방식의 하나여서, 그런 관계를 통해 사랑으로 맺어지는 '관계의 사회'를 이룰 수 있다고 그는 생각한다. 이는 자세히 보면 실존적인 기투에 해당하는 것으로 사랑의 강렬성을 갖기 위해서는 자기의 전 존재를 거는 모험이 필요하다고 그는 주장한다. 결국, 이 작품은 주제 의식과 기법이 서로 모순을 일으키는 상황으로 전개되고 말았다. 작가 이인성이 주장하고자 하는 핵심은, 윤리·도덕·관습이라는 관념 속에서 인간의 개별적 관계의 미세함과 떨림은 제대로 드러나지 않는다는 것, 윤리적인 관념이 침윤되지 않은 순수한 몸의 영역, 선험적인 가치 판단을 거부하는 자리를 증명해 보이겠다는 것이다. 이를 위해 그는 소설의 표면에 떠오르지 않는 대화기법(대화 표시를 제거하는 방법)과 중층적인 시점을 사용하고 있다. 뿐만 아니라 그가 전달하고자 하는 주제 의식은 이미 몇몇 교과서에 소개된 진부한 서구 이론에 불과한 것이어서 그가 '실험'한 것은 주제 의식의 새로움이 아니라 기법에 멈추고 만 것이다. 그의 실험은 그래서 순수하지 않다.

여전히 방황하면서 소설적인 입지를 모색하고 있는 작가 김형경의 경우, 이번에 발표한 「세상의 둥근 지붕」에서 감수성의 한쪽 결을 철저하게 확인시켜 주고 있다. 강릉에서 서울로 향하는 기차 안에서 만난 한 여인을 자신의 서울 집까지 데려와 열흘 이상이나 함께 기거하게 해준 주인공 승주. 아이를 유산한 데 따른 남편과의 불화는 사실 승주의 성격에서 비롯된 것이다. 나이에 맞게 산다는 것, 세월이 흘러 늙어가는 것은 삶에 대한 너그러운 이해를 동반하기도 하지만 적어도 그 여유는 자신의 것을 지켜갈 때 얻을 수 있다는 사실을 승주는 깨닫지 못하는 것일까. 적어도 이유 없이 자신의 집을 점거하고 있는 여인에 대해 이제는 그만 나가 달라고 말할 수 있어야 하는 것, 맹목적인 희생이 가져다 주는 고통이 사실은 자신의 상처받기 쉬운 감성의 밑바닥만을 보여주고 만다는 사실을 승주는 받아들여야 하는 것일까. 하지만 이 작품이 가질 수 있는 외연의 확장은 여기까지이다. 여전히 그녀는 혼돈과 방황에서 나오고 있지 못하다. 오히려 그 공간에서 자못 우월감마저 갖고 있는 듯하다. 세계의 중심인 '나'? 그래서 소설 속에 나오는 여인, 승복을 입고 머리를 기른 채, 알콜 중독자처럼 술을 마시고, 기괴한 춤을 추기도 하며, 환속할 것인가, 머리를 자를 것인가를 고민하며, 끝내는 승주의 집을 나가서도 무전취식으로 승주로 하여금 다시 찾게 하는, 그 인물이 살아 있다는 느낌을 갖지 못하는 것은 당연하지 않을까.

두 명의 젊은 여류 작가의 중편을 읽었지만 조금 더 삶의 경륜을 쌓아야 할 것으로 보였다. 가족사의 불행과 직장 일의 어려움을 통해 세상에 던져진 한 여자의 삶을 그린 조경란의 「아름다운 칼」은 소설 구성이 전체적으로 산만했고, 용역 회사의 사무를 보는 젊은 여자와 한 직장인의 내면을 섬세하게 그려낸 하성란의 「지구와 가장 가까운 소행성과의 랑데뷰」는 치밀한 문장 수업이 가져오는 장점에도 불구하고, 일상의 환멸을 해석하려는 의식의 고투가 보이지 않았다. 단지 일상의 억압과 그에 대한 자의식을 보여주려 설정한 여자의 과거 직업(피팅모델)과 남자의 건망증은 참신하게 보인다.

한편, 오늘의 작가상으로 선정된 김이소의 장편 『거울 보는 여자』는 일단 읽는 재미가 있는 작품이다. 고등학교만 나와서 고급 의류점에서 점원으로 일하는 여자와 문화 평론가로 활동하는 남자의 우연한 만남, 그 만남의 시작은 정확히 그려지지 않는다. 다만 그들의 자동차가 달려온 길처럼 그 시작을 모르는 것. 그들의 사랑은 파스텔 톤처럼 가볍고 경쾌하다. 하지만 그 남자의 여자에 대한 환멸은 여자의 문화에 대한 감각 없음으로 향한다. 남자의 욕망이 새로운 대상을 찾아 떠나려는 필연적인 귀결. 돋보이는 것은 여자의 내면을 묘사하는 방법으로 동원된 거울과 반복 서술의 효과. 처음에 그의 오피스텔에 있는 거울은 그 남자의 얼굴을 '바라보게 하는' 매개이지만 그들의 사랑에 변화가 올 즈음에 그 거울은 여자의 육체와 내면을 스스로 보게 하는 대상이 된다. '거울을 통해서만' 그 남자를 볼 수 있게 된 것. 반복과 동일한 리듬의 변주를 통해 작가는 그들의 관계를 매우 차갑게 그리고 있다. 뿐만 아니라 동일한 것의 변주 가운데 미묘한 차이를 둠으로써 감정 변화의 기류를 날카롭게 포착하는 기법이 새롭게 보인다. 그러나

이 작품이 작가의 폭발적인 내면, 다시 말해 앞으로도 계속 소설을 써 나갈 수 있는 응집력을 갖고 있는지에 대해서는 회의적이다. 장편이지만 소품으로 남는다는 인상이 강하기 때문이다. 또한 그녀가 시도했던 기법이 서구적이거나 이론 편향적이라는 생각이 들었는데 이점은 다음 기회에 정밀하게 살펴볼 문제로 남겨 둔다.

3

대학 시절 개가식 도서관에 앉아 그 달에 간행된 월간이나 계간 잡지를 보면서 필요한 부분은 복사도 하며 시간 보내기를 좋아했는데, 요즘의 사정은 전혀 그렇지 못하다. 문학적 열정이 그때와 다른 것인지 아니면 감동을 주는 아름다운 비평과 작품이 부재한 것인지 가늠하기 어렵다. 전범이 사라진 시대의 '글쓰기/읽기'란 자유로운 만큼 외로운 것은 아닐까. 자기 자신이 각자의 전범이 되는 것. 비평의 영역에서도 자의식의 투명성이 감지되는 글을 발견하기 어렵다. 이 사회의 패러다임을 설정하려는 논의가 너무나 빠르게 변화하고 있다. 최근에는 소위 '몸 철학'이 대두하고 있다. 기(氣)를 통해 세계를 설명하고자 하는 일련의 움직임이 그것이다. 처음부터 인식론적인 이항 대립을 거부해온 전통 철학의 입장에서 보면 구조주의 이후 나타난 새로운 인식론은 설득력이 없다는 것. 라캉의 무의식 이론도 언어라는 최저점을 상정하고 있으며, 주체의 해체와 재구성론도 결국 의식적인 주체, 관념 철학의 범위를 벗어나는 것은 아니다. 서양 철학의 이러한 한계를 근본적으로 반성하자는 것이 최근 관심의 대상으로 떠오른 '몸 철학'이다.

『문예중앙』 96년 여름호에 좀 이색적인 타이틀이 주목된다. '90년

대 자연시인의 시'라는 제목에 박남준과 유승도의 시 8편을 실은 것이
다. 새롭게 등장하는 문제에 대한 편집자의 관심을 잘 나타내고 있다.
그러나 문제는 작품으로 구체화될 때, 혼란의 가능성이 엿보인다는 것
이다. 즉, 실존적인 기투성에 대한 극복의 방법으로 선택된 자기 부정
이 또 다른 의미의 관념론을 형성한다는 것이다. 별 긴장력을 주지 못
하고 논의가 시들해진 정신주의라는 경향이 이의 대표적인 경우에 속
한다. 육체, 몸의 기표는 그래서 전위적인 비판 담론을 형성해야 한다.
그것이 체계를 이룰 때, 이미 보편성의 틀에 갇혀 생기를 잃는다는 점
이다. 가령,

　　　언제쯤이나 사는 일이 서툴지 않을까
　　　내 삶의 무거운 옹이들이 불길을 타고
　　　먼지처럼 날았으면 좋겠어
　　　타오르는 것들은 허공에 올라서 재를 남긴다
　　　흰 재, 저 흰 재 부추밭에 뿌려야지
　　　흰 부추꽃이 피어나면 목숨이 환해질까
　　　흰 부추꽃 그 환한 환생

　　　　　　　　　　　　　　　—박남준 「흰 부추꽃으로」에서

와 같은 작품에서 이미 비판적인 의미는 생기를 잃고 만다. 90년대 한
국시의 풍경은 대단히 다채롭다고 하면서 비평이 너무 느려 시의 아름
다움과 본질을 제대로 파악하지 못한다고 말한 한 시인의 비판 (함성
호, 「생쌀의 쓸쓸함」, 『문학정신』, 96. 여름)이 눈에 뜨인다. 하지만 그 다
양성은 개별적인 '흩어져 있음' 과 동의어로 쓰인 말은 아닌가. 시의 입
지가 극도로 위축된 배경에 대하여 새삼스러운 논의를 제기하고자 함
힘은 아니다. 몇몇 시인들의 문제적인 작품들에 대한 적극적인 평가와

토론이 요구된다는 것이다. 위에 인용된 시를 두고 구체성의 부재라고
말했지만 이 말을 두고 다시 이렇게 해야겠다. 새로움이 진부함으로
너무 빨리 탈바꿈하는 이 환멸의 문화주의여! 라고.

성찰과 모색의 시간

90년대 중반의 한국 문학 3

1

문학의 상업성을 지적하면서 한국 문학의 방향에 관한 여러 가지 형태의 논의가 이루어지고 있지만 문제의 본질은 무성한 수사와 고민의 과정 속에 묻혀서 제대로 드러나지 않는 듯하다. 그 가운데서 문학의 상업주의, 상업주의 출판에 기생하는 문학 논리를 비판하면서 문학의 자력 갱생이 가능한지를 묻는 글들이 조금 주목되고 있다. 자본주의 사회에서 문학의 '상업성'이라는 것이 왜 나쁜 것인지, 상업성이라고 말할 때, 분명히 어떤 특성을 지적하는 것인지 애매하다. 팔려서 읽힌 다는 사실만을 놓고 보면 윤리적인 가치 판단 자체가 불가능해 보이기 때문이다. 편안하게 읽혀서 독자의 삶을 조금쯤 위로할 수 있다면 그 것으로 문학의 운명은 그치는 것이 아닌가라는 생각은 틀린 것인가. 그러면 어디가 어떻게 틀렸는가. 쉽게 대답하기가 곤란하다.

그러나 이러한 난점에도 불구하고 문학을 옹호하고 여전히 작품을 눈여겨 보는 것은, 다른 형식과 달리 문학이 지니고 있는 특수한 요소, 즉 '담론화의 요구'에 대한 호기심과 기대가 남아 있기 때문이다. 자본이 지배하는 일상의 영역, 휴머니티를 강조하는 문화 논리가 무의식적으로 드러내는 권력에 대한 승인 욕구에 대해 문학, 혹은 예술적 상상력은 부정 명제로 존재하고 있다. 모든 가치가 전면적으로 교환 가치로 전화되는 지점에서 상상력의 반란은 시작된다. 시가 자기 모멸을 감수하면서도 근대적인 형식으로 제자리를 정립해 올 수 있었으며, 소설 역시 현실적인 지반을 확보하면서도 동시에 현실에 함몰되지 않았던 사실 역시 상상력의 자율 매카니즘의 존재를 반증하는 것이다. 등가화된 가치로 교환을 전제하지만 자본의 운동에 대해서는 스스로 낯선 존재가 되는 것, 즉 감동을 유발하고 사고하게 하며, 반성으로 이끄는 힘을 문학은 지니고 있다. 존재하는 모든 삶의 형식과 다양한 층위에 대해 반성적인 거리를 유지하고자 하는 욕망을 '담론화의 요구'라고 명명하면 안 될까.

정치적인 담론이 우세했던 과거가 정신적인 부담으로 남아서 현재의 삶을 빈약하게 할 가능성은 없는가. 과거를 잊지 않는 것과 의도적인 망각은 동전의 양면과 같다. 현재를 언제나 과거화된 현재로 설정할 경우 삶을 이해하거나 문학을 해석하는 데 지나치게 계몽적인 태도를 드러낼 가능성이 있다. 반면 현재를 미래화된 시각에서 조망할 경우 판단의 부재와 상대주의의 혼란을 유발하기 쉽다. 문제는 중심에 대한 모색이다. 이때 중심이란 삶을 이해하려는 주체의 열망이 형상의 조건과 만나는 지점을 가리킨다. 정치적인 권력에 대한 비판과 편재하는 모순에 대한 인식의 중요성이 상대적으로 위축되고 있는 실정에서 이같은 중심에 대한 성찰은 문학의 자기 정체성을 회복하는 긴요한 요건이 될 것이다. 해석에 대한 욕구, 분석 과정에 수반되었던 합의에 대한 의지, 지배적인 문화의 패러다임을 거부하지 못하는 타성으로부터 이제는 벗어날 때가 아닌가. '권위적인 해석 공동체'의 존재 여부에 대한 물음보다는 그에 대한 무의식적인 추종과 암묵적인 동의가 상상력을 얼마나 위축시켰는가라는 질문이 보다 심도 있게 고려되어야 하는 것은 아닌가. 하지만 이런 물음을 던지고 보면 오늘날은 또 다른 권위주의가 태동하고 있음을 목격하게 된다. 세계를 자기 중심적으로 바라보는 태도, '1인칭 주체'의 세계관, 그리고 이에 대해 판단을 보류하는 비평 등이 방만하게 이루어지는 현상이 그것이다. 정체성을 모색하는 일이 제도적인 억압이 되어 자기 스스로를 옭매어 오는 현상을 목도하는 일은 그리 즐겁지 못하다. 조금 색다른 소재를 다룬 작품이 크게 보이는 것도 이 때문이다.

2

분단을 소재로 한 작품이 주목된다. 분단을 극복해야 한다는 논의가 당위적인 요구에 멈춘다면 전혀 새롭지 않다. 정치·경제적인 통합보다 더욱 중요한 문제는 문화적인 제 양상의 이질화 극복일 것이다. 그런데 그 방법론이 문제가 아닐 수 없다. 문학이 해결점을 가져다 줄 수는 없지만 문제 제기적인 형태로 존재할 수 있다는 점을 보여주는 작품이 있다. 김지수의 「무거운 생」이 주목된다. 이 작품은 분단 문제를 혈연적 사랑이라는 관점에서 조망하고 있다. 남편의 의처증과 폭력에 못 이겨 친정으로 돌아온 한 가정주부의 시선에 비친 벌목공 출신 귀순자의 삶이 그려지고 있다. 정은이 친정으로 돌아오던 날 고장난 텔레비전을 등에 지고 무겁게 골목을 걸어나오는 한 남자를 만난다. 숙명적인 짐을 이고 살아가는 삶의 모습을 잠시 보게 했던 그 남자가 사실은 어머니의 집에 새로 세를 든 독신 남자임을 안다. 그의 말투는 어딘지 어색했고 생활은 무척이나 소박했다. 정은은, 그가 왜 혼자 살고 있는지 고향은 어디며 무슨 생각을 하며 살아가는지 알 수 없었지만, 가족의 사랑을 동경하고 정직하게 살아가고 있다는 느낌을 받게 된다. 어느 날 동네 금은방 주인은 아들의 유학비를 위해 마련해 두었던 미화(美貨)를 도둑맞게 된다. 그는 범인으로 지목받는다. 며칠 후 진범은 잡히고 그의 누명은 벗겨지는 듯 했지만, 정은이 며칠 후 그의 방에서 우연히 보게 된 달러 지폐뭉치들은 이 소설이 지니는 흥미로운 부분으로 남는다. 정은은 자신을 데리러 온 남편의 손길을 거부하지만 아이에 대한 그리움으로 견디기 힘든 시간을 보낸다. 그러던 어느 날 밤 술에 취해 돌아오던 그 남자를 동네 골목에서 만나 이야기 하던 중 그가 북한 벌목공 출신 귀순자이며, 그도 북에 두고 온 처와 자식이 그리워 힘들어 하고 있음을 알게 된다. 결국 그는 모아 둔 달러를 들고 북에 가서 처와 아이들을 구해 올 것이라는 말을 남기고 남몰래 집을 떠난다. 아이를 위해 남편을 한 번만 더 용서하기로 하고 다시 집으로 돌아온 정은은 문득 신문 속에서 이명운이라는 남자가 중북 연변을 통해 밀입북하려다 경찰에 검거되어 조사를 받는 중이라는 기사를 보게 된다. 이 소설은 분단을 인식하는 방법으로 혈연적인 유대감을 선택하고 있다. 아이에 대한 그리움이 남편을 용서하게 되고, 아이에 대한 그리움으로 목숨을 건 월북을 기도하는 남자의 이야기는 어떤 이념적인 장애도 육친의 애정이라는 범주 속에서는 힘을 발휘하지 못한다는 사실을 강조하고 있다. 자유가 그리워 월남을 강행했지만 콜라를 많이 마시면 이빨이 썩듯 자본주의 사회도 삶을 병들게 할 수도 있다는 점을 그 남자 역시 알고 있다고 설정함으로써, 분단 인식에 대한 나름대로의 균형감을 갖추고 있다. 물론 월남과 월북을 동시에 수행해야 하는 그 남자의 운명이 남편과 아이 사이에서 고민하고 있는 정은의 삶으로 유추될 수 밖에 없다는 점이 이 작품이 갖는 어색함이기도 하지만, 이는 단편이라는 형식의 문제이지 작품의 본질적인 한계는 아니라고 판단된다.

한편 박덕규의 「노루사냥」도 귀순자의 생활을 매우 흥미롭게 그리고 있다. 주인공 박당삼은 북한에서 호텔 주방장을 하던 사람이다. 월남 이후 그는 자신의 경력을 인정 받아 호텔에서 북한 요리 주방장으로 일해 오다가 '오지혜 요리 학원'에서 마련한 북한 요리 강좌를 맡게 된다. 그날은 텔레비전 공개 강좌가 있는 날이어서 초대된 월남자들과 함께 시식회가 예정되어 있었다. 그가 준비한 요리는 남한에서 '오징어 순대'로 알려진 음식이다. 북한에서는 이를 '노루고기'라고 부른다는 것, 또한 탈북자를 찾아다니는 일을 '노루사냥'이라고 한다는 사실을 설명하고 난 후 시식회로 이어진다. 이 모임에 초대된 사람은 북한에 고향을 둔 재벌 총수인 장정기, 김명주 목사, 그리고 북한 고위급 인사의 자녀로 북한에서도 사회적인 물의를 일으킨 유성도라는 사람이다. '오늘의 요리'로 택한 음식의 이름이 '노루고기'인 것은 "인민의 피를 빨아먹는" 당 간부들에게 "그저 있는 대로 해다 바치면서 무조건 노루고기라" 한다는 말에서 유래된 것이다. 박당삼의 말에 의하면 그들이 요리를 당 간부들에게 줄 때면 마음 속으로 '청산가리'나 '생아편' 등을 넣어서 준다고 한다. 공개 강좌의 마지막 시식회에서 박당삼이 만든 요리를 먹은 유성도가 쓰러지는 사건이 발생한다. 그가 실제로 '노루고기'에 '생아편'을 넣은 것이다. 이유는 간단했다. "죽이고 싶은 놈들이 여게 먼저 와서 우리보다 더 잘 살고 있"기 때문이다. 그는 계속 말한다. "오늘 저 악질 보위원 놈이 먹는 노루고기에다가 생아편을 적당히 섞어서리……" 공개 강좌는 마무리되지 못한 채 끝이 나고 오지혜는 박당삼에게 어서 달아나라고 소리친다.

이 작품이 갖는 특이한 점은 귀순자를 바라보는 관점의 새로움을 드러냈다는 사실에 있다. 「무거운 생」에서 드러난 이씨에 대한 시각, 즉

순박하면서도 소박하고 피해 의식에 사로잡힌 듯한 모습이나 「노루사
냥」의 박당삼을 향한 남편의 태도 등에서 남한 사람들에게 각인된 자
본주의의 습성이나 우월감을 볼 수 있다는 점이다. 이는 진정한 의미
에서 통일을 극복하는 데 방해 요소가 될 가능성이 있다. 뿐만 아니라
북한에서 계급적인 입지가 다른 귀순자들 사이에서 벌어질 수 있는 갈
등 양상에 대하여 문제를 제기했다는 점이 이들 작품이 갖는 의미이
다. 민족적인 동질성이라는 초이념적인 지점에서 분단에 대한 극복 가
능성을 읽을 수 있다는 점이 중요하기는 하지만, 귀순이 남한 정부의
체제 우월을 선전하거나 정권의 대외 홍보용으로 쓰이던 과거와 달리,
앞으로 예견되는 대량 탈북, 혹은 귀순 사태에 대한 문학적 예측이 이
루어지고 있다는 점에서 눈여겨 볼 대목이 아닐 수 없다.

3

공동체적인 삶의 지표가 더 이상 삶을 이해하는 권위적인 수단일 수
없다는 판단이 보편화된 이후, 생에 대한 각자의 인식, 개별적인 삶의
양상에 대해서 어떠한 가치 판단이나 개입도 별 의미가 없을 것이라는
관점이 팽배하고 있다. 자기 중심적으로 삶을 이해하기, 세계를 인식
하는데 어떤 윤리적인 요구에 대한 강박 관념도 갖지 않는 삶이 우리
소설이 놓인 자리이다.
박일문의 「우미인을 찾아서」는 불교의 심우도를 패러디하여 자신의
본질을 찾아가는 이야기이다. 마음의 본체를 찾는 여정이 고단한 삶의
과정이라는 사실을 보여주고 있는 이 소설은 그 기법이 상투화되어 있
다는 점과 이미 종교적인 울타리내에서 규정된 가치 판단의 범위를 벗
어나지 못하고 있다. 이같은 작품이 소설로서 의미를 얼마만큼 갖고

있는가라는 질문보다는 이 작품이 제기하고 있는 문제에 대하여 조금 주목할 필요가 있다. 자신의 전 존재를 걸만한 미인을 찾아 나선 주인공이 본 것은 결국, 전철 안으로 오르는 '땟국이 흐르는 보따리를 안은 여인'이라는 점, 사창가에서 만난 아름다운 여인과 정선에서 살았던 일 년이라는 시간은 실상 일장춘몽이었던 것. 헤르만 헤세의 소설 『싯타르타』에서 구도자 싯타르타가 오랜 방황 끝에 돈 많은 상인을 만나 잠시 동안 달콤한 생활을 한다는 이야기를 연상하게 하는 대목이다. 그만큼 소설적인 새로움은 없다는 말이다. 그런데 다 아는 결론에 도달했을 때 남는 의문이 문제이다. 가령,

> 매운 연기에 뜨거운 눈물을 흘리며 세상이 적멸하다는 것을 깨닫는데 왜 이렇게 많은 세월이 필요했던 것인지…… 광주도 적멸하고 삼세도 적멸하고 바람으로 사라진 우도 적멸하고 내 주위의 모든 것들이 적멸하여 참으로 장엄하고 대응하지 않은 것이 없었다. 모든 세간 정리를 마치자 나에게는 애초의 모습대로 걸망 하나만 달랑 남았다.

라는 진술. 여기에 이르면 이제 소설이 아니다. 교과서에서 배운 소설의 개념에 부합하지 않기 때문에 소설이 아니라, 미적 판단의 자율성을 방기하고 초시간적인 주체의 개입에 대해 지나치게 관대하다는 의미에서 그렇다. 세계에 대하여 초월적인 태도를 취하는 작품이 최근에 많이 생산되고 있지만(특히 시의 경우 이제 진부한 형식이 되고 말았다), 이 경우 특별히 고려의 대상이 되는 문제는 작가와 작품 사이의 거리, 허구의 인물(화자)과 작가의 현실적인 삶의 상관 관계이다. 쉽게 말하면 위의 작품에서 작가의 삶에 대한 치열한 반성은 드러나 있지 않거나 적어도 무매개적이다. 윤리 교과서를 베낀 흔적이 강한 작품은 문학 이전이거나 이후라 할 것이다.

이에 비하면 자신의 정체성을 기억 속의 아름다움, 생의 미학이라고 불릴 만한 한 여인에 대한 기억을 통해서 모색하겠다는 솔직한 고백이 드러난 작품이 그나마 이 환멸스런 시대에 소설적 진정성을 갖는 것이 아닌지. 심상대의 「나팔꽃」을 보자. 소설 속의 '나'는 지금 어떤 '글'을 쓰려고 한다(물론 그 글의 종류가 소설일 것이라는 판단은 가능하다). 이 글의 내용은 그가 십여 년 전에 목격한 한 여인의 죽음과 밀접한 관련이 있다는 것이다. 한때 도발적인(?) 섹스에 대한 기억이 있으며 이제는 '오래 앓던 결혼 생활을 정리하고' 고향인 항구 도시로 이사와 독신으로 살고 있는 그는 결혼식 주례 청탁을 받은 애림이라는 여인의 유혹에 이끌려 비가 올 것 같은 흐린 날의 여관에서 성관계를 갖는다. 그날 그의 회상 속에 나타난 또 하나의 장면. 약 십삼 년 전의 일. 제대 후 오징어 채낚시 조업선에 승선해 일하고 있던 어느 날, 배 위에서 술을 마시고 난 다음날 아침 끓여 먹을 생선을 잡기 위해 낚시줄을 드리우고 있다가 바다로 뛰어드는 한 여인을 목격하게 된다. 바다 위로 잠깐 사이에 흰 팔이 나왔다 들어간 다음 장면에 대한 묘사는 이렇게 되있다.

다시 멀리 낚시를 던져 두고 가만히 앉아 있었다. 바다 위에서는 수만 송이 나팔꽃이 피었다가 스러지고, 스러지고는 피어나고 있었다. 내 몸에서도 부슬비가 쉼없이 깨어지고 있었다. 그리고 저쪽으로 밀려갔던 배가 물의 흐름을 타고 다시 내 가까이로 다가오고 있었고, 피었다가 스러지고 피었다가 스러지는 그 속절없는 꽃밭 한가운데를 향해 갈매기 두 마리가 아무런 움직임도 없이, 마치 나무로 만든 새같이 천천히 흘러들어오고 있었다.

이 작품이 쓰여진 이유는 단지 이 부분을 보여주기 위해서였다. 이 장면은 애림과 열정적인 정사를 치른 후, '그리고는 바다를 바라보았다. 그녀도 나처럼 망연히 바다를 바라보고 있었다. 수억만 송이 나팔꽃이 피어나고 스러지고 다시 피어나고 있었고 그 곁에서 나는 눈물에 젖은 한 여인의 알몸을 부둥켜 안은 채 다시 오래도록 아름다움을 생각하고 있었다'라는 마지막 장면의 묘사로 이어진다. 아무런 연고나 사연을 알지 못하는 한 여인의 죽음과 그의 글쓰기 사이의 상관 관계는 무엇일까. 기억 속에 나팔꽃의 이미지로 떠오른 바다와 여관 방에서 '칸나꽃' 같은 애림의 몸을 안았다는 사실, 그리고는 망연한 바라봄이 그것이다. 그가 처음부터 쓰고자 했던 글은 그 기억을 재생하는 일. 이는 무화된 시간에 대한 기억이다. 그의 글쓰기가 시작되면서 멈추기 시작한 시간, 마치 60년대 「무진기행」에서 김승옥이 보여준 무진의 안개, 그리고 바다에서 자살한 술집 여자, 그리고 하인숙과 정사를 연상하게 한다. 무진의 무시간성은, 현실 공간인 서울의 삶에 대한 불안한 기대를 드러내고 있다면, 이 작품에서는 어떠한 반대 효과도 상정하지 않는 절대적인 고립, 기억 자체의 완결성에 초점이 맞추어져 있다는 점이다. 육감적 사랑과 죽음의 이미지가 공존했던 회상의 지평을 감감적인 문체로 제시하고자 하는 열망이 낳은 이 작품은 환멸적 낭만주의를 그린 최신작에 해당된다.

60년대의 주인공은 길을 갔지만, 90년대는 처음부터 길의 단절, 그리고 길 위에서 좌절이라는 운명을 예감하는 주인공이 등장한다. 삶을 정리하고 새로운 출발을 위해 무진으로 가는 주인공이 있는가 하면, 출발 자체가 혼돈임을 이미 알고 떠나는 사람도 있다. 최인석의 「혼돈을 향하여 한 걸음」이 그렇다. 우선 이 소설의 끝맺음이 매우 인상적이라는 점을 지적해야겠다. '그는 길을 잃은 지 벌써 오래되었다. 그것을 이제야 깨닫고 있었다'라는 문장. '아버지의 여자'에게 아버지의 부음을 알리러 가는 길은, 사실 아버지의 삶을 온통 부정해 왔던 자신의 삶에 대하여 물으러 가는 길이다. 북을 의지하면서 평생 살아온 여자에게서 아버지의 삶을 듣고 난 뒤에도 그는 무엇인가 해결되지 못한 물음이 그를 억누르고 있음을 깨닫는다. 문제의 본질이 아버지의 여자와 그의 생을 아는 데 있는 것이 아니기 때문이다. 의외의 지점, 아버지의 생과 자신을 동일시할 수밖에 없는 사건이 예상치 않은 곳에 숨어 있었다는 사실이 중요하다. 부산으로 가는 길에 우연히 차를 태워 주었던 소년과 소녀, 그리고 약속, 어긋남, 그러나 여자의 요정에서 하룻밤을 지내면서 흐릿한 기억 속에 떠오르는 어떤 여자, 다시 홀로 나타난 소년, 그리고 상경. 이 시간의 회로 속에서 주인공이 발견하게 된 사실은, 이해할 수 없다고 믿었던 아버지와 그의 여자, 그리고 누가 만든 것인지도 모르는 북이 어느덧 그의 가슴 속에 들어와 있다는 것이다. 길은 처음부터 밖에 존재하지 않았다. 아버지 여자(실존의 비의)를 찾는 길은 이미 자신의 내부에서 모색되어야 했던 것이다.

김제철의 「준령을 넘는 이유」도 자신의 정체성을 향한 물음의 본류에 아버지의 삶에 대한 인식 문제가 놓여 있다. 광주항쟁 당시 진압군으로 투입되었던 애인의 오빠도 역시 피해자였다는 사실을 인정하는 것과, 역시 진압군 지휘관 출신으로 정계에 진출한 아버지의 삶은 조금 다르다는 인식 사이에서 이 작품은 만들어지고 있다. 정치의 논리는 일종의 게임 같다는 것, 실제로 피를 흘리며 쓰러져 간 꽃다운 청춘의 아픔과 정치의 세계는 전혀 이질적이라는 사실을 읽을 수도 있지만, 중요한 것은 주인공이 옛 애인이 살았던 강릉으로 가기 위해 태백선을 넘는다는 사실에 있다. 일종의 자의식으로부터 해방을 의미하는 것이다. 아버지의 생이 그를 '무시로 숨막히게' 했다는 사실과 상황이 달라진 현실 문맥 속에서, 광주항쟁 때 입은 상처를 안고 살아가야 했던 한 여인에 대한 죄의식을 드러내는 것이 이 작품의 핵심이다.

한 집안의 일상사를 다루는 솜씨를 재미있게 보여준 이선의 「귀신들」, 매일 같은 방법으로 출근하면서, 같은 얼굴과 인사하고 숨막히는 버스 속에서 성추행을 당해야만 하는 일상으로부터 벗어나고 싶은 욕망을 다룬 유리숙의 「안개, 그 사라짐」이나 장애인의 삶을 따뜻한 시각으로 형상화해낸 김미선의 「눈이 내리네」도 주목할 만한 작품으로 판단된다. 유재용의 「환생, 그 끝나지 않은 이야기」는 죽은 남편이 환생할 것이라고 믿으면서 남자를 찾아다니는 한 여인의 이야기를 통해 생의 우연한 만남은 보이지 않는 필연적인 계기를 통해 이루어지는 것이 아닌가라는 문제를 제기하고 있다. 최근 전생 신드롬이라고 불릴 만큼 환생과 전생을 소재로 문화적 기호들이 많이 생산되고 있지만, 문화상품으로서의 가치만 부각될 뿐 우리 문화의 본질에 대한 반성의 매개로 작용하지 못한다는 점에서 이같은 유행 현상은 매우 회의적이라고 할 수밖에 없다. 이 작품에서도 역시 최신의(?) 소재가 사용되고 있지만 깊이 있는 소설적 울림을 주지 못하는 것이 사실이다.

4

〔…전략…〕
왜 썩은 이 바로 옆의 썩지 않은 이 그리고
그 옆 그 옆, 이렇게 순서대로 아프지 않은가
고통은, 파문처럼 차례대로 오지 않고
채찍질처럼 엉뚱한 곳을 휘감는 것이냐
썩은 이 하나에만 순수한 아픔
매달리지 못하게 하는 것이냐

아픔의 본질이 자리를 잃었다
도대체 치통은 어디가고,
멀리 떨어져 있어서 상관없다고 생각한 것들이

그 핵심보다 더 아픔을 겪고 있는가

삶도 삶 속에 있지 않구나 가령
분노도 분노 밖에서 살고 있을까 그렇다면
내가 가진 진짜 아픔도 교묘하게 뺏기고
엉뚱한 곳에서 나는 앓고 있지나 않은지

—박규리 「다른 곳」에서

한국시의 위기와 문학의 방향을 모색하는 자리가 몇 군데에서 마련되었다(『문학동네』『문예중앙』『문학정신』 96. 가을호). 엄밀히 말해 문학의 위기는 '문학 산업'의 위기이지만, 이것이 자본주의 사회의 유통 구조에 적합한 문학을 생산하지 못하는 '굼뜬' 문학 담당자들의 위기 의식으로 자리잡은 것이 사실이다. 실제로 한두 편의 소설을 가지고 상대적으로 많은 양의 수입을 기록하고 있는 출판사나 작가들도 있어서 문학의 위기는 '대세의 흐름을 읽지 못하는 의식'에서 비롯되고 있음을 실증적으로 보여주고 있는 사례도 있다. 문학이 위기에 처했다거나, 영상 매체 등 문학의 역할을 대신할 장르의 발전은 일회적이며, '그럼에도 불구하고' 문학의 미래는 어둡지 않다는 등의 어떤 진단도 타당성이 있다고 여겨진다. 하지만 이런 진단보다 더 중요한 문제는 '아픔의 진원지', 혹은 상처가 난 이유 자체에 대하여 모르고 있다는 점이 아닐까. 진정한 가치라 믿었던 삶의 제반 요건들이 모두 가짜로 인식되는 지점, 가령, 환상과 현셀의 경계지우기가 억압되었던 욕망에 대한 복원을 지향하기보다는 자본과 문화적 전략들에 순치되는 결과를 초래하는 현상, 정치적인 관심은 모두 희화화되고 상대화되어 끝내는 보수적인 정치 권력을 승인하는 꼴이 되고 말 가능성이 있는 현실 등이 우리를 둘러싼 위기의 진정한 본질이 아닐는지.

해탈과 자기 구원은 문학의 오래된 주제였다. 문학이 갖는 매력이라면 자기 탐닉적인 요소, 세계를 궁극적으로 자기의 내부로 끌어들여서 해석하고자 하는 욕망에 있다. 그래서 "바람은 변치않는 이름을 새기지만/이름이란 날리는 갈잎 같은 것/갈잎이 흙에 내려 썩듯/이름에서 해방되어 비로소 바라보는/세상은/확실하구나./하늘은 흙 속에도 있느니/너희는 닿을 수 없는 허공의 별들을 우러르지만/나는 영롱한 보석들과 함께 산다."(오세영, 「죽음의 노래」)라고 말할 수 있는 기쁨이 문학의 아름다움일 것이다. 구원을 위해 무수한 시간의 방황도 고통스럽게 여기지 않고 스스로 결핍의 존재로 위치시켜 삶의 본류에 다가서고자 하는 욕망이 문학의 운명이며 매력이 아니던가. 그러나 이러한 아름다움 뒤에 여전히 놓여 있는 문제가 있다. 해결되지 못한 것은 운명의 유희만이 아니라는 사실, 타인으로 향하는 구원의 몸짓에 대해서도 문학은 공존의 영역을 남겨 두고 있지 않은가.

늦은 나이에 주위의 축복을 한껏 받으면서 결혼을 한 선반공이 아이를 낳았는데 손가락이 남보다 두 개나 많았다. 아이는 건강했으나 알고 보니 아내에게 직업병이 있었던 것이다. 아내가 자신을 속인 것에 화가 났던 선반공은 잠시 갈등을 겪지만 결국 함께 살 결심을 하게 된다. 조기조의 「아내의 비밀」이란 시의 내용이다. 이 작품의 결말을 주의깊게 보아야 한다. 시인이 의도적으로 강조 처리한 부분이 이 작품의 정수에 속하기 때문이다.

참 별별 생각을 다 해봤는데요 손가락이 두 개나 없는 직업병신에다가 나이도 많은 저한테 시집와서 아들까지 낳아준 생각을 해보니까 몹쓸 맘 먹으면 벌 받겠데요 병든 아내를 버린다면 그건 제가 저를 버리는 거라는 생각에…… **암 옳고 말고 잘했지 아무렴.**

아내가 갖고 있는 비밀은 더 이상 한 개인의 비밀일 수는 없다. 관심을 갖고 지켜 보면서 밝혀야 할 비밀은 여전히 많다.

창문 밖 낙엽 깊은 뜰에 황혼이 내리기 시작한다. 아름다운 작품을 읽고 싶다.

90년대 한국 문학 비평의 성찰과 전망

실천적 '관심'을 위한 몇 가지 제언

1

최근 자주 듣게 되는 비평의 위기라는 말은 쟁점의 상실로 인한 권력 지향적 해석의 약화 현상을 가리킬 가능성이 높다. 한국 문학 비평은 언제나 현실의 '위기 상황'과 맞물리면서 자신의 존재 근거를 모색해 왔다. 한국의 근대사는 위기의 역사였고, 작가나 시인들의 경우 보편적 위기 체험의 개별화를 통해 자신의 창작 근거를 마련해 왔다고 볼 수 있다. '불행 의식'이 창작의 주된 밑거름이 되었다고 판단할 수 있는 근거를 문학사의 여러 곳에서 확인 가능하다. 비평 역시 위기를 인식하고 극복하는 이론틀의 설정을 위해 부단히 노력해 왔으며, 실제로 세계에 대한 과학적 이해의 가능성을 한층 높여 온 것도 사실이다. 문제는 험난했던 80년대를 지나면서 한국 문학 비평은 문학 저널리즘의 역학 관계와 헤게모니 문제에 지나치게 집착함으로써 '해석 공동체'의 권위주의화를 초래하여 창조적 생산의 지반 자체를 위협하게 되는 자기 모순에 빠져 들게 되었다는 점이다. 다시 말해 이론 비평의 우위가 가져온 구체성 상실, 옷가방에 들어가지 못하는 옷을 가위로 잘라 버리는 채플린식 재단 비평 등이 초래한 비평의 추상화에 대한 비판으로부터 자유롭지 못했다는 것은 주지의 사실이다. 중요한 문제는 현실주의적인 세계관에 닿아 있었던 이론 비평이, 탄력적으로 세계를 이해하지 못하고 풍요로운 깊이도 결여하면서 변화된 삶에 대해서도 뚜렷한 입장을 정리하지 못한 원인이 바로 정론 비평 그 자체에게 있었다는 점이다. 즉, 토론을 유도하고 쟁점을 정리하여 문제 해결을 위한 지속적인 관심을 보이려는 노력이 절대적으로 부족했다는 사실이다. 단순히 이 문제를 한국 문화의 부박함으로 떠넘기는 태도는 버려야 할 것이다. 특히 진보주의적 태도를 취했던 비평은, 이론의 자기 갱신 노력의 부재로 원리주의화(radicalism)를 초래하여 현실과 비평의 단절, 혹은 비평의 자기 분열을 가져온 것이다. 이때의 비평의 위기는 문제를 찾아 나서지 못한 현실주의 이론 비평의 위기이지, 작품에 대한 창조적 해석 가능성에 대해 무한히 열려 있는 실천 비평, 비평 일반의 위기는 아니라는 점이 우선 강조될 필요가 있다.

그럼에도 불구하고 한국 문학 비평에 대해 우려하는 목소리가 높은 이유는 문학의 상업주의적 욕망에 비평이 효과적으로 결탁되어 있다는 점 때문일 것이다. 이미 여러 가지 경로를 통해 알려진 작가나 시인에게만 편중되는 비평적 찬사는 크게 새롭지 않다. 비평의 창조성 역시 기대할 수 없다. 창조적 비평의 가능성은 비평가 개인의 내면성과 자의식이 세계와 연결되는 과정을 보여주는 것으로서 이때 비평가 개인은 세계를 해석하는 유효한 제도로 존재하게 된다. 비평적 해석이란 세계의 다양한 현상에 대한 적극적인 관심의 표명이며, 이때의 관심은 곧 실천이다. 해석과 평가는 비평가 자신의 자기 검열과 방어기제를 거쳐서 이루어지는 고통스러운 작업이다. 이 과정에서 언제나 '선택'

의 판단이 요구되며, '선택'을 통해서만 비평은 생존 가능한 것이다.[1]
비평의 상업성이란 담론을 통해 지배적인 권력 관계에 편입하고자 하는 열망과 유혹이며, 여기에서 운명의 표정이 드러내는 결단을 읽어내기란 불가능하다. 이같은 결단이 배제된 비평은 다음 몇 가지 문제를 야기할 수 있다. 즉, 1) 문제 의식의 부재 : 작품을 해설하고, 내용을 전달하는 데 멈추는 시각의 편협함은 사회적인 관계가 엮어내는 의미망을 소홀히 하여 비평을 기술적으로 도구화하는 결과를 초래한다. 철저한 분업화가 가져오는 고착의 위험성이 증대한다. 2) 작가의 세계관과 출판, 유통 논리를 선험적으로 수용하는 투항주의 : 이는 기성 작가의 문학적 권위는 철저하게 검증될 필요가 없는가라는 문제를 제기한다. 이미 알려진 작가의 작품은 비판과 따져 읽기의 대상에서 제외된 채, 유통과 소비 시장에서 상한가를 유지하는 현상은 지속적으로 비판되어야 할 것이다. 3) 비평가로서의 자의식이나 내면성 결여 : 문학 비평에 종사하는 사람들의 대부분은 대학 교육과 직·간접적으로 관련되어 있는 경우가 많다. 제도권 문학에 종사하는 비평가들의 현실적인 입지를 고려할 때, 자신의 비평 행위가 지향하는 바, 혹은 비평 행위의 정당성에 대한 타당성 검증이 심도 있게 이루어지는지 검토할 필요가 있다.[2] 4) 비평 무용론의 확산 : 창조적인 아름다움이 거세된 비평에 대한 불신이 낳은 결과.

---

1) 김윤식은, 비평은 리얼리즘과 소설 사이에 이루어지는 '자기 결단'의 결과이며, 이같은 결단을 통해서만 비평의 운명은 결정된다고 말하고 있다.「비평의 운명과 그 표정들」,『문예중앙』, 1997. 여름
2) 비평가의 자의식에 관한 지적은 권성우,「대중 문화 시대의 문학 비평, 그 불우한 자존심의 운명」,『문학동네』, 1996. 여름. 참조

2

그렇다면 현재 당면한 비평에 대한 위기 혹은 불신을 타개하는 방법
은 없으며, 비평은 왜 그 본래의 위상을 정립하지 않으면 안 되는가.
비평의 위기는 권위주의적인 해석 공동체를 해체하는 일로 극복될 수
있는가. 그렇다면 지금 현재 우리에게 '권위적인 해석 공동체'는 있으
며, 그런 경험을 가져 본 기억은 또한 있는가. 80년대 민중주의적 민족
문학론에 기대어 폭발적인 힘을 모았던 이론 비평은 당대의 해석 공동
체로서 정당성을 검증 받았는가. 다시 말해 합의적 성격에 기초한 공
공영역의 성격을 비평이 가졌던 때는 있었던가. 이같은 질문에 대한
답은 다분히 회의적일 수밖에 없다. 최근 비평의 위기는 곧 합리적인
근거 위에서 이루어지는 심도 있는 토론과 이를 마련하는 제도적 장치
의 부재에서 비롯된 것임은 자명하다. 정치적인 이해 관계와 권력 다
툼으로 점철된 전후 한국사의 전개 과정상 이같은 합의적 성격의 '공
공영역'[3]은 처음부터 그 존재가 불가능했을지 모른다. 그나마 다행스
러운 것은 몇몇 문예 잡지를 중심으로 진행되온 문학의 집단화가 문학
적 상상력의 자유와 열린 사회로 향한 지속적인 문제 제기를 이루었다
는 점이다. 하지만, 그들이 이루어낸 성과에도 불구하고, 이제는 이러
한 현상 역시 비판하고 극복해야 할 대상임이 분명해졌다. 한국 문학
비평의 근본 문제는 이같은 사회 저변의 문제와 함께, 문화적인 생산
을 담당하는 담론을, 문학 권력의 장악을 위한 수단으로 전락시켰다는
사실에 있다. 영국 계몽주의 비평이 지녔던 잘못을 비판하면서 올바른

---

3) '공공영역'이라는 말은 본래 하버마스에 의해 설정된 개념이다. 하버마스의 논문 「Structural
Transformation of the public sphere」(1962)에서 이 용어가 도입되고 있다. T. 이글튼은 오늘날의
비평이 실질적인 사회적 기능을 결여하고 있다는 판단하에서 이상적인 합의와 합리적인 토론의 복원
문제에 집중하여 논의를 진행한 바 있다. 공공영역의 발생 과정과 변화에 대한 역사적인 분석을 시도
하고 있는 이글튼의 논의는 한국 문학 비평의 문제점에 대하여 적절한 판단 기준을 제시하고 있다고
보인다. 이에 대해서는 T. 이글튼, 「비평의 기능」, 『비평의기능』(유희석 역), 제3문학사, 1991. 참조

의미에서 공공영역의 존재 의미를 설명하는 한 비평가의 말은 주목할 필요가 있다.

> 문화적 담론의 영역과 사회적 권력의 영역은 매우 밀접하게 연관되어 있기는 하나같은 것은 아니다. 왜냐하면 전자는 후자를 해체하여 새로운 형식으로 재구성하고 권력의 '수직적' 등급을 '수평적인' 상태로 잠정적으로 전환시킴으로써 사회적 권력의 특징들을 잘라내고 유보시키기 때문이다.[4)]

물론 문화적 담론이 사회적 권력의 영역을 '수평적인 상태로 잠정적으로 환원'시켰다고 해서 모든 지배적인 권력이 해체되는 것은 아니다. 사회적 권력은 기본적으로 자기 증식을 통한 권력 관계의 연장을 목표로 하기 때문이다. 그러므로 문제의 본질을, 공공영역내에서 이루어지는 합의 주체들간의 '담론의 교환 방식'에서 찾아야 한다. 가령, 상업주의 문학론을 둘러싼 논의 과정에서 비평적 주체들이 제각기 내세운 논리적 준거가, 그 타당성 검증은 유보된 채 특정 문학 집단—이 경우 문학 집단의 에꼴화는 세계관과 이론의 동질성보다는 사적 유대의 기반 위에서 성립될 가능성이 많다—의 헤게모니 보호를 위한 도구로 쓰인다거나, 비평적 입지를 넓히려는 욕망이 강하게 틈입된 논의라고 비판하는 주체 역시 그러한 비판에서 자유롭지 못하다는 사실을 발견할 때, 합의에 대한 가능성은 처음부터 성립될 수 없는 것이다. 권위가 아닌 진리가 공공영역의 기초이며, 지배가 아닌 합리성이 그곳에서 통용된다는 사실을 너무 쉽게 망각했다는 혐의를 떨치기 어렵다. 합리적 이성이 바탕이 된 담론의 교환이 심도 있게 이루어지지 못한 것은 90년대 들어서 풍미했던 포스트모더니즘의 수용과 이를 둘러싼 논의에

---

4) T. 이글튼, 앞의 책, p.19.

서도 여지없이 드러났다. 진보주의적 문학관을 가져왔던 비평가 집단의 헤게모니가 외국 문학 전공자들에게로 넘어가는 양상만 연출했던 것이다. 지배적인 문화 담론의 주요 생산층이 자리바꿈한 현상이 특별한 의미를 갖는 것은 아니다. 문화적 담론 가운데 깊숙이 스며든 사회적 권력, 혹은 욕망에 대한 철저한 비판과 반성이 이루어지지 못한 상태에서 이같은 판도 변화는 지식과 정치의 유착이라는 과거의 모습을 감각적으로 연장해 놓은 데 불과하다.

한국 문학 비평의 위상이 정립되려면 문학 집단 자체의 변혁 의지와 실천이 무엇보다도 중요하다. 지속적인 문제 제기와 아울러 문제 해결과 합의를 위한 심도 있는 토론이 선행되어야 하며, 아울러 상호 승인의 자세가 갖추어져야 한다. 현실 사정을 감안해 볼 때 이론의 개발도 중요하지만 문학 환경의 개선이 더 우선되어야 할 것이다. '과거 계간 문예지들의 지식 헤게모니는 90년대 들어 종말을 고했다고 판단'하면서 작품 중심으로 잡지를 이끌어가겠다고 선언했던[5] 한 문예지의 태도는 상당히 이해하기 어렵다. 비평의 실천성, 작품에 대한 창조적 해석 가능성을 전혀 무시하고 있는 이같은 태도는 역시 경직된 저널리즘의 또 다른 모습이 아닐까 하는 우려를 갖게 한다. 과거의 지식 헤게모니는 사라져야 하지만, 작품 중심으로 편집 체계를 바꾸었다고 해서 새로운 지식 헤게모니의 출현이 방지되는 것도 아닐 것이다. 이 역시 문학 집단의 권력화라는 비판으로부터 벗어날 수 없을 것이다. 이제 한국 문학 비평의 방향 정립은 두 가지 차원에서 이루어져야 할 것으로 보인다. 첫째, 비적대적 모순들에 대한 열린 관심이 요구된다. 뿐만 아니라 이러한 관심을 유도하고 수용하는 합의 공동체, 공공영역의 기능을 담당할 전위적인 사고집단이 등장해야 한다. 둘째, 현실 사회 문

---

5) 『세계의 문학』, 1996. 겨울호, 편집후기

제에 대한 정리·해석·수용의 문제뿐 아니라, 작품에 대한 세심한 읽기와 비평가의 내면이 조화롭게 어우러진 창조적 비평을 기대해야 하며, 지나치게 문화적인 영역으로 확산된 논의를 문학 중심으로 응집할 필요성의 대두이다. 이 문제와 관련지어 최근 문제적인 비평이라고 판단되는 몇 편의 비평문을 중심으로 90년대 후반의 한국 문학 비평의 위상에 대하여 생각해 보기로 하겠다.

3-1. 다원주의 시대와 문학의 정체성에 대한 질문
: 김종회, 김병익

　김종회가 펴낸 근작 평론집 『문학과 전환기의 시대정신』(1997)은, 삶이 변하고 문학이 놓인 자리에 대한 위상이 달라졌음에도 불구하고 문학의 정체성에 대한 탐색은 지속되어야 한다는 믿음을 강하게 담고 있다. 문학의 정체성 탐색은 다른 문화 양식에 대해서 문학의 배타적 우위성을 고집하는 태도와 다르다. 영상 문화와 전자 매체의 발달로 인해 '문학의 위기'가 초래되었다는 주장은 널리 공감되는 것이기도 하지만, 이는 한국적 상황의 특수성을 잘 드러낸 현상이기 때문이다. 과거 수십 년 동안 누적되어 온 군사 문화의 흔적과 사회 곳곳에 미만한 비민주적 의식 구조가 낳은 단조로운 문화 양식으로 인해 새로운 것에 대한 관심은 병적으로 깊어진 것이다. 물질적 축적의 비교 우위적인 상승이 가져오는 무반성적 소비 행태가 사유하는 문화에 대하여 거부하는 분위기를 만들어내는 데 크게 기여했으며, 문화의 소비 양식을 일회적이며, 순간적이고, 가볍고 경쾌한 것을 선호하는 경향으로 바꾸어 놓았다. 영상 문화의 상대적 발흥은 이러한 현상과 밀접한 관련을 갖는다. 따라서 문학의 정체성에 대한 물음은 그 자체만으로도 오늘날 한국 문화의 병적 현상을 비판하는 긍정적인 무게를 갖는다. 물론 대중 문화를 무반성적으로 깎아내리는 듯한 태도를 취하는 것은 문제가 되지만, 소위 포스트모더니즘이라는 성숙되지 못한 이론을 배경으로 문화적 상대주의, 일탈 조장이 또한 정당화될 수는 없는 것이다. 90년대 대중 문화에 대한 비판은 문학 담당자들의 사회적 입지를 보호하고 권력을 유지하기 위해서가 아니라, 반성되지 못한 이론을 등에 업고 횡행하는 불온한 욕망의 증식 현상을 억제하기 위해서 필요하다.[6]

김종회의 문제 제기는 이러한 논의에서 출발하고 있다. 그가 다음과 같이 말하는 대목에서 이 점은 잘 드러나고 있다.

(……)모더니즘 문학이 앞으로 선택할 길은 그다지 많지 않아 보인다. 1990년대의 새로운 시대 정신으로 떠오른 포스트모더니즘의 무차별 공세에 투항하여 불확정성, 비정론성, 탈일상성의 창작 경향을 수용하거나 아니면 방법적 실현의 범주 안으로 스스로를 유폐하여 모더니즘의 발생론적 원류에 입각한 명맥을 유지하거나 해야 할 것이다.[7]

90년대 새롭게 등장하고 있는 작가들의 탈전통성, 혹은 '뿌리 없는' 글쓰기의 의도적 확산 역시 엄밀한 의미에서 모더니즘의 범주로 포함되는 것이지만, 김종회가 지적하고 있는 모더니즘 문학이란, 세대 개

---

6) 지금부터 약 10여 년 전에 발표된 유종호의 「거짓 화해의 세계-즐거운 로봇트에 관한 성찰」(『문예중앙』, 1984. 봄)에서 이루어진 대중 문화에 대한 비판은 시간이 많이 흘러, 오늘의 현실 분석에 바로 적용하기 위해서는 몇 가지 매개항이 요구되지만, 그 원론적인 중요성은 인정될 필요가 있다. 그가 제기한 대중 문화의 특성은 1)안이한 거짓 화해 2)위장된 도덕주의 3)내면성의 결여 4)몽매주의의 전파 등이다. 이는 분명 문학적 엄숙주의의 태도에서 비롯된 것이라는 비판으로부터 자유롭지 못한 것도 사실이다. 다시 말해 최근 포스트모던 논자들은 위의 네 가지 항목에 대해 1)심각한 갈등의 의도적 배제 2)문학적 엄숙주의에 대한 반발 3)권위적인 현실문제에 대하여 내면성의 옹호 4)경쾌한 생활 감각의 중시 등을 내세울 가능성이 있지만, 유종호의 문제 제기 자체의 유효성이 폐기되는 것은 아니다.
7) 김종회, 「다원주의 시대의 소설과 정체성 탐색」, 『문학과 전환기의 시대정신』, 민음사, 1997, p.16

넘을 강하게 의식하고 있는 듯하다. 다시 말해 기존의 문학적 업적을 모더니즘이라는 범주로 포괄시킨 후에 새로운 경향의 출현 현상에 주목하는 것이다. 이같은 경향의 주된 담당층에 대체로 60년대 후반에서 70년대 초반에 태어난 작가들이 포함되기 때문이다. 모더니즘 문학의 방향성에 대해 일종의 선택의 기로에 놓여 있다는 그의 판단은 새로운 문학의 경향이 곧 올바른 방향성을 지닌 것은 아니라는 가치 판단이 내재된 것이다. 오히려 이전 시대의 삶과 달라진 환경을 비판적으로 이어 가는 노력이 더 소중하게 보일 가능성이 있다. 가령, 김영현의 「그리고 아무말도 하지 않았다」에는 이런 말이 나온다.

> 혁명이 없어졌다는 것은 참을 수 있다. 하지만 온 존재를 걸 수 있는 절대적인 가치가 사라졌다는 것은 참을 수 없다.

주인공의 후배 정민의 이같은 고백은 매우 중요한 문학적 울림을 갖고 있다. 이 말은 현실 변혁 운동의 좌절감만을 드러내는 것이 아니라, 80년대 당시 변혁 운동의 내용성 즉, 존재론적 내면성의 결핍을 시인하고 있기 때문이다. 20대를 열정적으로 살아왔다는 사실, 낭만적 열정으로 타올랐던 변혁 의지의 비논리성, 추상성 등이 함께 반성되고 있기 때문이다. 이념적 지표의 상실로 인한 방향성 부재가 진보주의 문학론의 현실이었다면, 이러한 문학 역시 90년대 다원주의 시대를 예고하는 현상으로 볼 수 있다는 것이 김종회의 논의의 한 축이다. 따라서 90년대 비평 역시 정치적 · 이데올로기적 비평 형태에서, 다양성과 다원화 시대에 대응하는 유연성을 가져야 한다고 그는 주장한다. 그의 이런 주장의 이면에는 '출판사 중심의 비평가 그룹화'와 '집단 이기주의'에 대한 비판이 내재되어 있다.가령, 문학상(賞)의 문제를 검토하고 있는 「문학상제도의 허와 실」(『문학과 전환기의 시대정신』), 문학과 출

판, 유통 매카니즘의 상업주의적 욕망 사이의 상관성을 밝힌 「황금만
능 시대의 문학과 진로」(『작가세계』, 1994. 가을) 등은 김종회 비평의 정
향점을 명시적으로 보여준다.

김종회 비평의 기저에 존재하는 문학적 정체성 탐색은 김병익이 한
국 문학의 현 상황을 적절하게 비판한 '장인 정신의 부재'라는 말과 동
궤에 놓인다고 할 수 있다. 김병익은 해방 이후 한국 문학을 살찌우게
했던 것은 '고통의 기억'과 '불행에의 의식'이라고 진단한다. 한국의
특수한 정치·사회적인 상황은 작가들로 하여금 진정성의 추구와 보
편성의 획득이라는 뛰어난 미덕을 갖게 했다는 것이다. 그런데 최근
한국 작가들을 '괴롭히며' 동시에 '감싸는' '고통의 기억'과 '불행에
의 의식'은 그 효력을 잃어 가고 있다는 것이 그의 진단이다. 적절한
비유가 돋보이는 그의 다음과 같은 주장은 경청을 요한다.

> (……)지난 시절에는 변혁을 향한 정열 때문에 기둥과 서까래를 세우기
> 도 전에 붉은 기와를 얹기에 급급했고 지금 시절은 더 많은 이윤을 위해 외
> 양만 번듯하게 차리면서 성수대교처럼 부실 공사로 일관하면서 꼼꼼한 집
> 짓기를 거절한다.[8]

문장 하나 하나를 고쳐 나가는 의식의 고투가 사라져 버린 시대의
글쓰기를 목도하면서, 그가 '북돋우고 밀어 주며 존경하고 살려내야
할 것은 바로 그 장인 정신이고 우리가 저항해야 할 것은 그것을 홀대
하게끔 만드는 거대한 상업주의의 문화이다'라고 결론짓는 것은 당연
하다. 작가들의 장인 정신은 그러나 분업화의 자족적 세계내에서 안주
를 허용한다는 의미는 아닐 것이다. 90년대 한국 문학에서 현저하게

---

8) 김병익, 「그리운 장인 정신」, 『새로운 글쓰기와 문학적 진정성』, 문학과지성사, 1997, p. 53

드러나고 있는 주관화·내면화의 경향은 지속적으로 점검될 필요가 있기 때문이다.[9] 비평의 공공영역화에 대한 탐구의 필요성은 이 때문에 제기되어야 한다. 비평의 공공영역화란, 작품의 의미에 대한 깊이 있는 '이해'를 바탕으로 하면서 지속적으로 현실 문제와 구조적인 연관을 지어 '설명'하는 행위로부터 발생한다. 출판 시장에서 얻은 상업주의적인 권위가 재해석의 여지를 근본적으로 차단하고 있는 오늘의 문학 비평 현실을 볼 때, 김병익이 과거 한국 지식인 사회의 근본 문제였던 토론 부재의 원인을 '강요된 군부 통치 전략이 낳은 배제의 논리'에서 찾을 수 있다고 한 말[10]이 그대로 적용되고 있음을 발견하게 된다.

김종회와 김병익의 논의는 다같이 문학적 진정성의 회복을 주창하고 있다는 공통점을 발견할 수 있다. 비평의 올바른 위상은 상업주의적 권위에 복종하지 않는 용감함, 정직성으로부터 출발한다는 것이 이들의 주장이다. 이 문제 관하여 좀더 정면으로 대응하고 나선 비평가로 문흥술과 황병하가 있다.

3—2. '탈'의 비평과 인문학적 도덕성의 회복을 위하여
: 문흥술, 황병하

세기말의 한국 문학을 특징적으로 보여주는 현상은 정보 사회의 막강한 위력 앞에 너나 할 것 없이 침윤되어 있다는 점이다. 비평의 위기 혹은 비평 무용론의 배경 역시 이와 무관하지 않다. 문흥술은 한국 문

---

9) 시에서 드러나는 문학적 신비주의, 초월주의의 경향, 소설에서 나타나는 개인화, 내면화의 문제 등에 관해서는 졸고, 「한국시의 신비주의 경향」(『내일의 시』, 1997. 상반기), 「상처를 말하는 방식」(『황해문화』, 1997. 가을) 참조.
10) 김병익, 「사회변화와 지성의 역동성」, 위의 책, p. 310

학 비평이 크게 위축된 배경으로 '활자 언어 시대'에서 '영상 언어 시대'로 이행된 문화적 배경, 그리고 '절대적 이념의 부재'로 인한 대결 의식의 소멸로 정리한다. 특히 정보 사회로의 진입은 활자 언어 시대의 종말을 고하는 현상으로 볼 수 있다는 것이다. 정보 사회의 획일화된 일상성은 작가들로 하여금 객관적으로 존재했던 주변부, 즉 자연이나 농촌, 혹은 노동자 등이 작가들의 경험 세계에서 사라짐으로써 비판적 상상력의 토대 상실을 초래했다는 것이다. 이같은 결과를 가져오게 된 가장 중요한 이유는 정보 사회가 개인의 삶을 코드화했으며, 영상 언어에 의한 담론 창출은 기본적으로 정보 사회가 자신의 허위성을 은폐하기 위해 제공한 억압된 상상력에 불과했기 때문이라고 그는 주장한다. 이같은 거짓된 자유로부터 문학과 인간을 구원하는 길이 바로 '탈'의 문학 비평이 지향할 방향이라는 것이다.

> '탈'의 비평은(……) 정보 사회에 의해 획일화된 욕망을 거부하고 우리들 무의식 깊숙이 잉태되어 있는 오염되지 않은 욕망에 대한 강렬한 지향성이며(……) 지배 담론에 오염되지 않은, 이항 대립이 진정으로 해체되고 모든 것이 조화롭게 공존하는 시원의 공간이며(……) 무의식의 미끄러지는 기표를 통해 정보 사회의 지배 담론을 공격한다.[11]

결국 탈코드화의 세계를 지향하는 일이야말로 비평의 위상을 재정립하는 길임을 주장하고 있는 셈인데, 문흥술의 경우 작품 창작의 가능한 범주를 이론적으로 제시하고 있다는 점에서 논의의 깊이를 보여준다. 따라서 비평의 위기는 탈코드화를 지향하는 작품을 발굴하고 억압적인 담론으로부터 비껴서는 주체의 무의식을 발견하는 일을 이념

---

11) 문흥술, 「세기말을 넘어서기 위한 '탈'의 문학비평」, 『자멸과 회생의 소설 문학』, 열음사, 1997. pp. 37~38

적 지표로 삼는다는 점을 강조한 것이다.

　문홍술이 한국 문학 비평의 위기의 본질을 문학 일반론과 한국 문화의 특수성에서 찾아보았다면 황병하[12]는 좀더 현실적인 문제에 시선을 돌리고 있다. 바로 한국 인문학의 도덕성 부재의 문제이다. 그 역시 한국 문학 비평의 위기가 초래된 원인으로 이념 대립 사회 구조의 와해, 지나친 해외 이론 의존으로 인한 자기 정체성 상실이라고 인식하고 있지만, 특히 그가 비판하고자 하는 부분은 문학 비평계의 파당화·사당화가 낳은 정실 비평의 심화 현상이다. 물론 이 몇 가지 원인의 배후에는 좀더 근본적인 문제 즉, '비타협적, 비합리적, 비민주적'인 권력 구조로부터 야기된 사회의 경직성이 자리잡고 있다고 그는 진단하고 있다. 가령, 교수와 학생 사이에 형성된 도제적 사제 관계에서 비롯되고 있는 지식인 사회의 허위성에 대하여 비판하면서 그러한 현상이 산출되는 배경에는 인문학의 도덕성이 심각하게 마비된 사정이 놓여 있다고 그는 판단하고 있다. 그가 말하는 도덕성이란, 인간 개인의 가치 확대와 발전에 대한 기여도라는 의미로 매우 유연하게 쓰이고 있다. 90년대 한국 비평 문학계의 위기는 바로 인문학의 도덕성보다는 권력에 경도되었기 때문에 나타난 당연한 귀결이라는 것이다. 그가 지적하고 있는 한국 인문학의 도덕성 타락 양상은 몇몇 예외적인 학문 분야에서만 일어나는 현상이라고 보기 힘들며, 설령 그렇다고 하더라도 이같은 현상을 묵인하고, 또 묵인할 수밖에 없는 '의식'이 광범위하게 확산되고 있어 문제의 심각성을 더해 주고 있다.

---

12) 황병하, 「인문학적 도덕성의 타락과 비평의 죽음」, 『메타비평을 위하여』, 민음사, 1997

3-3. 창조적 비평의 아름다움과 가능성
: 실천비평의 몇 가지 예들

비평의 창조적 가능성은 작품에 대한 세밀한 읽기에서 모색되어야
한다. 이론 비평, 정론 비평, 지도 비평 등 입론적 비평이 드러낸 문제
점에 대하여 한국 문학은 이미 경험한 바 있다. 1920년대 카프 문학 운
동이 갖고 있었던, 지식인 중심의 전위적 성격과 아울러 구체적 창작
과 매개되지 못한 이론의 추상성과 경직성을 지적하기는 어렵지 않다.
80년대 진보주의적 문학 비평에서 나타난 경직성은 대개 두 가지 특징
으로 나타나는데 하나는 작품에 대한 구체적 이해가 결여된 상태에서
이론의 선험적 우위성을 강조한 경우이며, 다른 하나는 작품을 읽는
비평가의 자의식, 내면이 현저히 약화되거나 부재하고 있다는 점이다.
첫번째 경우는 이미 그 문제점이 다양한 경로로 점검된 바 있지만, 문
제는 두 번째의 경우에 있다. 아름다운 비평이란 무엇인가. 그 아름다
움은 문장에 있는가, 아니면 비평가의 개인적 체험의 수사적 드러냄에
있는가. 혹은 작품에 대한 깊이 있는 해석과 가치 판단에서 구현되는
가. 비평가의 내면, 작품을 만나면서 형성되는 읽기의 필연성 등은 어
떤 방식으로 실제 비평에서 구체화될 것인가. 물론 한 편의 비평문을
읽으면서 이를 찾아내기란 매우 어려운 문제이며, 과학적 분석과 논증
에 대한 책임이 따르는 비평의 속성상 명징하게 드러나는 것도 아니
다. 더욱이 대개의 비평문이 청탁에 의해 이루어지고 있다는 사실을
염두에 둘 때, 어려움은 가중된다. 그러나 아름다운 비평, 창조적 비평
의 가능성에 대한 물음은 언제나 지속되어야 한다. 이 물음은 실천 비
평의 중요한 성과들을 점검함으로써 귀납적으로 증명될 가능성이 있
다.

김화영의 「개와 늑대 사이의 시간─오정희론」(『문학동네』, 1996, 가

을)은 작품에 대한 애정 있는 읽기를 바탕으로 시적인 아름다움에 도달한 비평이다. 오정희 소설에 등장하는 이미지들은 작품읽기의 지표로 작용한다. 어두워 오는 창가의 여자, 강과 섬, 불분명하고 모호한 시간, 낯설게 하기, 미로 체험, 미아의 울음, 존재와 부재 사이, 진화, 풍선과 새, 날아가기와 떨어지기, 거울, 우물, 탄생과 죽음, 아이 낳기, 죽음의 본능, 매몰과 발굴, 사람의 얼굴 등 그가 붙여 놓은 작은 제목들은 오정희 작품 세계로 가는 길을 선명하게 제시하는 이정표이다. 이미지로 혹은 상징으로 재구성한 오정희의 작품 세계는 체계가 갖는 단선적인 이해, 논리주의화의 범속성, 개념화의 건조함을 거부한다. 분절적 글쓰기는 오정희에 대한 다면적 이해를 가능하게 하고 인물들의 욕망을 분석적으로 제시하는 데 효과를 거두고 있다. 확정된 결론을 유보함으로써 기대되는 효과 즉, 언제나 작품은 읽히는 대상, 작품으로 안내된 자들의 욕망과 친숙하게 닿을 가능성 또한 내포한다.

비평의 실천성, 작품 읽기의 성실함을 우선적인 과제로 삼는 비평가로 하응백을 들 수 있다. 그가 최근에 발간한 『문학으로 가는 길』(문학과지성사, 1996)은 문화의 영역으로 확산된 시각을 작품 읽기를 중심으로 모으려고 한다는 점에서 의의가 있다. 작품을 읽어내는 주요한 코드를 작품내에서 발견하기는 쉽지 않다. 그러나 작품내에서 의미를 재구성하는 그의 작품 읽기는 예각적이다. 이론 중심주의에 치우쳤던 기존의 비평과 사뭇 다른 점은 바로 이것이다. 그러면서도 작품의 핵심을 놓치지 않는 그의 독서는 가급적 많은 작품을 읽으려 하고, 읽고 있는 비평가 본연의 모습을 보여주고 있다.

최근 신인 비평가로 등단한 김수이의 「타자와 만나는 두 가지 방식」(『문학동네』, 1997. 여름)은 매우 정치한 작품 읽기와 이론에 대한 소화 능력을 보여준 평론이었다. 기형도와 남진우를 들어 그들이 각각 자신이 놓인 환경을 시적 욕망의 층위로 재구성하는 과정의 같은 점과 다른 점에 대한 정밀한 분석을 보여주고 있다. 결국 이들은 우리 시대의 동일자와 타자의 구체적인 항목들, 즉, 현실(환상)/무(실재), 허위의 상징적 장치들/죽음, 억압 행위/귀환의 열망 등과 같은 관계를 탐구함으로써 우리 시에 새로운 사유의 공간을 구축했다는 것이다. 김수이가 보여준 작품 읽기의 정밀성과 대상에 대한 밀도 높은 감응력은 최근 한국 비평이 갖고 있는 취약점의 한 면을 정면으로 비판하는 것으로 주목될 필요가 있다.

4

　러시아의 옐친 대통령이 보수적인 수구 세력들과 힘겨운 싸움을 하고 있을 때, 독일의 콜 총리는 '모든 문제를 협상을 통해서 처리하는 것이 좋겠다. 유럽의 전통은 바로 토론 문화에 있지 않은가'라고 말했다는 한 방송사의 특파원 보고가 있었다. 그러면서 그 기자는 옐친은 콜 총리의 말에 신경쓸 겨를이 없을 것이라고 덧붙이기도 했다. 큰 의미가 없어 보이는 이 말이 오랫동안 기억되는 이유는 토론 부재의 한국 사회에 대한 깊은 자괴감 때문이었다. 해방 이후 한국 사회는 건전한 여론 생산층을 가져 볼 기회가 없었다. 관료주의와 군사 문화의 광범위한 확산으로 인한 물화된 사회 구조, 입신 출세주의가 절대적인 우위에 서는 직업 선택의 기준, 올바른 분배 정책의 부재로 인한 재화의 불균등한 소유, 사회적 담론의 형성이 권력지향적 의식과 동일시되는 문화적 척박함 등이 한국 사회가 갖고 있었던 구조적 문제였다. 지식인 사회 역시 생산적인 담론의 산출보다는 입신의 수단과 기득권 유지 문제에 관심이 집중되어 왔음은 누구나 공감하는 사실이다. 한국 사회의 위기는 바로 이같은 사실에 대하여 체계적인 비판 담론의 창출에 실패했기 때문에 초래된 것이다.

특히 비평의 위기는 비평 스스로 작품에 대한 해설 붙이기 차원으로 자신의 영역을 고착함으로써 올바른 '권위' 회복의 기회를 상실한 데서 발생했다. 따라서 원론적인 당위성에도 불구하고, 비평의 위상 정립을 위하여 다음 몇 가지 문제 제기를 끝으로 글을 맺으려 한다. 이러한 시도 역시 비평의 위상 정립에 일조할 것을 기대하며.

1) 은폐되어 있지만 보이지 않는 문제들을 찾아내어 지속적으로 공론화하는 각성된 비판 의식이 회복되어야 하며 2) 서구적인 이론틀에 대한 맹목적 거부가 아니라. 한국적 합리주의에 대한 정립 문제에 대하여 근본적으로 사유해야 한다. 서구 합리주의 철학이 지향해 온 주체 중심주의, 역사 발전론 등의 폐해가 곧바로 한국적 합리주의 기회 모색의 포기로 이어져서는 곤란하다. 오히려 합리적으로 사유하는 문화의 확산과 정체성에 대한 탐구는 그 어느 때보다도 필요하다. 대중 문화에 대한 비판과 문화의 도덕성에 대한 반성을 통해 생활 세계내에서 합리주의는 보다 대중과 친숙해져야 할 것이다.[13] 3) 상업적인 판단이 절대적인 기준이 되어 온 저널리즘의 자기 개혁이 과감하게 이루어져야 한다. 특히 공공영역의 비판적인 담론 형성에 중요한 영향력을 갖고 있는 저널리즘 종사자들의 문화적 안목과 비판적인 의식을 제고할 수 있는 토대를 형성하기 위한 노력이 요구된다. 4) 뿐만 아니라 작품에 대한 실천 비평의 활성화를 위한 문예 잡지의 편집 체계와 방향을 수정할 필요가 있다. 가령, 작품 해석의 입장이 다른 비평을 함께 게재하여 작품 이해의 다양성과 발전적인 토론을 유도하는 일.

---

13) 합리주의에 대한 비평적 탐구의 좋은 예로 한기의 「합리주의의 문턱에서」(『합리주의의 문턱에서』, 강출판사, 1997)가 있다. 이 글은 합리주의 문학관을 비판한 임우기의 평론 「'매개' 의 문법에서 '교감'의 문법으로」를 재비판한 글인데, 한기는 이 글에서 한국 합리주의의 위기를 극복하기 위해서는 더욱 이성적인 사회, 성숙한 합리주의의 사회로 환골 탈태하는 길이 최상의 방법임을 주장한다. 그는 한국 합리주의가 군사 문화에 맞서면서 비판 이성으로서의 문화적, 심미적 성숙을 가져왔다는 점을 예로 들어 한국 사회의 합리성의 수준이 반드시 통일적이고 획일적이지만은 않다고 주장한다.

찾 아 보 기

■ 작품

■ 작품집 · 장편소설